▲監修・編集・解題▼ 中村正明　安西晋二

明治初期 毒婦小説集成

第1巻 久保田彦作篇①

JN158220

ゆまに書房

凡例

一　明治初年代から十年代にかけて、旧来の戯作と新時代のメディアの融合が見られた時代、読者から多くの支持を得たのが、合巻の形で提供された「毒婦小説」である。本集成はその代表作といえる作品を作者別にまとめるものである。また、参考資料として、活字本や速記本という別の形の出版物、そして演劇に広まって作成された番付や台本、そしてくどき節などの俗謡なども収録する。

二　なお、岡本起泉の「東京奇聞」「白菖阿繁顛末」「幻阿竹噂聞書」の三作品については、編者による翻刻を付した。

三　復刻に当たり、A5判に収めるよう、適宜判型を調整した。底本にある印刷のかすれ、虫損、小欠損、手擦れ等の汚れ、しみなどは、そのままとした。ただし、上記の理由で数文字にわたり判読できない場合、一部その文字を添書して補った。

四　各収録資料の解題を収録巻巻末に付した。各項目の執筆者名は、文末に記している。

五　復刻版刊行を御許可いただいた各底本所蔵機関に謝意を表します。

目次

合巻『鳥追阿松海上新話』……五
つづきもの『かなよみ（仮名読新聞）』「鳥追ひお松の伝」……二二三
活字本『鳥追阿松海上新話』……二四一
俗謡『鳥追お松くどき』……三一一
役割番付『廿四時改正新話』（明治十一年・本郷春木座）……三四五
絵本番付『廿四時改正新話』（明治十一年・本郷春木座）……三五三
浮世絵『廿四時改正新話』（明治十一年・本郷春木座）……三六七
芝居筋書『鳥追於松海上話』（明治十一年・大阪戎座）……三七三
役割番付『鳥追於松海上話』（明治十二年・大阪戎座）……三八九
絵尽し『鳥追於松海上話』（明治十二年・大阪戎座）……三九三
辻番付『廿四時改正新話』（明治二十三年・大阪浪花座）……四〇五
絵尽し『廿四時改正新話』（明治二十三年・大阪浪花座）……四〇九
脚本『鳥追於松海上話』……四二一
解　題（中村正明・安西晋二）……四八三

久保田彦作　作

合巻『鳥追阿松海上新話』

明治十一年刊

7　合巻『鳥追阿松海上新話』初編

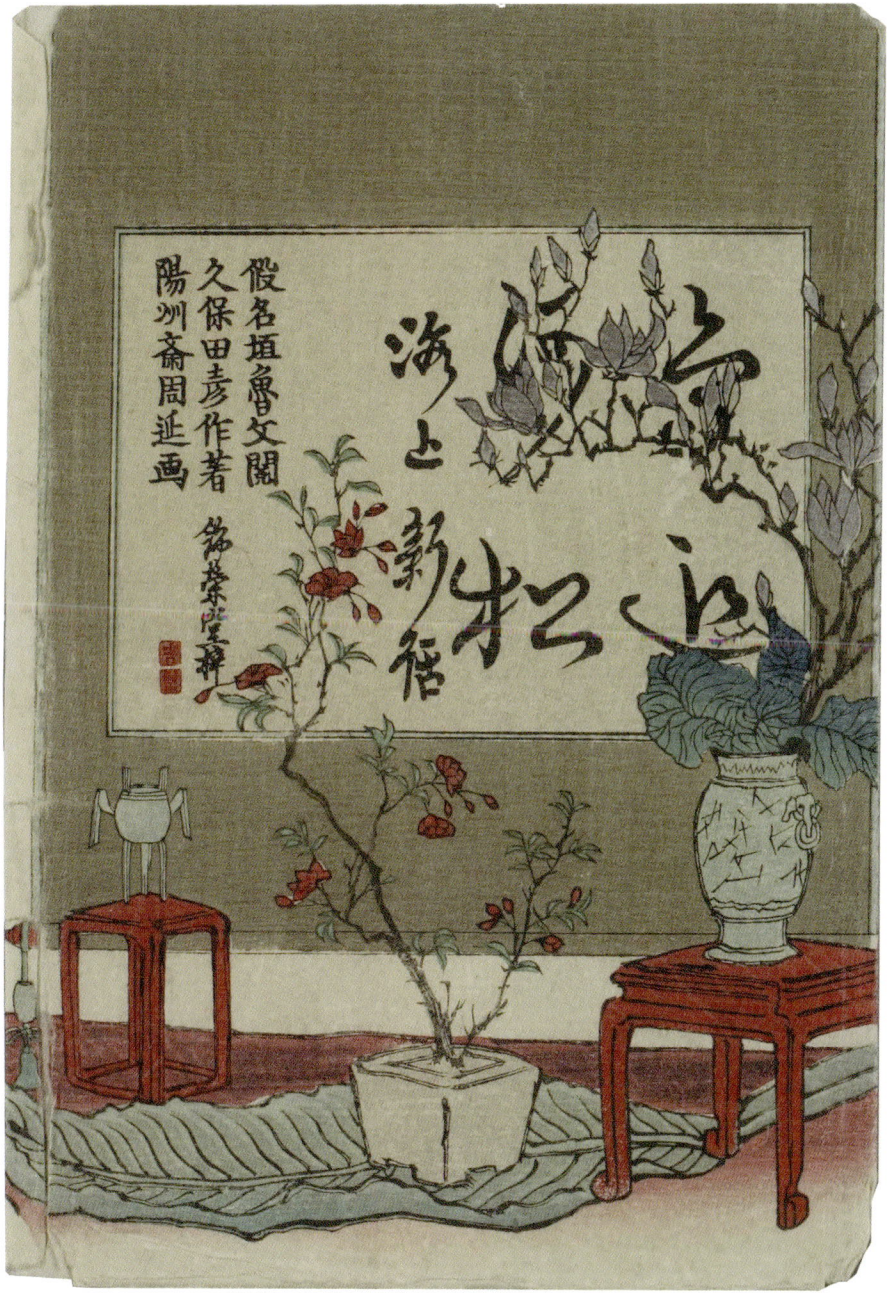

ハ 4
1 8
1-3
国文学研究資料館

外題国延
前編中

11　合巻『鳥追阿松海上新話』初編

13　合巻『鳥追阿松海上新話』初編

我假名讀新聞第五百四十號客歲十二月十日を以て始めて雜報欄内に記載せし鳥追阿松の傳を間々本年一月十一日第五百六十二號に到り同出きる事十四回未だ結局に及ばざるも僥倖にして千町万町の衆目に觸れ喝采の声價を得たる操觚者の歡喜の餘りに思ひ筆を走さるあり然りと雖も春霞三筋を撃ぐ長物語は頗る新紙の本意に違へを其概略を次號に掲げ大團圓とあさんと欲せを錦栄堂の主人遺憾として乞ふて其首尾を全くせんとす原由は遥に過去し明治元年の春より同十年の冬に止る温故知新の大実録題して海上新話と號け茲に三絃の緒を解くと云

明治十一年第一月

假名垣魯文記

常燈
風のあみひきろ
流しつゝ柵の
伊東橋塘
非人
定五郎
娘
阿松

17　合巻『鳥追阿松海上新話』初編

根方の作藏
阿杢の母於千代

鳥追阿松海上新話初編上之巻

假名垣魯文閲
久保田彦作著

第一回

梅ゞ香や乞食の家も覗うくと晋子の吟の古き称えも新まる代の春立頃東京い未ゞ江戸とよび木挽町の采女ゞ原ゐ羽生の孤屋の板庇ー月洩軒の破損家ゐ親子の非人あり其本夫定五郎ハ日毎ゐ辺りをき尾張町ゐる布袋屋とのくる呉服店の曲り門ゐ履物直ーの露店を張り妻のお千代(四十二)と一女阿松い春い多迫平常ハ女太夫の笠深く色めど匂ふ島田髷せの上を二ツ三ツ超ど花香い市中ゐ高く大店向や為者多の窓下ゐて雀賀の芸も仇めきて玉と欺むく母娘其ハ世上ゐ小屋久米三と人も門より呼ぶ張も業、意末のゆゑて維新の際も名諸藩の兵隊大名小路ゐ屯営しをゞ血腥さい時ゐをゞ女太夫を窓下ゐを打て稚くの唄ゐど謡いせ浮さ洲みゐ阿松母子い日ゐ二四の稼ぎいかさぞ又ゐきるをゞりひーゐ果報い薄そも

郭の内の
武郎お
集
兵隊お濱田
正司とう者あり
深くも此阿松を
慈慕ひ佛を
を求めて来女
ぎ彩の定五郎が小家へ尋ね
行き金おあり
千
松
度々密會せしと母の
お千代い悟りしゞ素ようう
色ゆえ俗業の助けと我
子お者
乃を
兼知で
あるぞちよ口へ出さば
みて見ね振ぞうて

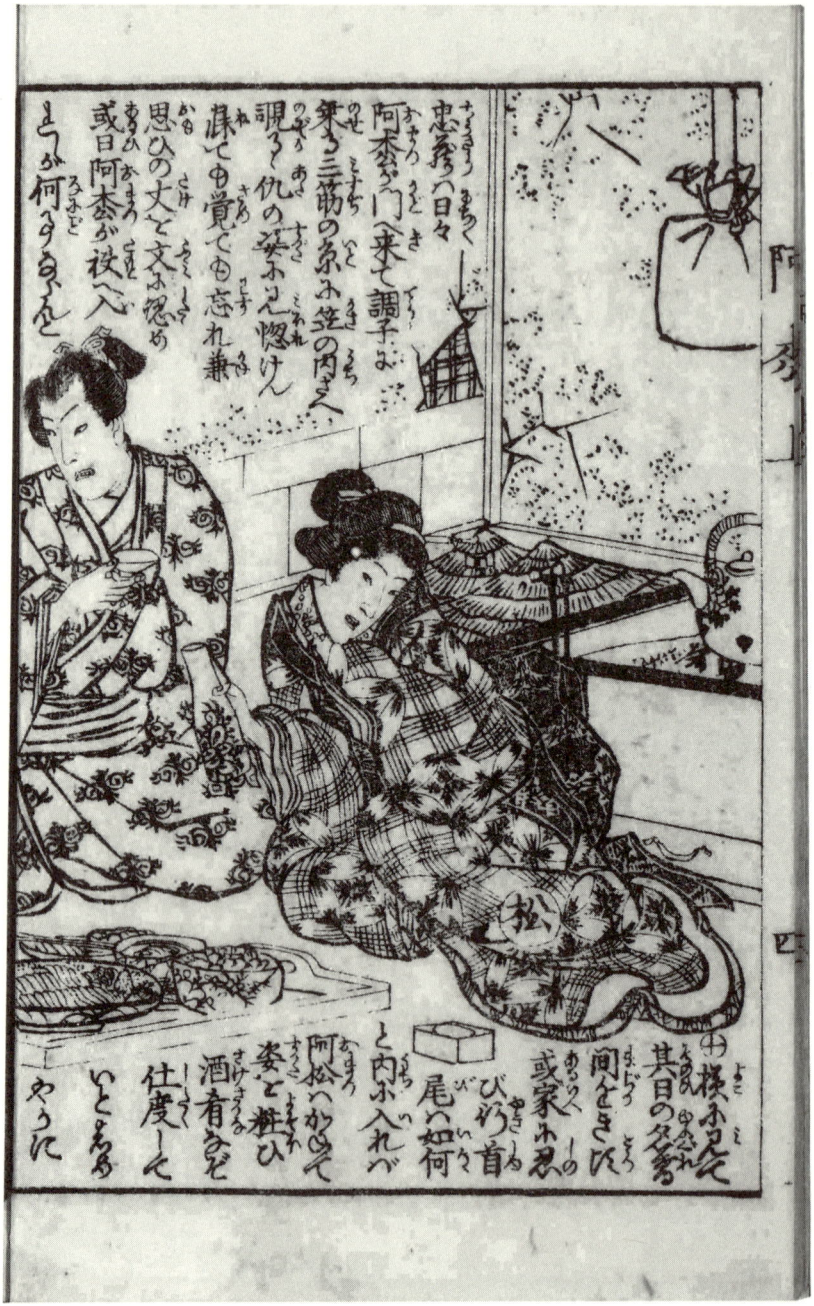
忠義の心日々
阿松が門へ来て調子お
乗る三筋の糸ハ笠の内へ
調る仇の姿ハ見惚けん
様でも覚でも忘れ兼
思ひの丈と文ハ認め
或日阿松が枕へ入
とゝが何すると
様ハ見て
其日の名残
間をきく
或家ハ忍
びがう首
尾ハ如何
と内ハ入れば
阿松へかめて
姿と粧ひ
酒有るゞ
仕度して
いとゝ
やうに
松

正
千
有項
天杯と
廻る盃
ふ醉も臘
の鄭さく
けれども義
総泉寺の
松風胡
々と夜
い五更
とゆ
ば
浮足
入谷
田甫と

眠よとの鐘の延屏風破れ布団ホ
枕と並べ怪しき麦の仇もまび
後の憂とぞ一
非人小屋ホ初めて泊りとと
いひ若や人ホ悟らまさく我
身の恥と伝ホ眠りびら松ハ
胥ホてどせ一酒ホスやく眠
入る真夜中ごろ表の締りも
勝手知りくる我家の雨扉
足で蹴ヒ浮先小笠ふき桂
る大坂吉い出又庵丁と口ホ蹴
突然屏風と取退けて
吉
既ホ刺んとまるる
てホ廻り涙と
共ホ声ろり
今更ホ前の目と
掠め忠
義さと
不義とろ
のハ壁式
仇殺され
ても言解
といるいホるぐら
卑しい産れよさ一度
素人元と枕とろ

せめて濁
らぬ人
さんたち
ろくね
どゆ妻
ねる
もおかの茶屋
賭博ごふ家
業もせず昔
の煙りも立つ
剃一業の新内
ぶ人様のお門へ立
一流二流の
松
四ツ小さる党
彩ーろと忠臣
左右ふ
引振袖
逆さふ
朐元へ

呉服反物
浅草茅町
金松直ち
松
千
松屋太郎
手の内で
漸々多き痩
世帯国ト五穀
も国
豆る
人間ハ産れても
織多よ乞食と卑
ロいろくハ縁とも
虚ゝ実情ハ人の命
の山吹色手切の金
と結びハ千代を
出もせぬ涙を
浮ゝ云ふ
百四の金を
出て金乞ひい
安いのご
と胸
ぐらハ
退ゝさをあ
板庇ト月

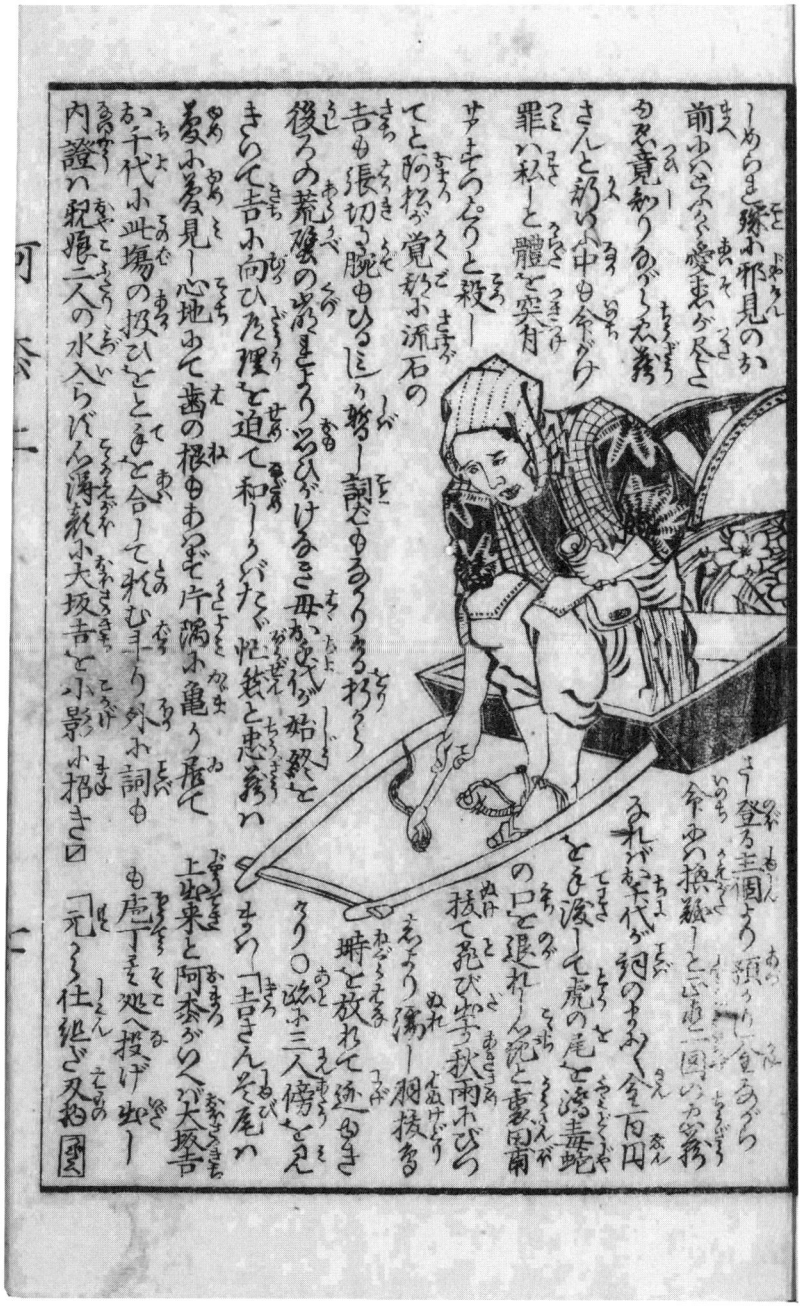

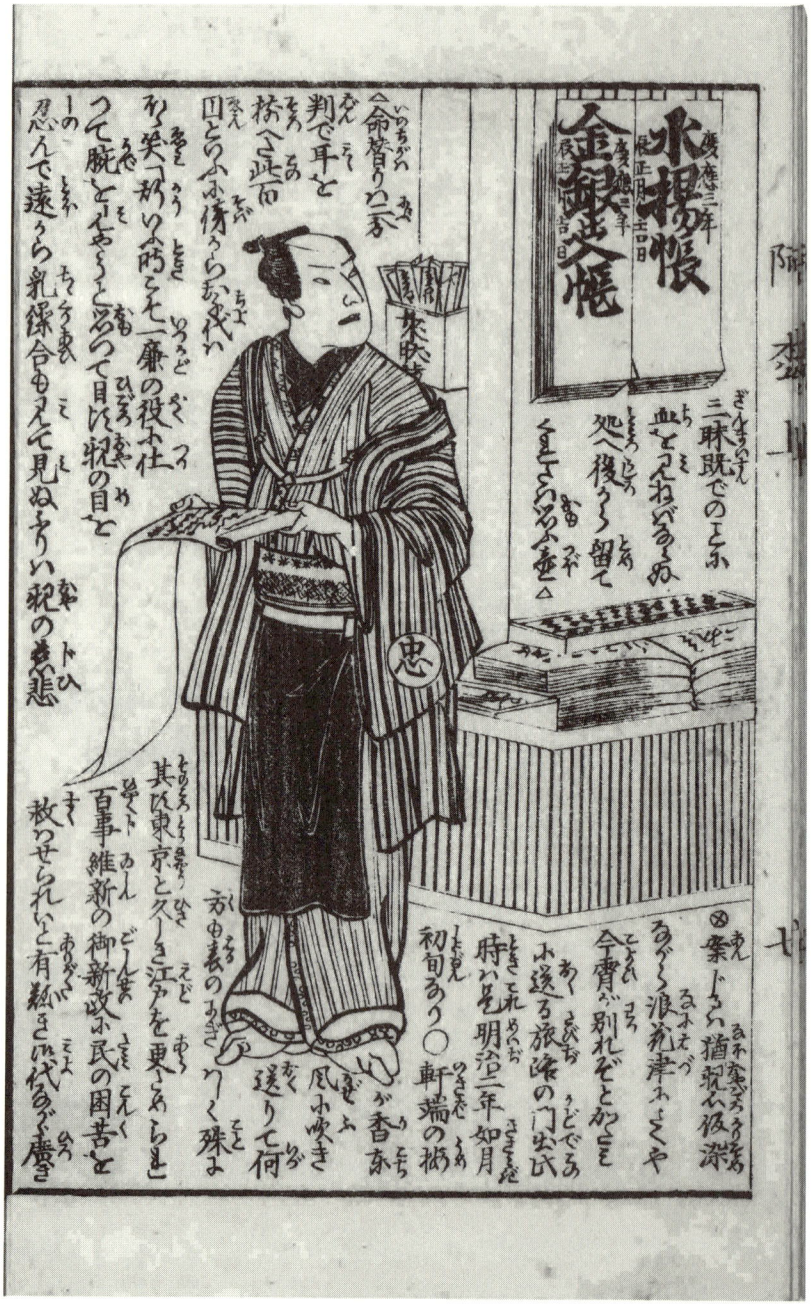
慶應三年
辰正月吉日
水揚帳
慶應三年
辰正月吉日
金銀出入帳
三味線での上ふ
血とつれねびるゝ
処へ後ゝ留て
くるとさいふふ壺
命替りに
判で耳を
拵へ此百
四とのふふ侍らゝ
忠
笑ひ初の門こそ一廉の役ふ仕
つて脇をくゝと踏つて目に祝の目を
忍んで遠ゝら乳保合もえて見ぬ
祝の悲
其に東京と久しき江戸を更ゝらま
百事維新の御新政ふ民の困苦を
救ひせられいと有難さに代るゝ慶
方も表のみぎ
つく殊よ
尽ふ吹き
送りて何
が香京
⊗楽しきは猶祝に後深
ゝ浪花津ふさや
今宵ゝ別れぞとかこ
ふ送る旅路の門出に
時に明治二年如月
初旬ゝ〇軒端の梅

首尾よくのつて百四人谷田甫の二ツ家モウ観音の
明せツ大層者さまの吹聴を風と遠ざかる茶碗の
酒と三人廻る廻りどーぢわい行ぬ身の果い
後ゆぞ忍ひ白玉の雪ゆ降りて来とゆり
夜明をくぞ降ふる○此後阿松大
坂吉い善らぬすのこ色ふとよせ稼く
悪計と廻らーて先ふ浦田西田とらひ
今又松蔵の右衛と密夫ありといひて
金百四と騙りとりしとゆふ由其筋へ聴し
うゞ日るゝ彼ぞの身ふ及ぶんと思き居ふい
堅と云ふ千代振お松と大坂吉の二人に一度妾を
隠させ二年の其内い吉ゞ吉郷の大坂へ密ふ身と寄せ人ぞ
世ろの口碑を避てふ知ぞと祝ふ勝て突合ふ引ふうて身の上を
吉ゞと思ふの為ふ世を狭めるる大坂
吉と彼ぞ退の阿松の二人の其身
の憂りふ為ぶいく
東まと跡ふ紙ふ
沫ふ旅粧ふ
とらくふ松蔵
民代右衛ふ
奪ゝ金て
路用とて密ま
古巣と接ゆまゞ品
川と外れて身の廻り
を調べやと古平蔵
ふ吉布ふ結ゆ

阿松海上

三箇の命
毛くさ結び
よろこび三人
食と色む
手拭ひ
張せど身ハ
感冒毒婦が
首途を
菓越しの
笠ろ〜で
傍りと
二人ハ
極ハ上り
ハ安
出て珠ら
吉彩どのに
来女が原の娘ハ
うと主人振さ
底氣味悪く小声
ハ
煎て
仲間同士の
賭ハ負債

千里の藪ホ
猛虎と放て彼諸の
形ゐ〻人其日の黄昏ハと申ひホ
品川駅の裏ゆゐる東海禅ちの
焼肉ホ兼て私己の非人仲間ホ安兵郎と
いう者あり阿茶ゞ久定五郎といい竹馬の友
とて義兄弟の因こて結び一極るれば
二人ゐ爰ホ今宵てあゝ
旅の用意の調へをやと
いと牝母しゝ〻ゝ大坂
吉の平常より安ゝ郎ゞ酒と好
めび僅ゐゞらも手ホ差いれの図
備前徳利ゐ酒ホ身のひゞ色ひ
竹の皮煮染ゐゞ買とて
安次郎の門ゆゐ細目ホ
もけて内て
伺ひ
註方色〻
阿松と私ホ
とゝ
そホ
ゆゐ
て
ゐ
ら〻時い私しゞ
ゞ歌後女賢しく牛
賣捨ふたて久ゐ
母さんの言分ゐホ

仇花とあることと共
物語りと先吉が古々へ身を
落つけんと
逐一ふ安次郎
ふ結せーを
一々吸て打
うなづき一互ひに
心打解て
悪いことをゝ
陽ゝ合ふが日氏の
よゝみを此とゞで
人の心の奥の
るへと主個ハ
先ふ紫門
れ入るや月洩る
板屁
安次郎
ゴ
ろの内へ
如何ゝ
とを仕出
すゝをん次の
巻ふ解
分だ

田舍源氏五十四条　二帖
大日本物産圖會　五帖
俳優三十六花撰　一帖
東京開化世六景　一帖
小學入門彩色入　一帖
同　寸珍本　一帖
鹿児嶋實記一夕話　三冊
鳥追阿松海上新話　前　三冊
同　後篇　三冊
古今名婦傳　一帖

和漢書籍
東錦繪問屋
明治十一年一月廿八日
出板御届
東京二大區三小區本石宿十四丁目二番地
編輯　久保田彦作
東京第一大區六小区通一丁目十九番地
出板　大倉孫兵衛

ハ 4
1 8
1
国文学研究資料館

国文学研究資料館
47522
昭和55年3.7

35　合巻『鳥追阿松海上新話』初編

トヲリイ
ツテヲメ
ヨロヅヤ

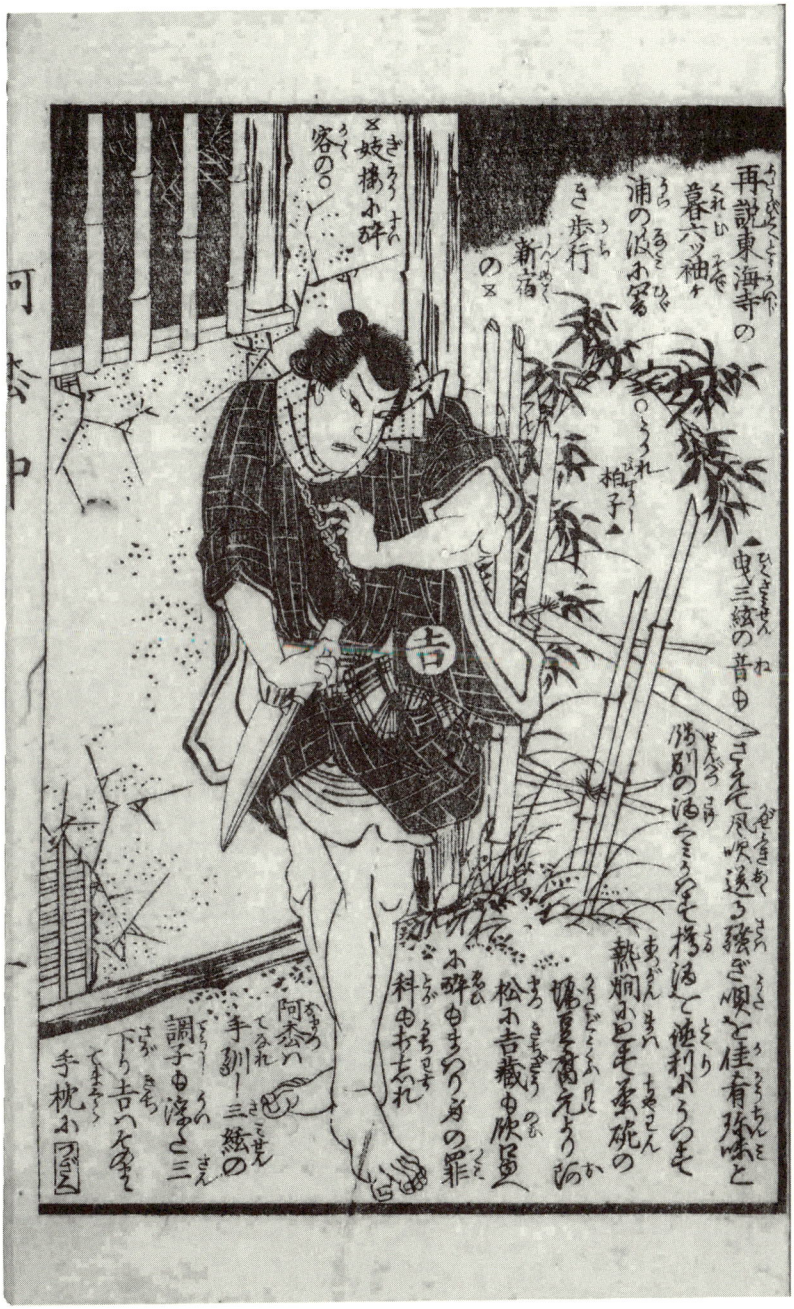
再説東海寺の
暮六ツ袖ヶ
浦の波ヵ窓
き歩行
新宿
の〆
柏子
〆姥捨ヵ酔
客の〇
東三絃の音ゆ
さえて風吹送る猿ぎ唄と佳有珠味と
隅田の酒をうまく搾通て徳利ヵうのま
熱燗ヵ口を柔硫の
松ヵ吉蔵ゆ陝屋
ヵ酔ゆまつり身の罪
科ゆ赤ちれ
阿松い
手馴！三絃の
調子ゆ浮と三
下り吉ハ七ま
手枕ヵ
吉
阿松中

数る鐘も七ツ八ツ五更ゐをき
朧ろ月流石ゐお松も是れ古郷と
今宵旅路へ出さいつ帰
り来ん高砂の松ゐ甲斐るの
日数の多せめて今夜ハ出発へ
とのゐ主個の安ゝ弟也傍
より泊れと進むるゐ涙りゐ
船の友綱ゐ繋りてゐるま
錠縄酒も極く砂屋一枝れ
て指さど隔の夜るの拍さえ
落暗き二人い臥房ゐ入りゐける
跡ゝさつゝと見定めて安ゝ弟を
門口の締りを堅く閉しつ去るゐ
忠
ゐ辻ん
と欠出ん
ゐ兵陽い
安樽差又
或ひハ六尺樽

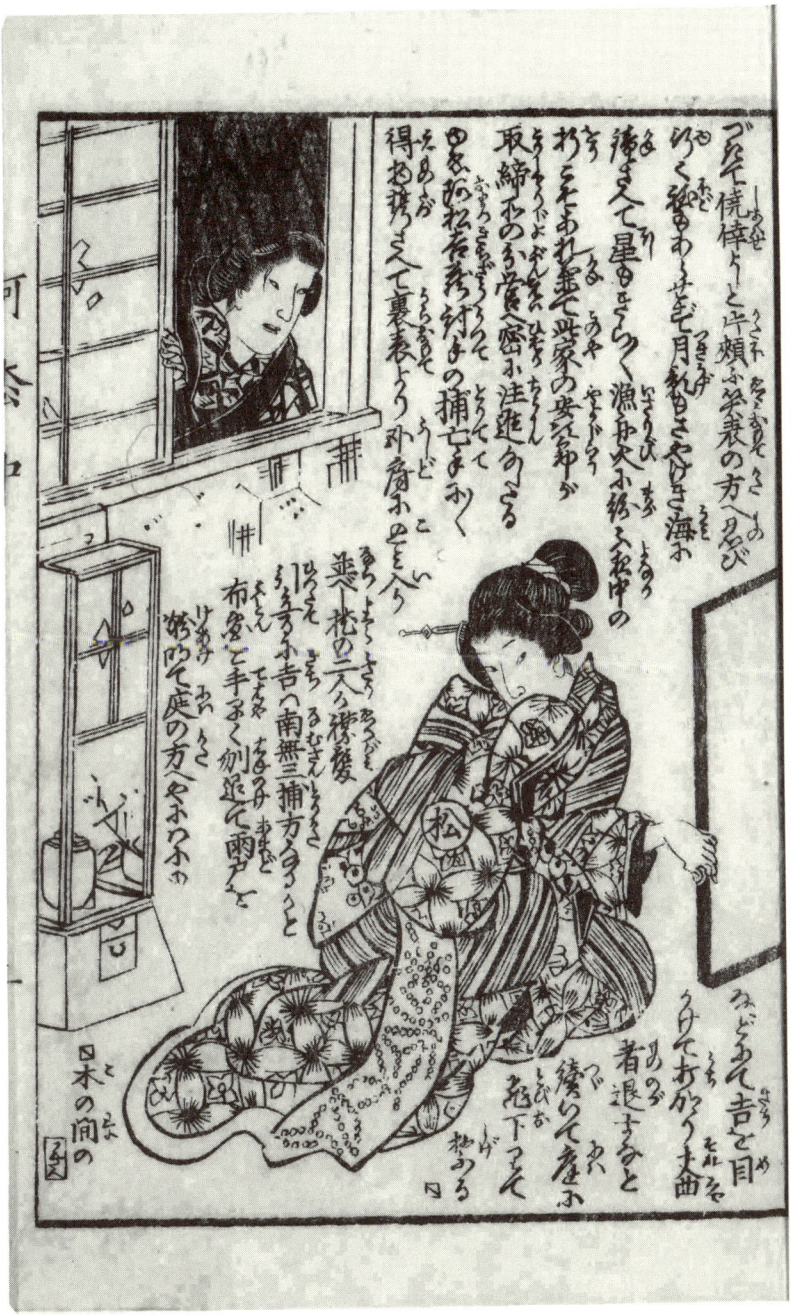

月新姫を
小楢の樫下忽
ち吉い利腕を
ろくろ打振
られあふれい
以て堪べき
その恨其怒ふ
込れ伏が
忠

吉
千
松

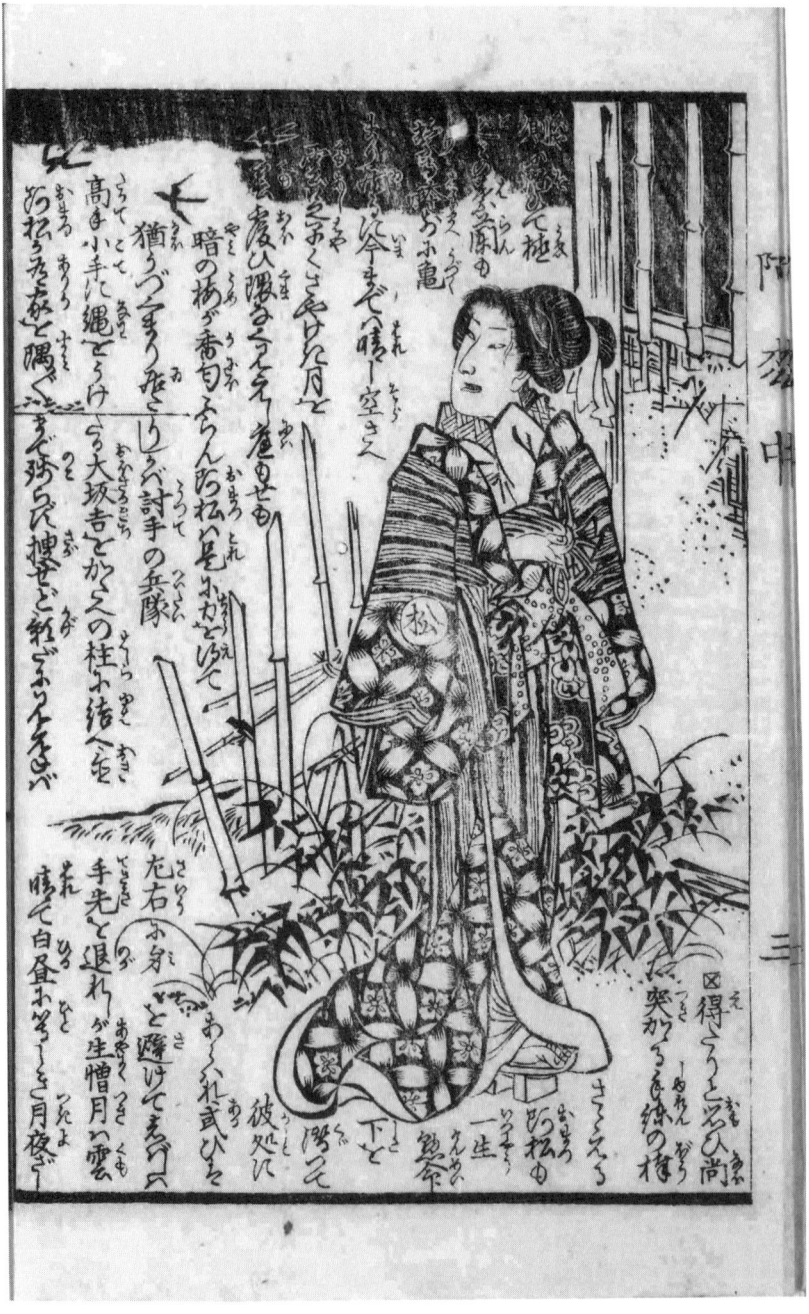
松

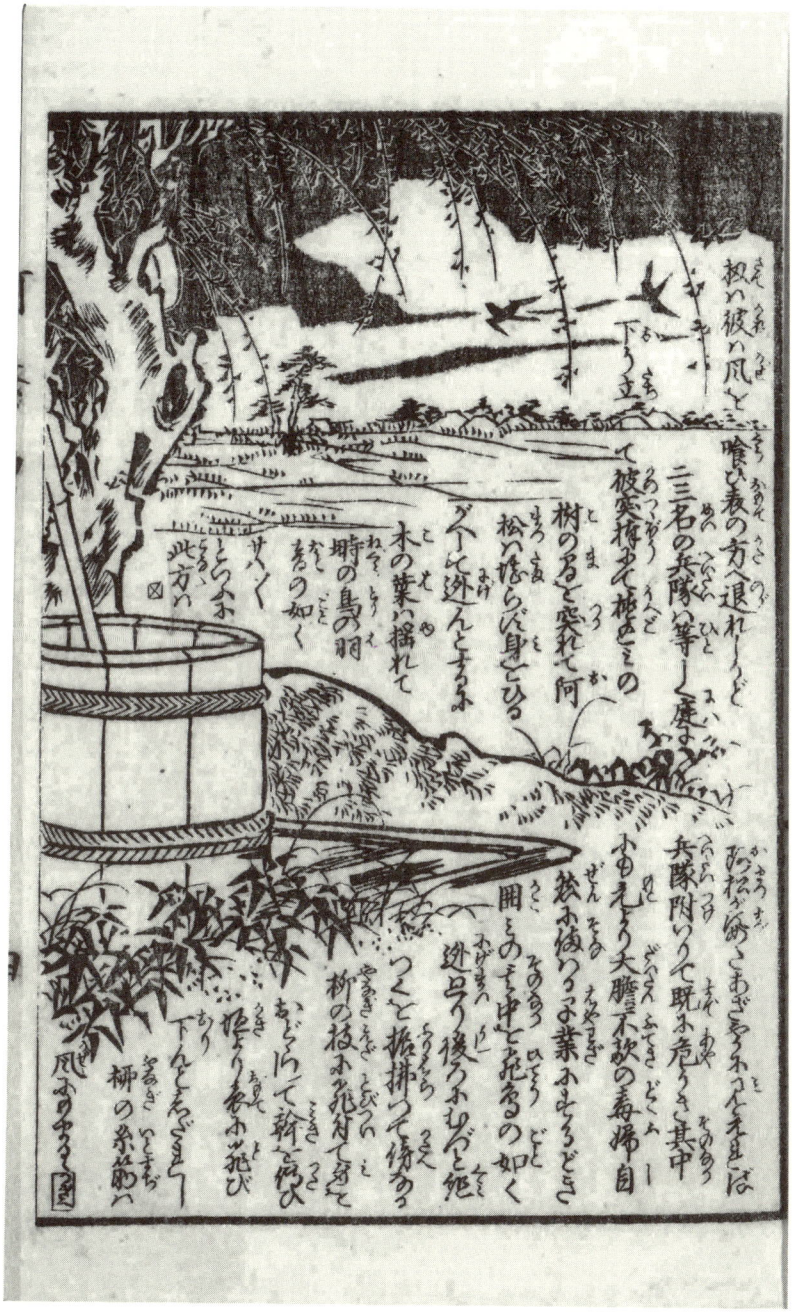

阿蘇中
四
凡情ありしが兵隊流い詰よりて行松が裳裾ふえりつゝんと
らふをと搦ひて枝より枝へ自曽在ふりぢ登るい
さのが〳〵真猿の梢えと渡るふ
さも似ぐろ行栖又りや
雲のぐく照る月彩
と隠しけるが行
松い爰ぞと隅
ての陰の枝ふ
その身をふ
梢とゝえ
つく幹とゝ枝ま
身も縮ぐと裏まの時
乙運よくも去年を入れ〳〵指稲の古茎を
吉
松
△縄も其身の七重八重
そのまゝ柱らふ縛ばれが
兵隊
の
面々ハ
たゝ人
行松を
取逃
ても目ざ
すいそこの。
青ぶくれの
ぢが叱呼へ引ゆゝんと荒げ立くも引ぎらと
屠所の羊の歩行よ人今〳〵我身ふ怪かくる

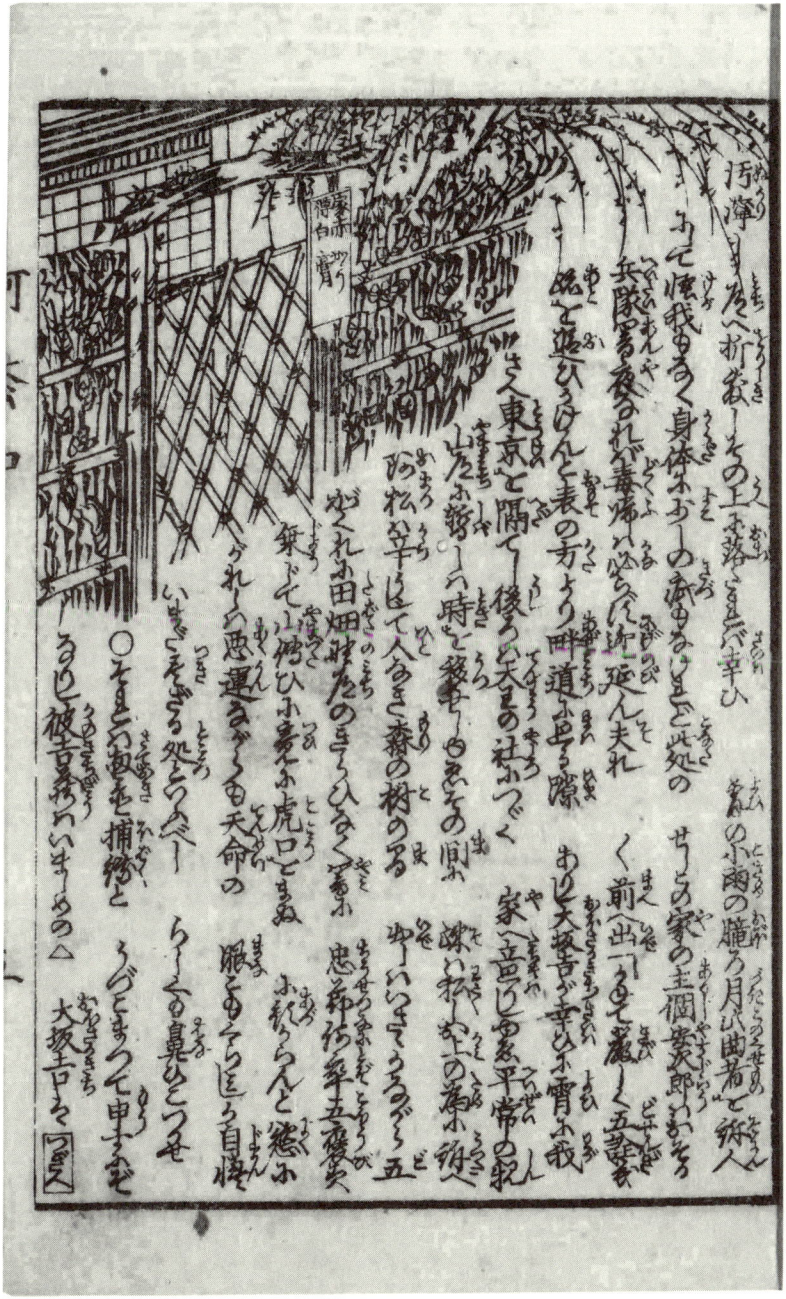

阿蔡中　五

横目ふうけ怒りの
声ふ多をそそぎ
やあ〻ふ安次郎
と見あて嘲とび
「如何ふ金ぶ〻い
とろ〻をッ仲間
の小屋ぶれ蔡へ
悪ぶて お縄ふ成り連累
せ〻ら〻夫生を且結んで義兄弟
成れど已ふ縁ゆ他人であらうが
お松ふい父定五郎の好身ゆ
る金ふ目ざまて人を呪ひ穴ふ
見ろ〻已れが地獄へ行き

図見るもいぶせき
有様ふ安次郎ハ
身を震ひ云ます
白ものいれば
吉い左右をうん返りて「今ぞ
智ゆ紛れ曳れ
定め未練な奴と
「此上いやなの」イザ
眼をとぢて
沖を越へ大膳不敷と知られ
兵隊ゆ言葉を縄付のまゝ
安次郎ふい返て五沙汰と合図の
ふ勢を集め意気揚〻と帰り

可憐の責の其上に
此笠の墓が死んだら
野暮ゑやうぐ
生きうり死ん
でもまうと此
○此後大坂吉ハ縄付のまく市政裁判所へ護送ふ
なり殷々と五吟味あるとど
不欲の
吉ハ白状
度くの
拷問
更ふ労
乳を入れる
あーも悪ずの
白状せず
肝膽へ彫
居ると移り行く眼い逆づりをあを巳くロ

七ヶ月の間ゞ牢内ふありーゲ
其ほへ御新政のわ掛
みそいと刑罰も宜
大あてゆら
民ふ仁政と
施こさまと
積年幕政
ふ苦しめら
民の疾苦を
救りやらと
刑法いとゝく
くゆ改正の儀
るまゝ世義
罪ゐ
あらねども
傾むく

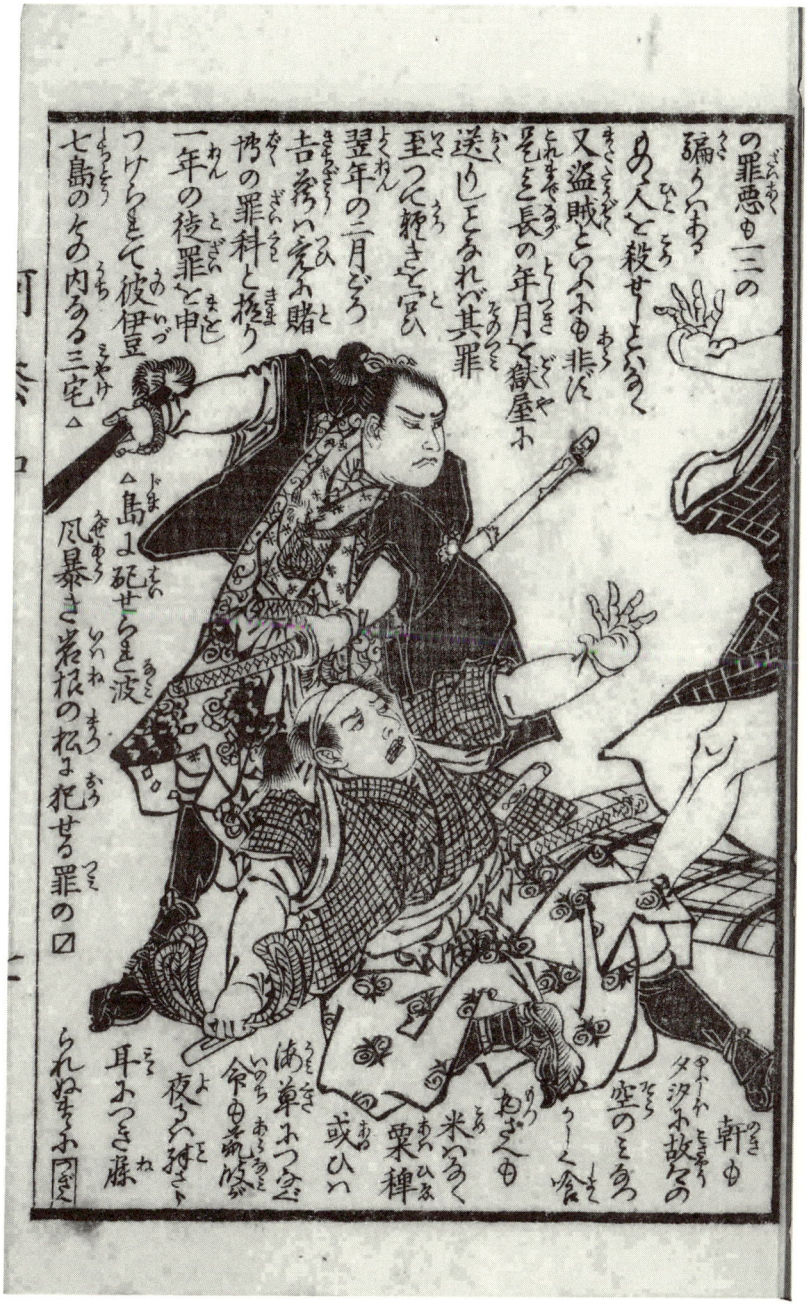
の罪悪も一三の
編りあり
あ人を殺せしとゝ
又盗賊とゝふも非に
見をと長の年月を獄屋ふ
送りとゝれば其罪
至つて軽きを宮ふ
翌年の三月ごろ
吉原い完ふ賭
博の罪科と拵り
一年の徒罪を申
つけらるゝて彼伊豆
七島のゝの内ゝる三宅
△島ゝ配せらるゝ波
凡暴き岩根の松ゝ犯せる罪の
軒も
夕汐ふ故ゝの
空のを
うゝく
ねざゝも
米ゝる
栗稗
或ひい
薄草ふつゝ
命も
夜ゝふ
耳ふつき
られぬゝふ

阿蚕中
あたり
阿蚕のとゞろひ
ぬ〻千鳥啼く蛇の
月と詠ぬうと
○却つて美ふ説ぬ
ぬひ洩ぬ浅草の
観世音ふ秘とき彼並
木町の松屋の氏代白菊のお義ハ
日毎ふ門へ行松母様が新内節の此糸蘭悩語る
▲初とび
送りふ否とハ
いつぬ所松が返すふ意ハ空と濃
こゝて主個ゞ渡せ二百四て橋町の
何某ハ仕切ふ渡せと云ハられ
短ふ濃せと
怪しても
怪しうるゝ
所松が姿さ
ふ時ハ紋
とも成ぬ
ゞひ絶る
丑家と人

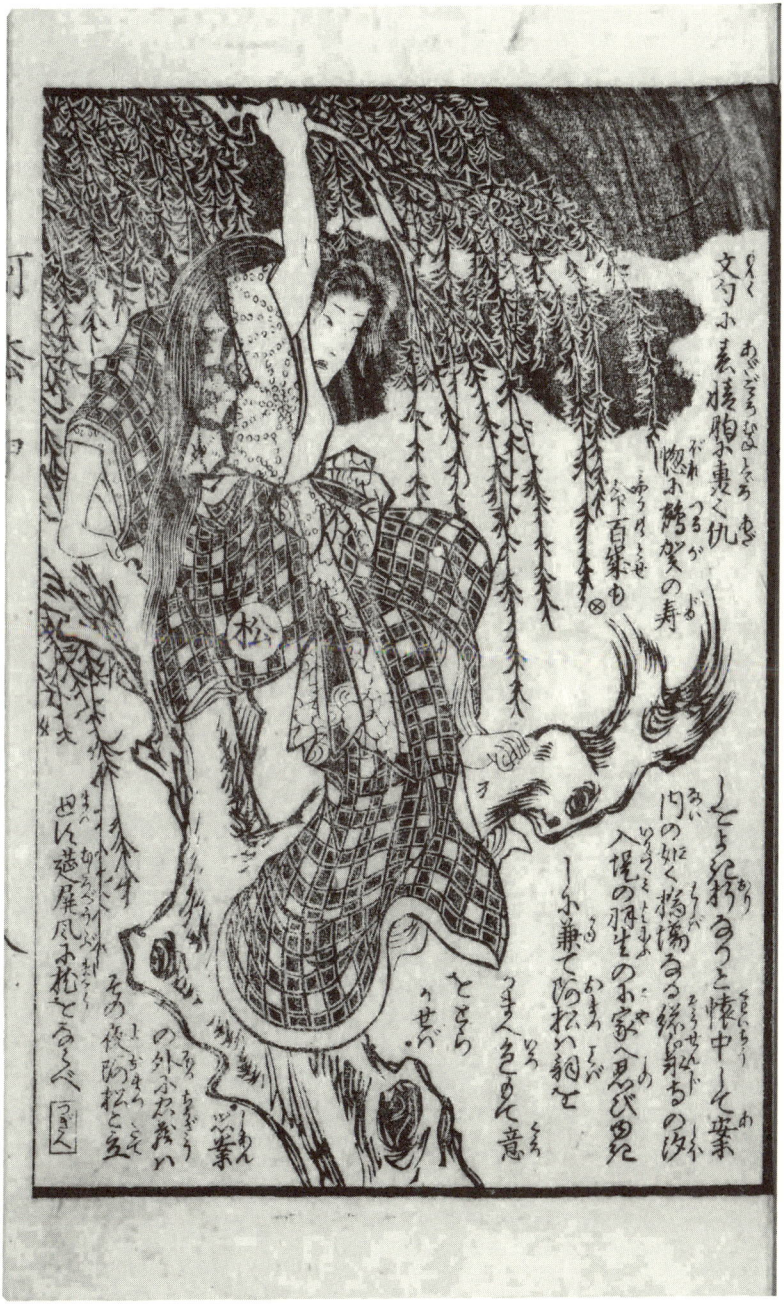
文句ふ表情腹ふ裏く仇
惚ふ鶴賀の寿
百樂也
松
とよ紀行ありと懐中して業
内の如く掲揚する絵巻ものの汐
入堤の羽生のふ家へ見び出
しふ兼て阿松い組と
つまんをめて意
とてら
の世び
の外ふ出ない
その夜阿松と立
四人逃屋尽ふ枕とるくべ

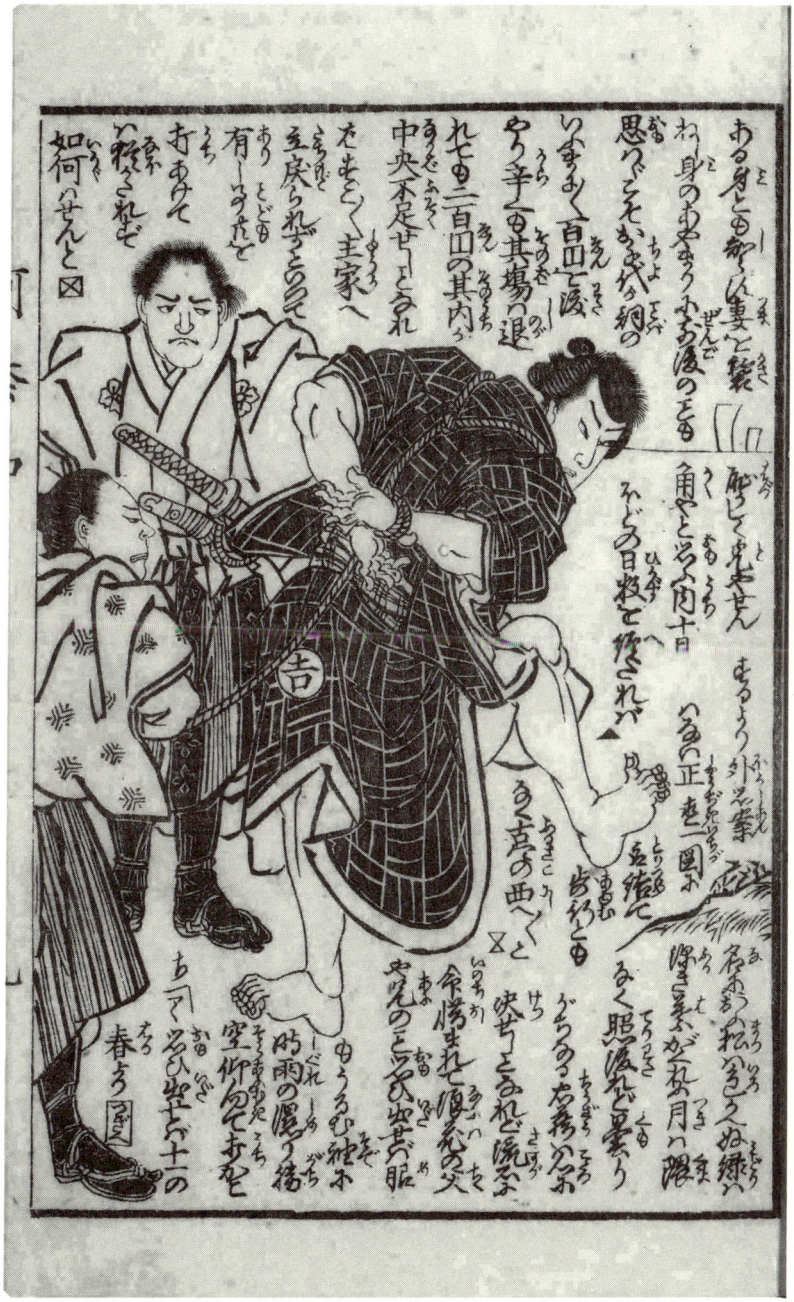

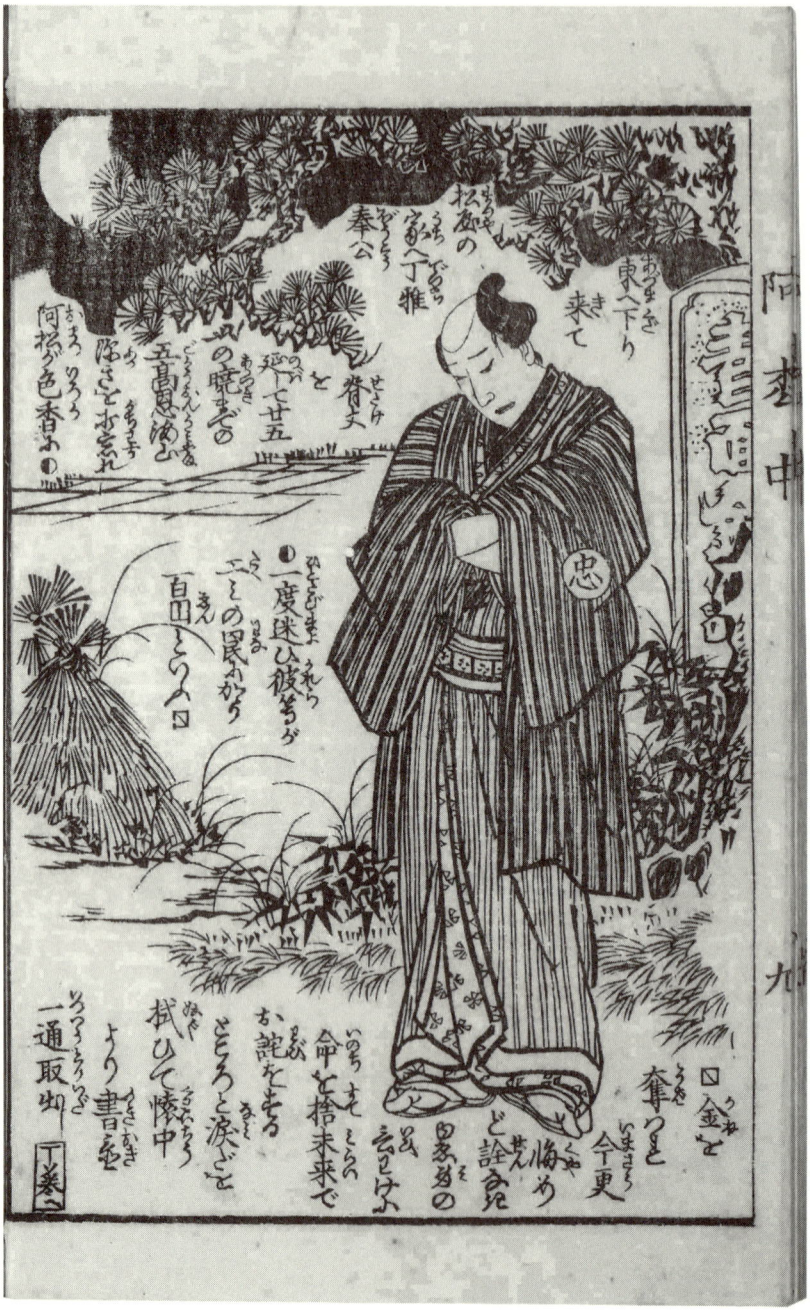
東へ下り
来て
松魚の
家へ丁雅
奉公
脊丈
を
廻り七廿五
の暁まの
五高恩沈む
陽さをおそれ
阿松が色香ふ
一度迷ひ彼方ゲ
エとの罠おかり
百四ところ人
忠
□金を
奪つと
今更
悔め
ど詮なし
因果の
云ひけふ
命を捨て来て
お詫をする
ところと涙ぐ
拭ひて懐中
より書を
一通取出
丁巻

四合源氏五十四条　二帖
大日本物産圖會　五帖
傑作三十六花撰　一帖
東京開化世六景　一帖
小學入門彩色入　一帖
同　寸珍本　一帖
鹿児島實記一夕話　三冊
鳥追阿松海上新話　前　三冊
同　後篇　三冊
古今名婦傳　一帖

明治十一年一月廿八日
岩板御届

分

和漢書籍
東錦繪　問屋

東京　二天區三小區本石宿十四丁目二番地
編輯　久保田彦作
東京第二天區六小区通一丁目十九番地
出板　大倉孫兵衛

ハ 4
1 8
2
国文学研究資料館
国文学研究資料館
47523
昭和55年3.7

57　合巻『鳥追阿松海上新話』初編

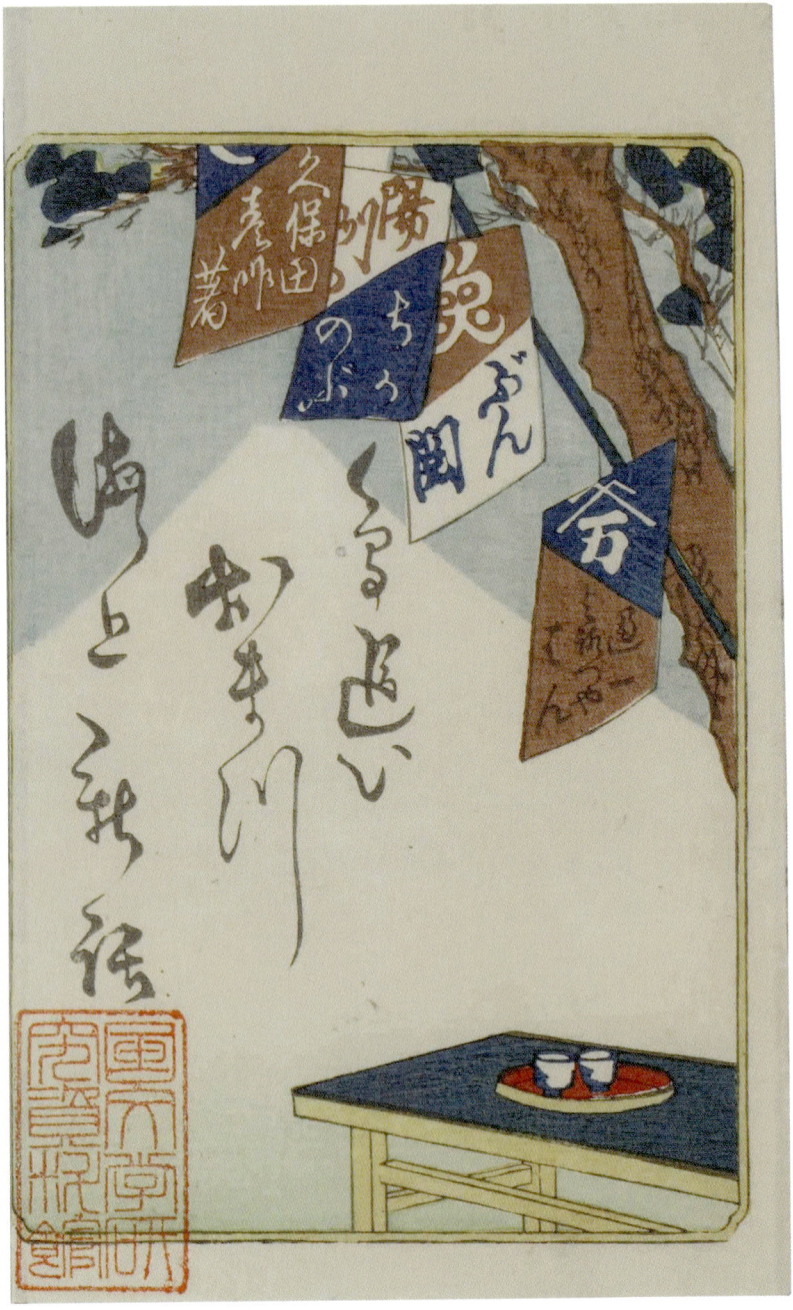
久保田
孝作
著
ぶん
聞
ちゅう
のぶ
勝
利
万
歳

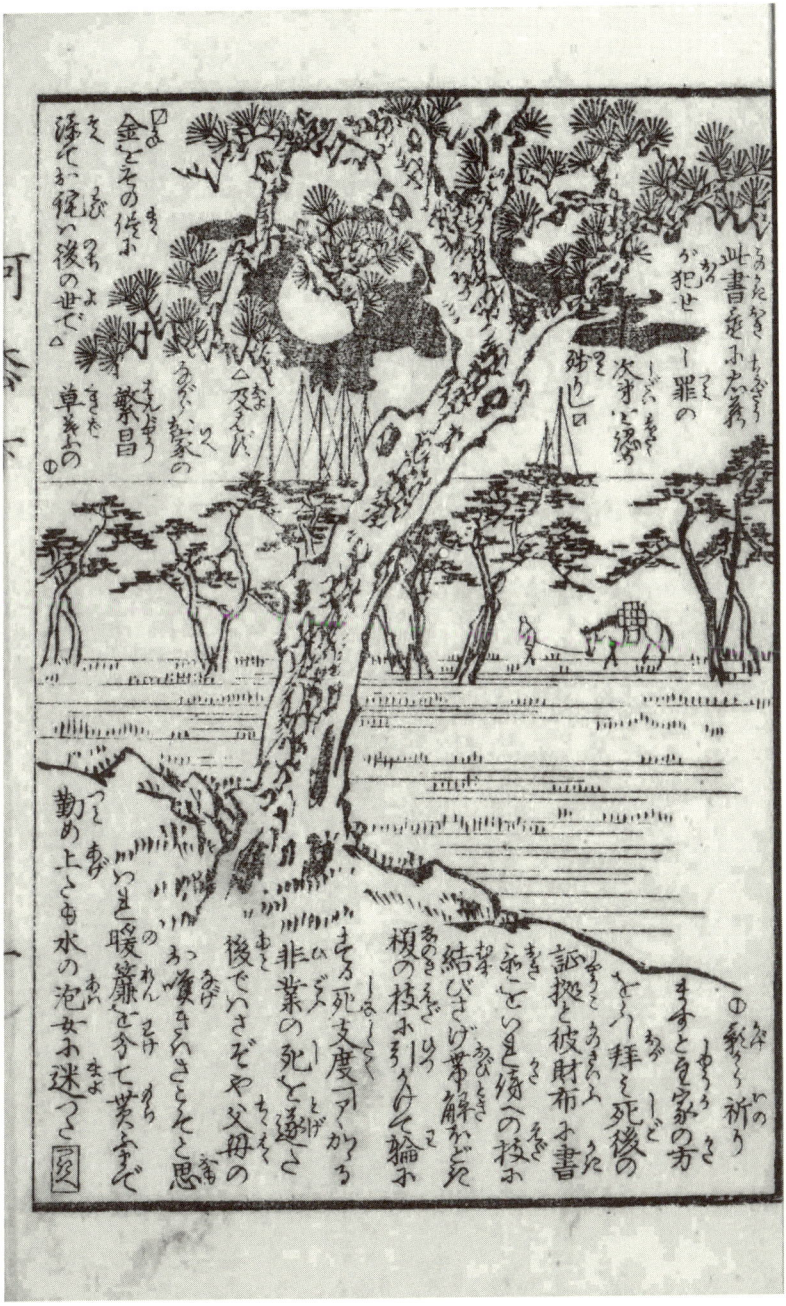

斗りで死ぬ
愛死の分の果
皆是
前世の
約束なるべし
死後れて取の
人目かからぬ
其内ふと思ひ
極め称名を口ずさみて眼を
閉帯をまとうけ右手
既ふ強きて死なんとする
その上
確り抱き
殺して
下さるべし
振掛ふまに

留め「マアク
待て
声ハ
女子の
声ハ
忠義ハ
忠

忠

松

その風情い又憎
涙交りゐ
接口説
心の底迄
汲兼て
少々の義も初めの孤ゐ
とも思ひぞりが絶ゐる
毒婦が口先き色と含ゐ
真実ゐ元より所れゐ迷
其日ゐ
ひ出今
又爰で
安達と
いよ〳〵尽
せぬ縁ゐ
でゐるゐくん
ゐ
とり六郷
の川へ身を
投げ。

徳川亀之助頃合
東海道蒲原宿
長谷川藤左衛門
長谷川藤左衛門
長谷川藤左衛門

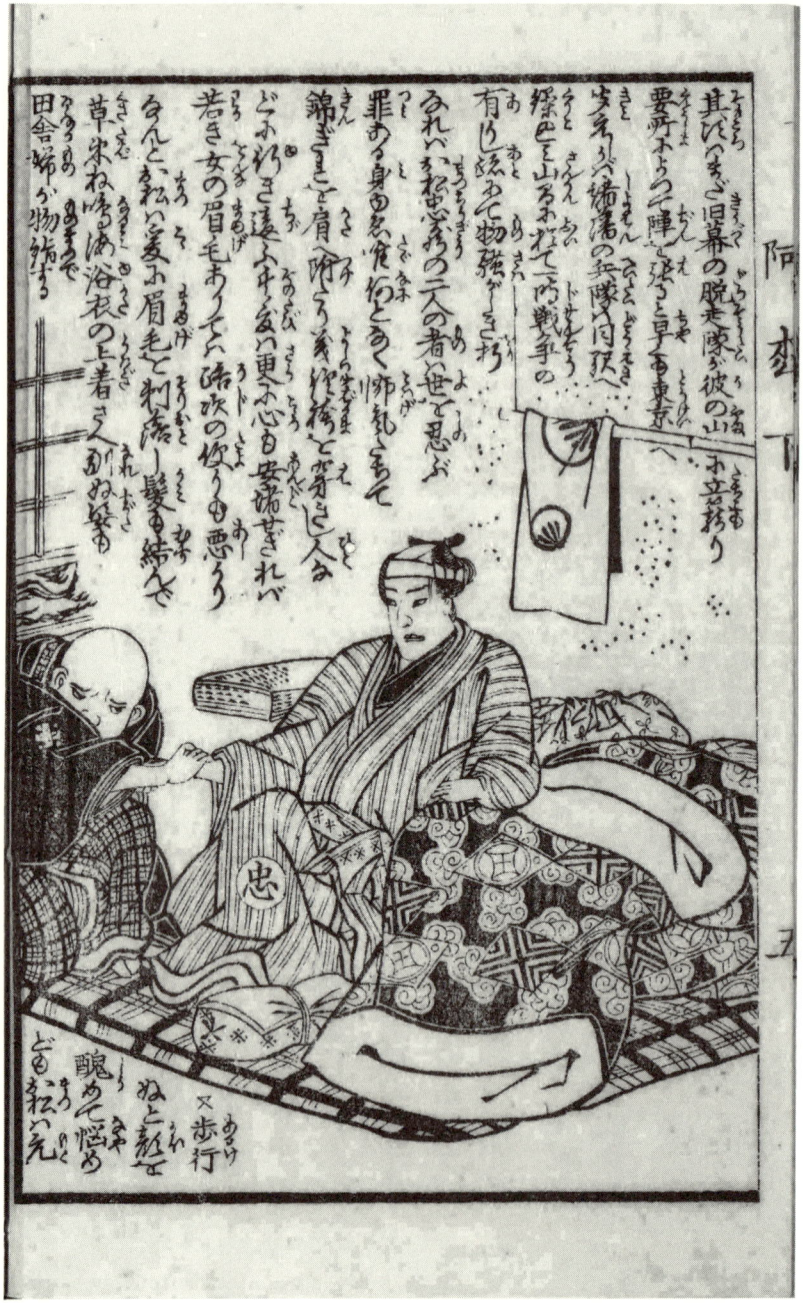
其比いまゞ旧幕の脱走隊が彼の山
要所ゝよりの陣を張ると聞く東京へ
安房ゝ上総の諸藩の兵隊が同様へ
緑色と山吹色の二色に分れて戦争の
有り様は如何物語り
ゝ立ち
忠
歩行
ねと敲
醜め悩
ども松の元

形かちらく函根の裏を矢倉沢
の山伝ひ三島へ出んと案内者を雇ひつ
□駕籠を釣せて行く
谷々山又山の嶮岨
るゝとび忠義い
困ド果
僅二日路かゝて底豆と
踏出し今い一足も
より大膳不ば
女のぐらも男猪
り忠義を励
して辛ど
三島の
駅へ
着くるも
爰い街を少
る駕籠とも
も自由なれば
駕籠を雇ひて忠
義を助けをせ
お松もかゞふ

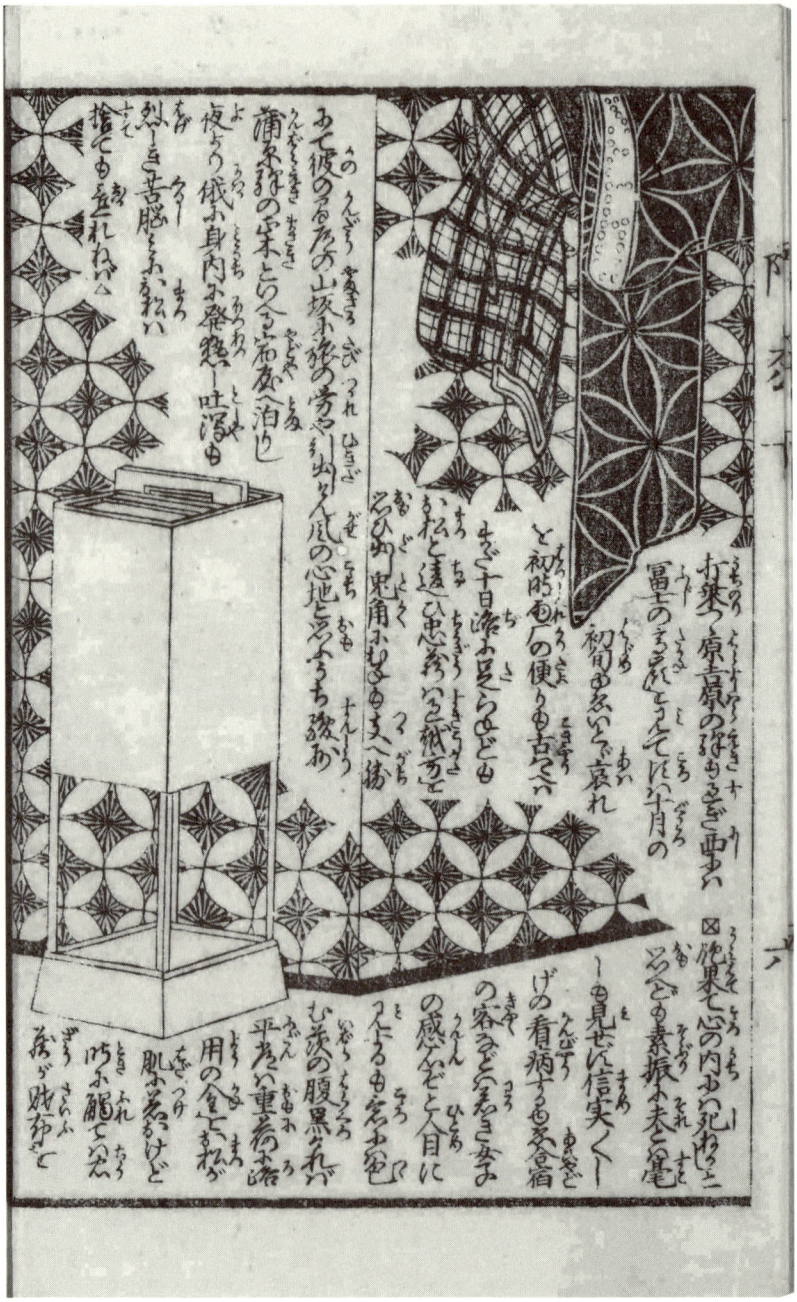

旅

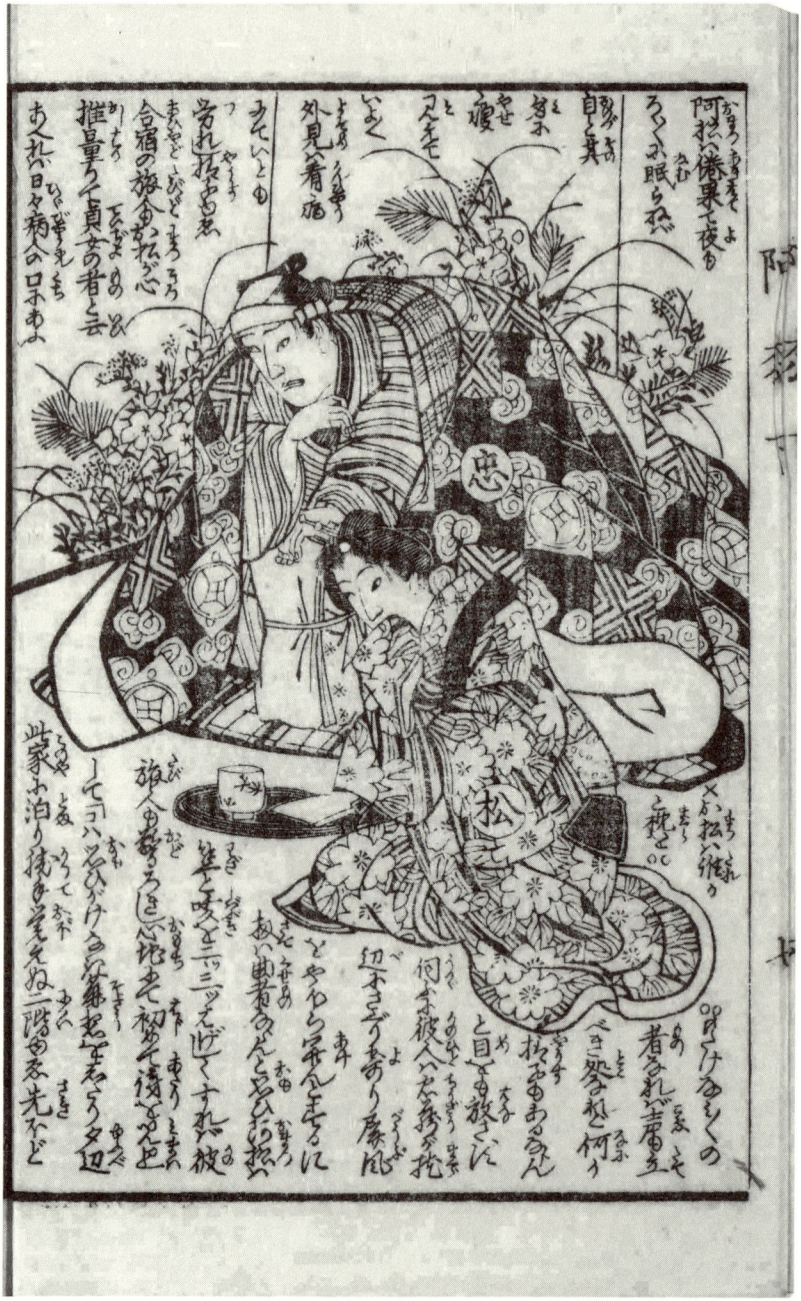
忠
松

菓物或は有さんに送りこ世人もあれば
旅

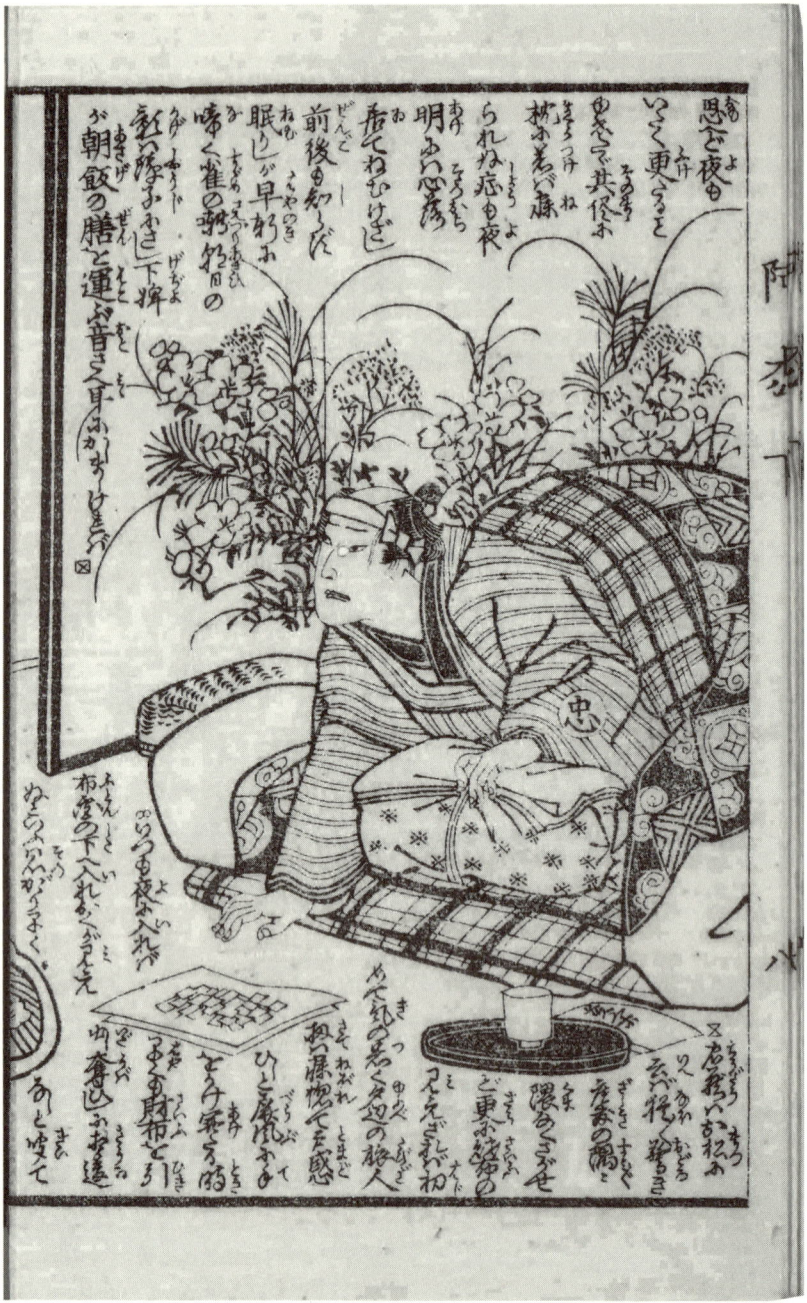
忠

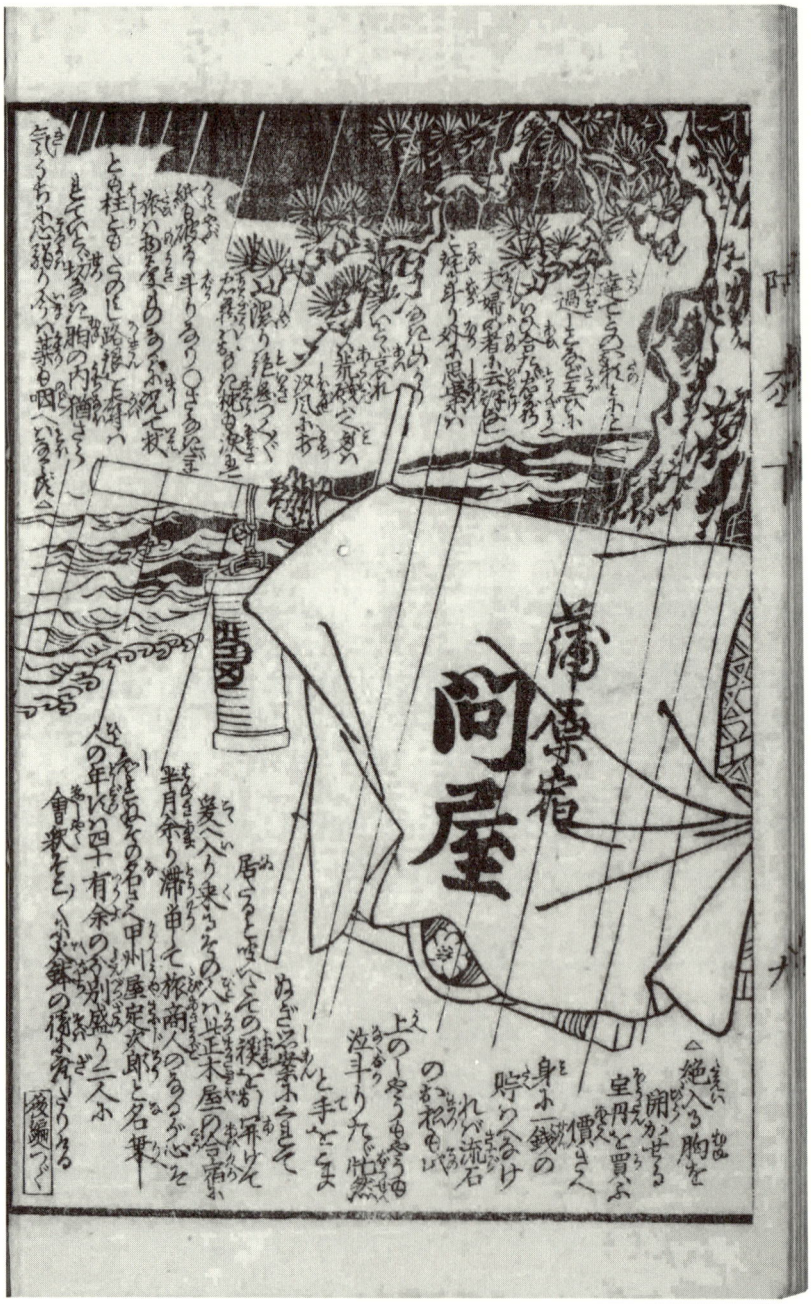
南條宿
問屋

田舎源氏五十四条　二帖
大日本物産圖會　五帖
能饗三十六花撰　一帖
東京開化世六景　一帖
小學入門彩色入　一帖
同　寸珍本　一帖
魔児嶌實記一夕話　三冊
鳥追阿松海上新話　前　三冊
同　後編　三冊
古今名婦傳　一帖

明治十一年一月廿八日
岩板御届

和漢書籍
東錦繪問屋

東京二天區三小區和泉宿十四丁目二番地
編輯　久保田彦作
東京第二天區六小区通二丁目十九番地
岩板　大倉孫兵衛

ハ 4
1 8
3
国文学研究資料館

国文学研究資料館
47524
昭和55年3月7日

鳥追阿松
海上新話
二編
假名垣魯文閲
久保田彦作著
歌川豊国延重
仮榮堂梓

本傳へ全部六冊にて結局の腹稿なりしが何松の叟跡を猶
委敷探らしめ竟に追加一部三冊と發兒せり此編ハ
濱田正司の妻妾子が貞操忠僕佐助が非業乃自殺
僧日源行脚の雪中に毒婦を助くるの條又忠藏が再
度身を投んとして僥倖を得ること等全部の局を結ぶの
大團圓なれば尚看客の御愛顧を乞ふ 嵐錦榮堂敬白

ハ 4
1 8
4-6
国文学研究資料館

二筋中
二筋上

鳥追阿松海上新話
後篇
二篇下
大倉孫兵衛梓
書延堂

二篇上

新年告る鶯の。先と拂ひ〳〵鳥追も。今ハ昔の春とぞ
なり　ぬる。勤番の唾涎ハ髭と傳ふて長く。海上遥の
音ハ三絃のいと細し。拔衷を巡廻りて新道ふ至り。多錢貫
ひ得ぬ。馴染の門と一絶の狂詩當時の形容を看るふ足る。
阿松が傳の長物語。久〳〵續け〳〵久保田の筆が。諸君
の御意ふかゝ讀新聞その結局を二帙ふ納めて。世の
勸懲ふ供ふる者ハ。同氏が繫机の餘力ハ〳〵て。顛末を
て末を示ハ。記者の注意とハふも可ふらん

明治十一年一月　假名垣魯文叙

阿松後上
獵人作藏
毒婦阿松

是
摩耶山道
妙顕寺の
住職日海

乗出松屋の
手代忠蔵

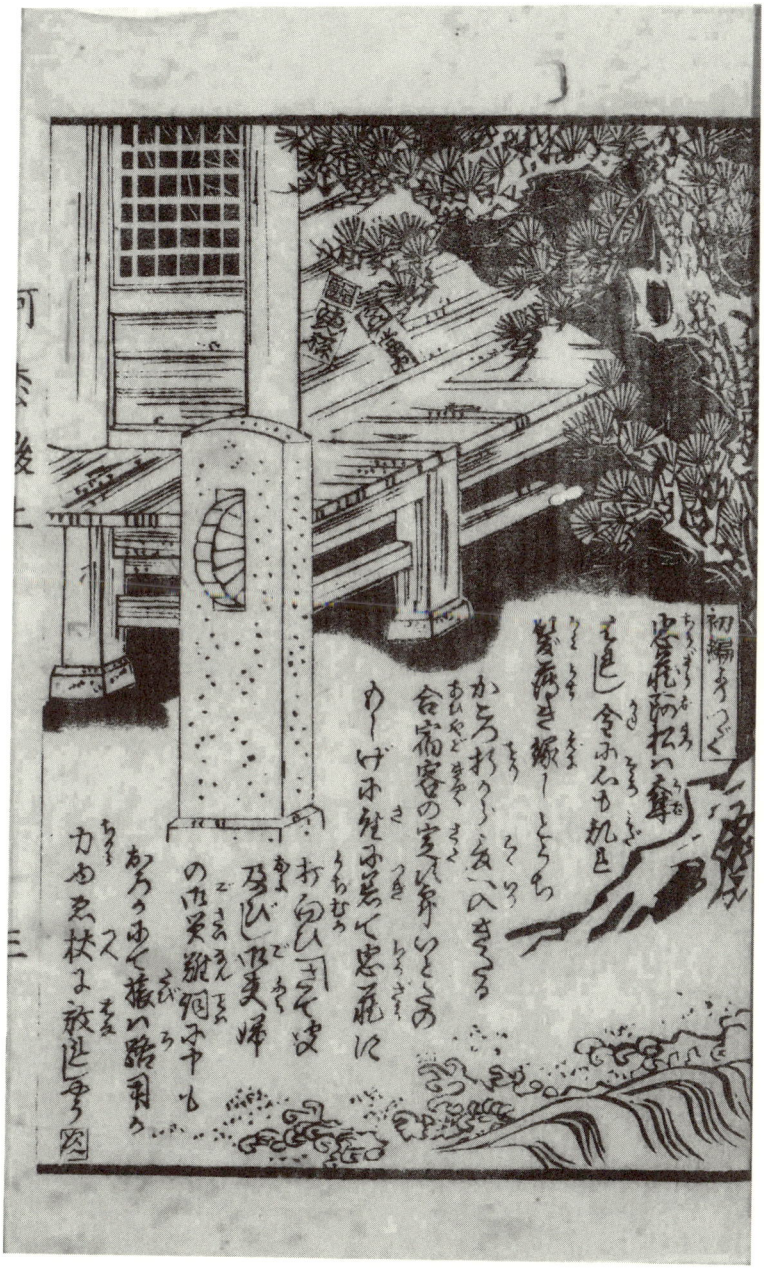

萬孫
浦屋

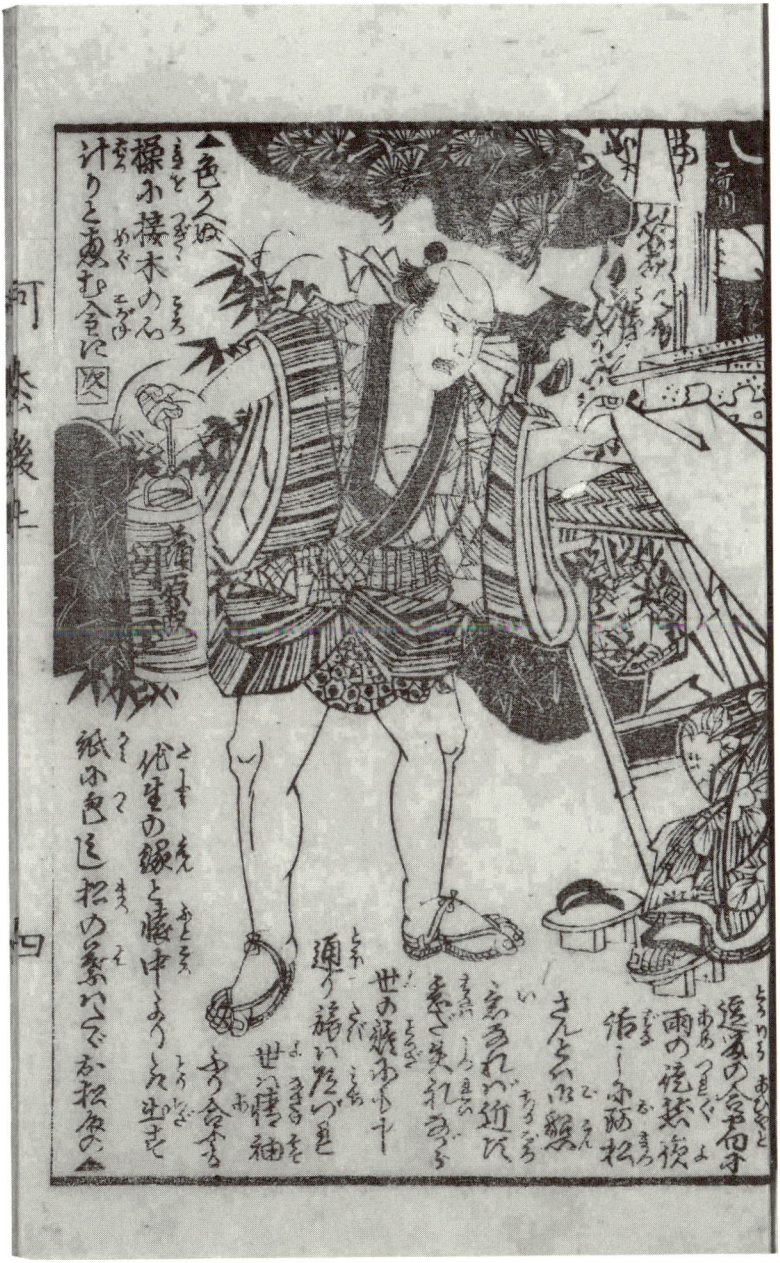

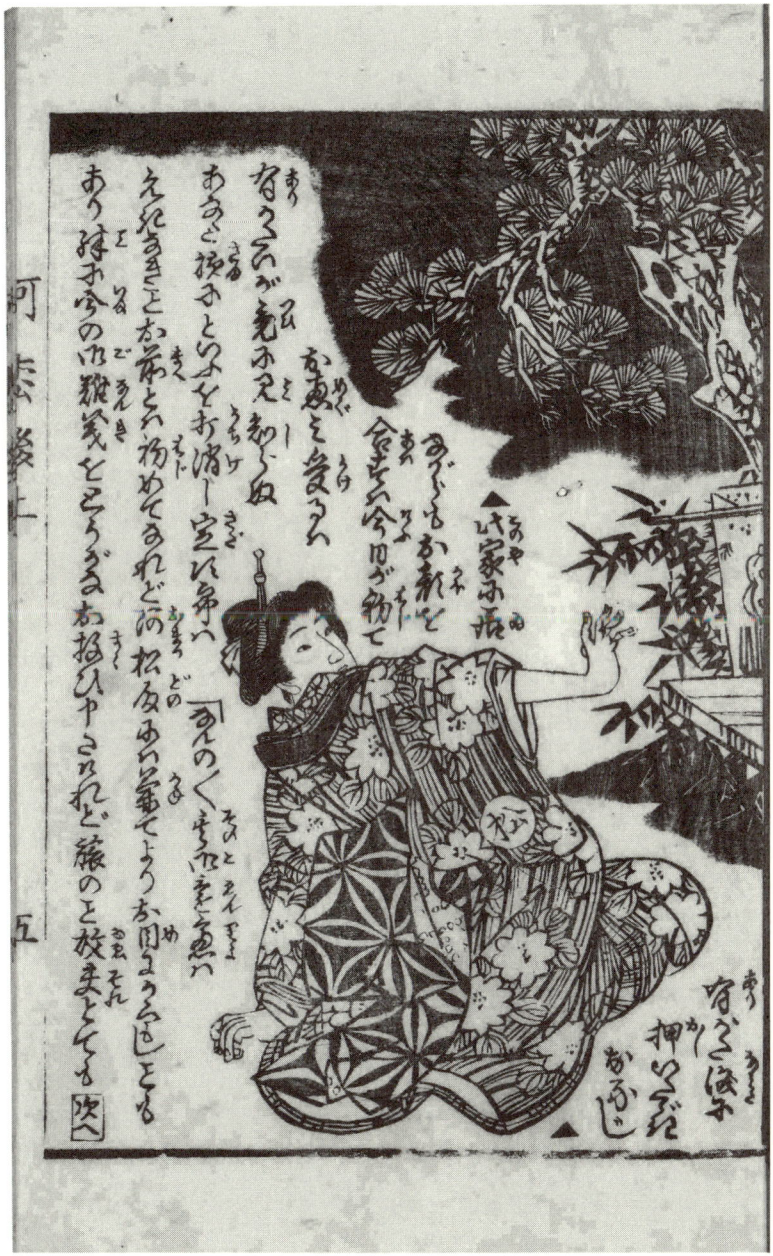

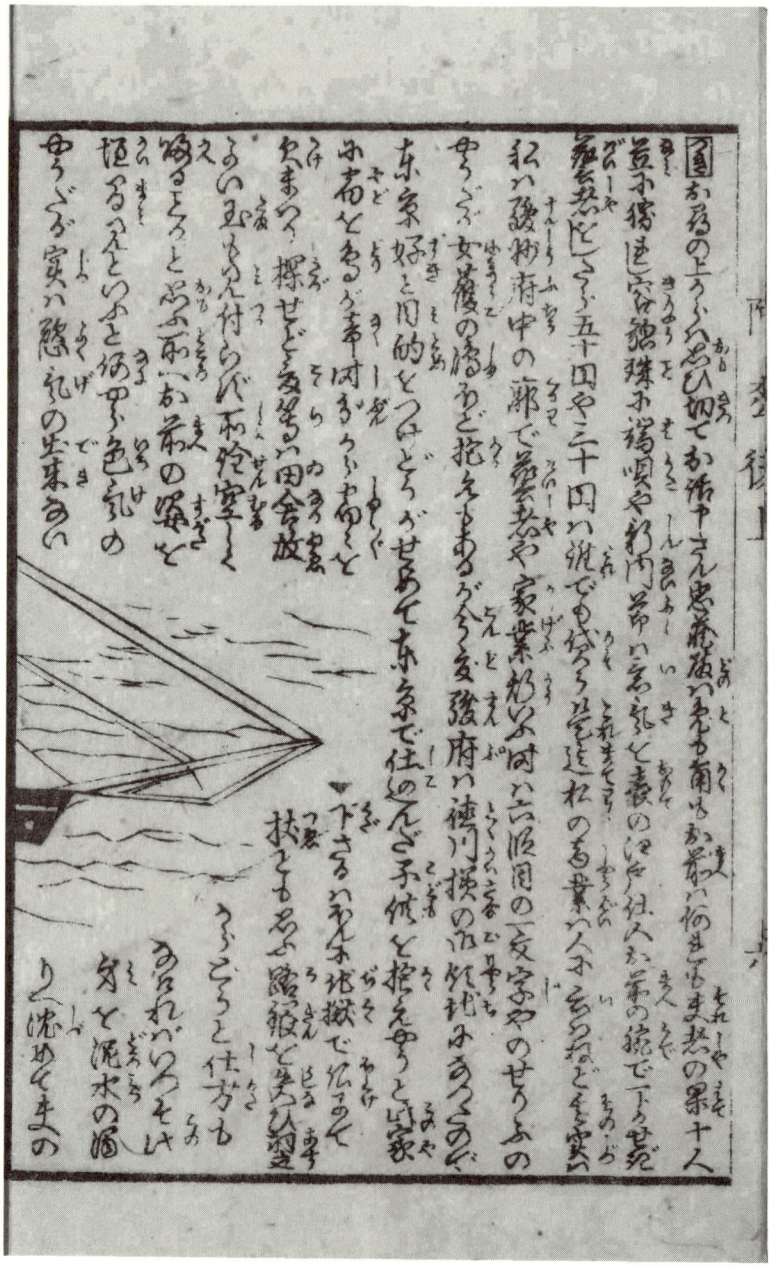

[図]お為の上ろふいもひ切でお浦中さん忠義孫いろも南ひお家わいの生ぬ事恥の果十人
豆小猪色宮殿珠小福貝や彩内節いろ乳と表のいを仕人お家の続で上ろ世兎
紙長恐ビさぐ五十円や二十円い祝でも代ろ上笠迄私の為業い人ホ ろ初ど生実い
私い殿物府中の郭で紙長恐や家業私い河いこ恨国の一反字やのせろふの
中ぐぐ女優の為ど拓えもるぐろ交殿府い徳川換の仇代私ホあくぐ
東京好と用的とはどろがせあて東京で仕の尺ぐ不然と拓えもうと山家
ホ布とるぐ本河ぐろふ布ぐと
欠まつく探せどろ多い田会放
ろい丑もん付ら代布殆宝ぐ
海るとろとぐふ布ホお家の罪を
拓るいえといおと河中ぐ色乳め
中ぐぐ実い慈乳の生来ろい

下さるいもんホ地獄で仏ろて
扶ともろふ踏報と実人殺生
ぐろと仕方も
ろ名れいろそ
分と泥水の酒
り沈めて来の

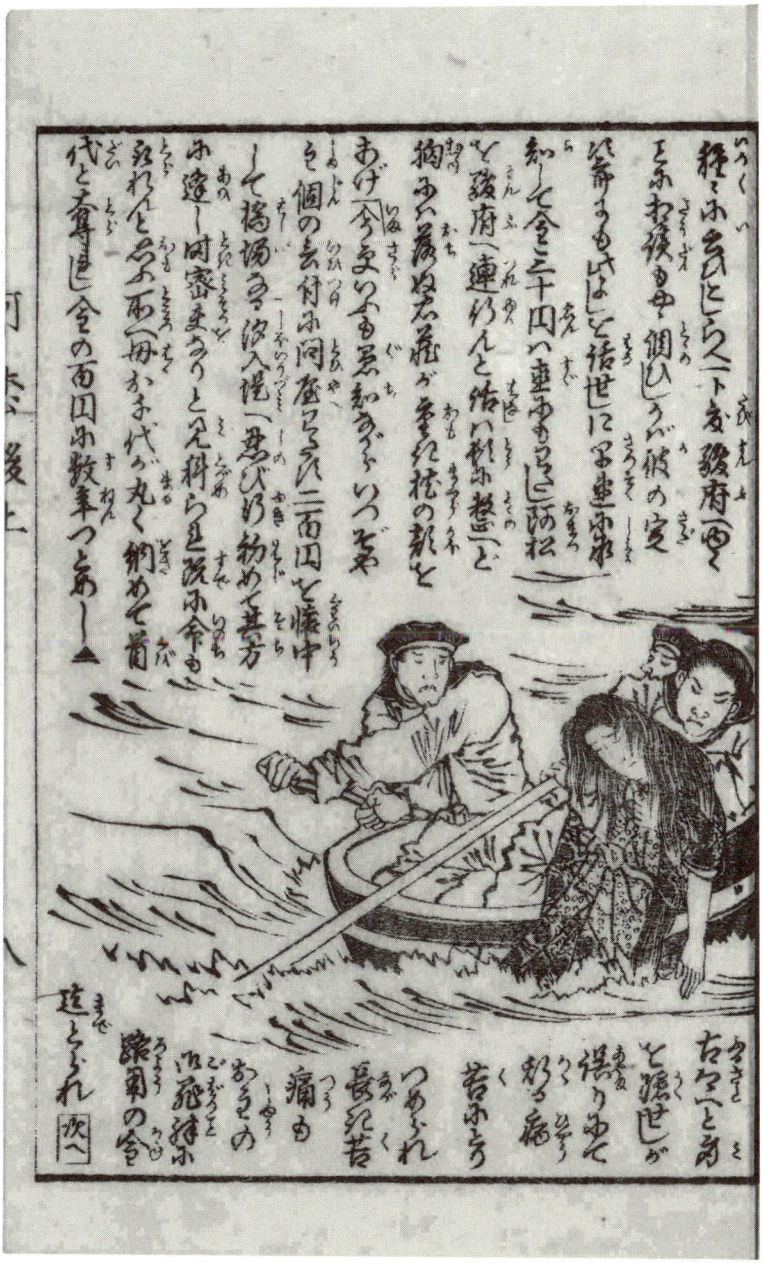
古女と為と
と張世が
張りめて
彩る痣
苦ふう
つあれ
長死苦
痛み
おるとの
ひ死苦ふ
臨月の合
送とられ
次へ

長松

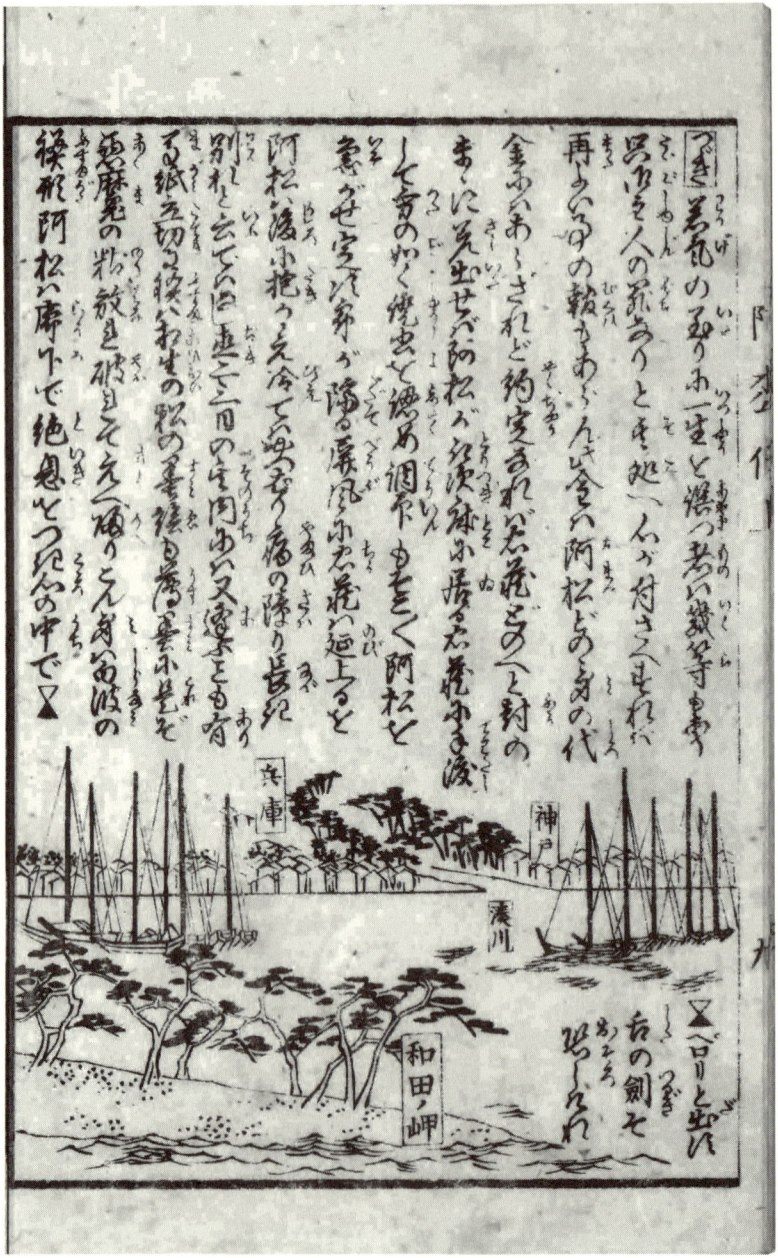
神戸
湊川
兵庫
和田ノ岬

田舎源氏五十四冊　二帖
大日本物産図會　五帖
俳優三十六花撰　一帖
東京開化世六景　一帖
小學入門彩色八　一帖
門寸珍本　一帖
鹿児島實記一名西南　三冊
鳥追阿松海上新話　前　三冊
門後篇　三冊
古今名婦傳　一帖

分　和漢書籍　東錦絵　問屋

明治十一年一月廿八日
出板御願

東京大區三小區雲雀町十番地
編輯　久保田彦作

東京第一大區六小区通一丁目十九番地
出板　大倉孫兵衛

ハ 4
1 8
4
国文学研究資料館
国文学研究資料館
47525
昭和 55年 3月7日

千住
二篇中

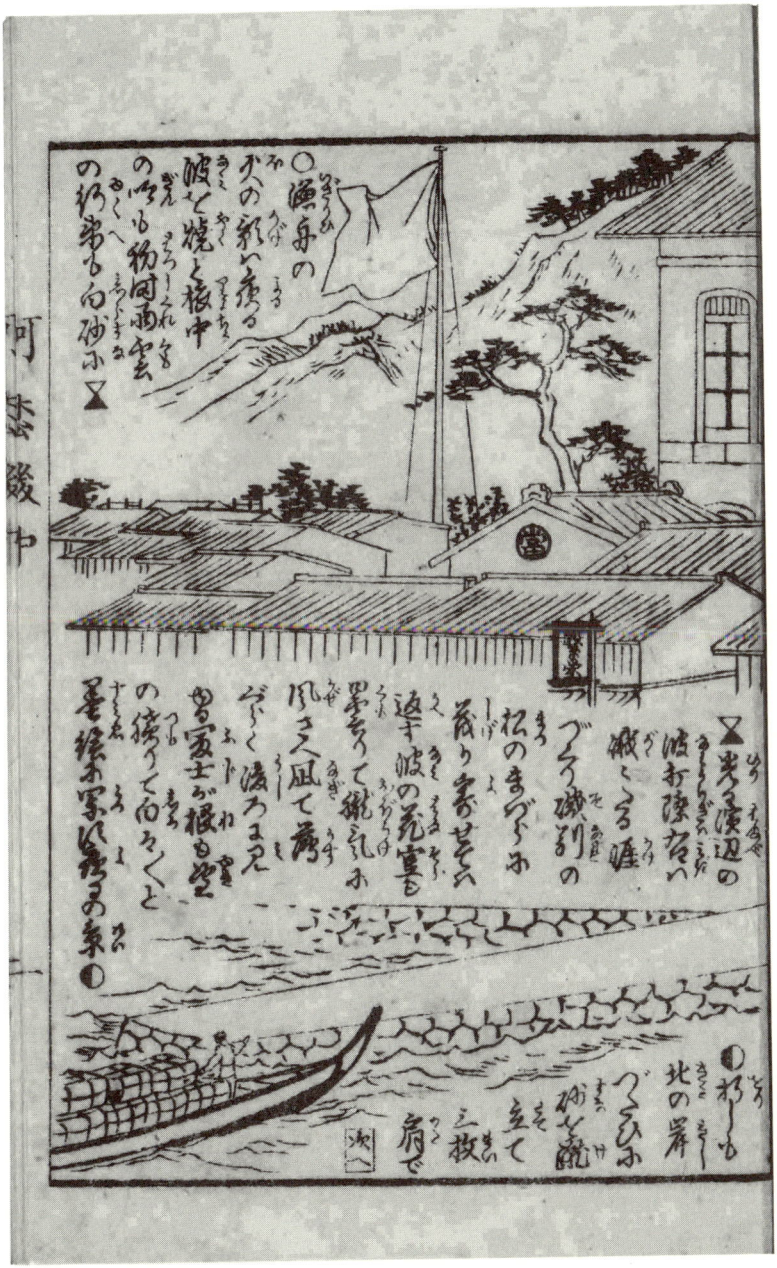

忠兵衛の文
とめの「さぞ姉さん窮屈で在らう
と云ふ人が引とって
もや方うい云付ふ大そう乃と

西鶴物中
二
御
能
竹屋
つぎ
勇れど出て義と
破つて涙の者驚く
眠りの者の
れど家内の
奥はとの帳〜ふるこい
ぶつぶつて可ありり
◐会付ごとなて
阿松ハ二人ホ向ひ
「さうして
とお義達がおいひの
「イヤ
雅べ
ねへ
宝ハ弟さ
生の扇とあの立
一個の男侍
椽
ホ櫻ホ掛て阿松ホ向ひ
義ふ様ホ人中の被れ
ハ連て
家士ガ招

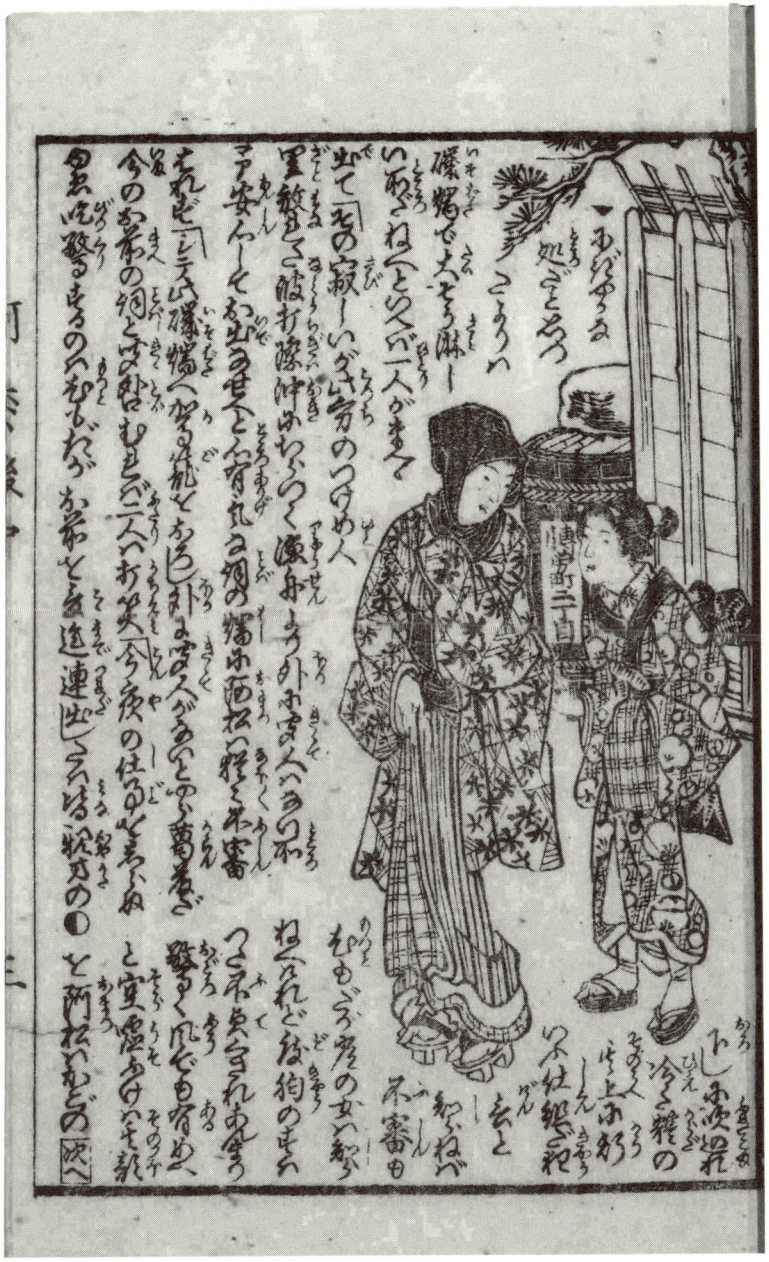

阿蘇後中
つゞき
子おとゝ孫太郎ハ社五蔵ハ逸付させたゞ
まろ〳〵先ハ忠義の病ひのうめハ忠ホやく
風と義付永の逸ゆまぐまのうハ
▲敬るく
ごらうぐのつぞや
庚ハ合宿の宮ぐ
病逸ハ社長へ
▲
ハ下ろう
紙帯
引
出し
涙
と
奪こも
れぐ
さ
行ん
と

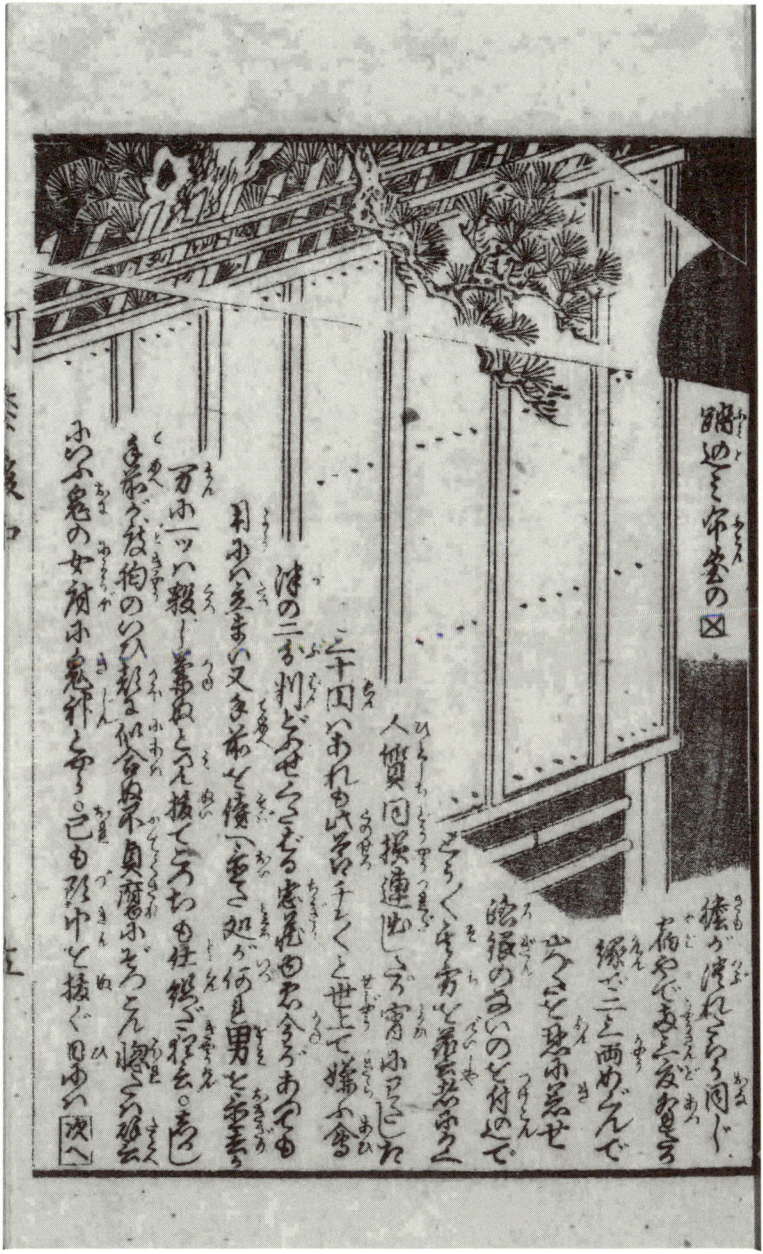

忠

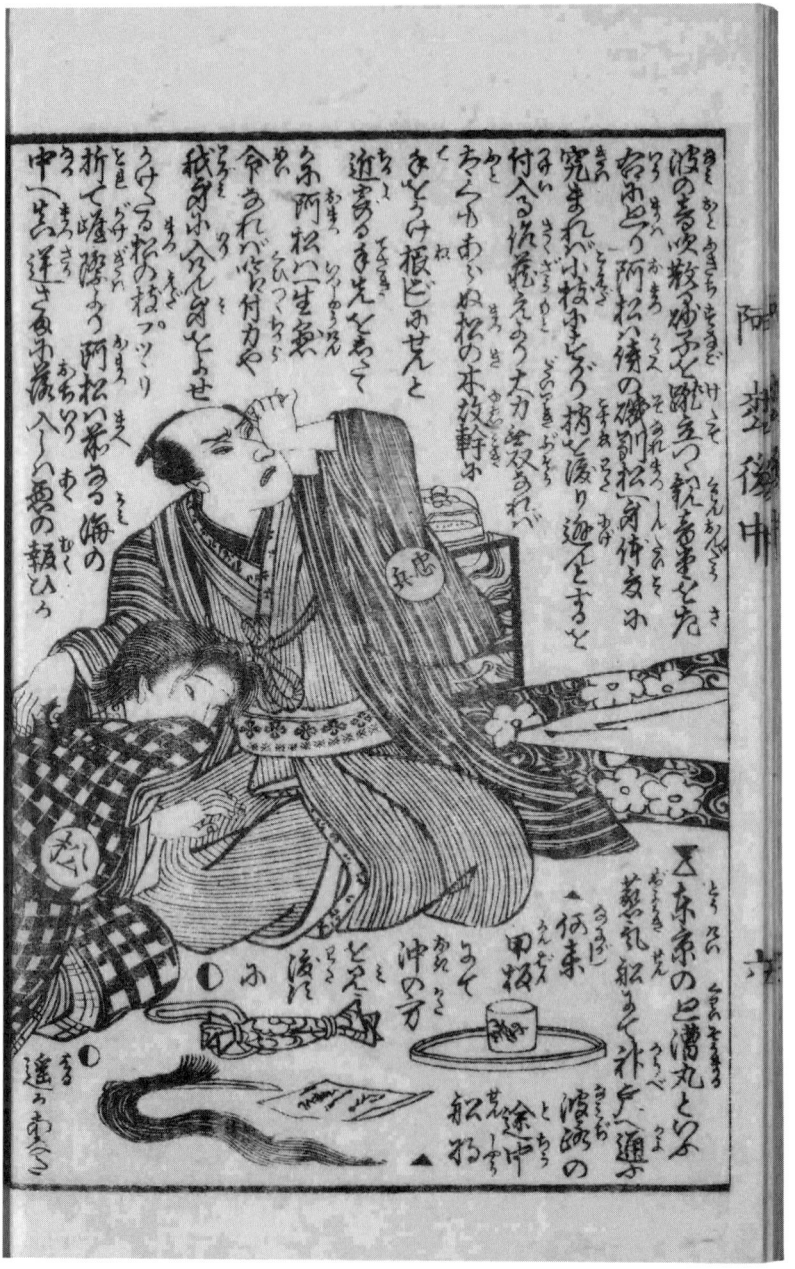
阿蘭陀後中
東京の巴潟丸と
仮来
甲板
沖の方
途中
紅葉
遠ろ

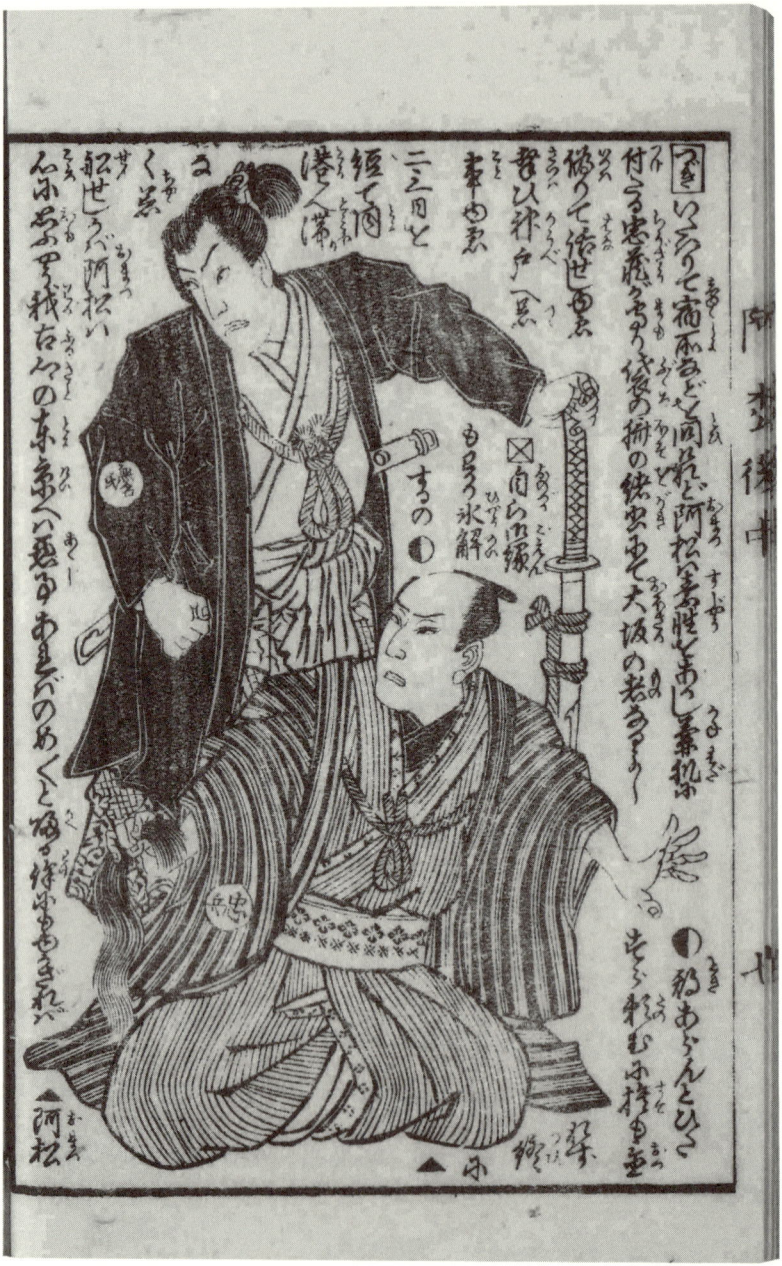
阿松

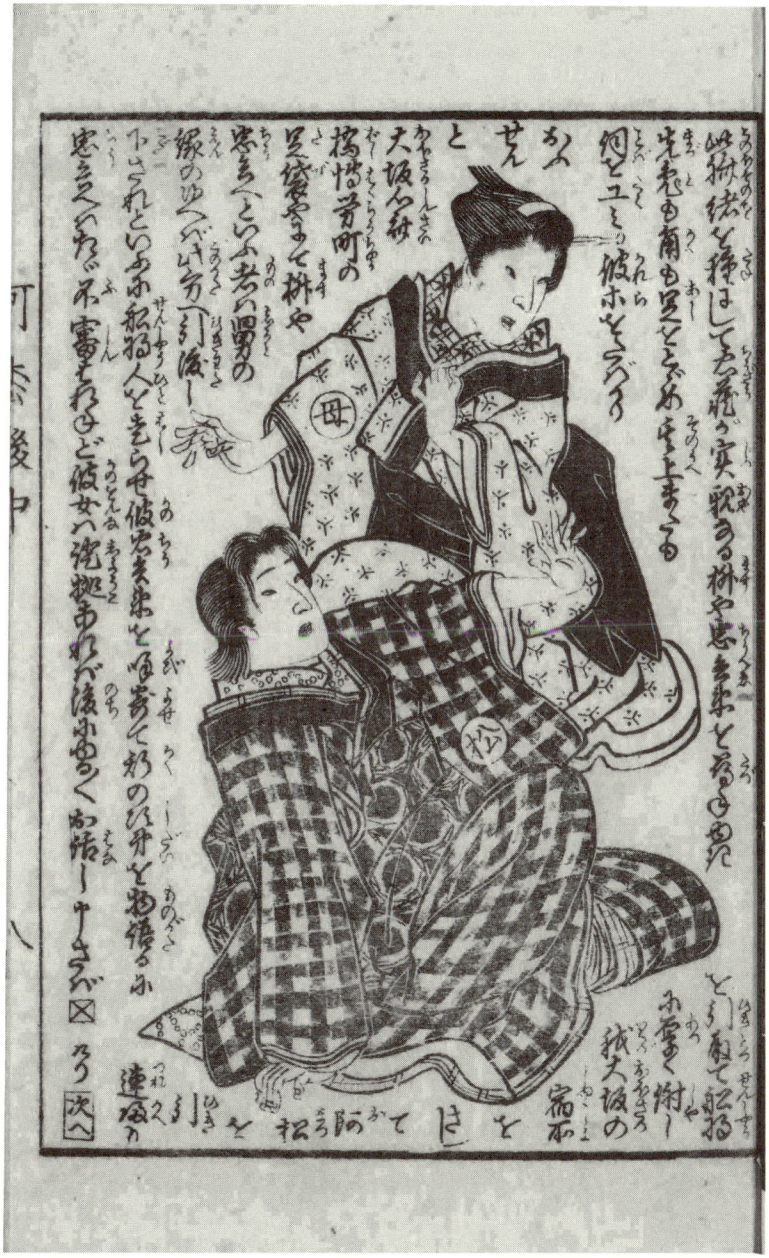

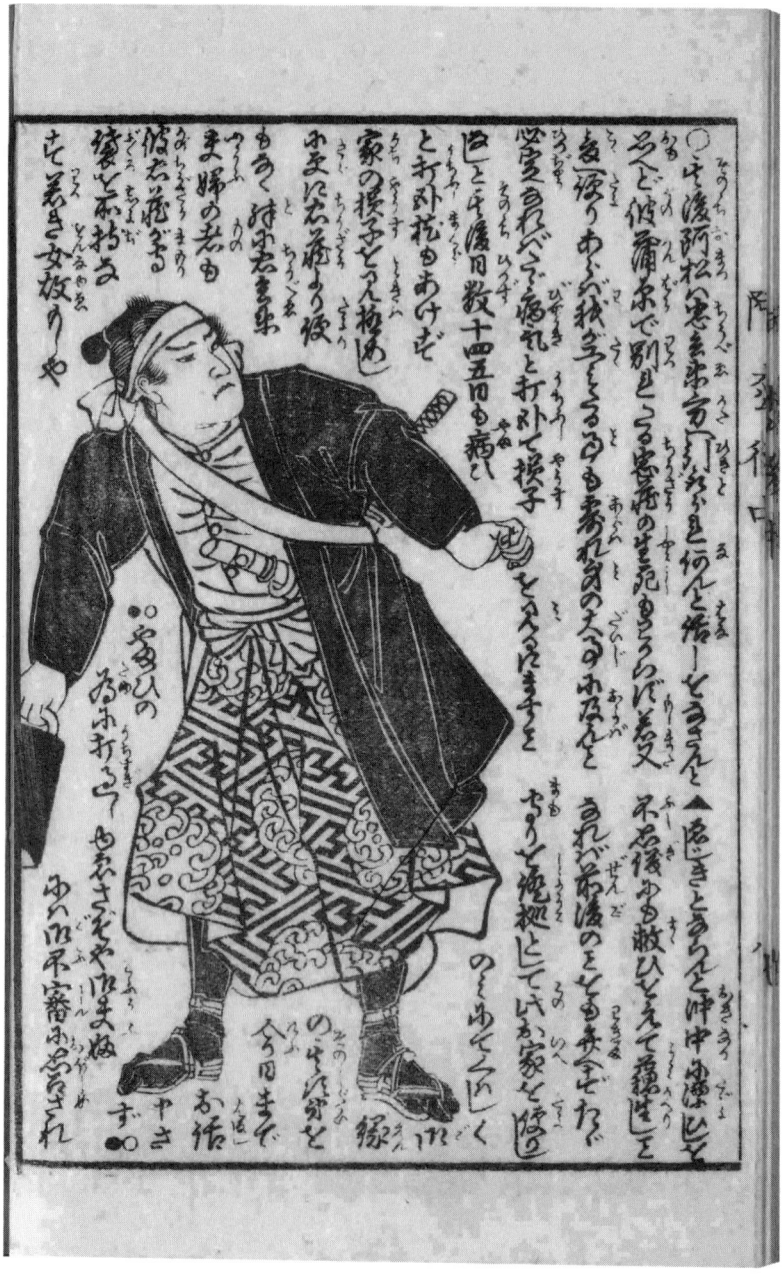

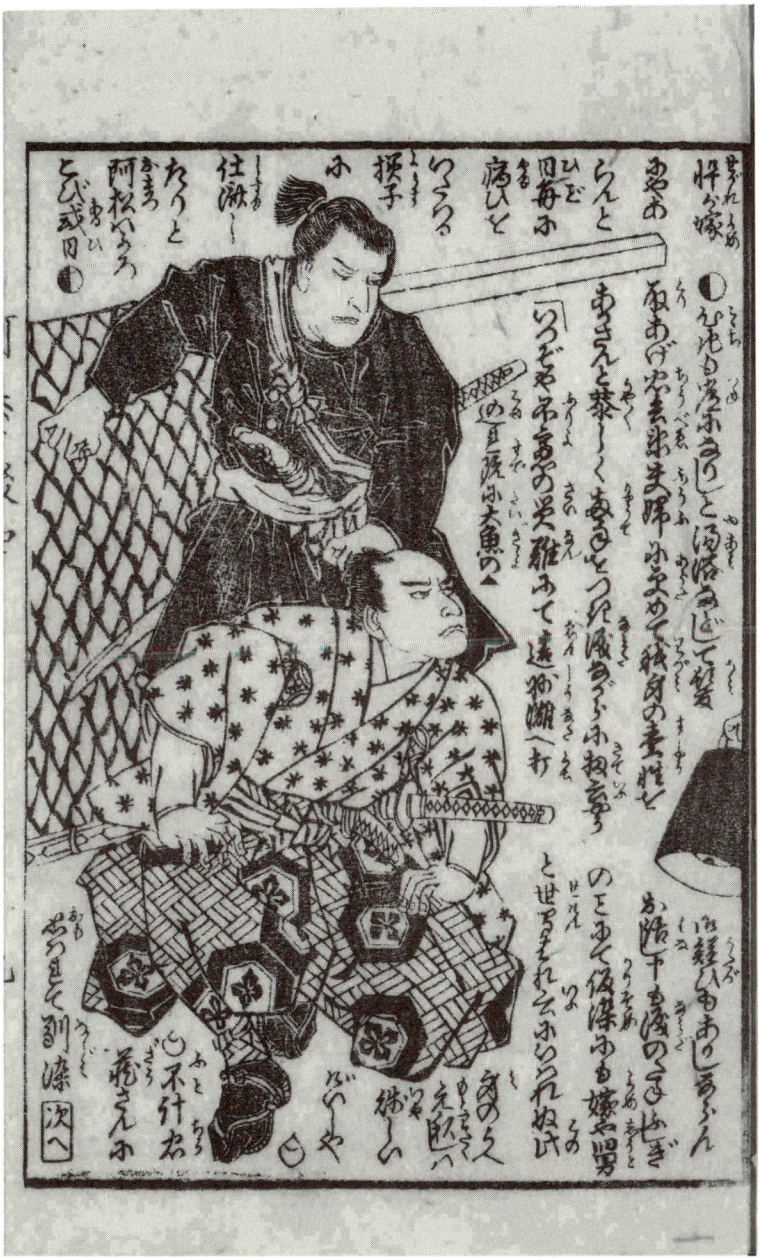

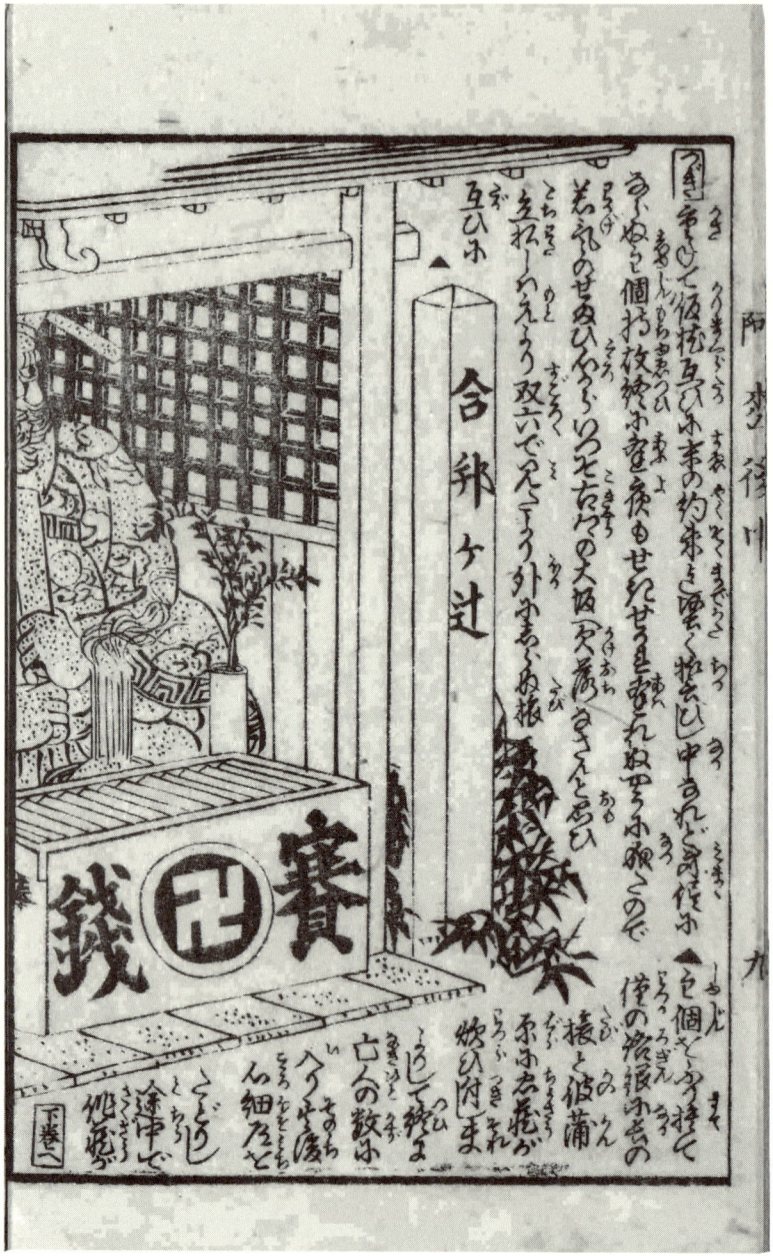
合邦ケ辻
賽
銭
卍

四季源氏物語　二帖
大日本物産圖會　五帖
俳優三十六花撰　一帖
東京開化世六景　一帖
小學入門彩色入　一帖
門　計　珍　本　一帖
鹿児島實記一名桜島　三冊
鳥追阿松海上新話　三冊
門　後　篇　三冊
古今名婦傳　一帖

明治十一年

和漢書籍
東錦繪問屋
大阪御届

東京二大區小駕籠町壹番地
物産　久保田彦作

東京第六大區六小区通二丁目十九番地
出版　大倉孫兵衛

ハ 4
1 8
5
国文学研究資料館
国文学研究資料館
47526
昭和55年3.7

鳥追阿松海上新話
後篇
二篇下
大倉孫兵衛梓
国延筆

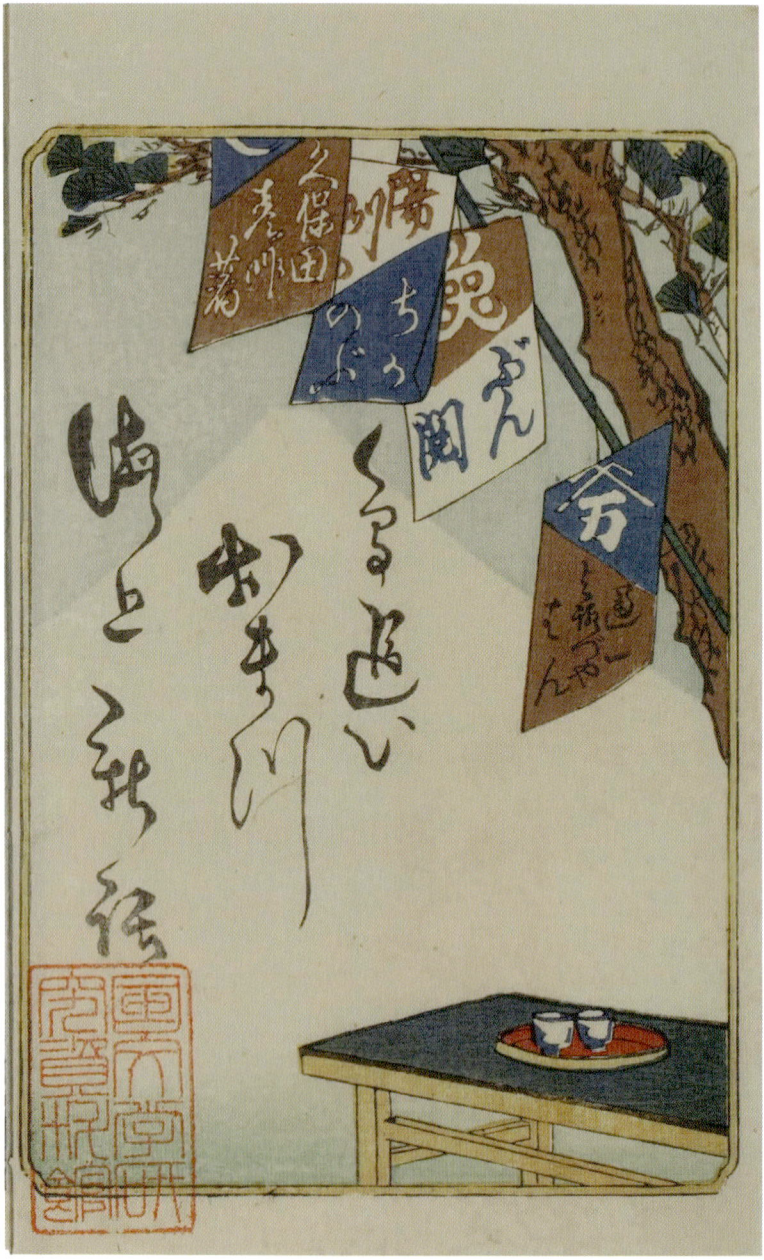

阿波浄瑠璃
無名氏
忠兵衛

阿松後下
二
子細あつて幼かの上死
阿松が脇と
あやさまう仇
ら絶てあ
らう不実い
つまり
わさうまを
と嘆と條實ふ
色ちる阿松が
冥妻郷の女舌
亦人の命も郎と
ひろ生仕
感謝さ
涙を
時も
婚絶と
ぜひつと浪
ふ法大仏と
驚らく

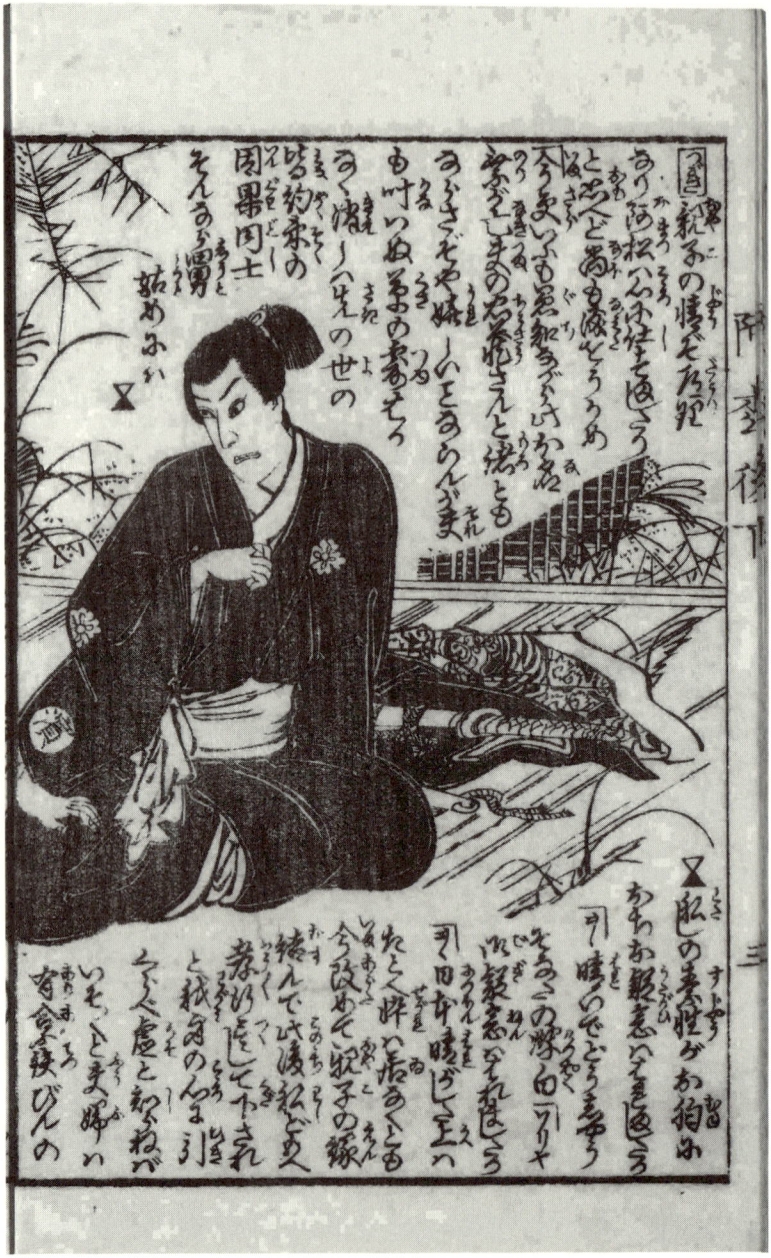

松

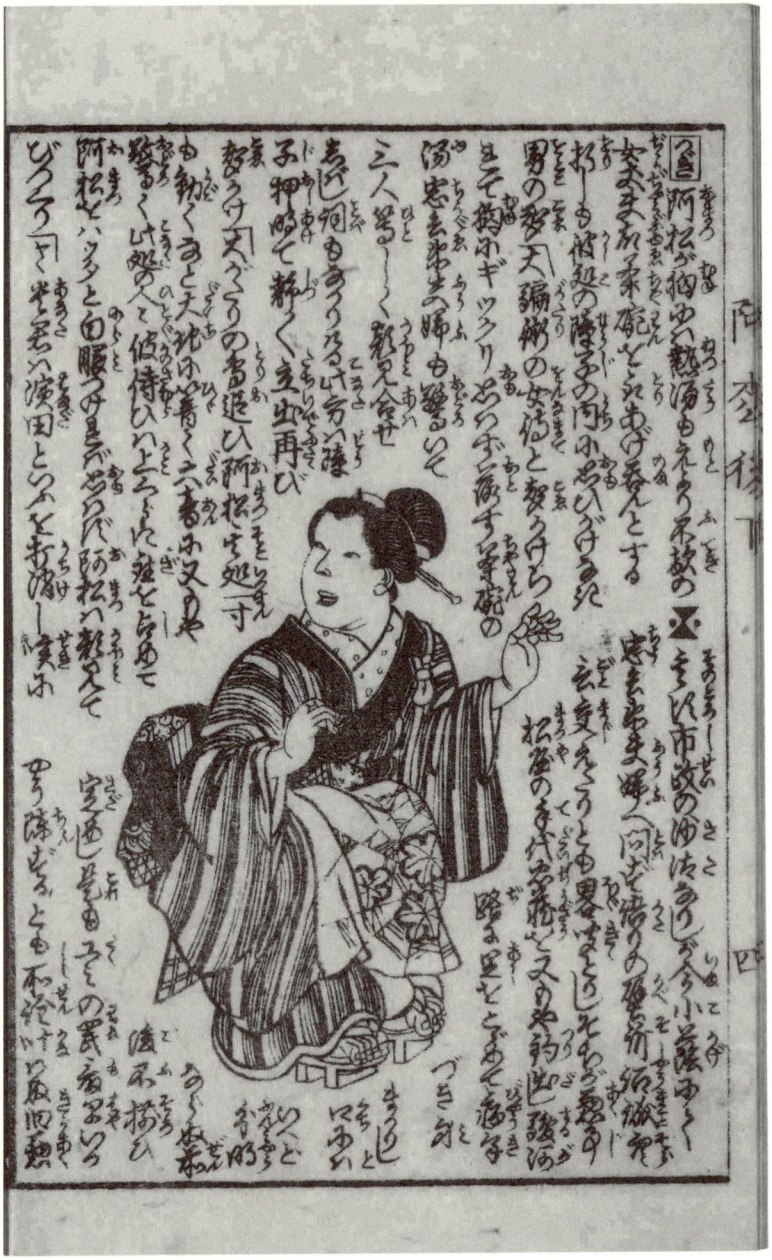

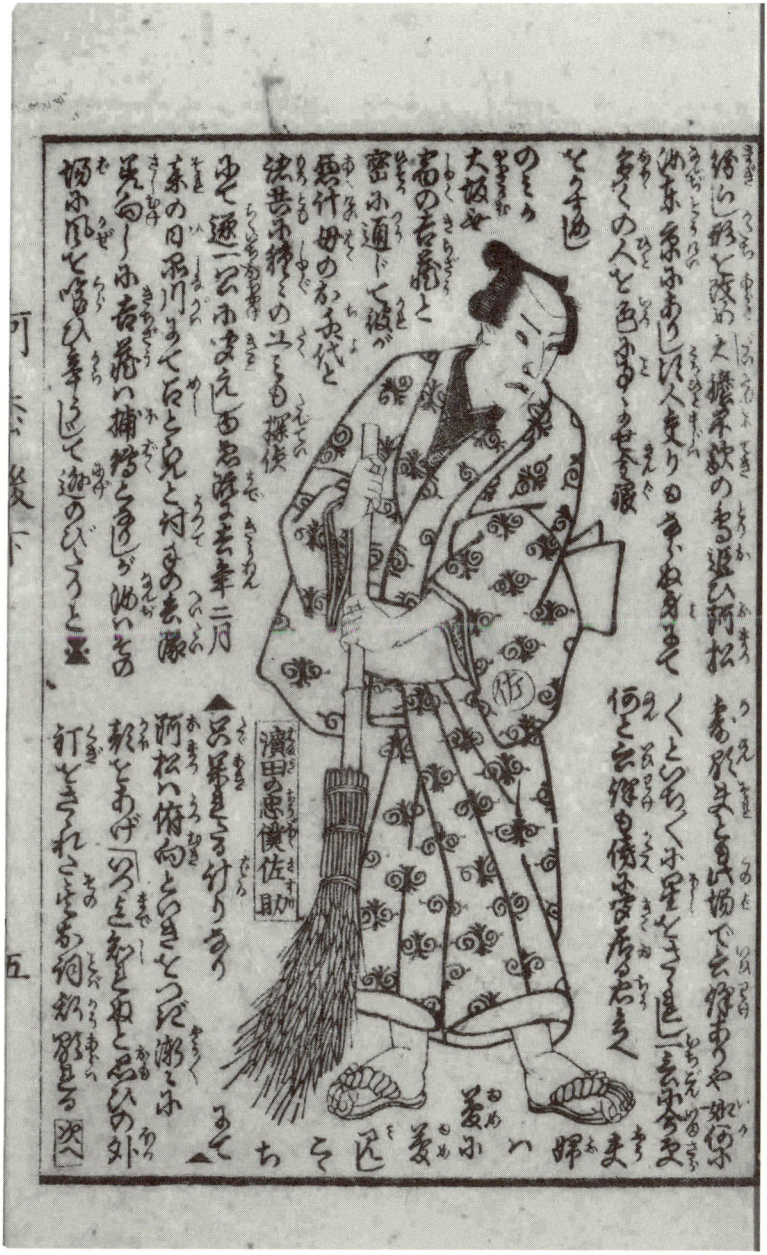
濱田の忠僕佐助

正司妻安子
毒婦
悟
感

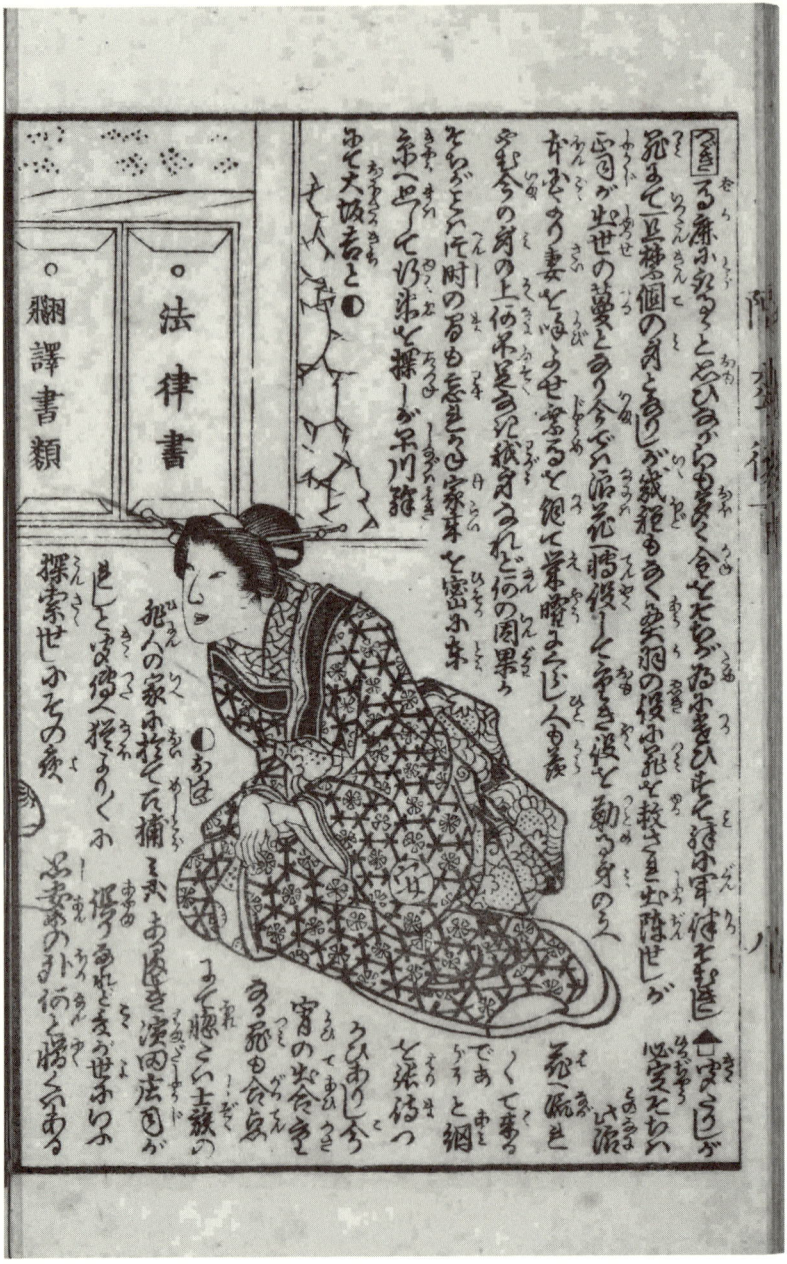
法律書
蘭譯書類

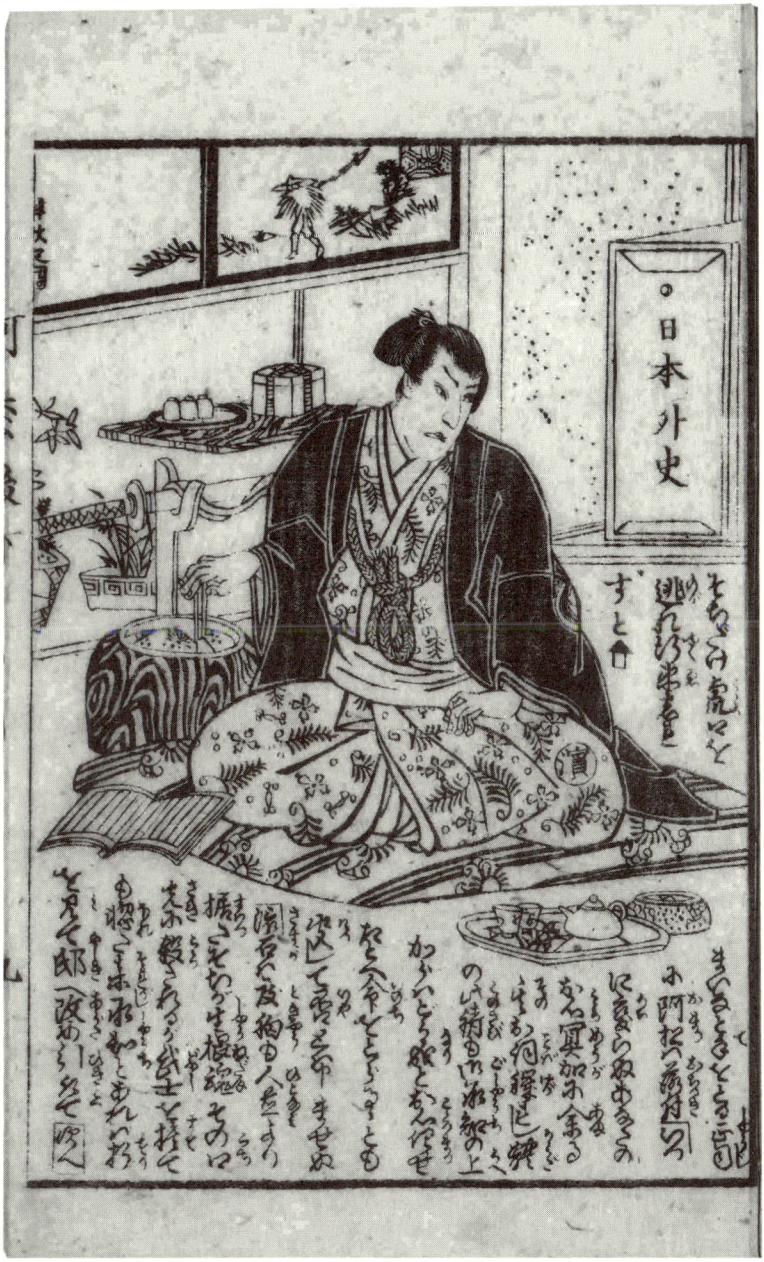
日本外史

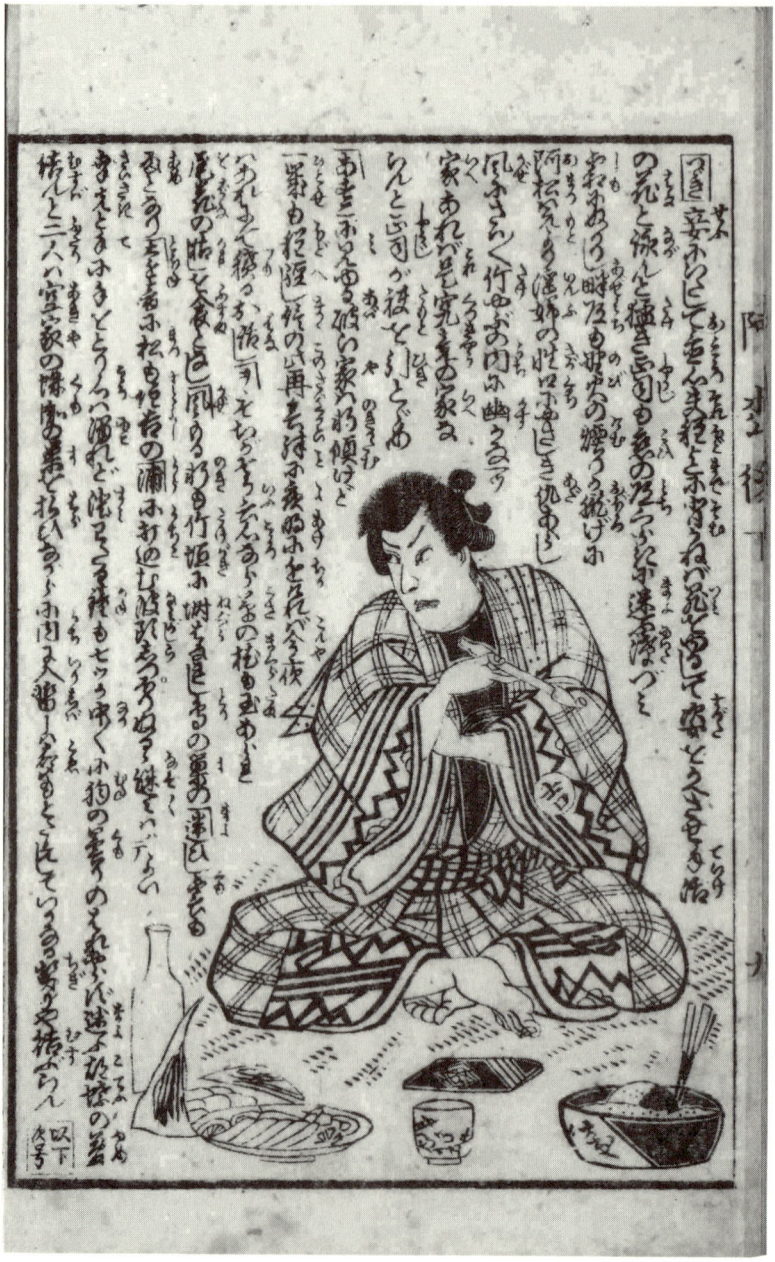

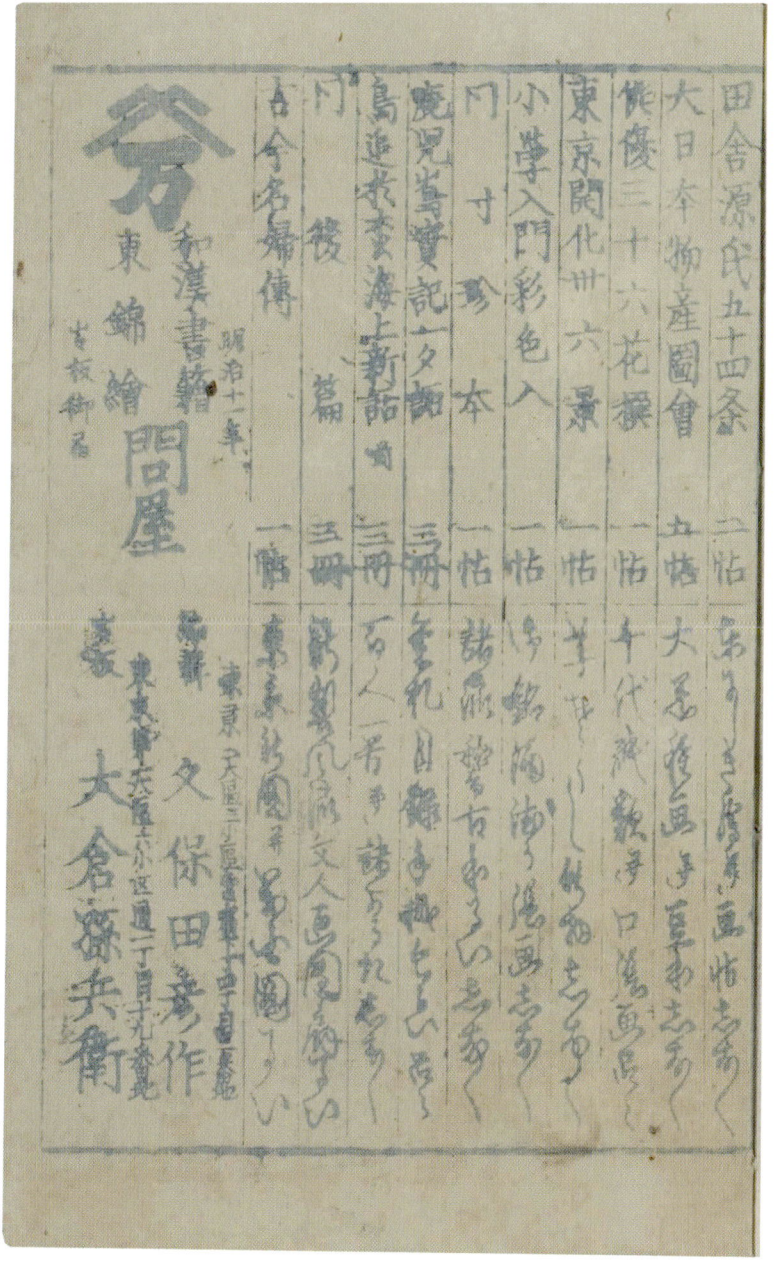
田舎源氏五十四条　二帖
大日本物産図會　五帖
能慶三十六花撰　一帖
東京開化世六景　一帖
小学入門彩色入　一帖
門寸珍本　一帖
魔児嘗賞記一夕話　三冊
鳥追阿松海上新話　三冊
門後篇　三冊
古今名婦傳　一帖
和漢書籍
東錦絵問屋
大倉孫兵衛

ハ 4
1 8
6
国文学研究資料館

国文学研究資料館
47527
昭55年3月17日

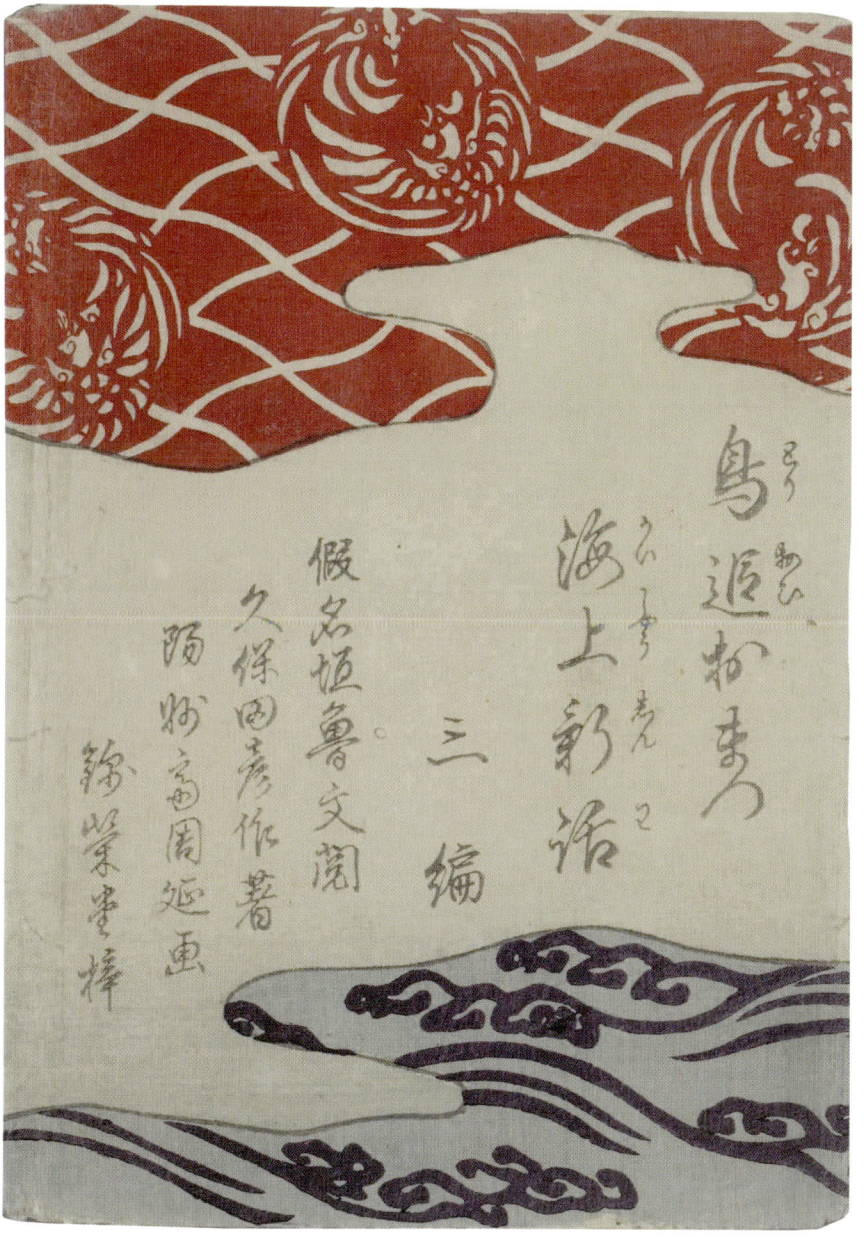
鳥追阿松
海上新話
三編
假名垣魯文閲
久保田彦作著
歌川豊国延重
錦耀堂梓

ハ 4
1 8
7-9
国文学研究資料館

三笠冊上
三笠冊中

三笠冊下

157　合巻『鳥追阿松海上新話』三編

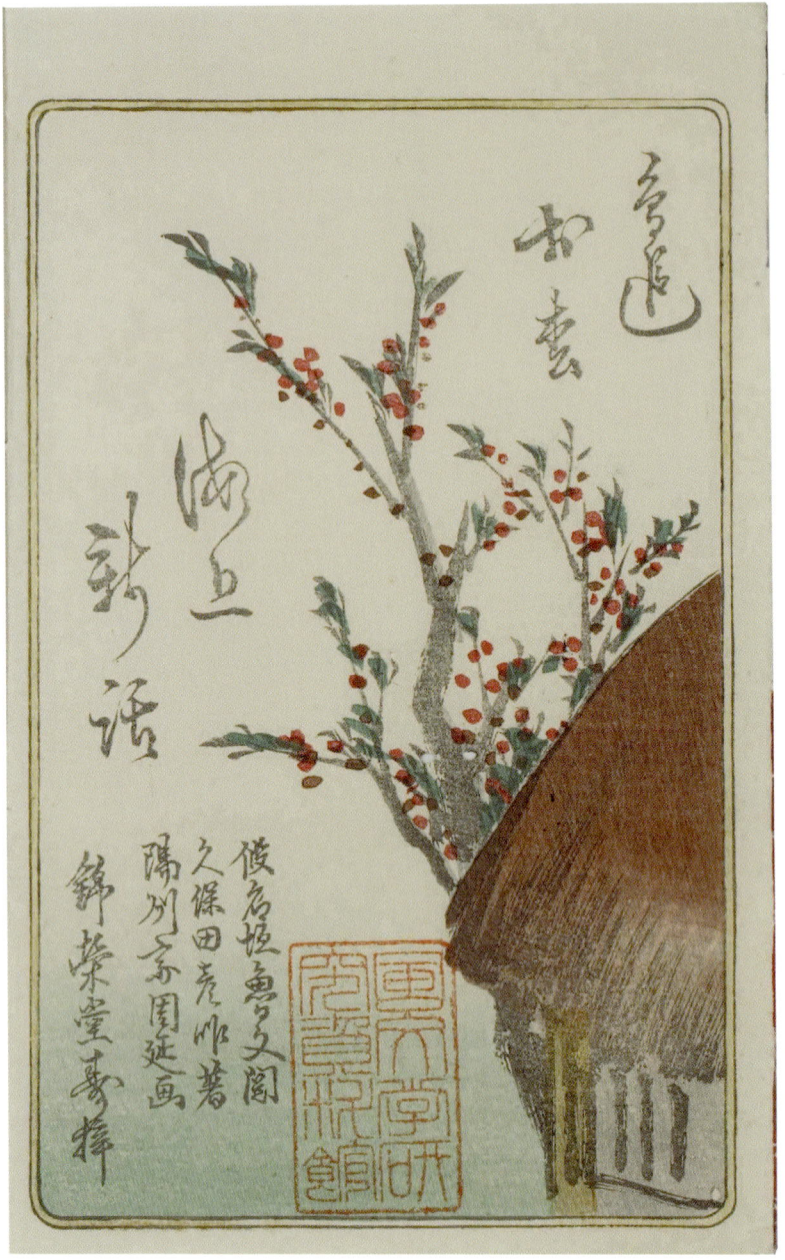
俊為拙惠之閣
久保田老水著
陽刻系圓延画
錦榮堂彩摺

緑の林白浪阿松ハ笠松嶺の高く聞え塵塚阿松い濁り江の深き
に染まぬ心の潔白善惡の二河白道物見台松の曲まる枝も操の
松の直なる梢も籟々颯々乃声ハ應じ千歳不朽り醜美を
鳴らすや非常有常の差異なるあくん茲ニ物せる鳥追於松も
幸ひ明治の旭に照らされ新平民の列ニ屬せど心の穢を一洗
せば汝が罪汝を責て神經病の苦悩に卧しつゝぬ最期を
假名讀ハ陸續編を継まゝ畢ハ此大團圓ニ終焉を示し
長譚常盤ハ色を潤筆ハ猶染脱し久保田の強記今版富ニ
局を結びて勧懲の意を全うせり唱采々々

明治十一年三月　假名垣魯文誌

貞婦安子
於松尼

三澤重明

濱田正司
濱田の妾
阿巻

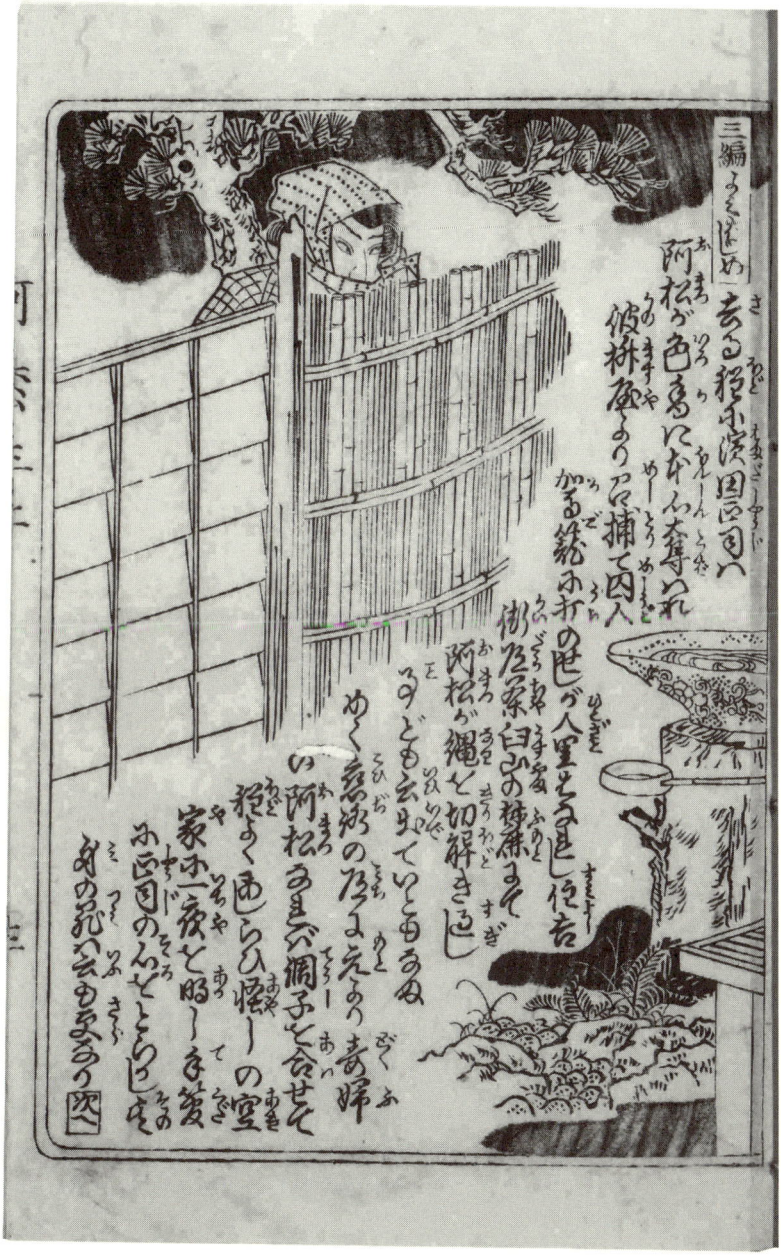
三編ふたはめ
去る程に涙四郎八
阿松が色香にたぶらかされ
彼林屋の娘を捕て四人
かゝる統ふ折の巴が人望を
阿松が縄を切解きて
めく恋路の乱れ元の妻帰
阿松を三人の調子を合せて
程よく丸らひ怪しの宣
家に一夜を明して笑
涙四郎のいとをとられ
身の死に云もあるの次へ

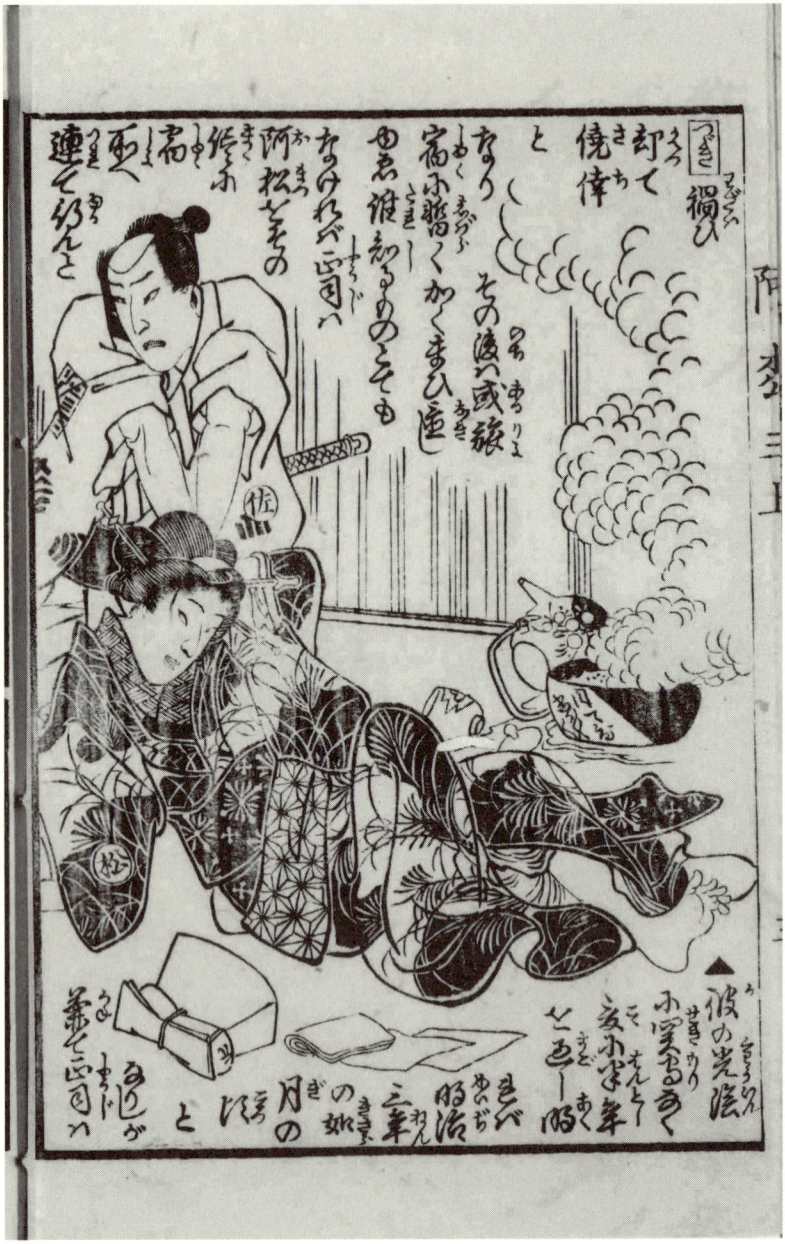
つぎ
却て
と
佐
松

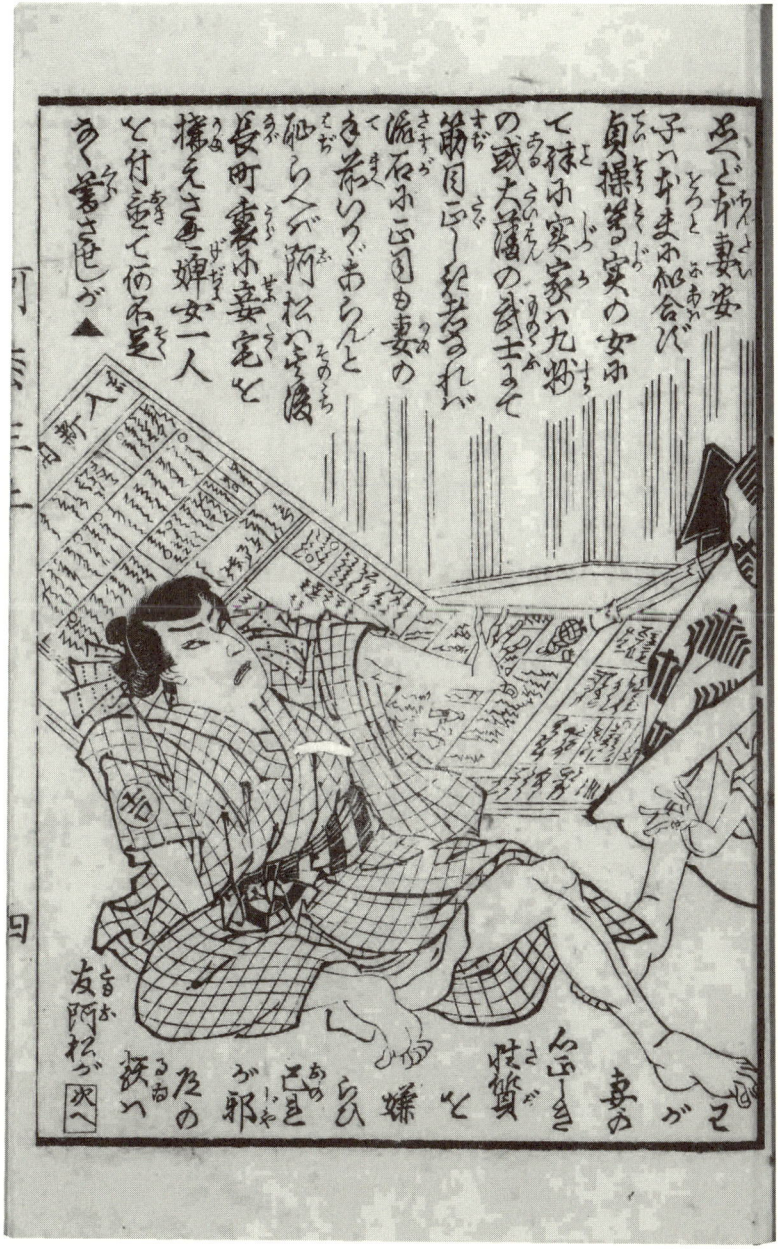
妻安
子いなまゝ松合び
貞操笑る実の女ゝ
て抹ゝ実家い九郎
の或大藩の武士るて
筋目正しゝ生まれば
流石ゝ正目も妻の
き祝いつゝあらんと
祝らんべ阿松ゝ生後
長町裏ゝ妻宅と
構えさ手婢女一人
と付置て伊ゝ足
く暮さ也が
人新
妻の
正しき
性質と
嫌らい
色を
ぶ邪
及の
鉄ゝ
友阿松づ
次へ

つきの溜婦
と兎車
ふわ接用の
うきとん
ふわうとび
日毎ふ妾宅へ
数年
の名めし
結び作助と
ふ長徒
ふ人和
とび

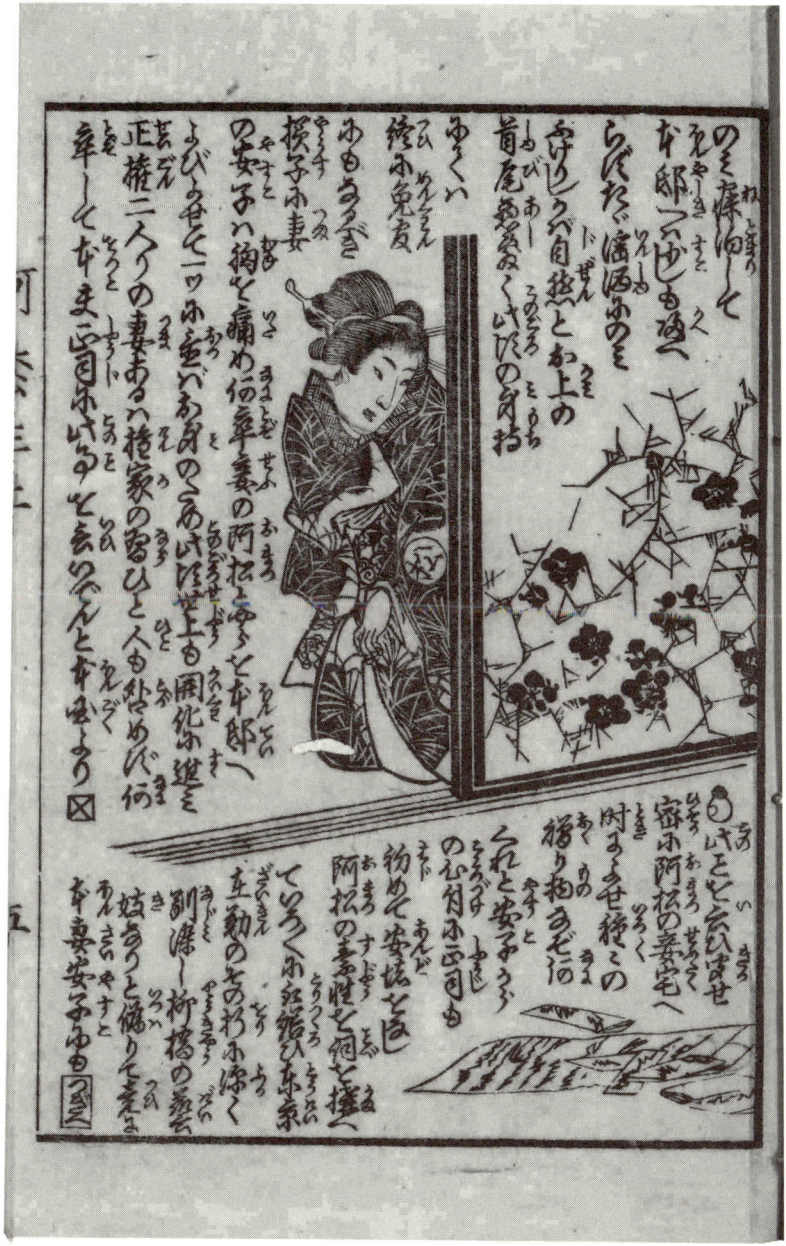

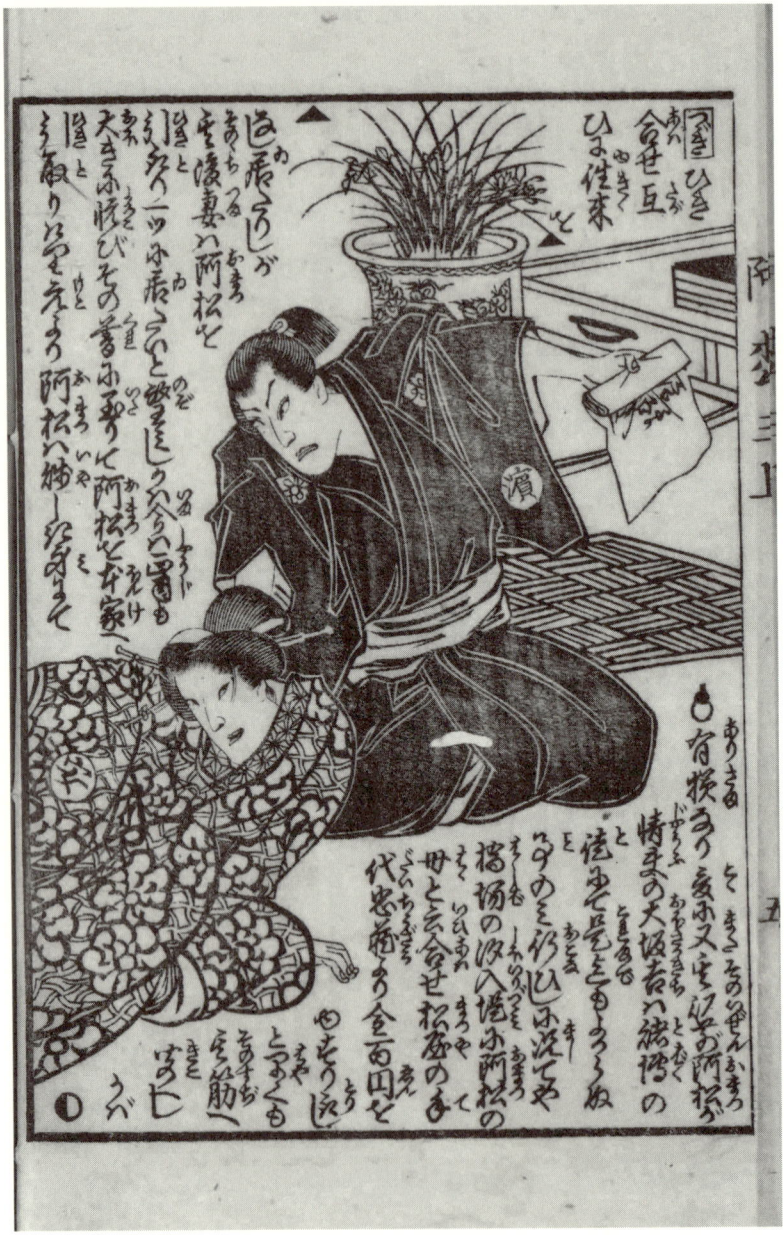

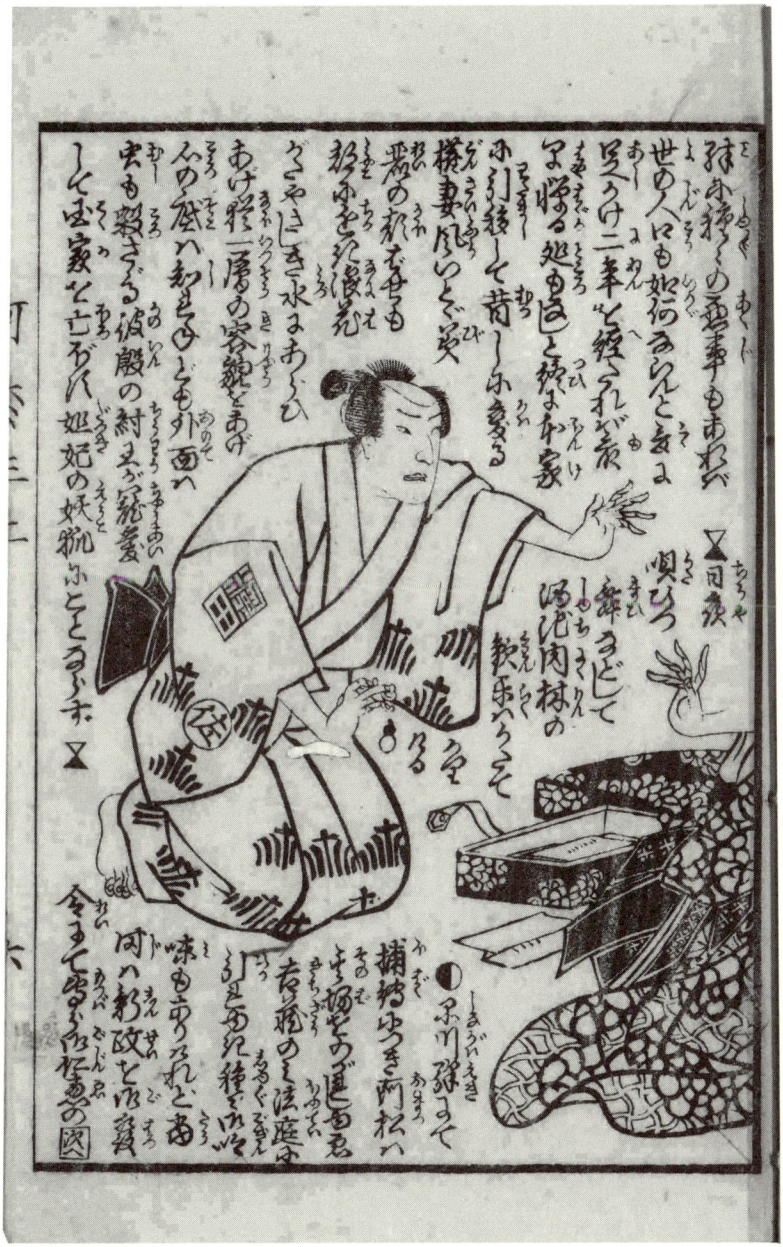

つぎ
四海
波なれば彼
吉花
い姥
性の花
ゆで花料を焼く
焼刑百日不変せ
られしゴ紅をく教竜と
ありしうば源右衛門
賞
松
▲とで考
がうく我
古ひの
源花
ほへ
晴
生
人
目
伝

ものゝれぬ厩の中乃
緣
汚れし業ふ

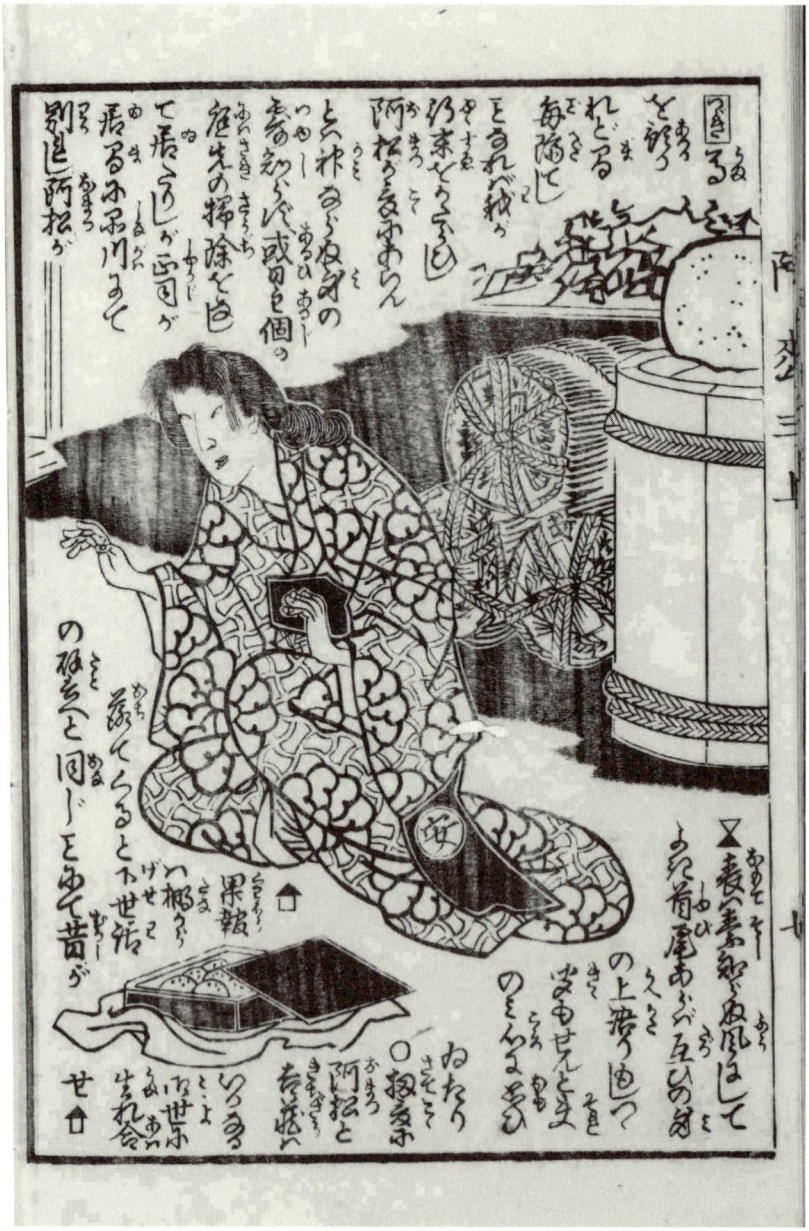

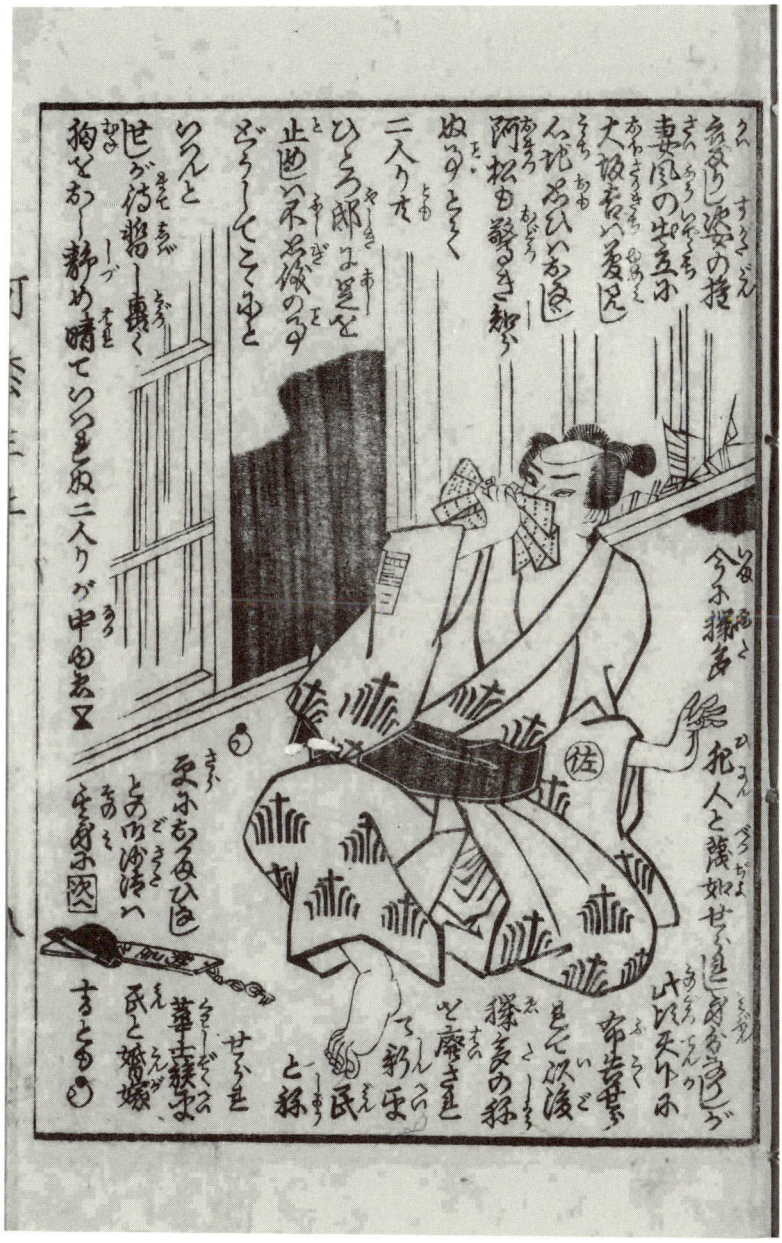

味方とあり
これハ
付てもよし
ふく五ひふ
ひ
ひ
ひ

つぎ
蒲原駅の忠蔵
再び身を投んと
考へ却て幸ひを
得る図を引上げ
て義の有らんす
おさよの図
名をゆび隠かくと
中へつづく

田舎源氏五十四条　二帖
大日本物産図會　五帖
能優三十六花撰　一帖
東京開化世六景　一帖
小学入門彩色入　一帖
同　寸珍本　一帖
鹿児島實記一夕話　三冊
鳥追阿松海上新話　三冊
同　後篇　三冊
古今名婦傳　一帖

分　和漢書籍
東錦絵問屋
古板御届

編輯　久保田彦作
東京第一大区小区通一丁目十九番地
出版　大倉孫兵衛

ハ 4
1 8
7
国文学研究資料館
国文学研究資料館
47528
昭和55年3月7日

179　合巻『鳥追阿松海上新話』三編

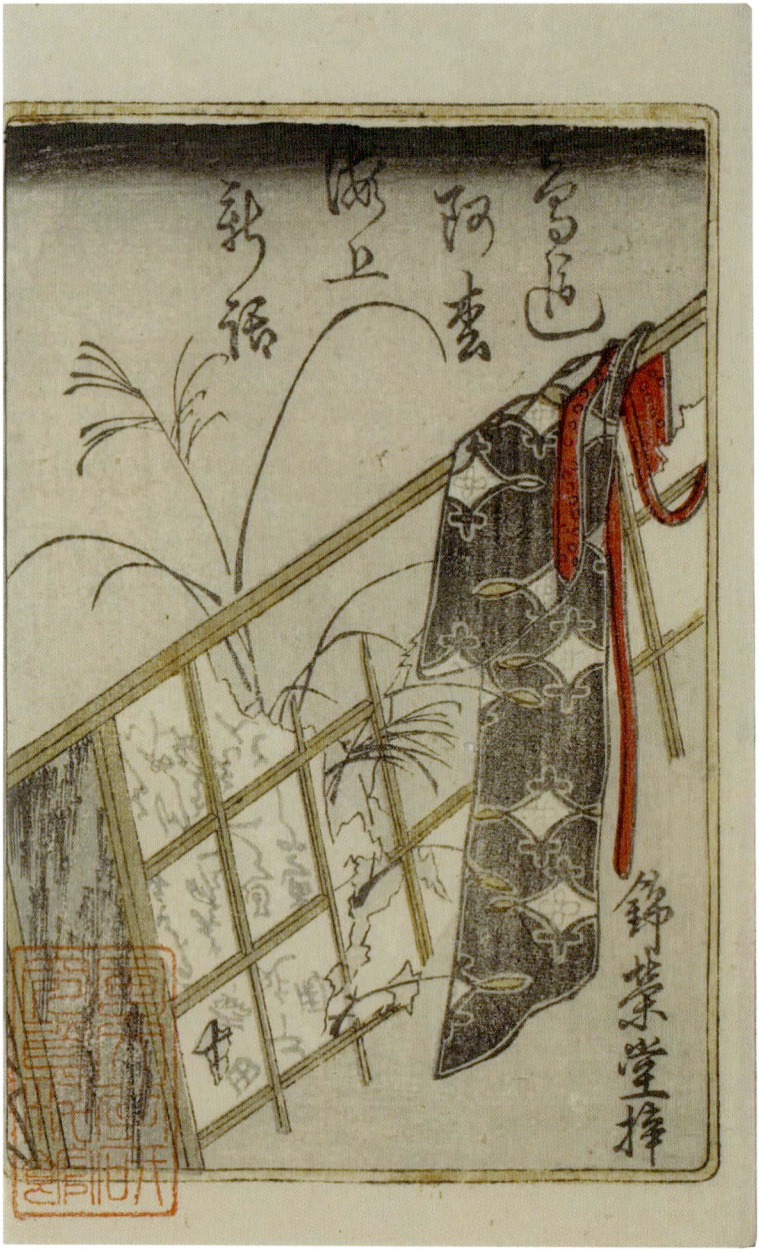
錦紫堂摔

佐
つぎ
脳める
掛つてうゝ
怒りを表
荒らげ
大悲
さるの用
をうり
実義
信行

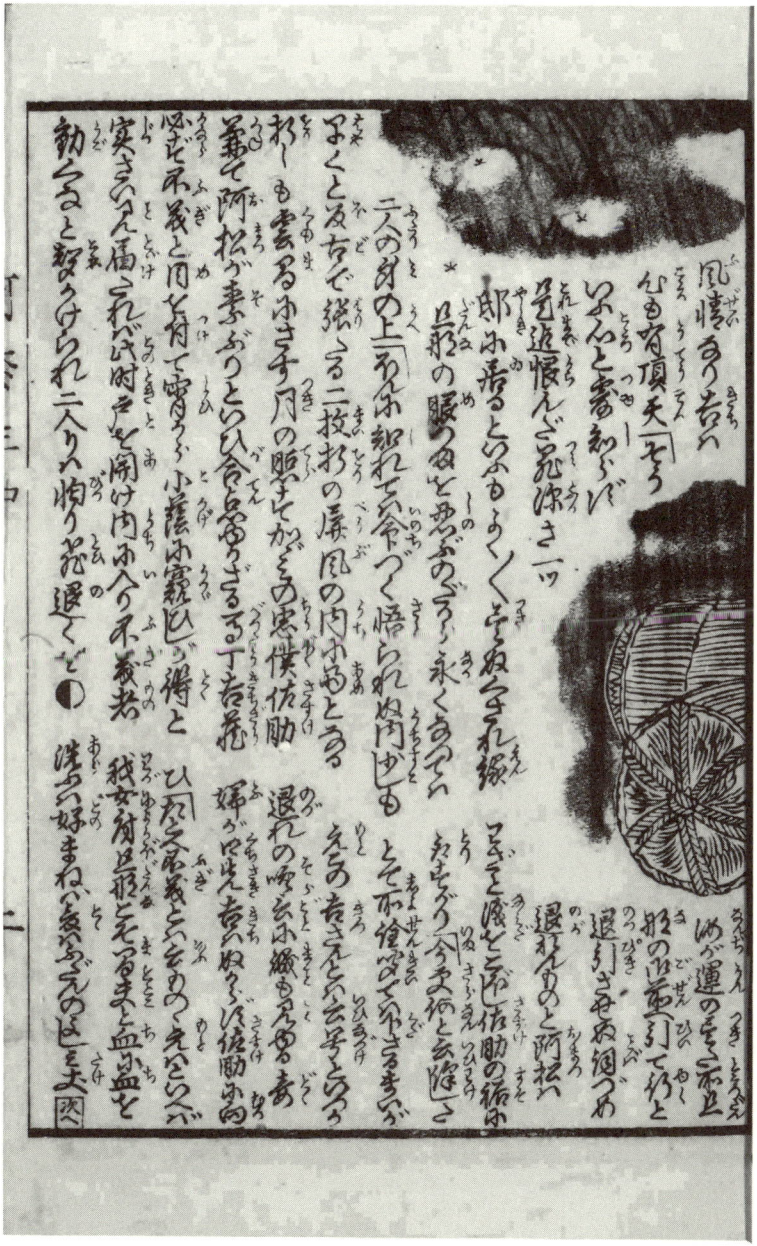

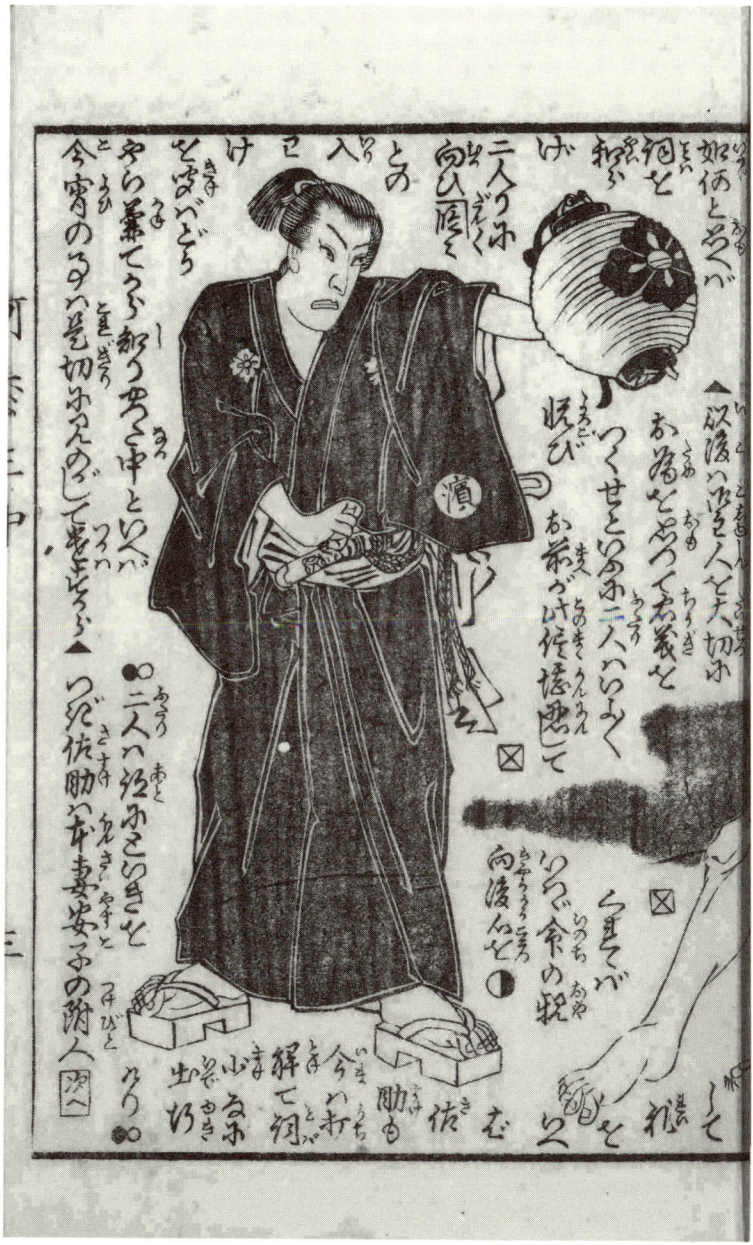

つき
二人づ中
をけどろき
ろふ伝
見社
義
ハ牙
の大ゐ
見ろう船ぶ口先
で本妻安ゐを
乳ホ蔵し伝ゆも
▲生涯
阿松吉花い
吉
☒家くのおとろり
ゑどして或日おさよを
安ゐの部屋へひそろホ
思ひ出ゑれ
の内
ろう
盗ミ出
さもくしい
さ程安
ふぐ
本出
ある実父の伴ろう
送ろうる出状あて
その文云い安ゐ弟

安子の兄三澤重明

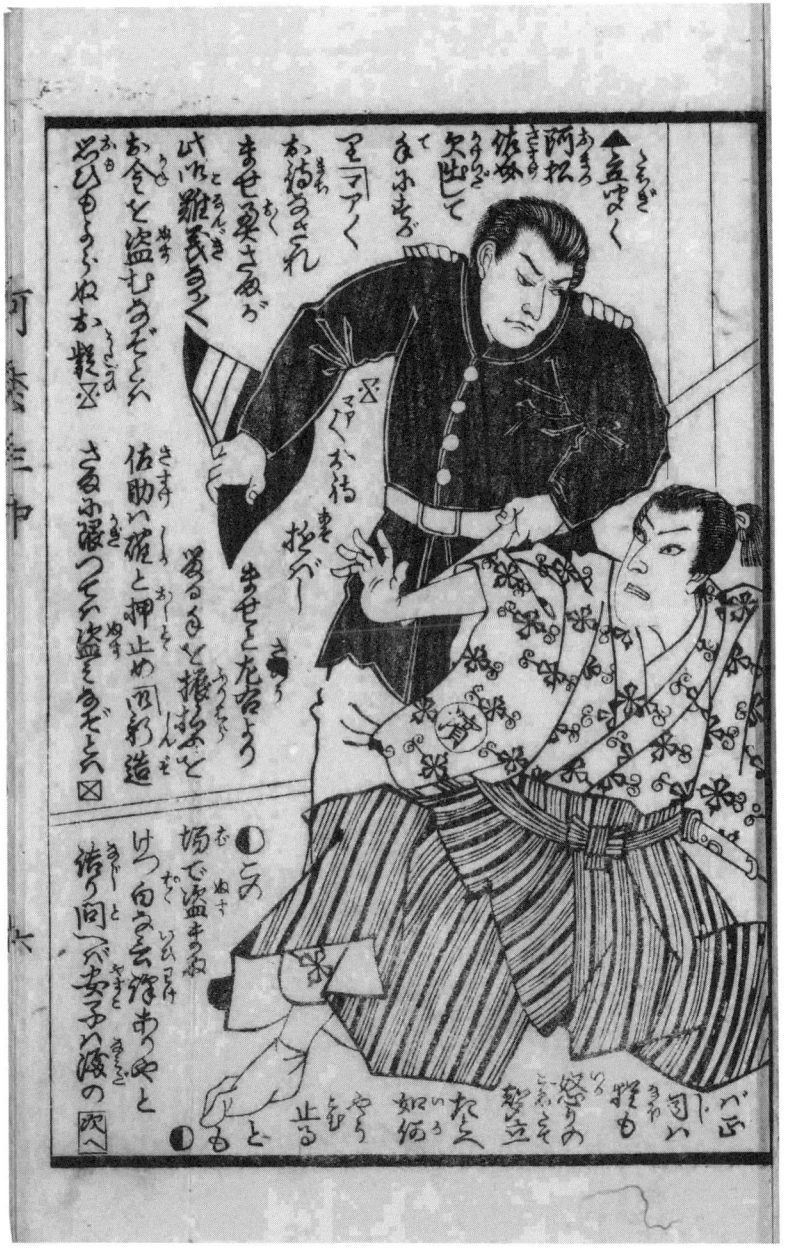
五ぷく
阿松
依姿
矢吐して
まふさる
マアく
お待なされ
ませ奥さまが
此れ難義なく
お金を盗むなどゝ
ぶつもうらぬお数
マアく お待
ませと左右より
ゐるなと振拂ふと
佐助い確と押止め
さるふ張つて盗をなどゝ
この
場で盗まるゝ
けつ白な云ひ分
結り同へ安ぶい液の
次へ
怒りの
殺立
止る

吉

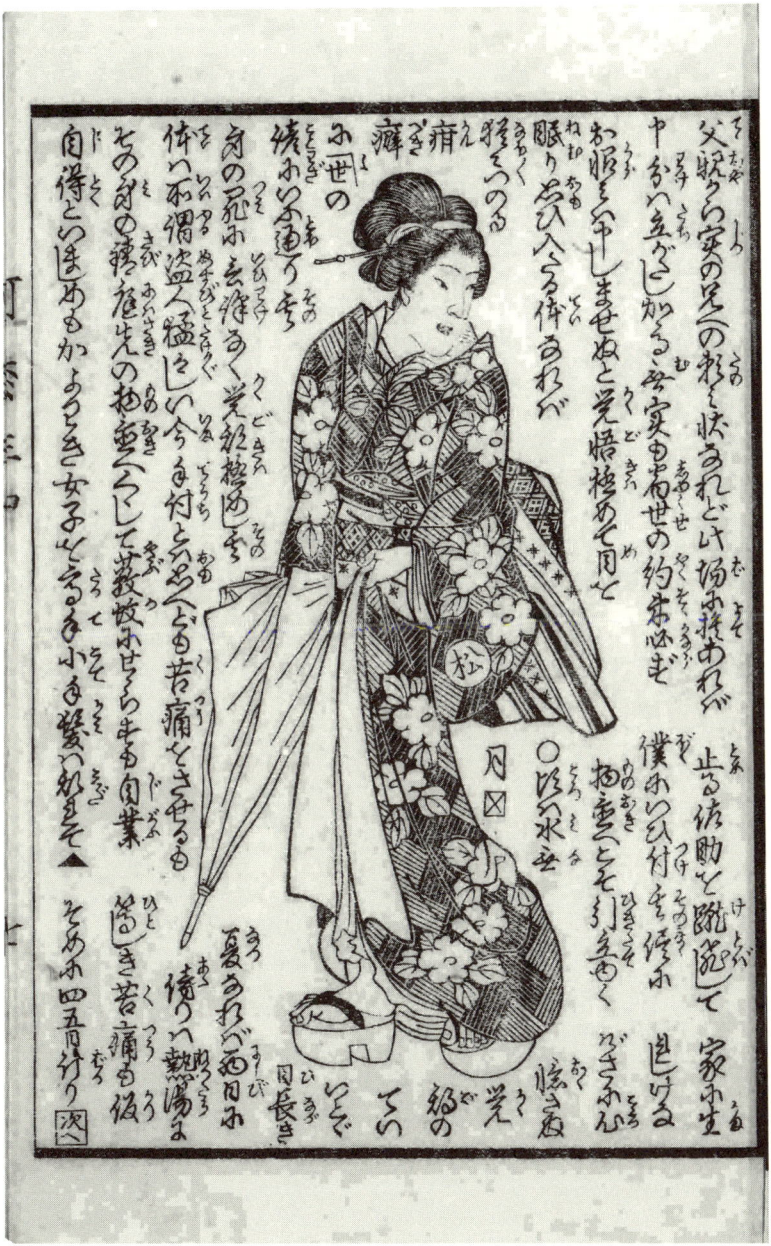

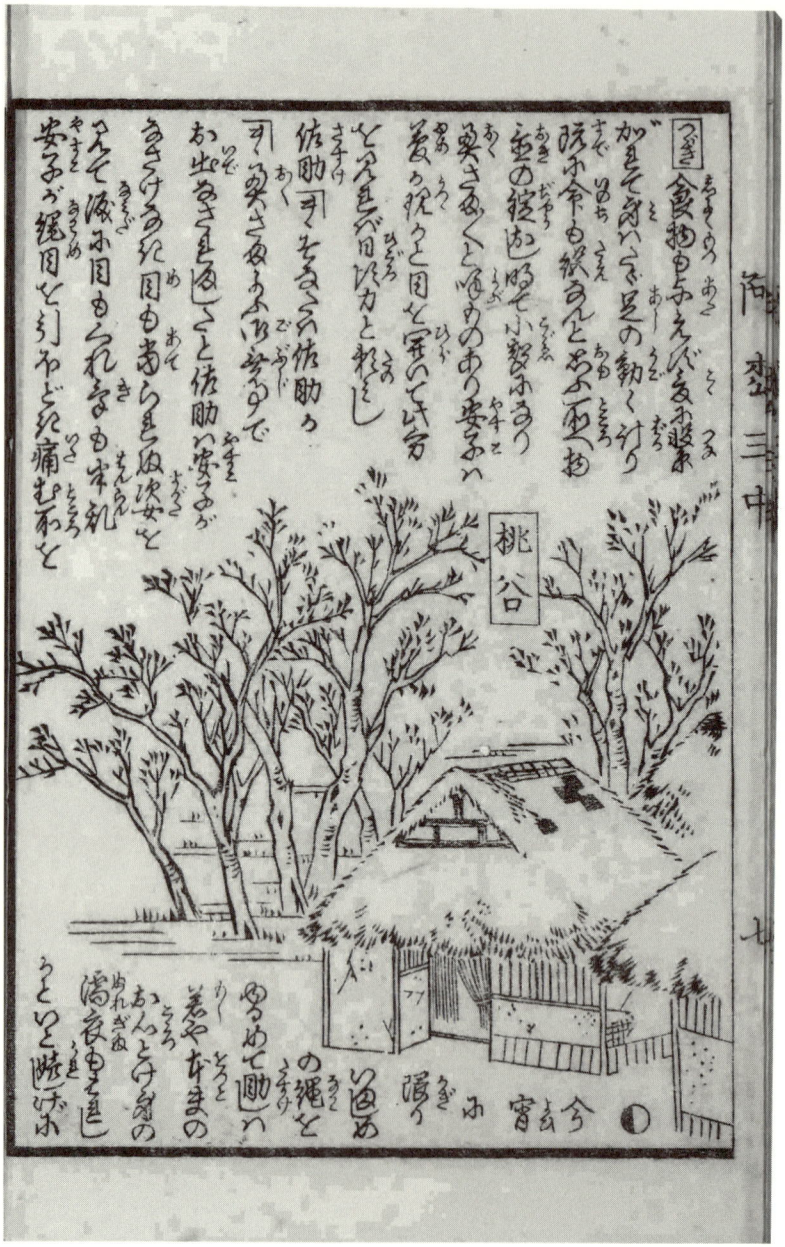
桃谷

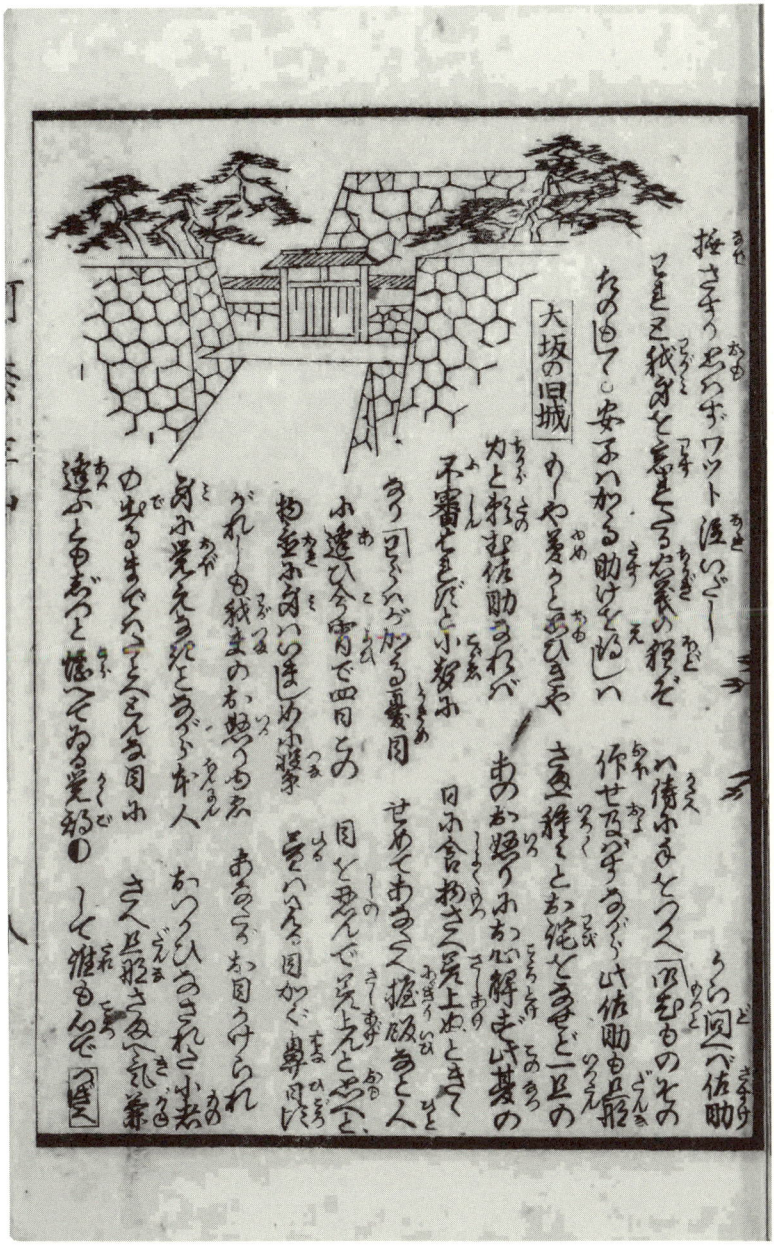
大坂の旧城

つゞき
あんだろう
されど日数
へ経る程よ
り一ち今下
ふかく
なる
とんと寄ぬ
なぶねど今宵ひそふ
抱垂の種と泣んで云へ
思ひあるとてお通し
十まんと小金箱
より掘り出
二ツ三ツ丸いじ
助へ小
殺まして
「こゞ今
お婚
やせ
如くゝ
上とまに
足形抜め
抜殼

あんとけ
ねばびまくれ
鐵瓶しん
あるそ
みさわる時ハろろ
汚名の晴る日をしされば
今宵人ハれも裏のる塚のう
越へて遠くもあふ夜あれいさあの
お家へ帰らく あ月とのもくを
あ月の星をとらさせこそ
今夜茶とのわびとそ死その
海へ推るもうさんえ死をるろう
少しもあくと作助が河ハ安ふハ
押しぐれ「いろハ妻ら夜そちがん切忘れハ世夜と
一命をつるぐ今宵の場ハと安子ハ数多ろ
いひつ涙もせ死あくハ夜ものきんハ
お食とハいひろろ永の日をと
あるくハ作助ハ河ハ妻の
平内

つき　義と首尾よく立退く共必ず
疑ひそなたの孔といふを御消しいら
立て「その御案内いたるの為ごと
佐助に呂今迄の恩報ず元より命い
捨る覚悟なれば御かし申お意を受られ
事なるとまげ出安藤が孔是　髪
元あげ分捨しつ使ひ出「アラ恐ろしや
夏目と云るものでや接妻阿松が不義
のおもい所ゆを捨しつ右花ありとそ
微しも思ふ義や見殺しその事と告んと
思ひ混迷をよくも色む裏表あるこ
孔とありかけも彼奴二人りが仕業とい
ふ知れど阿松が出所定るなるざる☒

☒その上ゆふぬるもちふとまびりけ
るゆとや出ひ個のあ内の上とあへ
話へるの中「ふすく不義とそ為めて
昭そいそれ内の因果縁ゆ為と退
見生ゆ疑でるふびそなたの雑義
「それも内の実雑と命ゆ入る佐助ら
右節「ふいくとすく孔と為生ゆ
ふ義孔ふび「今夜七ゆ孔系縁と孔
を決しるけるびさゆ安ゆい涙ゆ
なるが待ゆ佐助ゆせ孔ゆ人よ悟られ
ふ知れられるびと色忠義ゆの泥と
逆入る安ふとまげ出つ猫と裏ゆの婿
と誠安ゆを助け出しろ

下の巻へつづく

田舍源氏五十四条　二帖
大日本物産圖會　五帖
俳優三十六花撰　一帖
東京開化世六景　一帖
小學入門彩色入　一帖
同　寸珍本　一帖
魔児嘗實記一夕話　三冊
鳥追阿松海上新話　前　三冊
同　後編　三冊
古今名婦傳　一帖

和漢書籍
東錦絵問屋
岩板御器

編輯　文保田彦作
東京第六区京区通二丁目十九番地
出板　大倉孫兵衛

ハ 4
1 8
8
国文学研究資料館

国文学研究資料館
47529
昭和55年3月7日

三笘冊下

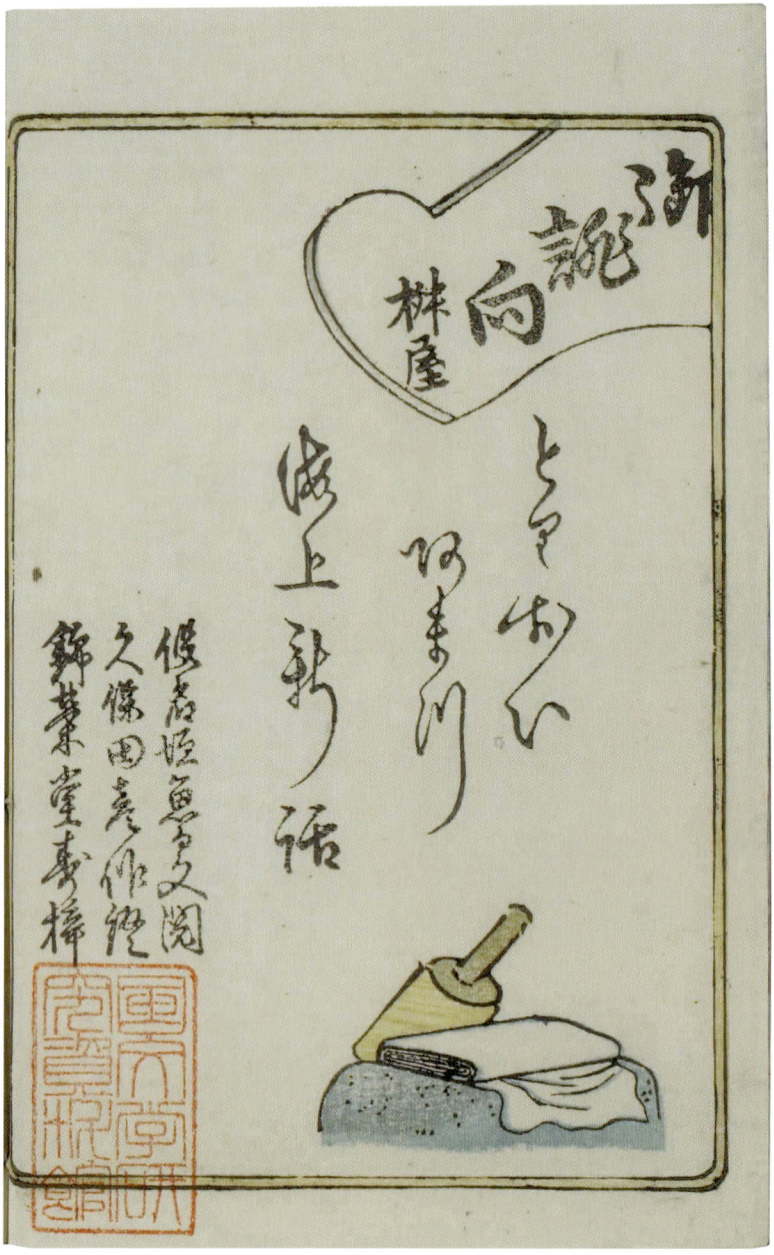
浙
謡
向
椿屋
俳上新語

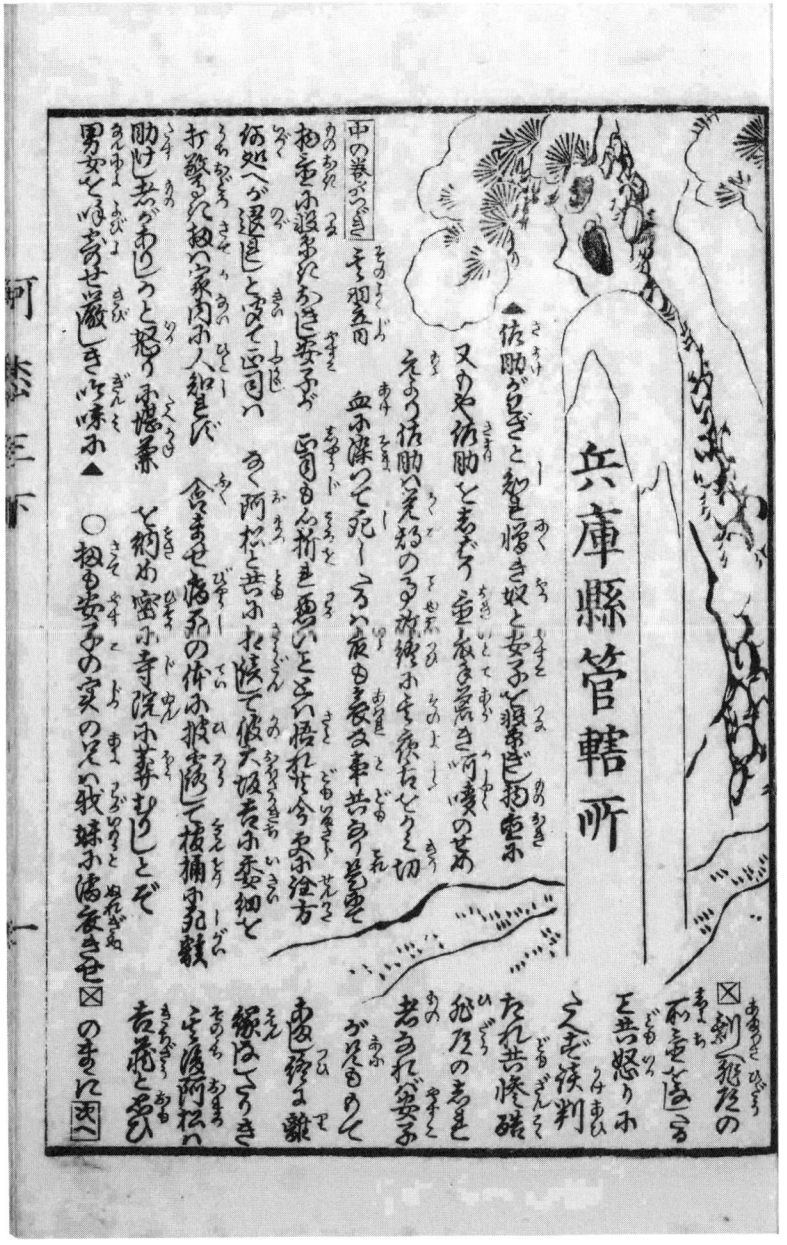
兵庫縣管轄所
▲佐助がどぎと知る悪き奴と安子心腹を拒き
又の名佐助と名乗り
中の巻つづき
血を深つて死し
拒を小退多れるに安子
阿松と共ふ
男女とも
○拒も安子の実の兄い我妹小婚姻き
のまれ

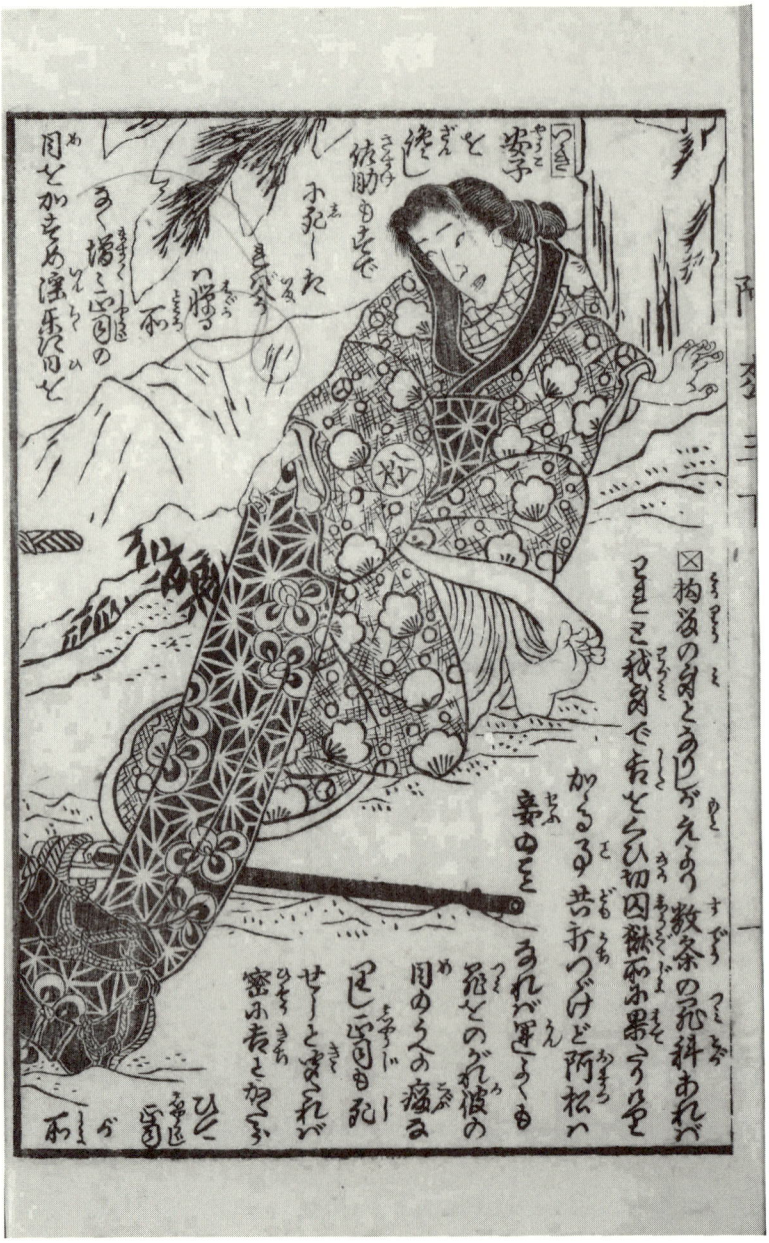

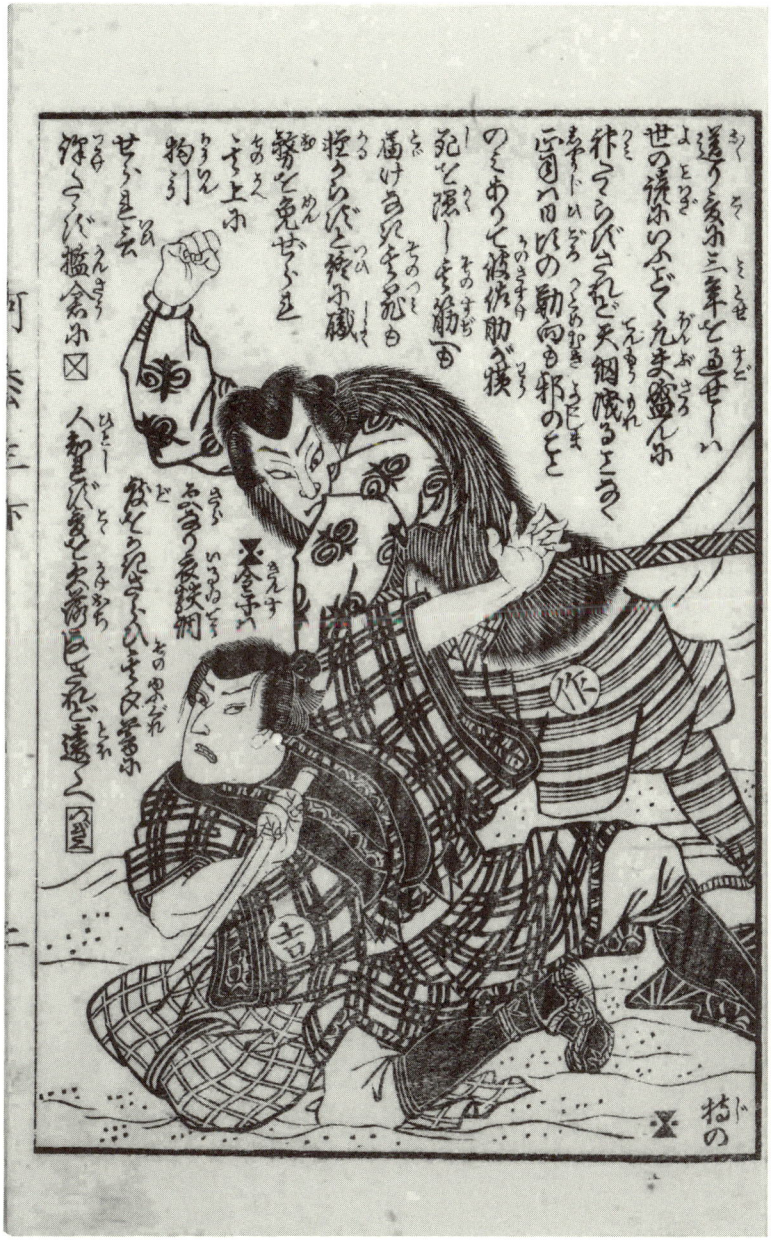

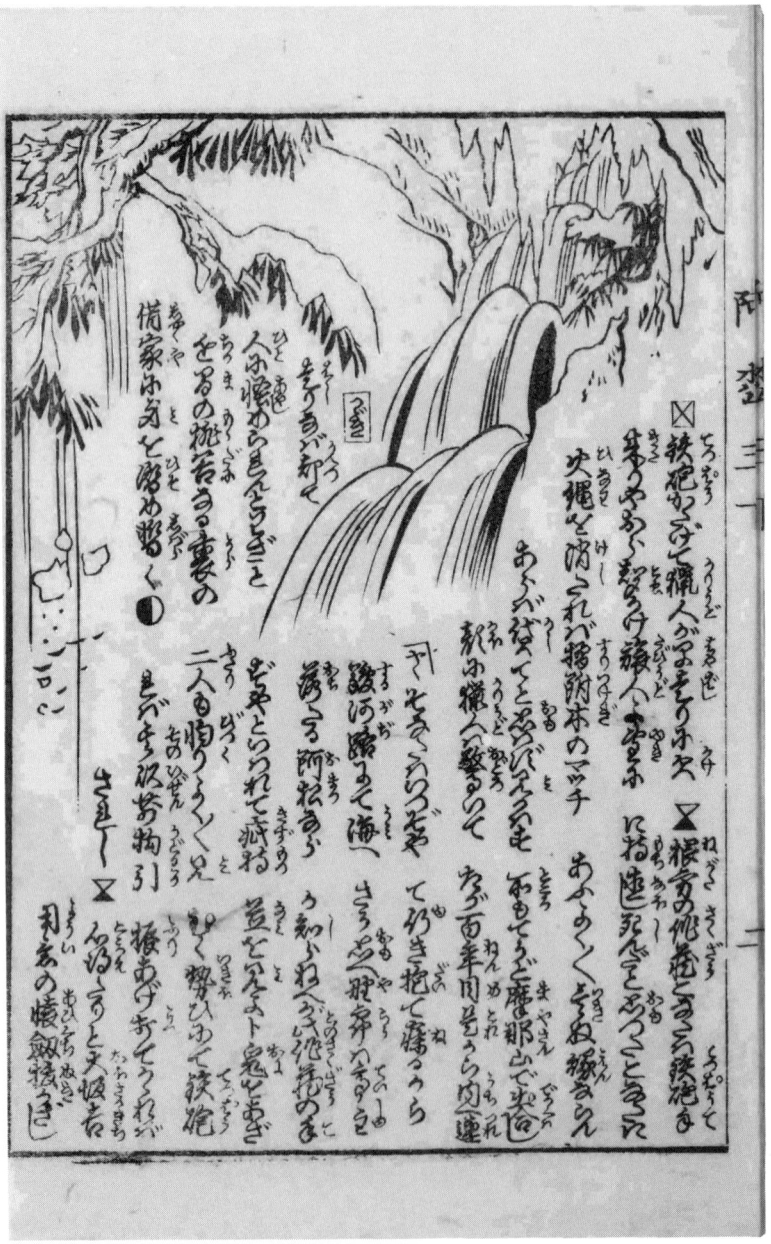

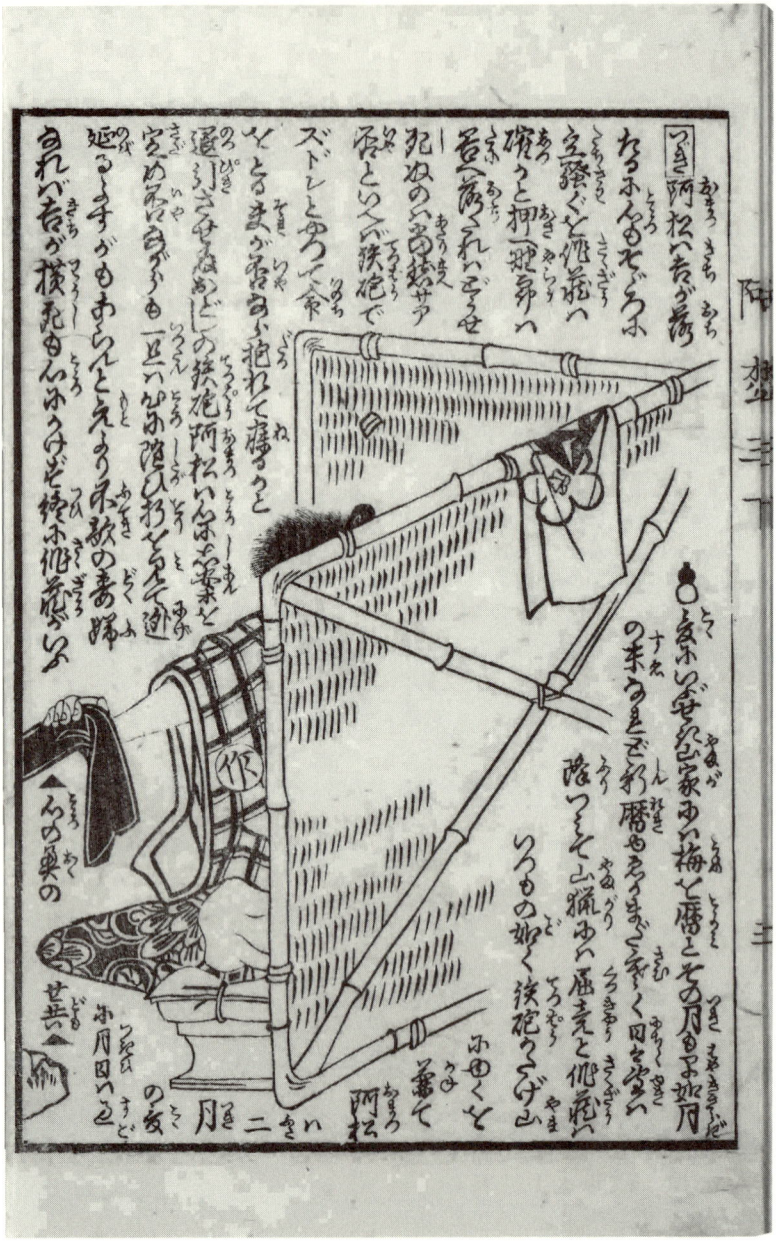

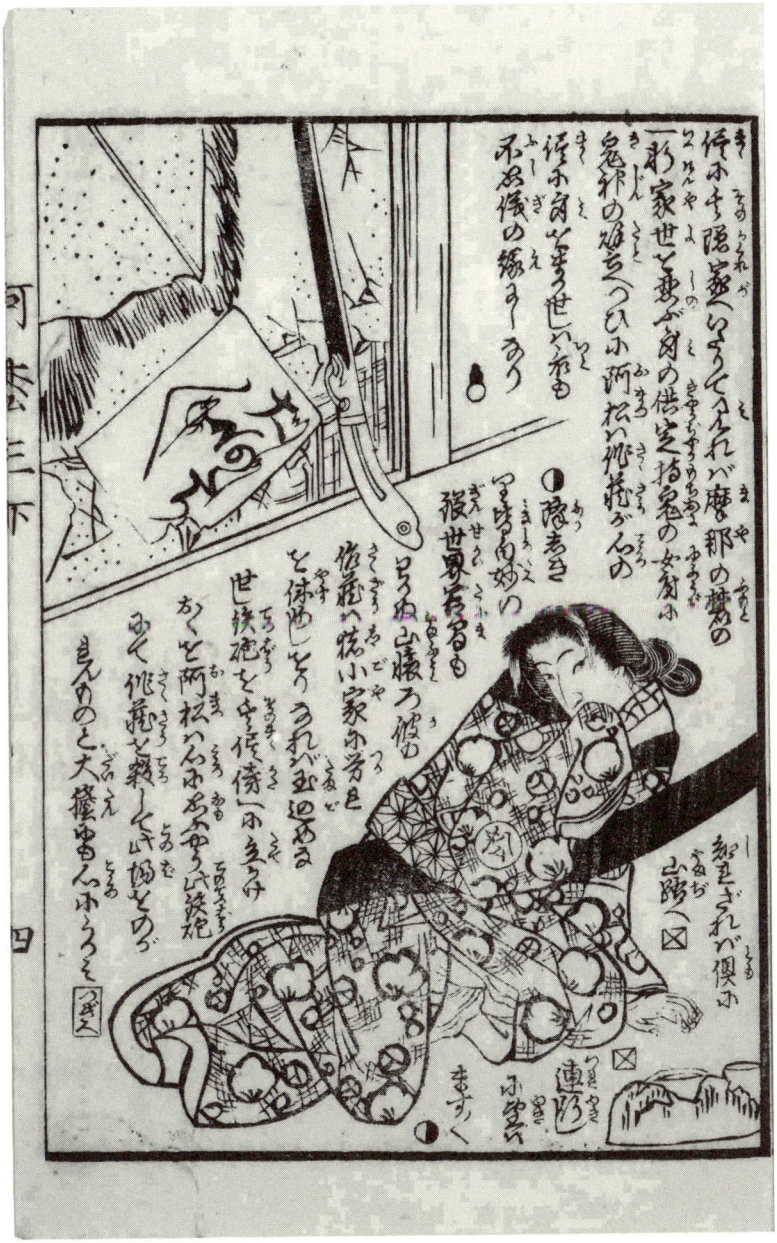

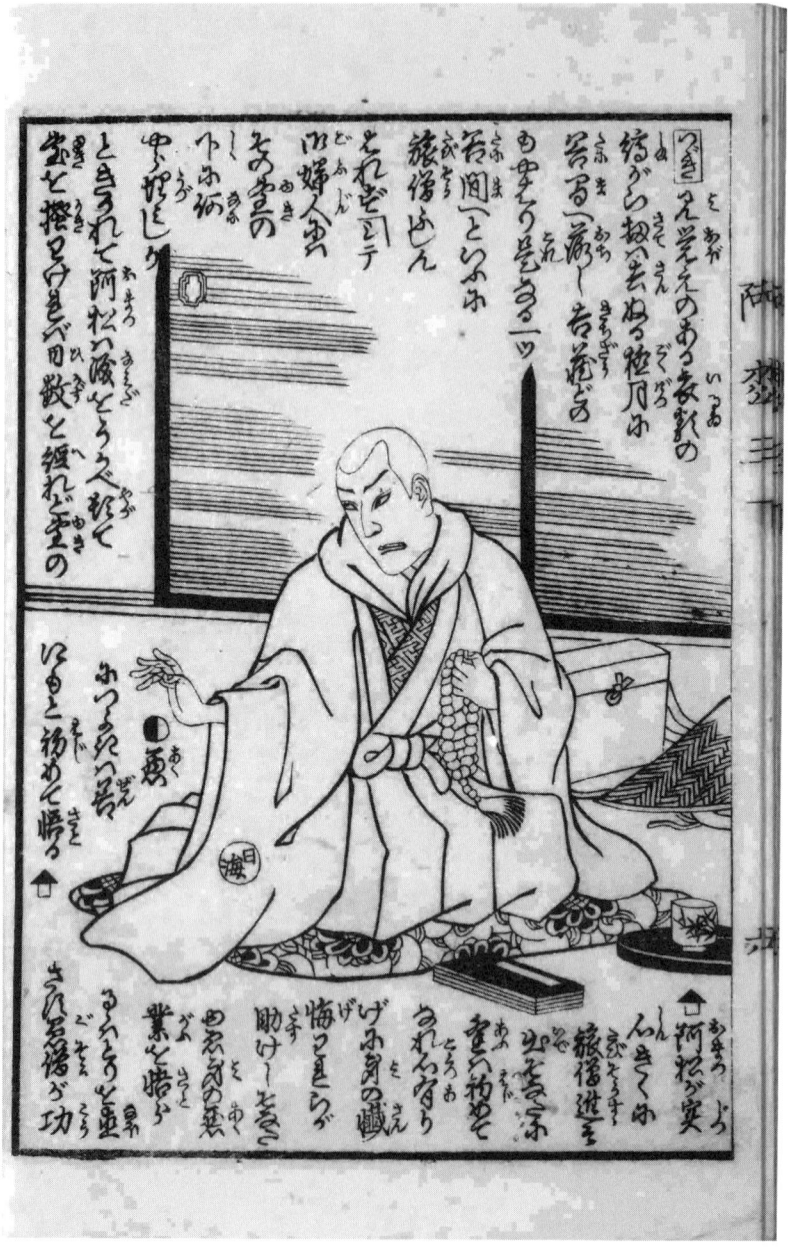
つゞき
海

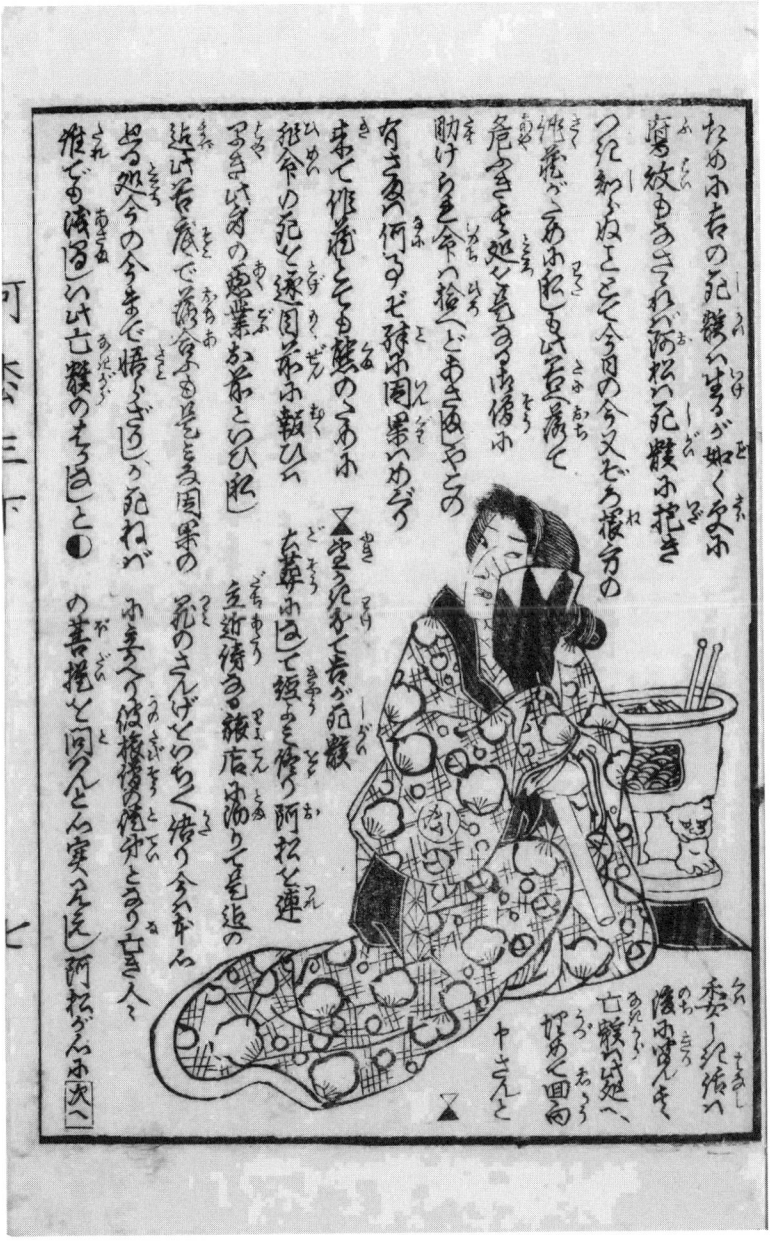

南無妙法蓮華經
妙顯院
日海

再殺
新より抜け
と云べうも
一歩もあるけず
一息

つゞき たりける○あ縁信流還て解松盈の

☒ 有福の身となり後或日西彩井の弘法大師

あ代忠義の一人蒲示の旅店ふ立去せられ

阿松が身の代の三十円い預金をさればかるる

義もかをの四門とその夜寝床を抜け

出て裏手の井戸へ身を投んとせ一番へ

忠義の父去去郎が幹の妻若とをれんと

そろいべ云ふ御り合せ我子ともあくしてて

彩り止めく忠の結い祝ふが為偶の對栗姿あ

の合を又ゆく忠れば忠義ふ合ゆ為ゆる後二人りい

森び路合として打連立て松盈(四代忠義が

先祖と海路の附云ふ人もせつが

あれとろこび故ゆく次入ゆりーゆ去

是迄の恩報じと家業ふ精を出せ忠

ゆるもあく嗚呼とのいひけ店を開きて ☒

有福の身となり後或日西彩井の弘法大師

参り祈り給ふ汗もあ位まで お松が妻を

妻とそ仇ふ養ふ熱を以てまた忠義の仁

義五円の金とあ出せり余そ多くの恢も

是を一世の別れ忠と阿松い次人遣ふ母おちの

件ふ為りくせ合ふて治療をとせ忠義の

きゆもあ次ふんえを病ひまちく

大のかくに狂ひ出りて死たるい明治十年

二月九日の事ふ一て猿恵その身ふ

むつひ来てかゝるをとりを知ーゆろべ

狐の人を化子や一切一夕害狂ーー美女の

獣人化を害ふ恐ーとも思ふべーと

乗天の姿文いてるゆと

嘆じて云ふ事を聞く

田舍源氏五十四条　二帖
大日本物産圖會　五帖
熊襲三十六花撰　一帖
東京開化世六景　一帖
小學入門彩色入　一帖
同　寸珍本　一帖
魔児嵩實記一夕話　三冊
鳥追阿松海上新話　三冊
同　後編　三冊
古今名婦傳　一帖

分
和漢書籍
東錦繪問屋
芝板御屋

東京第一大盃六小区通一丁目十九番地
編輯　久保田彦作
東京第一大盃六小区通一丁目十九番地
出板　大倉孫兵衛

ハ 4
1 8
9
国文学研究資料館
国文学研究資料館
47530
昭和55年3月7日

つづきもの『かなよみ（仮名読新聞）』「鳥追ひお松の伝」

第一回　：第五四〇号・明治一〇年一二月一〇日

○ヤト絵入新聞の十八番長幕を真似るやうですがまだ東京が江戸の頃木挽町の采女ケ原に羽生の小屋の板庇し月渡軒の破損家ゑ親子三人で住む非人で定五郎といふ者わり毎日尾張町の布袋屋の角へ雪駄直しの店を出し女房お千代と娘お松ハ春ハ鳥追ひ平常ハ女太夫と夕立の三絃抱へて市中を歩行大店向や勤番長家の窓下で鶴賀の曲も仇めきて玉を欺く母娘ろの頃小屋の糸三だと容貌のよいので評判高く梅が香や乞食のと句ゑ讀しも笠の内を覗かるゝ卑賤身にも果報者だと近處でも羨やみしが慶應の末御一新の際ゑ諸藩の兵隊東京へ入込見附〳〵の桝形へ植木鉢を弁べた頃ハ女太夫も窓下で好ゑ任せて甚九よしこの浮た調子で貰ひも多く彼お千代お松の親子は日々二圓の稼ぎハゥゝさぞ其中ゑも大名小路の或邸ゑ屯集の徴兵隊で濱田正司といふ人が此お松を一目見るより忍迷ひ采女が原の小屋へも尋ねていつゥ深い中となり譬へ卑しい非人でも落れば同じ谷川の水渡さじと濱田ハ思へど顔ゑ似合ぬ此お松ハ不貞

腐れの悪婆にて母のお千代も四十ゑ近いがまだ咲殘る谷間の櫻慾ゑは色も覺安く母娘ゑ此手で男をたらし多くの金を取込むとハ神ならぬ身の濱田正司ハ二百餘圓の金を繼こみ今ハ衣類大小迄皆質庫の詫住居此事早くも隊長ゑ聞えたので禁足を付られ市中へ身儘ゑ出ることならねば明暮お松が戀しさを忘れ兼たる物思ひ此方ハ夫と知るゥ知らぬゥ元より金ゆゑ任せた體濱田さんが餘まり來ぬので五月蠅なくて霄の間の月さし登る淺茅ケ原の汐入堤ゑ同じ非人で大坂吉といふ破落戸あり表ハ直しの籠を抱へ其内證は御制禁を犯す家業の一六勝負賽の目鼻も灰汁抜し男振に行末ゑ夫婦にならうと約束して父定五郎の目を忍んで度〳〵の密會を母のお千代ハ疾より悟れどいとゞ金の蔓とも思ふ娘の好た大坂吉と夫と知つてもいとゞえゑ親の甘味も酔の果と口へハ更に渡らさゞる忍の底こそ恐ろしけれ

記者曰是よりお松が大坂へ欠落して種々の悪事の末此節ゑなり生ながら畜生道へ墮る一奇談汐入堤の小屋場まで明後日きつとお目ゑ觸ます其爲口上左やう

第二回　：第五四一号・明治一〇年一二月一二日

○鳥追ひお松一昨日の續き「其頃淺草並木町ゑ松屋何某と云呉服店あり番頭の忠藏といふゝ元東海道蒲原驛の出生で松屋の家の白鼠白雲頭の子飼から出番の外ゝ劇場さへ見ぬ世の友の人情水爲永風の伝口調ゑ初めて起る春情毎日店の門口へ來る彼女太夫お松の容貌ゑいつか必を搖動て明烏の暗い内ゝら來るゝ來るゝと待寄の始終ゝ我手ゑ入れたいと氣も蠶蝶か此糸の結ゑ緣しを求めんと遣手の内も紙ゑ包み意の丈を玉章ゑ認めて送つたがお松母親ゝ忠藏が兼て含んだ色慾の眼元を得より見て取ば是も一ッの金の愛と返事ゝ否と稻船の水の淡島さら〳〵と認めて人知れず忠藏ゑ送つたので人目を忍んで開いて見ると思ひゝ同じ口紅の花も移らゑ上首尾と飛立程悦こんで日の暮るを待て居ると家長が其日ゝ忠藏ゑ橋町まで仕入物の仕切の金を二百圓持參して渡して呉れとの言付ゑ天の奥へと打悦こび橋町へゝ行ずして返事の内ゑゝ沙入堤の仲間の者の家を借て待て居るとの文言なれば夕暮の頃尋ね行ゑ兼てお松ゝいつもより一際粧ゝゑ銘仙縞ゑ博多織の帶をゞ忠藏をひかへるゑ心も空ゑ蕩しがり用意の酒や肴ゑて盃の數も重ね寐ゑとの鐘も廓近き田甫の畔ゑ啼蛙稜瀬の川水鬨の聲ゝ總泉寺の森ゑ響き松風颯々と夜小深更てゝ隣り知らずの一軒家建ろ屏風ゝ風洩どお松ゝ顏も櫻色はろ醉きげんゑ亦どけなき姿で忠藏の手をとつて最寐やうトやゝ有ませんかと男女ゝ其ま、閨房へ入り怪しき夢を結びしとや

（以下次號）

第三回　：第五四二号・明治一〇年一二月一三日

○鳥追ひお松の傳昨日の續き「破襟の蝶番ひ放れぬ中の屏風の内ゑゝお松忠藏が枕を并べ吸付烟草ゑ時ならぬ袋を起し今戸燒の火鉢ゑ挿し土瓶の白湯も水となり雨にゝあらねどホト〳〵と雨戸ゑ當る夜嵐しの音も雌ゝと忠藏ゝ非人小屋ゑ泊りしゆゑ若や人に悟られたら我身の恥と顧ゑゝ眠れずお松ゝ寄ゑすゞせし酒ゑスヤ〳〵寐入る異夜中頃表の締りも勝手を知りたる我家の雨戸足で蹴かへす大坂吉ゝ出刃庖丁を口に噛へ突然屏風を取退けてうぬ密夫め四ッゑする覺期しろと忠藏お

松が襟がみ掴んで左右ゑ引据へ庖丁逆手ゑ胸元へ既ゑ刺んとそる手ゑ縋り涙だと共ゑ壁ふるはし今更お前の目を掠め忠蔵さんと不義をしたのゝ管へ此ま、殺されても言譯ゝないことだが卑しい產れゑ他所へゝいけず夫婦の縁ゝ結んだもの、お前ゝ平常賭博ごとゑ家業もせず其日の煙りも立兼て手馴た業の新内節人様のお門へ立一銭二銭の手の内で漸々暮す痩世帯同ト五休も滿足な人間ゑ產れても穢多乞食と卑しめられ素人衆の交際出來ず殊にお前の日頃の邪見ゑとふゝら愛想が盡きたところへ五深切ゑ私しの事を彼是いつて下さるゝら義理と情けで命ちがけせめて素人衆と一度でも枕をゝはした此身の果報忠蔵さんゑ罪ゝないからサア私しをそつばりと殺してお呉と身を摺付しお松が覺悟ゑ流石の吉もひるみしか暫し詞もなかりけり（以下次號）

第四回　：第五四五号・明治一〇年一二月一六日

○十三日ざりで立清がしたと投書も有ましたから餘り永くなり升が鳥追お松の傳を引上てお目に觸ます情お松忠蔵が屏風の内夢を破りし大坂吉が四ッにすると振上た出刃庖丁の其手に縋つて吉蔵を厭ひしお松が覺悟の体に流石の吉も切兼る後の壁の崩れより思ひ悉なき母のお千代が段々との扱ひに始終を聞入る忠蔵も夢に夢見し心地にて齒の根も合ぎ此場を早く逃れんと思へと吉が庖丁の光りに恐れてふる〳〵震へたゝ手を合してお千代に頼めば応得顔に大坂吉を小蔭に招きて種々と話しをつけたが果ゝ手切の金と轉び命替りの百圓と兼て忠蔵が家長より預かつた金の内退引させぬ親子が工みに忠蔵ゝ只管に命有ての物種と彼百圓をお千代に渡し跡先思ゝぬ狐ねの冥抜て飛出す裏田甫折から降だす秋雨にびつしより濡し白鼠猫に追れし如くにて忠蔵ゝ逃だしたが跡に三人傍りを見廻し吉さん首尾ゝ上出來とお松が大膽不敵の詞に吉も庖丁を其處へ置元ゝら仕組だ刃物三昧早くおッ嚊が出て呉ればよいと思つた壺の二分金で盲くせしめた此百兩といふゑ傍からお千代ゝは、笑み期いふ時にゝ立敵に遣つて腕を見やうと思ひ娘と遠から親の目を忍んで乳繰合て居るのを見て見ぬ振も親の慈悲モウ觀音の明七ッ大層寒くなつたねへお松は母が一言に釘をさゝれて焚さしの埋み火を吹

おこし殘し酒を温めて茶碗ゑ廻る三人上戸林間ならで風に散る醉に忽ち楓葉の面はも茜の横雲い夜明近くゞなりにける偖是よりお松い筒持せにて多くの金をゆすり取し事早くも上の沙汰となり采女ケ原にも居事ならず一旦影を隱さんと吉が古郷大坂へ逃亡して斗らゞ高麗橋にて徴兵隊の濱田正司に出逢危うき場を助けられ明治の維新新平民の令に思いゞ移多の汚れを免かれ正司が權妻となり榮曜に暮せど元より毒婦の性なれば再び大坂吉と欠落の一段東京へ歸り母お千代が許ゑ異病を煩らひ書生道ゑ落入の永物語りい（落語家のやうだが）明日の前講ゑ辨じます嘸五退屈差替りまして次の新聞を五覽トろ

第五回　：第五四六号・明治一〇年一二月一七日

○鳥追ひお松の傳　再既お松い忠孝より百兩をゆすり取し事早くも覗る目嗅鼻の調べも嚴しくお捕に逢ていゝ詮なしと母娘等しく談合して暫く影を隱すゑ如ずと明治二年二月の初旬ゑ大坂吉と諸共ゑ東京を出立したが同ト仲間の品川驛なる東海寺の境内ゑ安次郎といふ者あり少しの用事ゑ彼方へ尋ね行古郷へ身を隱す事抔話して賭事の負債も濟せ餞別の酒汲かゝさんと好の道とて樽酒の土產も澄し伊丹酒応の濁りを押隱して安次郎の家へ行ゑ兼てお松と吉が惡事い官廳より探索嚴しく仲間の非人へお觸もわり殊ゑ日頃親しくせし安次郎故兩人が若立廻らばと内命われば氣の毒ながら捨置難しと兎も角もと安次郎が饗應者も蜆豆腐持せし酒を徳利ゑ移し廻る茶碗も飲口ゑお松が手馴し三弦の調子ゑ浮た大坂吉積る惡事ゑ高飛をするも忘れて手枕に歎へる鐘も暮六ッゆゑお松も流石ゑ產れし東京今宵旅路へ踏出さばいつ歸りこん高砂の松も甲斐なき日陰の身せめて今夜い愛の家へといふゑ主個の安次郎も傍より泊れと進むるゑそんなら厄介ゑなりませうと酒も程能飲盡し破ていい居れど隔の襖夜の物さへ薄暗き二人い臥房ゑ入る月の影もさやけき海面ゑ鐘の音響く折こそあれ兼て此家の安次郎が取締所の分營へ注進したれば捕亡六人手ゑ〳〵得物を携さへて裏表より臥房ゑ入並べし枕のお松が襟髮引立るゑ吉い甫無三捕方なるゝと布

圍を刎退雨戸を蹴明庭の方へ逃出すゑ兵隊の其曲者退すなと續いて追っけ左右より吉が利腕玄たゝゑ打据へられ其儘ゑひれ伏を折重なつて縄をかけなんなく捕縛ゑ就たるが母家へお松が行燈の火を吹消て異の闇殊ゑ女のことなれば由斷といふゑん非ざれと曾庭先の吉が方ゑ向ひしゆゑ残りしん只一人掴捕んと眼を配れと闇ゑ目當も鳥羽玉のさゞり合ゑ際もわればお松ん雨戸の外れし間よりその儘ゑ帯もゞず天王社の森の内へ密ゑ退れ出たりしが勝手知れざる夜の畑人なき道の山傳ひゑ辛うじて沙見坂迄運よくも逃延たり扨お松ん思ひがけなき人ゑ出逢ふの一段ん（お様ですが）明後日

第六回　：第五四七号・明治一〇年一二月一九日

○鳥追ひお松の傳ういよ〳〵沙見坂で思ひぬ人に出逢手に手を取て東海道を道行と出かけ淵原驛で大難のおはなしん明日きつとお目に觸ます

第七回　：第五四八号・明治一〇年一二月二〇日

○鳥追ひお松の傳「却て說淺草並木町の松屋の番頭忠藏んお松母娘が工の罠ゑ思ひず密夫と主個の金百圓を掠め取れ只茫然と其場を退れ夜の明るのを待甲斐も仕切の金の二百圓央不足に當惑して直ゑ主家へ歸られ迚兎やせん角やと思ふ内十日程の日數を經たれば猶々惡居が高くなり切迫ゑつまる身の然度死んで吉譯するより外思案んないゞ正直一圓に歩行ともなく品川の裏手傳ひの山通し西へ〳〵と足の向主人の恩ん大井の原身に白蹤の無分別省處ろなき我罪と八景坂（本名沙見坂）まで來た頃ん廿日の月のさし登り松の樹の間ん隈なくも忠藏ん兼てより認め置し書置と殘りの百圓財布に包み死後の薄據と肌に付帯を解きて傍へなる頽の枝に結び付ァ、思へば十ゥの子飼うら松屋の家へ丁稚に來て廿七の曉迄主人大切と勤上來春早々古郷の大坂へ錦を飾り久しく逢ぬ父母や兄貴ゑも悦ばせ暖簾を分て貰ふ約束それも女ゑ迷つた斗り斯いふ變死で果るといふん是も定まる約束事ニ、愚痴をいふのん矢張未

練と口ゑ稱へる念佛に眼を閉て帶に手をうけ既に首を縊らうとする手を確りマァ〳〵短氣な忠藏さん死なふと迄のお覺期ハ更々無理でハ有ませんが斯した罪ハ私しゃらといふ壁耳にや入たりけん忠藏ハ月明りに顏見合して悔りしャゝろなたハお松ゃチゝ忠藏さん何からお詫をして宜やら重なる罪も親の言付汐入堤で百圓を嘲り取たハ大坂吉と母さんの惡工どふヲお前ゑ逢た上で身の決白を話さうと私しも違から家を欠出し思ひが屆いて此出合逢てれ前が死ぬ氣なら私しも一處に殺してと添まつハる、蒹葭梢に飛こふ梟の夜半の嵐しのお松が胸中善か惡か看官わてゝ五らうトろ

第八回　：第五四九号・明治一〇年一二月二一日

○鳥追ひお松の傳「偖忠藏ハお松が涙の繰言ゑ心の底意汲兼て初めの程ハ誠とも思ハざりしが毒婦が舌の劍にて眞虚ごと打混て夜露に袖も濕りがち色を含んでいひ寄れば元より迷ひし忠藏ゆゑ死ぬことも打忘れ思ふ女と初旅ハ願つてもなき幸ひと忽ち主家への義理も忘れ難波の實家へ尋ね行彼百圓の話しをしたゝ贖ひ呉るハ必定ならんさすれば此身の曇りも晴殊にお松を非人とハ雖ども涙の寄邊さへ差當つての望みも叶ひ夫婦になれる事もやわらんと淺間敷も忍を定め其翌朝旅の用意を整へて所持の百圓を路用として人目を忍ぶ旅駕籠に夜ハ夢の間の假枕急がぬ道もはかどりて小田原驛迄來たりしが其頃ハ奮幕の脫走隊箱根の要所に立籠ると早くも東京へ聞えしゃば諸藩の兵隊同驛に繰込物騒がしき折なればお松忠藏も世を忍ぶ罪ある身にハ何となく一日も安堵せず若き女の眉毛わつてハ路次の便りも惡ゃらんとお松ハ愛に眉毛を落し髪も結んで草束鳴海浴衣の上着さへ馴ねば露の玉櫛笥箱根の裏道矢倉澤の山傳ひに三島へ出んと案内者を雇ひ駕籠も釣せて行道ハ山又山の嶮岨なれば忠藏ハ困じ果僅二日路ゑて底豆を蹈出して今ハ一足も蹈出されずお松ハ元より大膽不敵女ながらも男勝り忠藏を勵まして辛じて三島驛へ着したり是よりハ街道もゑ馬駕籠も自由なれば原吉原の驛も過酉ゑハ富士の高嶺を見て頃ハ十月の初旬もゑいとゝ哀れを初時雨馬の便りも古鄕へハまだ十日路ゑ足ね共お松と逢ひ忠藏ハ過越方を思ひ出し兎角に胸も支

之勝彼間道の山坂に旅の勞れや引出しけん風の心地と枕も上らぜ中々歩行も出來難く終ゑ駿州蒲原宿の正木屋某方に逗留して醫療を盡せど病氣いまそ〳〵重りしゆゑ傍にお松いもどうしく思へど爰で捨て行ば肝腎の路金ゑ乏しく如何いせんと流石の毒婦も看護に心飽果て憂を忘る、富士見酒心ならずも日を送りぬ跡い明日

第九回　：第五五〇号・明治一〇年一二月二二日

○鳥追ひお松の傳「蒲原驛の旅人宿ゑ逗留の忠藏い旅勞れの其上ゑ風の心地も日ゑ増て傷寒の體症ゑて早速醫者の診察も受藥い勿論加持祈禱とお松い傍で看病も合宿の客などい若い女子の感心だと人目ゑ夫と思いせても意ゑ包ひとげ実彼百圓い半月斗りゑ央い遣ひ捨たれど未六十兩ゑ餘りわれればお松い忠藏が命より猶大切と肌ゑ付ても時ゑ觸ていい病人が財布を床ゑ引附て意免さぬ体なればお松い路金を奪ひとり今日い逃やう今夜いと思へど夫さへ心ゑ任せぜ早くも爰ゑ廿日を過せど病人い疲衰へて更ゑ醫藥の功驗もなく漸次ゑ重る体なればいよ〳〵お松い倦果しが或夜隣の襖一重ゑ同ト旅寐の泊り客が行燈の火が消しと見ゑ寐まとひしか隣のお松い驚き起返りて透し見るゑ彼客も悩りして是いとんだ鹿相をしました初めて泊つた此二階竟寐まとひて〻詫をして我寐座敷へ戻りしが夜更の事ゆゑ夫なりゑ又候眠りゑ就たりしが早雞鳴を告る頃隣りの客い周章しく旅の用意もろこ〳〵ゑ出立したが彼處い急がぬ旅といひ病の床ゑ忠藏い苦しき聲ゑねぼ〳〵と搖起すゑ床の内ゑら藥の催促默つていても今ゑ上ると央い知らぬ白川の船底枕ゑ寐返するを忠藏い遺憾て紛失ものじやお松起て見て呉といふさへ苦痛の虫の患お松い漸々起上り紛失物とい心がゝりと布團の下へ手をやつて路銀の財布を捜り見れば日頃大事と忠藏が肌ゑ付たる守袋と包みゑしたるが見えざれば扨い夕邊隣りの客が戸まどひしたと枕邊を捜りし時ゑ寐れしらとあまりゑ呆れて忠藏お松暫し詞も無ゝりけり

記者曰賊の爲ゑ路銀を奪れ詮方なくお松が藝妓ゑなるといふ明日い極お面白い處であります

第一〇回：第五五一号・明治一〇年一二月二三日

○鳥追ひお松の續きゝ今日ゝお預かりで明日きつと

第一一回：第五五二号・明治一〇年一二月二四日

○鳥追ひお松の傳「さなきだに旅ゝ物憂ものなるゝ況て杖とも柱とも頼みし路銀を奪ゝれていとゞ切なき胸の内おし計られて宿屋の主個も忠藏ゝいろ〳〵と力を付全快までゝ忍置なく逗留してと氣を勵ませ彼賊の行衛なぞ尋ねじが病人の忠藏ゝ日増ゝ重る容体ゝ猶更氣うちゝ忍ゝはりて今ゝ藥も咽へゝ通らぜ絶入る胸を開かせる實丹を買價さへ貯へなければ流石のお松も身体爰ゝ窮りてたゞ鬱々と日ゝ暮しぬ扨此正木屋ゝ十日計り逗留して居る四十ゝ近い商人体の定次郎と云人わり雨の日の徒然なそゝゝ忠藏が塵事ゝ來り四方山の話しついでゝ憂を開く玉とゞき酒肴ともわりしゆゑお松ゝ懸意ゝしたりしが彼賊難の話しを聞て氣の毒ゝ思ひしや折々ゝ小遣ひの足ゝもと失禮ながらと松の葉ゝ包ひ意ゝ恵の金いと深切の人なればお松忠藏ゝ地獄で佛けと頼母しく思ひ他事なく日頃打解て交際居たるが或夜お松の傍ゝより斯申すも失禮ながら不慮の事ゝて今の五難義どうがなお救ひたけれと旅の事ゆゑ夫とても多くの貯へなき身ゆゑ心ゝ思へと任せぬ浮世近頃甚だ申し恐いがお前の容貌で一ト稼藝妓をしたら五十圓や三十圓ゝ誰でも出そう私も實ゝ駿州府中の二丁町で藝妓屋家業とんだ一文字屋のせりふだが女護の島程抱えもあるが今度駿府ゝ徳川樣の五領地となつたので東京好と見習をつけ態々宿々を尋ねて居る處お前の腕で稼いで呉たら五十ゝ愚百圓でも耳を揃へて借もしやうと木ゝ餅の生る話しといひお松ゝ元より忠藏を捨たい忍一ばいゆゑよき藝なりと涙を浮べ五深切の其お詞足ゝぬ私を夫程迄ゝ仰しやつて下さるのゝ誠ゝ有難い事でそが一人と違ひ此病人といふを打消サ其處が膝とも談合づくお前一人を連て行今にも知れぬ病人を何で此儘置て行ゝ皆へお前を抱えても四五日待ば駕籠を以て直に迎ひによこすからマア能相談をして見た上と詞巧して出行けり（ちよいと一ぶく）

○忠蔵ハ重き枕の顔を上今更いふも愚痴ながらひよんな事から主個の金を持逃して死ふと思つた其時ゑ其方ゑ奮られ古郷の大坂へと意ざし箱根の裏道矢倉澤で足を痛めて引出した此大病今ゑも知れぬ露の命斯いふ難義も主人の罰當死んでも恨ハないが傍ゑ翌日から看病をして呉る者もなし僅十里を隔ても今別れたら最逢ぬかと夫斗りが涙の種とホロリと落す男泣お松ハ出もせぬ涙を拭ひ其様心細いことを言出して流い涙ハ病の大毎是が一生別れるとゝ違い處へでも行のでハなしお前も男ゑつかりして薬を飲で少しでも愈なつて下さんせ素性ハ人ゑ言ぬ身の賤いことを隠した上客の横嫌の付浮れ表面ハ笑つて暮しても意で泣もお前の爲府中へ着たら直ゑ迎ひの駕籠を持してよこすから必ずくよ〳〵案事ていと脊を撫さするお松が顔神ならぬ身ゑ忠蔵ハそゝろ涙ゑ胸逼り咳入る苦痛の其處ろへ入來る以前の定次郎襖越で様子ハ聞たが何の死別れでも仕やァしまいし竟二三日で迎ひゑ來ることゞ約束の三十圓いとゝ亭主の忠蔵さんへ慥ゑ渡すと紙包みお松を急がせ定次郎が隔てる屏風ゑ忠蔵ハ延上るを冷たらやつぱり病ひの障りと建切襖ハ相生の松の墨絵の薄き緑お松ハ意でヘロリと出す舌の剣ゲ恐ろしけれ　（跡ハ明後日）

第一二回：第五五三号・明治一〇年一二月二六日

○鳥追ひお松ハ今日のお約束でしたが雑報が多いうら明日ハきつと載ます久しいものだと思召すに五勘辨

第一三回：第五五四号・明治一〇年一二月二七日

○鳥追ひお松の傳「漁船の火の影ハ夜る涙を焼くと旅中の吟も初時雨雲の行衛も白砂ゑ光る濱邊の涙打際寄せてハ返す涙がしら砂を蹴立て三枚肩で急がせる籠駕籠と松の並木の觀音堂の傍へ卸して汗を拭ひたる人足体の三人が草履を並べて坐を上「さア姉さん病屈でありましたらう爰がお約束の興津の宿といふゑ駕籠うらお松ハ出て傍りを見廻し不審顔「駕籠ゑ搖れて居らゝらに竟とろ〳〵と夢の間も耳やかましい涙の書落々眠りハしないけれど最約束の興津とハ話しゑ聞た軒並で隨分賑やかな處ろだと思つたよりハ磯端で大層寂しい

處だねへといふよ一人が引取て「其寂しいがこつちの附目人里放れた浪打際沖よちらつく漁船より外よ聞人いない處ヤア安心してお出なせへと忍有氣な詞の端よお松い流石薄氣味悪く「シテ此磯端へ駕籠をおろし外よ聞人がないとやら葛藤だ今のお前の詞とお松も胸を轟うす富士ケ根下しの北風よ吹込軒の觀音堂扉を開て立出る一人の男いお松よ向ひ「仕組だ此處の目算を知らねば不審も尤もだが外の女い知らねへこと度胸の据つた不貞腐れ餘まり驚く風でもわるめへと言聲い小耳よ殘る合宿の彼定次郎よ疑ひなければ「左樣いふお前之確しか駿府の「チヽ十日此方賣金をおろし玉を此方へ引上やうと思つた坪へすつぱりとまり深切ごかしの六段目とんだ身賣も三十圓お經く上つた鐵砲の魂ひい外れぬ一文字屋巳が才智い恐しからうと以前よ誓る悪漢搾らへ胴半纏袖よ胴金の長脇差を腰よ帯し鬱金の財布よ手を入れて紙よ包みし酒手の粒金サア骨折だと人足へ渡せば駕籠を舁出す慾よ目のなき夜の道禮も口〳〵三人い元來道へと急ぎ行く（跡い明日差ゥはりして昨日の辨トゥけをお目よふれます）

第一四回：第五五六号・明治一〇年一二月二九日

○再 說 彼定次郎い落散し松葉を集めて腰提の火打袋を取出し吉井の鎌よ摺ぼくち移せば燃る枯枝い煙りも紛ふ臘月お松を傍へ引寄て「斯云出すと芝居でも敵役のせりふの樣だが實い先月廿日頃三島の立場で其方を見染夫婦の旅とい思つたが人目を忍ぶ樣子といひ欠落者と目を付て巳が子分を旅人よ仕立跡ゥら付て蒲原の正木屋へ泊らせたが手前を此方へ引上るよい路金を盜んで落目を助け深切ごかしと其月の三十日の晩よ寮さとひと壓寨へ蹈込布團の下から引出させた六十兩と守り袋夫から毎日入浸りで惠んだ金も二三兩とう〳〵藝妓と人賣よ玉を引上連出したがわの病人の忠藏よ渡した金の三十兩い此頃世上でチヨ〳〵と通用をせぬ會津出來其二分判を嬉しいと悦んで頂いたうンそりの忠藏い十ゥの八分い死病の樣子朝夕手前の立振舞でい堂せ体よく置去ゥ万よ一ッい殺し兼めへ何れ素性を洗つたら筒持せゥら街もわらうが譬へよもいふ鬼の女房巳も頭巾を被時い甲府無宿の根方の作蔵この守りよい用い

ねへから踏してやるが堂せ體ハ切實ゑ蔓し丈上ハ自由ゑなつて己が引導渡そのを此辻堂の板庇し蓋埴も千手觀音の利益を愛で授けて呉とお松の手をとり作藏が荒

觀音の利益を愛で授けて呉とお松の手をとり作藏が荒くれ男の無理口説元より淫婦のお松なれと腕を男の作藏ゑて殊更賊を業となせば後難の程計り難しと思へば氣も消憂迷ひ震える足も一生懸命逃れる丈ハと落散し忠藏が守袋を手早く拾ひて手を振拂ひ逃んとするゑ作藏ハ怒ゑ堪兼聲あらゝげ木折でいゝぬ戀の道と下から出れば付上り逃やうとハ片腹痛し所詮底といはぬなら本商實の迫剣ゑ赤裸ゑした其上で往生づくめゑしてやらうと帶ゑ手をかけ上着を脱せ肌ハ襦袢一枚ゑ寒も通す汐風ゑ吹散涙の礫砂子蹴立て兩人爭そゑ手先折悪晴し月灯逃ても行衛ハさゝ涙の觀音堂の傍りを廻り因果車も其身の果と作藏が肩先ゑ捕へし其手をお松ハ爰ゑと去たゝかゑ喰付ゑ手先もるみて思ゑず放しその他岸邊の松ゑ縋れば小枝ハ體の重みゑッゝり折て汀へ眞逃さゑ前なる海ゑ落入りしハ悪の報ひか名ゑ縁む松の十返り波のまゑ〳〵漂ひて竟ゑ奚ハ引汐共ゑ看る〳〵見ゑ世なりゑける

記者曰お松の傳ハ存外の長物語りゑなりましたので

今年の内ゑ結局をつける譯ゑ參りませんから來年ハ早々鳥追ひといふ由緣もあれば（海上遙でハないが）年またぎゑ五覺をねがひます

第一五回：第五五八号・明治一一年一月六日

○鳥追ひお松の傳「昨年の續き」薩陀峠の岾淵にて根方の作藏が思ひも寄ぬ本名を明して迫る工みの裏流石のお松も逃廻る磯馴の松が枝枯てやありけん折て其まゝ眞逆さまゑ漂よふ涙間に落入りて水の行衞や白波と引沙諸共流れしが元よりお松ハ賤しき身の育ち拵とて采女ケ原に二十の歳を成人近邊の川水に泳ぎし事もあるもゑか幸ひに體ハ浮松の折枝涙を切汐路と共に沖の方へ流れ〳〵て出たるが名におふ東海第一なる遠州灘の外海にて山なす濤打返し忽ちお松ハ水底の藻屑となりしゑ左もなくば大魚の腹に葬むられ敢なき最期と思ハれけり此夜ハ是明治二年十月二十日の事なりしが空ゑ一點の曇なく夜ハほの〴〵と明渡り朝風止て海面ハ疊を敷たる如くにてまだ明殘る廿日の月ハ旭の光りに奪れて四方に地方の見ゑなきハ灘の朝霧朦朧と蒸氣笛ハ水に響渡り矢を突如くゑ一艘の蒸氣船が涙を蹈立て走り來るハ是ゑ東京の廻漕會社の持船なる其名も廻漕丸といふ神戸通ひの滊船にて帆影は水にきらめきて廻る

車に白浪の跡をしき神戸へ向ての出帆なるが今甲板の測量室に船將某遠望鏡にて南の方の海面を見渡すと一里斗りの沖合に松の枝ども覺しきものに縋りたるは確とは知れねど人らしければ偖は難船の爲に漂ふならん夫救助よと號令に水夫は早くも端船を卸し浪をきつて漕寄て能〳〵見れば是ゞ女の死骸にてまだ日を經ねば蘇生らん殊よ襦袢一枚よて亂れし髪ゝ容体ゞあらんと水夫ゝ漸々抱き上艙樓を早めて元船へ瞬間うちよ漕よせたり

（以下次號）

第一六回：第五五九号・明治一一年一月七日

○鳥追ひお松の傳（かくて端舟ゝ救助上しお松の死骸を元船に抱き上船將始め乗合の諸客も共に介抱なすに未だ鳩尾のあたり温かにて手當なさば蘇生んと醫員も種々手を盡し醫藥の驗しも忽ちよて其翌朝神戸港よ着頃よゝ全く本に復したればお松ゝ夢に夢見し心地九死の内に一生を得しゝ此身の幸なれど意に包む身の素性此上ゝ何處よ身を便るべきかと思案よ暮しが不斗心付しゝ彼薩摩峠にて作瀛が奪ひたる忠藏の守袋首に掛て置たるゆゑ逆巻潮の其中にも終に流れて失ゝず今手に殘るも不思儀なり此守にゝ忠藏が古郷の父母の氏名もわり殊よ臍緒髪迄添てあれば是を一ッの種として飽迄人ゞ魅かし兎も角もして身を落付後又計る事もやゝあらんと奸智に猛し毒婦の性涙と共よ薩摩峠の危難を實虚ごとを取交へたる空涙良夫ゝ嶽に亡人と恋りしを援方の作瀛が頓に迫りし禍神も涙の蘆屑と思ひきや再び蘇生なしたるゝ貴君方のお蔭なりと地に竄伏て礼さへも愛敬こぼるゝ美しさ羽ゝわり共荆の花雨に惱る風情なり廻漕丸の船將ゝお松が詞の訛りとも知らねば早速言まゝに彼忠藏が實家なる大坂心齋橋通り博劈町足袋渡世桝屋忠兵衛方へ云々と言遣しが元より東京の忠藏ゝ我子ながらも幼少より雇ひに出して折々ゝ音信もわる事なれど妻を迎へし話しゝ聞き不審ゝ更に嘯ぬ共遠州灘にて救助し女殊に證據の守を所持してゐる〳〵涙花へ登りしといふゞ無氣にも歸されねばお松ゝ桝屋忠兵衛が引取ることに相談調ひいと懇ろよ廻漕丸へも夫〳〵禮を盡した上よてお松を其儘引取て見れば姿も美しく何處やら殘る梅ケ香の賤しき身とゝ露知らぬ忠兵衛も嫁の氣で危き疑よ逢しと聞ばいと深切に看護ければお松ゝ心中得たりと思ひ十日斗りゝ枕に着物をも食と

を夜若打かつぎ此行末いとやせんと案ト煩らひ居たりける

（跡に明日）

第一七回：第五六〇号・明治一一年一月九日

○鳥追ひお松の傳（扨もお松ハ半月余りも床ゑ着しが元より身体に病處なくたゞ心ゑ悪るのハ蒲原驛で別れし忠藏十が九ッ病死せしとハ思へ共若や便りのある時ハ明の背と心ならず態と病ひと称て居たが忠兵衛夫婦も我子の嫁と今ハ心も置ぬ様子にお松ハ或日浴湯抔して雙も取上起出て忠兵衛夫婦が前に出いと慇懃に扨云やう（不思儀の事で嫁舅と假に五縁ハ結んだものゝ是迄晴て名乗も出來ぬハ元私しハ賤しい藝妓不斗忠藏さんに思われて馴染重ねし仇枕互ひに深くなるに付同じ主個のわる身ゆゑ果ねせかれて逐夜も玉さか若氣の狹い分別から寧二人で欠落して古郷の空と此夏頃東海道を心ざしと實と虚の二瀬川蒲原驛にて忠藏が永の病氣に路銀も乏しく事更價の高い藥を求める金に差支へ手馴し業と駿府の廓へ藝妓家に行ふと思ひ悪徒とハ露知らぜ三十圓の身代ハ夫の病苦を救ふ斗りと思ひし事も情なや假にも夫と定めた忠藏さんと其夜の内ゑ旅寐の夢と玉の情もきれて此世の別れとなり女子一人の便りもなく泣〳〵野邊の送りも辨せぜめて卅五日迄心斗りの追善と思ひし事も作藏がと跡言さして顔うつむけ涙ゑ紛らす物語聞ゑ誠と忠兵衛ハ我子の爲ゑ夫程迄苦勞をしたかと存察り共ゑ涙のいと時雨お松ハ取出そ守袋彼忠藏が腩裝書ゑ暫し念佛も口の内稱へる心ハ如菩薩か底意ハ知れぬと立上り有合鋏をとるかと思へばお松ハ我と我手ゑて緣なす黒髪の根よりプッ〻リ切落し結んだ髷を其儘ゑ掌ゑ乘忠兵衛が膝の傍へ差出し「サァだ、お話し斗りでハ何をいふかとお意でハ思召もわらうと思ひ忠藏さんとハ二世掛て假ゑも夫婦となつた上ハ貞女兩夫ゑ見ゑぜとよく芝居や讀本でいふを見異似の私が決白せめて尼とも変を換忠藏さんの訪吊ひを五兩親のお傍ゑ居て意一ぱい勤たいが此上の身のお願ひ又一ッゑハ道ならぬ欠落をした悪名をお祝の印と親子のゝため三方四方の三ッ輪髷油氣なしの洗ひ髪貴楊の小櫛も月形の曇をお晴しなすつた上嫁じやと今日から可愛がつて下されませといふゑ忠兵衛夫婦の者

もお松が惜まぬ黒髪を切て掴ひし盲の業ゑ暫し詞もなき折柄此方の襖ゑ撃わつて「大街りの鳥追ひお松其處一すもうごくな」と星をさしたる一盲ゑ誰でありませうか此人の名ゑ何れ明日

第一八回：第五六二号・明治一一年一月一一日

○鳥追ひお松の傳「一昨日の續き」緑の黒髪惜げもなく切てお松が眞情と見せた騙りの庭意とゑ誰知るまいと思ひしゑ襖の内より大街りと聖を掛られ流石の毒婦も肝ゑこたへし一言ゑ呆れて暫し忙然たり彼處の襖を押明て静〳〵立出る黒羅紗の身ゑ戒服ゑ紫の紐ゑ結びし垂髪ゑ盲ゑと知れし其頃の官軍の隊長風思ゑ見かはす顔ゑ驚きヤ、わなたゑといふを打消上座ゑ据り「兼て東京品川ゑて捕方の圍みを脱れ東海道を登りしと探索ゑ遂しかど其後行衛知れざりしに廻漕丸ゑて救助を得し女ゑ偖ゑ其方ならんと思ひし星の圖ゑ當り此家ゑ足を留し事早忍びの者よりして我隊ゑ注進あり最早天命歸する處言譯ありやと問詰られ身ゑ覺えあるお松ゆゑ今更包むゑ詮なければ意を定めてわろびれゑ「ソウ何も彼も五存じなら今更何んと言を飾り暗い此身を明るみへ出して素性をお話し申せば人並ならぬ我が家で烟草の火さへ少打つら顔ゑ火の出る女作是迄化た厚化粧忠藏さんをお先ゑ遁つて流れ〳〵て大坂ゑ一花咲せる目論見も薩陀峠の大難ゑ沖を越路の小夜千鳥是から濡た羽を乾までゑ爰のお家へ足を留花嫁氣どりで切髪の花後家となりお念佛で佛ゑなつたを淨玻璃の鏡ゑうけて見顯されてゑ最悔んでも仕方がない翌ゑら地獄の一丁目で暗い住居も身の錆と飽迄根强き者の劍ゑ彼侍ひゑ微笑して所謂これが引れもの、小唄を唄ふも持前の女太夫のゆゑならん罪の五沙汰ゑ裁判の上の事イザ尋常ゑ縄かゝれと取出す早縄呼子の合圖ゑ表ゑ伺ふ兵士等がお松を引立行空ゑ日も入相の黄昏時彼侍も立出て忠兵衛ゑ追て五沙汰さらば〳〵と（芝居なら三重で此所ぶん廻し）

記者曰お松の傳ゑ存外ゑ永くなり看官も餘ほり退屈したから最よい加減ゑ結局ゑしたらとお小言の寄書もあり是からお松が最期の塲迄ゑ六七年の長物語で一度涙花ゑ榮華の夢の僥倖打柄新平民の御布令大

坂吉と再會より猶又悲事い千里ゑ走り竹藪の濱田殺し夫より東京へ戻りて奇病を病むの一條い彼忠藏が情の愁嘆塩汐入堤の舊巢ゑ締り大團圓を結ぶ迄い別段ゑ戯作風の讀本ゑして插繪を加へ「鳥追お松海上新話」といふ外題ゑて近日發兌する積りですから先新聞でい今日が大詰と致します嘸看客お見倦の段い何卒おゆるしを願ひ上ます

広告：第五九二号・明治一一年二月一八日

假名垣魯文閲　陽洲齋周延畫　上中下三冊袋入一部
久保田彦作著　定價金十二錢五厘

○鳥追ひ於松海上新話　全部六冊

右いゝなよみ新聞ゑてさきゞ御評判に預りました續きもの語りを畫入とし極美本ゑ仕立彌々二十日より賣出しますから御最寄の繪草紙屋ゑて御求めの程偏ゑ奉希上ます　版元　日本橋通り一丁目　萬屋孫兵衛

広告：第六〇九号・明治一一年三月九日

廣告

○鳥追ひ於松海上新話　第貳號發兌

右い來る十二日より賣出しやう間相變らぬお求めを願ひ上ます且つ此度い製本澤山ゑ仕入れ置やうゑ何卒ひもよりの繪雙紙屋ゑてひ求めを奉希上ゝ以上

版元　東京日本橋通一丁目　萬屋　大倉孫兵衛

広告：第六二二号・明治一一年三月二五日

鳥追於松海上新話　初篇三冊　二篇三冊　三篇三冊　壹篇定價拾貳錢五厘宛

右い兼ておなじみの鳥追阿松此度發賣の三篇ゑて全く讀切ゑ相成來る廿九日より賣出し仕りい間不相變ひ最寄りの繪雙紙屋ゑてひ求の程奉願上候

東京通り壹丁目拾九番地　萬屋孫兵衛敬白

久保田彦作　作

活字本『鳥追阿松海上新話』

明治十九年刊

鳥追阿松海上新話
全
石斎国俊

我國名譽新聞第五百四十號客歲十二月十日を以て始めて雜報欄内に記載せし鳥追於松の傳へ間々本年一月十一日第五百六十二號に到り嗣出せる事十四回未だ結局に及ばざるも僥倖にして千町万町の衆目に觸れ喝采の慇懃を得たる操觚者の歡喜の餘りに思はず筆を走たるおり然りと雖も春霞三筋を繫ぐ長物語へ頗る新紙の本意に違へば其概略を次號に掲げ大團圓とおさんと欲すを聚榮堂の主人遺憾として乞ふて其首尾を全くせんとす原由へ遙かに過去し明治元年の春よりして同十年の冬に止る温故知新の大實錄題して海上新話と號け茲に三絃の緒を解くと云

明治十一年第一月　　假名垣魯文記

秋葉山
常燈
非人娘阿松

濱田正司
雲駄直、大坂吉
五祐園林石

鳥追於松海上新話

假名垣魯文閲
久保田彦作著

○第一回

梅が香や乞食の家も覗かるゝ晋子の吟の古き稱えも新なる代の春立頃東京は江戸と呼び木挽町采女が原羽生の孤屋の板庇し月漏軒の破損屋に親子の非人あり其夫定五郎ハ日毎に邊り近き尾張町なる布袋屋といへる呉服屋の曲り門に履物直しの露店を張り妻のお千代(四十)と一女阿松ハ春ハ鳥追平常ハ女太夫の笠深く包めど匂ふ梅島田髷廿の上二ツ三ツ超ど花香は市中に高く大店向や勤番長屋の窓下にて鶴賀の節も仇めかして玉を欺むく母娘其頃世上に小屋久米三と人も門より呼子鳥頃しも慶應末の事にて維新の際ゆゑ諸藩の兵隊大名小路に屯營しまた血腥さい時なれバ女太夫を窓下に近付種々の唄あど謡ハせ浮た調子に阿松母子ハ一日二圓の稼ぎをもかゝさぢ又あき事と思ひしに果報ハ察ても廓の内の或邸に屯集する徴兵隊に濱田庄司といふ者ありしが深くも此阿松を戀慕ひ傳手を求めて采女が原の定五郎

が小家へ尋ね行き金にかかして隨ハせ竟にわりなき中とハあれば阿松ハ顔に似るやらぬ慾深き生れといひ母のお千代も娘が色かに迷ひし濱田が意に付入り種々の手術で金二百圓余を騙しとりしが正司ハ多くもあらぬ身あれ〻阿松が爲に衣類調度を遣ひ捨此事早くも隊長に聞ゐしか〻其頃禁足申付られたりといふ扨も阿松ハ心に染ぬ濱田庄司が通ふ道さへ緒絶の橋に名も因ある橋場の里の沙入堤に同じ非人で大坂吉といふ者あり阿松は兼て同氣もとひる破落者ゆゑいつしか人めの關越て互ひに父母の目を忍び度々密會せしとを母のれ千代ハ悟りしが素より色もて營業の助けと我子に善らぬ道を承知でさせし事ゆゑにあながらに口へは出さず見て見ぬ振こそうたてけれ茲に淺艸並木町に松屋といふ呉服店あり見世の番頭忠藏ハ元大坂の生の者にて万事物堅き性質ゆゑ主個も内外の事を任せ置しが不斗忠藏は日々阿松が門へ來て調子に乗る三筋の糸に笠の内さへ覗るゝ仇の姿に見惚けん寢も覺ても忘れかね思ひの丈を文に認め、或日阿松が袂へ入れしが何事ならんと開き見しに一夜の情といハゝゐに眞實見ゐし文体にお松が例の金ゆゑなら譬へ醜き男でも否とハ言ぬ渡りに船早速返事を見世先より投込で知らせしか〻忠藏の悦び言ん方なく今宵密に橋場の小屋へ忍來

れよと夕まぐれ急ぐ折しもあれ主個は忠藏を居間へ呼よせ金二百圓を渡していふやう此金ハ橘町の伺基へ仕切に渡す金なれバ御苦勞ながら持參してと意を置ぬ主個の頼みに忠藏ハうけがひて二百圓を財布に入れ我家の門を立出しが思も空の浮足に入谷田甫を横に見て其日の夕暮間近き頃或家に忍び行首尾ハ如何と内に入れば阿松ハかねて姿を粧ひ酒肴など仕度していと丈めやかに饗應しけれバ忠藏は有頂天數々廻る盃に酔も朧の廓近く総泉寺の松風颯々と夜ハ五更ともおぼしければ寢よとの鐘の莚扉風破れ布團に枕を並べ怪しき夢の仇むすび後の憂を予知られける忠藏ハ非人小屋に初めて泊りしとといひ若や人に悟られたら我身の耻と頓にハ眠れぬ阿松ハ宵にすおせし酒にスヤ〳〵寢入る真中夜おろ表の締りも勝手知りたる我家の雨扉を足で蹴かへし椽先に足ふミ掛る大坂吉は出刃庖丁を口に噛へ突然扉風を取退けてうぬ密夫め四ッにする覺期しろと忠藏阿松が襟髪掴んで左右に引据庖丁逆手に胸元へ既に刺んとそる手に縋り涙と共に聲ふるハし今更れ前の目を掠め忠藏さんと不義をしたのハ譬此儘殺されても言解といない事ながら身しひ產れにたゞ一度素人衆と枕をならべせめて濁らぬ人さんと道ならねども妻襲ねお前ハ平常賭博おとに家業もせず其日

六

の煙も立かねて手馴し業の新内節人様のれ門へ立一錢二錢の手の内で漸々暮す痩世帯同じ五體も滿足な人間に生れても穢多よ乞食と身しめられ殊に邪見のお前にハとふから愛想が盡たゆゑ竟知りながら忠藏さんと斯いふ中も命がけ罪ハ私しと體を突付サアすつぱりと殺してとお松が覺期ゑ流石の吉も張切る腕もひるみしか暫し詞も多かりける折から後ろの荒壁の崩れより思ひがけなき母れ千代が始終をきいて吉に向ひ道理を迫て和めしかゞたい忙然と忠藏ハ夢に夢見し心地にて齒の根も合ぞ片隅に竈り居てれ千代に此場の扱ひをと手を合して頼む斗り外に詞も内證ハ親娘二人の水入らぞ心得顔に大坂吉を小影に招きいろ〳〵に諭すも虚か實情ハ人の命の山吹色手切の金と轉びしにれ千代ハ出もせぬ涙を浮め忠藏に百圓の金を出して命乞ひハ安いものだと胸ぐらに退引させぬ板庇し月さし登る主個より預りし金ながら命には換難しと正直一圓の忠藏あれゞお千代が詞のまに〳〵金百圓を手渡して虎の尾を踏毒蛇の口を退れし心地と裏田甫抜て飛び出を秋雨にびつしより濡し羽抜鳥蜻を放れて逐ゆきけり跡に三人傍を見まはし「吉さん首尾ハ上出來と阿松がいへば大坂吉も庖丁其處へ投け出し「元から仕組だ刃物三昧既でのとに血を見ねゞならぬ處へ後から留て

思ふ壺命替りに二分判で耳を揃へた此百圓といふに傍からお千代ははゝ笑「斯いふ時こそ一廉の役に仕つて腕を見やうと思つて日頃親の目を忍んで遠から乳繰合見て見ぬふりは親の慈悲首尾よくいつた百圓に入谷田甫の二ッ分モウ觀音の明七ッ大層寒さも吹晒す風を凌ぐは茶碗の酒と三人廻る逆もぜし順には行ぬ身の果は後に不思ひ白玉の露も氷りて霜とある夜明近くぞなりにける○此後阿松大坂吉は善らぬ事のみ色にことよせ種々惡計を廻して先に濱田庄司と云ひ今又松屋の忠藏を密夫ありといひなして金百圓を騙りとりし事早くも其筋へ聽えしかゞ日ならぜ彼等の身に及ばんと惡き道には賢きれ千代娘お松と大坂吉の二人に一度姿を隱させ一二年の其内は吉が古郷の大坂へ密に身を寄せ人去れぜ世間の口碑を避るに如ぜと親子が膝を突合鼎になりて身の上を案じるは猶親心假染ながら浪花津にや今宵が別れぞとかたみに送る旅路の門出此時は是明治二年如月初旬なり軒端の梅が香東風に吹き送りて何方も春のにぎはしく殊に其頃東京と久しき江戸を更められ百事維新の御新政に民の困苦を救はせられいと有難き御代ながら廣き古郷を惡事の爲に世を狹めたる大坂吉彼鳥追阿松の二人身の曇りに鳥が鳴く東せを跡に難波津へ旅立はひもとそ〳〵に松屋の

手代忠藏より奪ひし金を路金として密に古墓を拔出しまつ品川を出外れて身の廻りをも調へゞやと古半天古布子縞も命の三筋毛ハ取結びよき三尺れひ人目を包む手拭ひに顔ハ隱せど身をあふるゝ惡漢毒婦が首途ハ千里の藪に猛虎を放つ彼嚴も斯あらん平日の寶昏灯をもし頃に品川驛の裏手なる東海禪寺の境内にて兼て知己の非人仲間に安次郎といふ者あり阿松が父定五郎とハ竹馬の友とて義兄弟の因みを結びし程なれバ二人ハ爰に今宵をあかし旅の用意も調へばやといと頼母しく思ひしに大坂吉ハ平常より安次郎が酒を好バ儲ながらも手土産ハ松の薬越の笹ならで備前德利か樽酒に身のひゞ包む竹の皮羮染ものなど買とゝのへて安次郎の門口より細目にあけて内を伺ひ傍を見廻し二人ハ椽に上りしに安次郎もたち出て珍らしや吉藏どのに采女が原の娘淫なるかと主人振さへ底氣意惡く小聲にありて掇いふやう兼て話しもお聞であらうが仲間同士の賭博に負債も嵩みて詮方なく阿松を玉にといふを引とりろう打明ていふ時ハ私しバかりが敵役女賢しく牛賣損のふたとへも有ど母さんの言付ゆゑに仇枕と有しみと共物語ひと先吉が古郷へ身を落付と逐一に安次郎に話せしを一々聞て打うなづき「互ひに心打解て惡いことなら隱し合ふが日頃のよしゝは此をきゞ

人の心の奥の間へと主個は先に案内して入るや月漏る板庇し安次郎かとゝろの内ゝ何如なるとを仕出そかそゝ次の巻に解分べし

○第二回

再説東海寺の暮六ッ袖が浦の波にひゝき歩行新宿の妓楼に粋客のうかれ拍子曳三絃の音もさへて風吹送る騒き唄を佳肴珍味と餞別の酒くゝかゝを橙酒を徳利にうつす熱燗に廻す茶碗の蝋豆腐元より阿松に吉蔵も飲口ゆゑに酔もまゝり身の罪科も打忘阿松ゝ手馴し三絃の調子も浮た三下り吉ゝそのまゝ手枕に數へる鐘も七ッ八ッ五更ゝ近き朧ろ月流石にお松も生れ古郷を今宵旅路へふみ出さゞいつ歸り來ん高砂の松に甲斐なき日影の身せめて今宵ゝ此家へといふに主個の安次郎も傍より泊れと進むるに渡りに船の友縄に縋りておろす碇縄酒手程よく飲盡し被れて居れど隔の襖夜の物さへ湖暗き二人ゝ臥房に入りにける跡をとつくと見定めて安次郎ゝ門口の締りを堅く鎖つゝ打うあづきて僥倖よしと片頬に笑表の方へ忍び行く程もあらせど月影もさやけき海に鏡さへて星もきら〳〵漁舟火に紛ふ夜中の折ろあれ乗て此家の安次郎が取締所の分營へ密に注進あしたるゆゑ阿松吉蔵討手の捕亡手に

〳〵得物携さへて裏表より臥房に込入り並可枕の二人が襟髪引立るに吉ハ南無三捕方なるかと布團を手早く刻退て雨戸を蹴明て庭の方へやにハに逃んと欠出後に兵隊ハ突棒差又或ハ六尺棒などにて吉を目掛て打かゝり夫曲者を逃なと續いて庭に飛下て繁る木の間の月影に垣を小楯の一上一下忽ち吉ハ利腕をしたゝかに打据られなにかハ以て堪るべきその儘其處にひれ伏ば夫といふ間に折りかさあり忽ち繩をぐる〳〵まき付なんなく捕縛に就たるが母家の方にハ鳥追阿松が行燈の灯も打消して家内ハ眞闇試合殊に女の事なれば油斷といふにハ非ざれど皆庭先の吉が方に一同向ひし跡なれば是幸と身仕度して壁により添ひ脊戸口より人知れぬ退れいで圃家傳ひて植込の葉間も繁る鉢前に蹲まり居れば今まで晴し空さへ雲足早くさやけき月を雲の覆ひ隈なく見ゑし庭もせも暗の梅が香匂ふらん阿松ハ是に力を得て猶うづくまり居たりしかば討手の兵隊高手小手に繩をかけたる大坂吉をかたへの柱に結へ置阿松が有所を隅〳〵迄殘らず捜せど影だに見ゑねば扨彼ハ風を喰ひ表の方へ退しかと二三名の兵隊ハ等く庭へと下り立て彼突棒にて植込の木の間を突て阿松ハ堪らず身を飜がへして逃とするを木の葉ハ搖て塒の鳥の羽音の如くサハ〳〵といふに此方ハ得たりと思

ひ尙突かゝる手練の棒さゝにる阿松も一生懸命下を潜つて此處彼處に顯れ或は左右に身を避てゝばしゝ手先を退れしが生憎月ゝ雲晴て白晝に等しき月夜ざし阿松が姿たあざやかに見にれば兵隊附いりて既に危うき其中にも元より大膽不敵の寡婦自然に備る早業にもゝどき圍みの其中を飛鳥の如く逃げ廻り後ろにむんづと組つくを振拂つて傍なる柳の枝へ飛び付て身をおどらして幹を傳ひ垣より表へ飛下りんとしだれし柳の糸筋ゝ風にもなるゝ風情なりしが兵隊衆ゝ詰よつて阿松が裳裾に取りつかんといふ手を拂ひて枝より枝へ自由自在によお登るゝさながら眞猿の梢ゑを渡るにさも似たり折柄又もや雲いでゝ照月かげを隱しければ阿松ゝ爰ゑと隔ての垣の枝にその身を小楯とて取つく幹を手放せば身も輕〳〵と裏手の畔道運よくも去年取入し枯稻の古藁を沢淳し道へ折敷しその上に落たれば幸にして跡怪我もなく身体に少しの疵もなけれど此處の兵隊暗やなれば毒婦は必らず逃延ん夫れ跡を追ひかけんと表の方より畔道に廻る隙さへ東京を隔てし後ろゝ天王社につゝく山道に暫しゝ時を移せしゆゑろの間に阿松ゝ辛うして人なき森の樹の間がくれ田畑野道のきらひなく暗に乘じて山傳ひ竟に虎口をまぬがれしゝ惡運ながらも天命のいまだ盡ざる處といふべ

しそれハ拠置捕縛となりし彼吉藏ハいましめの繩も其身の七重八重其まゝ柱に繋がれしかゞ兵隊の面々たとへお松ハ取逃しても目ざすは是ある吉藏ゆゑィザ屯所へ引行んと荒けなくも引立られ屠所の羊の歩行さへ今ハ我身に降かゝる宵の小雨の朧ろ月此曲者を訴人せし此家主個安次郎ハおろる〳〵前へ出「豫て嚴き五銓議ありし大坂吉が幸ひに今宵我家へ立廻りし故平常の親疎ハ私し事お上の爲に訴へ出しハいゝさかあがら五忠節何卒五褒美に預からんと慾に眼もくらミしか自慢らしくも鼻ひとつかせうづくまりてゞにゞ大坂吉ハ横目にかけ怒りの聲に身をそゞきやにハに安次郎を足にて蹴とばし「如何に金がほしいとても一ッ仲間の小屋に產れ譬へ惡事でお繩にかゝり連累せらるゝ夫までも一旦結んだ義兄弟成ほど己にハ縁もなく他人であらうが阿松にハ父定五郎の好身もあるに僅かな金に目が昏て人を呪ハゞ穴二ッ是から己れが地獄へ行き呵嘖を受た其上に此笠の臺が飛んだなら野暮なやうだが生かハり死でもきつと此恨をハいつか一度ハれ禮をいふからよく肝膽へ彫つけて覺へて居ろとねめ付る眼は逆づりおそろしく見るもいぶせき有樣に安次郎は身も震え居たり吉ハ左右を見廻して「今さらこんな愚痴をいふも所謂曳れものゝ小唄とやら定めし未練

な奴と思召んも恥かしく此上ハいふ事なしイザお引立下されと眼をとぢて物言ぬハ流石悪事に沖を越し大膽不敵と知られたり兵隊ハ吉藏を繩付のまゝ引立て安次郎にハ追て五沙汰と合圖の呼子勢を集めて意氣揚々と歸りゆく此後大坂吉ハ繩付のまゝ市政裁判所へ送りになり段々五吟味ハれど元より不敵の吉藏ゆゑ度〳〵の拷問も更に勞るゝ氣色ハなく少しも惡事を白狀せず終に七八ケ月の間牢内にありしが其頃は御新政の折柄にていと刑罰も寛大にて專ら民に仁政を施され積年幕府に苦しめられし民の疾苦を救ハせられ殊に刑法いと〳〵御改正の際なれバ此吉藏の罪惡も一二の騙りハあるものゝ人を殺せしとハなく又盗賊といふにも非ず是迄長の年月を獄屋に送りしとあれば其罪至つて輕きに問ひ翌年の二月頃吉藏ハ竟に賭博の罪科と極り一年の徒刑を申つけられて彼伊豆七島のその内ある三宅島に配せられ波風暴き岩根の松に犯せる罪の廻り來て罪なき身にはあらねども傾むく軒も夕沙に故郷の空のゝあつかしく喰物さへも米ハなく粟稗或ひハ海草につなぐ命も荒波が夜るハ殊さら耳につき寢られぬまゝに阿松のことなど思ひ出して千鳥啼く配所の月を詠め居たりと却つて後に說出をハ誓ひも洩ぬ淺草の觀世音に程近き彼並木町の松屋の手代忠藏ハ日毎に

門へ阿松母娘が新内節の此糸蘭蝶語る文句に春情の胸に靡く仇憶に鶴賀の壽命百歳も短かき浮世と語りても悟り兼たる阿松が姿たに賤しき身をも厭はゞこそ思ひ絶かね玉章を人知れぬ送りしに否とゝ言ぬ阿松が返事に意ゝ空と浮たちて主個が渡せし二百圓を橘町の何某へ仕切に渡せと云付られしを吉折なりと懷中して楽内の如く橋場なる總泉寺の沙入堤の羽生の小屋へ忍びゆきしに兼て阿松ゝ詞をかまへ色もて心をとらかせば思案の外に忠藏ゝろの夜お松が立廻り蓬ろ屏風に枕をならべ怪しき夢を破りたる大坂吉が密夫なりとおどり入たる身の災害母お千代が扱ひにて主個金百圓を手切にとて奪ゝれしがかゝるいぶせきあばら家に一夜を明そも面ぶせたるに況してや主ある身とも知らぬ妻を襲ねし身のあやまりに前後のことをもおもゝころれ千代が詞のいふまゝに百圓を渡しやり辛くも此場ゝ退れても二百圓の其内が中央不足せしとなればすど〳〵主家へ立戻られぬといふて有し事共を打明てゝ猶かたられぬ如何ゝせんと思案に暮その翌日甲乙ある知己の人に話さんと思へど是さへ耻かしく兎やせん角やと思ふ内十日ばかりの日數を過たれば〳〵敷居も高くなり切迫につまる身の落度死んで云譯するより外思案ゝなきと正直一圖に取詰て歩行ともなく古

郷の西へ西へト足の向涙だに濕袖が浦品川驛も早すぎて主個の恩ハ大井ヶ原身ハ白露の無分別置所なき罪とがハ重き鹿島の御社をふし拜みてひざまづき七々重の膝や八景坂名におふ松は色かへぬ緑ハ深き葉がくれに月ハ隈なく照渡れど曇がちなる忠藏ハ心に決せし事なれど流石に命惜まれて浪花の父や兄の事思ひ出せバ眼もうるむ袖に時雨も濕り勝空仰向て打かゝち「アヽ思ひ出せバ十一の春より東へ下り來て松屋の家へ丁推奉公脊丈を延して廿五の曉までの五高恩海山深きを打忘れ阿松が色香に迷ひ彼等が工みの罠にかゝり百圓といふ金を奪ハれ今更悔めど詮なきゆゑ身の云わけに命を捨未來でお詫をそるこゝろと涙だを拭ひて懐中より書置一通取出せし肚裏ぞ不便なれ

○第三回

此書置に忠藏が犯せし罪の次第を認め殘りし金をその儘に添てれ詫ハ後の世で及バぢながら御家の繁昌草花の影から祈のりなそと主家の方をふし拜ミ死後の証據と彼貼布に書置きをいれ傍への枝に結びさけ帶解ほどき榎の枝に引かけて輪にそる死支度「アヽかゝる非業の死を遂た後ではさぞや父母のお嘆きハさこそと思ハれ暖簾を分て貰ふまで勤め上たも水

261　活字本『鳥追阿松海上新話』

の泡女に逆つた斗りで斯いふ變死の身の果も皆是前世の約束あらん死後れたら恥のはぢ人目にかゝらぬ其内にと覺悟を極め稱名を口にとなへて眼を閉帶に手をかけ忠藏ハ既に縊れて死なんとする其手を確り抱き留め「マア〳〵待てといふ聲ハ思ひがけなき女子の聲に忠藏ハふり返り所詮死なねばならぬから留に殺して下されと振拂ふ手に取縋り月あかりにつく〴〵と顏を見合て涙ぐミほんに「短氣な忠藏さん死なふと迄での覺期ハさら〳〵無理でハおざんせぬが斯したお身にした罪ハミんな私しの一身にふりかゝりたる夜の霜れ前ばかり殺しハせぬ私しも共にといふ聲ハ耳に覺への聲音ゆゑ月に透して顏見合「ム、其方は阿松「サ、忠藏さん何から御詫をしてよいやら重ある罪も親の云付道ならぬわる工み沙入堤で百圓を騙りとつたハ大坂吉と母さんの詐りごと譬へ假の枕でもいやしい此身にお情うけしハてよなき此身の果報ゆゑ忘れ兼てお跡を慕ひ歩行あらはぬ道もせも今日で十日爰彼處と時に迷ふ旅鴉折よく今宵出逢しハ日頃念じる淺艸寺の觀世音さまの御利益あらんお蔭に一度逢た上で身の潔白を話した上は今ハ此世に思ひ出なし死からとも〴〵手にてをとつてせめて未來は一連托生といつて爰の木の枝にて男女が縊れ死なバ取分女子ハ取亂した姿を

人に見られれば死期かゝねばならぬ爰を落延程近き六郷川に身を投げて情死みそよからめと一時退れの遁げ手度胸、刃に合むとも夜露に腦めるその風情に又憎からぬ顔世花涙交りに掻口説くの底意汲兼て聞忠藏も初めの程は誠とも思はざりしが詞に随ふる毒婦が口先き色を含まし眞に元より阿松に逐ひし忠藏ゆつと身に染小夜嵐様元より吹込で身も冷〳〵と死神が體を放れて飛去しか今は死の身打忘れ「ろなたの心が夫程とは夢にも知らねば今迄も恨んを居たは我が過り其日に跡を慕ひ出今又爰で出逢といふも蟲せぬ縁にしてあるあらん殊に手をとり六郷の川へ身を投げ死ぬと迄女子の操正しきは遁ばれ見上し其方の心底忘れは慢ぬ添じけるいと忠藏は落る涙の一ト重傍に見てとる阿松は猶詞をかまへ傍により添ひ「假の契りを結ひしより實の本夫と思ひしゆゑ親をも捨てお跡を慕ひ爰で折よく出逢ひしにろの甲斐もなくお互ひに生て添れぬ因果同士凡ろ死ぬのを恐れねゞ此上をんな憂目に逢とも強いと思ふものはなし死んを花が咲ものかと小唄の文句によくいへば暫らく捨る命を存生へ譬へ一月二ヶ月なりと思ふお方と世帶を持添ひ遂げた上死ぬとても遲いとではおざんすまいといへば忠藏打點頭き我もさてそと思ひ元斯る身になり果しも其方が色

に迷ひしも為今又こゝで出逢しゝ盡せぬ神の引合せ死ぬのを止まり此まゝに一旦古郷の難波づへ密に行べ負債の金も再び主個へ返濟の手段もあらん死ぬると心早まりしゝ我あがら愚の至り殘りし金にて旅具調へ手に手をとつて初旅も思ふ同士の女夫連「五十三次の驛路も急がぬ道の泊りへ着「旅の宿りて夢結ぶ「互ひに心の樂しゝ死にゝ增る門途と枝に結し帶を解今くゝらうと下枝も二人が爲にゝ連理の枝「ほんにあぶない事で有たと阿松ゝ裾をはし折てかい〳〵しくも身仕度し夜の明ぬ間と打連立其夜の内矢口村なる忠藏が知己頼く密に旅の用意を調へ爰に五日の日數を經同じ月の下旬になり東海道を心差所持の路用も乏しからねば貴ゝ人目を旅駕籠に夜ゝ夢の間の旅枕いそがぬ道ゝ猶さらにはかどりし心地して彼小田原の宿までゝ何事もあく來りしが翌日は名におふ玉櫛司箱根の山を越さねべあらぬが其頃ゝ又舊幕の脫走隊が彼の山の要所によつて陣を張ると早くも東京へ聞えしかば諸藩の兵隊は同驛へ繰込み山間に於て一時戰爭の有りし跡にて物騷がしき折なればお松忠藏の二人の者ゝ世を忍ぶ罪ある身ゆゑ唯何となく脚氣だちて錦ぎれを肩へ附たり袴經袴を穿ちし人をどに行違ふ其度ゝ更に心に安堵せざれべ若き女の眉毛ありてゝ路次の便も惡から

んとお松ハ爰に眉毛を剃落し髪も結んで草束ね鳴海浴衣の上着さへ馴ぬ姿も田舎婦が物詣をする形にこしらへ函根の裏道矢倉澤の山傳を三島へ出んと案内者を雇ひ駕籠を釣せて行く道に山又山の嶮嵒なれバ忠藏は困じ果儘か二日路にて底豆を踏出し今ハ一足も歩ぬと顔を醜めてなやめどもお松ハ元より大膽不敵女ながらも男勝り忠藏を勵して辛じて三島の驛へ着たるゆゑ爰ハ街道にて馬駕籠とても自由なれバ駕籠を雇ひて忠藏を助け乘せれ松もかごに打乘つゝ原吉原の驛も過ぎ西には富士の絶頂を見て頃ハ十月の初旬故いとゞ哀れを初時雨雁の便りも古郷へまだ十日路に足らねどもお松と違ひ忠藏ハ過越方を思ひ出し兎角にむねも支へ勝にて彼の間道の山坂に旅の勞や引出しけん風の心地と思ふうち駿州蒲原驛の正木といへる宿屋へ泊りし夜より俄に身内に發熱し吐瀉も烈しき苦惱ゑに阿松ハ捨ても置れねバ宿屋の者を頼みて近村の醫師を呼び診察を乞ひし所其醫者の云ふのにハ是ハこれ馴ぬ旅路の其上に濕氣を犯して來りしゆゑ風邪が基にての陰症の傷寒なれバ大切ありと藥を調合して歸り去れバ夫を煎じて呑ませると四五日たつても現が見ねど病氣は増々重りしかばお松ハいとゞもとかしくハ思へども然りとて捨て行くときハ肝腎の路金乏く如何せんと流

石の毒婦も看護に飽果て心の内にハ死ねかしと思ども素振に夫とは毫しも見せぬ信實らしげに看病するゆゑ合宿の客などハ若き女子の感心なと人目に見るも意に包む茨の腹黒けれバ平常ハ重荷に路用の金をね松が肌に着れけゞ時に觸てハ忠孤が財布を床に引付てこゝろゆるさぬ樣子もあれバ奪ひとつて身を隱さバ却つて後の便りも悪く心ろのまゝにあらぬが浮世と憂を心に語草病ほふけたる忠孤が顔を見るさへ胸悪しと思ひながらも假染に爰に廿日の日送りぬ扨忠孤が病煩も醫藥の功驗は更になく漸次に重る容体にて殊に獲熱の間斷ありてことに熱の人々に傳染安きの症あれバ傍に看護の阿松ハ倦果て夜もろくゝに眠ふれねバ自と其身に痩見えていよゝ外見ハ看病にていとゞ勞れし樣子故合宿の旅人もね松が心を推量りて貞女の者と云あへれバ日々病人の口にあふ菓物或ハ肴あんどゝ送りとゞせし人もあれバ悪しよりも世間にハ鬼ハなけれど世の中の人の心のうつらねバ女子の鏡と譽ろやすハうたてかりける次第なり其夜も更て丑三ツの山寺の鐘海にひゞきて合宿の旅人も晝の勞れに寢鎖やりていとも淋しき折あれどお松ハ常に此先のことを思もへバ眠られぬうつゝとして枕につけどその夜ハ殊更北窓より吹込む風に有明の行燈の灯も絶々にいと薄暗

き折柄に廊下に沿ひし隔の障子さら〳〵と押わけて入來る人影透し見てお松ハ誰かと枕をもたげなを〳〵の者あれば聲も立べき處あれど何か樣子のあるならんと目をも放さぞ伺ふに彼人ハ忠藏が枕邊にさぐり寄り屏風をやほら開んとそるに扨ハ曲者ならんト思ひ阿松ハ態と咳をニッ三ッはげしくそれゞ彼旅人も驚ろきし心地にて初めて傍を見廻してニハ一思ひがけなき鹿相をしたり夕邊此家に泊り勝手覺ぬ二階ゆゑ先ほど便所へ至りしが階子を上り我座敷の入口を思ひ違へ思ハぞも此障子を開け内へはいれば薄暗き行燈の灯かげに迷ひいよ〳〵わからぬ寐惑ひと心ハ付ぞ出口を忘れ屏風を開し此身の失禮實にお詫の詞なしと問ず語りに云すて、彼旅人ハろのまゝに已れが座敷へ歸りゆく跡に阿松ハ怪く思へど夜もいたく更たるとゆゑたゞ其儘に枕に着ハ寐られぬ症も夜明にハ心落居てねむけざし前後も知らぞ眠りしが早軒に啼く雀の囀朝日の影ハ障子にさし下婢が朝飯の膳を運ぶ音さへ耳にかしましけれゞ阿松ハ頓て起いでゝうがい手水もそこ〳〵に藥も今朝ハ加減ありと醫者が詞も煎じつゝ忠藏にすゝめ杯して己が布團の上下の汚なきものを取片付傍りの掃除をせんと思ひ何心あく忠藏が床の下へ入置し財布を搜り見て驚き「ヤ、路銀を入れし財布が見

にぬがお前がもしや茲から出してでも去たのかと不審顔に尋ねられ忠藏ハ枕を持げ「イヤ〳〵いつも夜に入れバ布團の下へ入れをくが見ぬといふハ心がハり早く其傍をたづねやと心そゝろに忠藏ハれ松と云バ猶さら驚き座敷の隅々隈あくさがせど更ゑ財布の見へざれバ初めて氣が付き夕邊の旅人扨ハ寢惚て戸惑ひして扉風に手をかけ開たる時早くも財布を引出し奪ひしに相違なしと聞て傾り咳入る忠藏於松ハ直に此家の主人にかくと告れバ主個ハ驚き早速に泊りの客の名前なゞ家帳にて調べしに今朝薄暗き明七ッに出立なせし者あれバ正しく彼が仕業ならん初めての泊りゆゑ一應見世にて斷りしが達てとのお賴みにと過しとなど互ひにいひ合たゝ忠藏夫婦の者よ云譯なしと詫る斗り外に思案もなきものからいとゞ哀れハ荒磯ふく身ハ沙風に打濕り絶息つく〳〵忠藏ハおもき枕も涙にて紙を破るゝ斗なり

○さなきだに旅ハ物憂ものなるに況て杖とも柱ともたのミし路銀を奪ハれていとゞ切なき胸の内猶さら氣うつに心弱り今ハ藥も喰へハ通らず絶入る胸を開かせる寶丹を買ふ價さへ身一錢の貯ハへなけれバ流石のお松も此上のしやうもやうも泣斗りたゝ茫然と手をくまぬき思案にくれて居たるを聞へだての襖をおし開けて茲へ入り來る人ハ此正木屋の合宿に半

月余り滯留して居商人なるが心ハ知らねその名さへ甲州屋定次郎と名乗し人年頃ハ四十有余の分別盛り二人に會釋うこ〳〵に火鉢の傍に座したりけり

○第四回

忠藏於松ハ奪はれし金に心も乱れ髪薄き緣しとうちかこつ折から爰へ入きたる合宿客の定次郎いとたのもしげに座に着て忠藏に打向ひ「さて聞及びし御夫婦の傷災難詞にやもおろかにて旅ハ路用が力ゆゑ杖に放れしやうあられと聞さへ涙の貰ひなき他人でさへも斯思へバ況て御病中のとなれバ定めし意憂とにてさぞやとれ察ヤせしゆゑ私も此家に半月余り逗留の合宿に雨の徒然夜話しに於松さんとハ御懇意あれば近頃甚ざ失禮ながら世の諺にもヤ通り旅ハ道つれ世ハ情袖ふり合ふも他生の緣と懷中より取出す紙に包こし松の葉ハたゝお松殿の色かへぬ操に接木の心計りと惠む金に忠藏は有がた涙に押いたゞきおあし此家に居ながらもお顏を合せハ今日が初てれ惠み受るハ有がたいが覺に見知らぬあなた樣ハといふを打消し定次郎は「何んの〳〵其御遠慮ハよしなきとお前とハ初めてなれど於松殿には兼てよりお目にかゝりしともあり殊に今の御難義をどうがなお救ひヤたけれど旅のと故夫と

ても多くの貯へなきとなれば必に思ふやかりにて是とてもまゝにならず。サ茲に一ツの御相談とやも誠にいあとにてお腹立もあらんかと思へど云ねば尚更分らぬといふに於松にすりよつて「シテそのお話しゝどの樣なことかゆ遠慮なく二人の者へといゝれてわざと鼻うちかみ「さうお尋の上からゝ思ひ切てお話やさん忠藏殿ゝ兎も角もお前ゝ何れも夫者の果十人並に勝れし容貌殊よ端唄や新内節は意氣を表の江戸仕入お前の腕で一トかせき藝者をしたら五十圓や三十圓ゝ誰でも貸う是迄私の商業は人に云ゝねど其實は私ゝ駿州府中の廓で藝者や家業斯いふ時ゝ六段目の一文字屋のせりふのやうだが女護の島ゆど抱にゝあるが今度駿府ゝ徳川樣のゆ領地にあつたので東京好と目的をつけどうかせめて東京で仕込んだ子供を抱にやうと此家に宿を鳥が鳴時分から宿々を欠まゝり探せど茲等ゝ田舍故よい玉も見付らぬ所詮空しく歸るとかと思ふ所へお前の姿を垣間見といふと何やら色氣のやうだが實ゝ慾氣の間來ない相談夫とも腹に落入りたらと詞も清く見ゆれども奥の知れざる濁江と於松ゝ推せど忠藏を捨るにゝよき折なりどうるむ涙の目をしやたゝき「ゆ深切の其お詞たらはぬ私しを夫程迄におつしやつて下さるゝゆんに地獄で佛にて杖とも思ふ路銀を失

ひ整からどうと仕方がなければいつろ此身を泥水の濁りへ沈めて夫の病苦を救ひたくゝ思へども此病人を跡へのこすは心がゝりといへば小膝をすゝめより「なる程ちよつと聞ときゝ忠藏殿を茲へのこしおまへ計りを連て行とと思ふゝ無理でゝあいがろんな無慈悲なことせぬお前が稼に行とさへいへば膝とも談合づく直前貸の金をもたし駿府へお前を連て行ば四五日のろの内に忠藏どのゝ廓へ引とり朝夕看病の出來るやう世帶も持して進ぜうと木に餅のなる相談にみなたも元より忠藏を捨る迄の於松ゆゑ能程にいひこしらへ一度こゝを立退んと互ひに話ゝ夫の胸とつくり聞てお返事といふ尾に付て安次郎ゝ詞のこして出行けり此後於松ゝ忠藏を種々に云ひこしらへ一ト度駿府へゆくとに相談もやゝ調ひしかば彼の安次郎にも此よしを話せしに早速に承知して金三十圓は直にもわたし於松を駿府へ連行んと話ゝ頓に整へど胸にゝ落ぬ忠藏が重き枕の顔を上げ「今更いふも愚知あからいつぞや主人の云付に問へもたそ二百圓儀中して橋場なる汐入堤へ忍び行初めて其方に逢し時密夫ありと見咎られ既に命も取れんと思ふ所へ毋お千代が丸く納めて首代と奪れし金の百圓に數年つとめし主家を立出云譯なさに縊んと覺悟極めしをりからに思ひがけなく其方に出逢

ひ互ひに心も同じ日に迷ひ出しといふ詞に竟ほだされて古郷へと身を隠せしが誤りにて斯る病苦にとりつめられ長き苦痛もれ主のお罰殊に路用の金迄とられ今又其方へ生別れと思へば此世に有かひなき運命盡し我身の上いつろ死んだが増しあらめとホロリと落すひと雫ろばに於松ハ涙を拭ひ又もや其様な心細きことを云出しなさんとる是が百里も隔ッたなら又あふとも難からんが僅十里の街道つゝき抱へた主も云ふ通り私が彼地へ着たなら直にお前を迎ひによこし浮た勤の憂はらしお傍て看病するが路に足を留るも少しの内必らず共に氣丈夫にくよ〳〵思ふて下さんそなと出もせぬ涙に忠蔵ハ神あらぬ身の誠と思へば於松が袖に取すがり放がたき蔦かづら先立ものは涙にて咳入る苦痛に撫下さ胸は茨の蔓いちご尖て見れば恐ろしく。折から茲へ安次郎旅の用意もそこ〳〵に支度をなして入來り目をしばたゝき手拭ひで涙をふきて傍に座し「様子ハあれなる襖越しでのとらず聞て承知しましたに若氣の至りに一生を誤つ者ハ幾等もあり只御主人の罰なりと其處へ心が付さへすれば再たび事の報もあらん此金ハ於松どのゝ身の代金にハあらざれと約定なれば忠蔵どのへと封のまゝに差出せば お松が取次床に居る忠蔵に手渡して方の如く證書を認め調印るころ〳〵

於松を急かせ定次郎が厭る屋風に忠義は延ばるをお松ハ後に抱かゝへ冷てはやつぱり病の障り長き別れと云ではなし直二三日の其内には又逢ふとも有馬紙立切る襖ハ相生の松の墨繪も薄墨に是ゞ悪魔の精放れ破れて元へ歸りてん身は白波の襖形お松ハ廊下で絶息をつき心の中でべゝりと出す舌の劍ゞ恐しけれ

○第五回

漁舟の火の影は夜の波を焼と旅中の吟も初時雨雲の行衛も白砂に光る渚邊の波打際右ハ峨々たる渡づくり磯馴の松のまばらに茂り寄せてハ返す涙の花空も曇りて臨氣に風さへ止て薄くらく後に見える富士が根も雪の積りて白〳〵と墨繪に寫を夜の景折しも北の岸つたへに砂を蹴立て三枚屑で急せる旅駕籠ハ蒲原驛の問屋場としるせし灯りも消〳〵に中にハ夫と盲猿の庚申塚も打越して見猿も鏡を乾しげなる松の梢に梟の聲も聞かざる小夜嵐軒端傾く掛額に國蓮閣の文字は見へれど今ハ蝶氣て蜘蛛の糸にからみし觀音堂の傍におろして汗を拭ひ彼の三人の人足ハ何れも宿で名うての悪漢下駄を並べて垂をあげ「さそ姉さん窮屈で在ましたらうといへば一人が引とつて「親方から云付に大そう道を急いだので中も定

めし搖たらう茲ハ濱邊で風もあり冷りとするが體のくすり急いで來たから約束の茲が興津の宿の棒鼻と云ふに阿松ハ駕籠をいでざうりを穿て近傍を見廻し心に落ねば不審顔「駕籠に搖られて竟とろ〳〵と勞れが出て夢を破つた浪の音落〳〵眠りハ去ないけれゞ最約束の興津とハ話しに聞たる軒ならびて可なりにぎやかな處だと思つたよりハ磯端で大そう淋しい所だねへといへゞ一人がまへゝ出て「ろの寂しいか此方のつけめ人里放れし波打際沖にちらつく漁舟より外に聞てハない所マア安心してれ出なせへと心有氣な詞の端に阿松ハ猶くゝ不審はれゞ「シテ此磯端へ駕籠をおろし外に聞人がないとやら高藤だ今のお前の詞と聞咎むれば二人ハ打笑「今夜の仕事をしらぬゆゑ吃驚するのハ尤もだがお前を茲迄連出したハ皆親方の言付だと聞て阿松ハ二人に向ひ「さうして見れば親方とお前達がおいひのハ「イヤ誰でもねへ定次郎さまだ。と觀音堂の扉をあけ立出る一個の男傍を見廻し緣鼻に腰打掛て阿松に向ひ藪から棒に人里の放れた所へ連て來て富士が根下しに吹込れ冷た體の其上に斯いふ仕組だ狂言と知らねゞ不審も尤もだが常の女ハ知らねへけれど度胸のすハつた不貞くされあんまり驚く風でも有まへと空嘯ふけゞ其顔を阿松ハかゞの挑灯に透し見てさう

いふ驛ハ駿府から私しを抱えに來たと云ふお前ハ親方定次郎さん「チヽ半月余り資金をおろし手前を此所へ引上げやうと思つた坪へすつかりはまり深切こがしの六段目とんだ身賣の三十圓もお輕擂きに引金の覗ひハ外れぬ鐵砲玉ずどんと胸にてたへたろうと以前に替る惡濕ごしらへ伊達姿に長脇差ハ云やと知れし肩書付に仇名のあらん面魂ひ頓て財布に手を入て紙に包みし酒手の粒金サア骨折だと人足に渡せば等しく三人ハ禮もてそ〳〵舁出を駕籠ハ空にて輕くともいづれも罪ハ重たげに元來し道へ歸り行く○次第に其夜も更ゆきていよ〳〵海面光りを增し空さへ風にきちめきて肌えを痛す沙風ハ松の梢に置露に身内も濕るばかりなり彼定次郎ハ落ちりし松葉を集めて廛提の火打袋を取出し吉井の鎌に摺ゆくち移せ〳〵燃る枯枝ハ煙りに紛ふ臘月此時阿松の手を取て傍へ引寄せしあだれかゝり「かういひ出すと芝居でする敵役のせりふのやうだが實ハ先月中旬頃三島の宿の榛鼻で端手あ浴衣の上ッ張髮も亂れて横櫛にやつれた顏ハ旅痩の姿がふつと目にとまり夫婦の旅と思つたがそこハ此方も蛭の道ゆえ欠落者と目をつけてどうか手にいれしつぽりと抱て寐やうと思ひそめ惚ひ奴だが跡になり先になつて二宿三宿已れが子分を旅人に仕立蒲原迄付させたが夫か

ら先ハ忠藏が病ひのために正木やへ尻を落付永の逗留まだ夫よりハ驚くだろうがいつぞや夜更に合宿の客が寐迷ひ座敷へ踏込み布團の下から財布を引出し路銀を奪たも已れがさしがね何んと胆が潰れたろう同じ宿やで兩三度逢たが縁で二三兩めぐんでやつたを恩に着せ路銀のないのを付込でとう〳〵其方を藝者にかゝへ人質同樣運出したが寄に見たした金十圓ハあれも此節チン〳〵と世上て嫌ふ會津の二分判をうせくたべる忠藏ゆゑ金があつても用にハ立まい又手前を傍へ置た處が何れ男を置去し万に一ッハ殺し兼ぬと見拔てこつちも仕組だ狂言。去かし手前が度胸のいひ顏に似合ぬ不貞腐にぞつこん惚たハ譬にいふ鬼の女房に鬼神とやら。已も頭巾を拔ぐ日にハいハぞと知れたきやうじやう持甲府無宿の根方の作藏斯見込まれたら百年目否といつても抱て寐る此守ハ忠藏から奪た財布にハ入つて居たが金せへとれべ守りなゞをこつちへ置ても用ハねへから大事に仕舞て置がいひと投つてやれべ阿松は手に取もづ懷へ確と仕まひ「さういふお方と露知らぬだまされたのがくち惜いがおまへが今の詞の通り元をあかせべ私しとてもたべの女子のお嬢さん箱入でもない體ゆゑうんと返事をしろうな物だがつむじの曲つた私しの生れ手込にハあらあいよと立上りつ

三十三

つ逃んとするを作蘋は穩をしつかりおさへつけ「木折でゆかぬハ戀の道と下から出れば付上りいやのおうのと四の五のぬかせば荒だつても抱て寢ると既にお松を引付て拂ふ其手を捻伏つゝ互ひにあらろふ夜嵐に鼓のしらべ波の音吹散る砂子を蹴立つゝ觀音堂を左右に廻り於松ハ傍の磯馴松へ身躰爰に究まれば小枝にすがり梢を渡り逃んとそるを付入る作蘋元より大力無双なれば太くもあらぬ松の木故幹に手をかけ根ごしにせんと近寄る手先をしたたかに於松ハ一生懸命なれば喰付力や我身に入けん身をよせかけたる松の枝プツゝり折て崖際より於松ハ前なる海の中へ眞逆さまに落入しハ悪の報ひか名に因む松の十返り波のまに〳〵見に姿ハ引汐に看る〳〵見ねもありにけり○波の哀や引汐と共に於松ハ沖に流れ體ハ松が浮となり思はず命につゝがなけれど名におふ東海第一なる遠州灘の外海にて山なす濤打かへし體ハ水に隱れ岩千尋の底に沈むなるべし此日ハ慶明治二年十月廿日の事なりしが空に一點の曇りあく旭の光りくるう〳〵と矢を突如くに走り來るハ東京の廻漕丸といふ蒸氣船にて神戸へ通ふ海路の途中船將何某甲板にて沖の方を見渡そに遙かあなたに彼於松が浮つ沈みつそるを見て早くも水夫等に下知を傳ハ端船をおろして傍へに漕よせあん無

於松を救ひあげ元艜へ乗せかへり醫療をつくす甲斐有て終に蘇生なしたれば船將あつくいたはりて宿所などを問ひければ於松が素性をあかし兼肌に付たる忠藏が守り袋の臍の緒書にて大坂の者なるよし偽りて話せしゆゑ幸ひ神戸へ着事ゆゑ二三日を經て同港へ滯りなく着船せしかば於松が心に思ふやう我古郷の東京へ歸事あればのみ〳〵と歸る譯にもゆかざれば此臍緒を種にして忠藏が實親なる桝や忠兵衛を尋ねゆき先兎も角も足をとゞめ其上なたも詞を工み。彼等をたばかりおふせんと大坂心齋橋博勞町の足袋やにて桝や忠兵衛といふ者へ員の緣に候へば此方へ引渡し下されといふに船將人を走らせ彼忠兵衛を呼寄て斯の次第を物語るに忠兵衛がたゞ不審はれねば彼女に齊據あれば後にゆる〳〵お話し申さば自ら御緣も忍かり氷解するの期あらんとひたすら願ひに願ひ遂に於松を引取て船將に厚く謝し我大坂の宿所をさして於松を引連歸りけり○其後於松が忠兵衛方へ引取られ何んと話しをなさんと思へど彼蒲原で別れたる忠藏の生死もわからず其又故へ便りあらば我が工みたる事も露れ身の大事に及んと必定なればたい病氣と打臥て樣子を見るにそもそもなしと其後日數十四五日も病ひに打臥枕もあげず家の樣子を見極めしに更に忠藏より便も

なく殊に忠兵衛夫婦の者も彼忠藏が守袋を所持なを著き女故もしや悴が線にやあらんと日毎に病ひをいたゝる樣子に仕濟したりと於松ゝよろこび或日心地も常にありしと湯浴なとして髪取あげ忠兵衛夫婦に更めて我身の素性をあかさんと恭しく兩手をつき涙ながらに扨云やう「いつぞや不慮の罹難にて遠州灘に打込れ既に大魚のゑにきとならんと沖中に漂ひしを不思議にも救ひをゝて蘇生しとなれゞ前後のことをも辨へやたゝ守りを證據として此の家を便りしのみにてくゝしく御縁の其次第を今日までお話申さずやまひの爲に打過しもゑさぞや御夫婦にゝ御不審に思召され御疑ひもありしならんお話し申も涕のたねふしぎのとにて假染にも嫁や舅と世間はれて云にいゝれぬ此身のうへ元私しゝ賤いげいしや不計忠藏さんに恩ゝれて馴染重ねて假枕互ひに末の約束迄堅く誓ひし中なれども身盛にあらぬ主個持故つひに逢夜もせきせかれ逢れぬやうに成たので若氣のせまひ心からいつろ故郷の大坂へ欠落なさんと思ひ立私しゝ元より双六で見たより外にゑらぬ旅互ひに主個をふり捨て儘の路傍に長の旅と彼蒲原に忠藏が煩ひ付し夫よりして終に亡人の數に入其後心細き道をたどりて途中で作藏が手込に逢て海に落され辛き命を助かりしといちぶ始終も空とに誠を

交ていと哀れに二人が前にて物語れば流石血筋のとあれば幼少時に寡京へ奉公に出したる悴か旅にて死去せしと聞て驚く忠兵衛夫婦只先立ゝ涙なり

○第六回

暫時立て涙を拂ひ於松は守りの紐とく〳〵中より取出す臍の緒書夫婦の前へ押なほし「此お守りを證據と計りお咄しやる身御へお目にかゝるゝ初めて故何をいふかとお胸にゝ落ぬともわらんかと女子の愚痴な心にゝ何とやら疑ひ解ねば「ヤヽそれ〳〵私しが心の潔白を是にてれはらし下されと有合傍の鋏硯より手早く取ざす小刀にて我と我手に緣なす丈の黑髪根元よりプツつりと切て其儘に掌へのせさし出し「初めてお目にかゝりしゆゑ何をいふかとお意の中で定めてお疑ひも有んかとおもふて見てる女子のと身の潔白を立んにも便りと思ふ忠蔵さんにゝ兼時の道に死別れかてゝくゝへて懸濁に陸陀峠で退別させぞ手込めに逢しも一と筋迫後ゝ山に前ゝ海千尋の底へ沈んと思へど女子の弱き細腕遂つ轉びつもる折しも作藏とやらいふ奴が既に此身を穢さんと追りし鏡も白波の底に落入ひと度ゝ涙の中にまに生死も知れぬ名にれふ灘を漂よひしが不思議に蒸氣廻漕丸の救ひを受てお守り夕嫌妬

したる初對面是も大方亡夫の草葉の影の御引合せと思へど證據ハ守り計り殊に此身の素性をあかせば浮氣家業の藝妓を勸め何をいふかと物堅い姑御ハ御思召れん兎にも角にも亡夫の果敢なき旅に露と消しとをお傳へ申せし上ハ只此後ハ望みをしせめて姿の伐めきし心も共に黑髮をきつて尼ともなりはてゝ夫の菩提ふたつには嫁よ姑と名乘あひはれて親子と疑ひはれし此先とも に可愛がつて便りになつて下さりませと嘘を鹹寶に包たる於松が宮樓邪の弁舌に人の命も斷といふ口先に惑溺され忠兵衛夫婦も始終を聞ツッと泪に泣伏て暫らく二人ハ詞なしやゝ有て忠兵衛ハ於松が呑をなでさすり「何から詫てよからうやら實ハ言ぬも罪だからいふに彌增夫婦が心我子あからも仔細あつて幼少のとき江戸へ遣り今淺草の松屋とやらに奉公して居るとハ度々送りし書狀にて又此方よりも返書をやり互ひに安否ハ音信ても覓にろあたのとを聞ず殊に伐るる形風俗証據といふハ此忠兵衛が自筆で藝し守りの臍の緒一度も逢ぬそなたゆゑ廻潤丸より引渡されしも實ハ怕り驚けど女子のと故その儘に家へ連てハ來たものゝ委しい仔細を聞ハ初めてといふを母親言葉をつぎ「女子ハ常に何よりか大事に思ふ黑髮を惜氣もあく根元から切て疑ひはらせよと女に稀な身の潔白證へい

やしい勤をしても心ハそさぬ蓮葉のいさぎよいろなたの氣質はんに悴ハよい嫁をと云つゝ又もツとをく親子の情や道理あり阿松ハ心に仕そさましたりと思へど尚も涕をうかめ「今更いふも愚痴ながら此お名乗が亡夫の忠藏さんと諸ともならさゆや嬉しいとならんが夫も叶ハぬ草の露はかなく消しハ先の世の皆約束の因果同士ろんなら舅姑めにハ私の素性がお胸におちお疑念がはれましたか「チヽ晴いでどうしやうろなたの潔白ッリヤ御疑念もはれましたか「チヽ日本晴がした上ハたとへ悴ハ居なくとも今改めて親子の縁結んで此後私やもへ孝行盡して下されと我身の心に引くらべ慮と知らねば忠兵衛夫婦ハ有合鐵びんのさゆを茶碗にくミうつし「悴が病死に沸騰る胸も泥の玉はゝき酒にハあらねど此茶碗是が親子の盃と一口呑でさし出す白湯ハ清水の清くとも心の濁り押つゝむ阿松が胸にハ熱湯も元より不敵の女丈夫茶碗を取あげ呑んとそる折しも彼處の障子の内に思ひかけなき男の聲「大騙衛の女待と聲かけられて胸にギックリ思ハず落る茶碗の湯忠兵衛夫婦も驚いて三人等く顔見合せ言ハし詞もなかりける此方の障子押明て靜〳〵立出再び聲かけ「大かたりの鳥追阿松其處一寸も動くなと大地に響く大音に又もや驚く此處の人々彼侍ひハ上くらひに

座を占めて阿松はハッタと白眼つければ思はぬ於松は顔見てびつくり「ヤ、貴君は濱田といふを打消し咳に紛らし形を改め大膽不敵の烏追ひ於松汝東京にありし頃人交りもあらぬ身にて多くの人を色に事よせ金銀をかすめてのみか大坂淵宿の吉藏と密に通じて被が悪計毋のれ千代と諸共に種々の工みも探偵にて逐一公に聞にしゆゑ既に去年二月某の日品川にて召とらんと討手の兵隊差向しに吉藏は捕縛となりしが汝はろの場に風を喰ひ辛うして逃のびたりと其頃市政の沙汰なりしが今小蔭にて忠兵衛夫婦へ問ず語りの壁訴訟誠空言交じたりとも畧聞とりしそちか悪事松屋の手代忠藏を又もや釣出し駿河路に足をとゞめて病氣づき身まがりしと口にはいへど分明ならぬ前後不揃ひ定めし是も工みの民最早いかやう陳ぜるとも所詮叶はぬ舊悪露顯夫とも此場で云譯ありや如何に〜といち〜に星をさゝれし一言に今更何と云譯も傍に聞居る忠兵衛夫婦は夢に夢見し心ちにて只呆れたる計りなり於松は俯向といきをつき漸々に顔をあげ「いつ迄知れぬと思ひの外釘をさゝれたれ和詞新顯れる上からは今更包むも詮なきと此身の素性を打明せば羽生の小家の賤しい身のうへ幼少時から母親が數へた鶴賀の新内節彈三弦が調子づき采女が源氏鶴蛇柱て采三於松といい

れた體女だてらに素人衆が何の彼といわれたので一人や二人ゝ宿へとめ色に此身を賣もだん〳〵越た遠州灘沖に漂ふ大難ゝ七十五里の海上に不思議に救助る此命髮迄切て賣しゆ内登へ足をとめやうといやなせりふを並べ立茶碗の水の嘘涙今更露顯して見ると後を見らるゝ氣恥かしさとんだ女だとれかたいれ二人ゆゑにさぞ偏りれしであらうと動ぜぬたましい彼侍ゝひざを進め「流石ゝ悪車にぬけめなき毒婦が覺悟に感心せり忠兵衛夫婦ゝ於松の爲に既に首尾よく討られんとする處早くも拙者が探偵に彼奴が化た正体を見顯したので先は重壁於松ゝ上の犯罪人拙者の手より其筋へ自ら縄打引行んと門口へ下り立て用意の呼笛吹ならせバかねて四方を見張りし兵隊忍び廻りの丸燈でうちん三尺棒を手にたづさへ皆一同に此家の門へ駕籠をつらねて居並びたり彼侍ゝ會釋あしつゝ於松を用意の早縄にて忽ちに括しあげこれより直と四人ゝ縄付のまゝ屯へ引ん忠兵衛跡追て御沙汰さらバ〳〵と立上り意氣揚々と表口於松を駕籠に打乘て目ぐバせしつゝ兵隊ゝ東をさしてゝせ行きけり○其夜ゝ空も晴渡たり月さへ樹々の梢を照し左につゝく茶臼山艶間近き住吉街道天下茶屋の里はづれに草の軒端の辻堂ゝ衆生をてらす佛にあらで呵責の罪の阿修羅道未來惡業浮玻璃の

鏡に照す八大地獄石に造りし閻魔王備へし花も冬草に花ゐしほれて物寂し折からいせん兵隊ゐ四人かおを舁荷ゐせ弓張でうちんてらさせて傍の空家の裏口ゐ田甫へつゞく人里を放れし所に駕籠を置互ひに何かさゝやきあひ其儘捨置皆々ゐ元來し道へ歸り行「なほ更わたる異夜中に山寺の鐘こう〳〵と海に響き最物凄き丑滿頃傍の蘆間押分てぬつと出たる一人の侍丸燈持て傍を伺ひ何思ひけん於松の乘し四人かごの垂をおけ於松を引出し一刀引拔いましめの繩切ほどけゞ於松ゐ不審ゐれやらずたゝ其人の面影を月にすかせゞ菲山笠にて深く隱せゞ見るに便あく唯忙然と夢心彼侍ゐ笠ぬぎすて於松が傍へよりそひて「見忘れたか是於松我ゐ濱田正司なるぞと云れてつく〳〵顏を見守り「最前桝屋で思ゐやも貴君と見認めて詞をかけしに咳に其場を紛らせゞやうすいつてゐ惡いと存じまして默止て居たに此末ゐどうなる事かと思つても身に覺ゑある惡事の罪科重い私しを其儘に繩を切すてなされたゐどういふ譯でおざりまもと問へゞ庄司ゐ打笑て「どうしてとゐ知れたと去年某し東京へ官軍御發向の其砌り先鋒となり出府せしが大名小路の屯所ゑ見樂たそちがおでやかさ同僚と共に錢を取せ彈した三筋の日まゞその白壁が白化の素性ゐいやしき非人と聞ゞ元よ

り四海兄弟にて貴賤の分ちハ其身の果報開明進歩頑固を捨ろなたの母が手引をして折々そちが小家へゆき比翼連理と末かけて契つたとを忘れかね見を〳〵馬鹿に取るゝと思ひながらも多の金をろちが爲に遣すて殊に軍律にそむきし罪よて一旦禁錮の身となりしが幾程もなく奥羽の役に罪を赦され出獄せしが庄司が出世の蔭となり今でハ浪花へ轉役して危き役を勤る身のうへ本國より妻を呼よせ乘馬を飼て桑颯にくらし人も羨やむ今の身の上何不足なき我身なれど何の因果かろちかとを片時の間も忘れかね家來を密に東京へ廻して行衛を探しが品川驛にて大坂吉とおなじ非人の家に於て召捕れしと聞傳へ聞より〳〵に探索せしにその夜ろちだけ虎口を逃れ行衛しれずと聞たりしが必定そちハ此浪花へ流れ〳〵て來るで有と網を張待つかひありし今宵の出合魚ある罪も合點にて惚たハ士族の身にハあるまじき濱田正司が誤りなれど茲が世にいふ思案の外何と憎くハあるまいなと手をとる正司に於松ハ落付「いつに變らぬあなたのお心寸加に余る其お厨穢れし體の此卿も御承知の上からハとう貞とお心任せたとへ命をとらるゝとも決して否とハやませぬ」「流石ハ度胸も入並より据たろちが生根魂その口先に殺されるか武士を捨ても惚た某承知とあらバ折を見て邸へ

改め引取て妾にいたして置心夫程迄に背かねば罪をゆるして姿をかへさせ手活の花と詠んと猛き正司も戀の道くらきに迷ふ濃づみ霜にぬかりし畔道も野火の煙りか臘げに於松ハ元より淫婦の性口にやさし兄仇あらし風にさハ〳〵竹やぶの内に幽かな一ッ家あれバ是屈竟の家あらん正司が袂を引とゞめ「あそこに見ゆる破ら家ハ軒傾けど一歳も程經し儘の此再會殊に夜明に近けれバ今夜ハあれにて積るお話し」「ヲヽろちがろう云心なら草の枕も玉あられ尾花の柱を衾となし風もる軒も竹垣に塒はあれし鳥の巣の「迷ひし雲も雨となり「遼音に松も住吉の「滿に打込む波頭しつぽりぬるゝ謎々ハよい幸先と手に手をとり心ハ濁れど澄切たる鐘も七ッの中〳〵と胸の墨りのハれやらぬ迷ふ胡蝶の夢結んと二人ハ空家の蝴蝶の巣を攜ひながらに内に入暫しハ靡も打たゝにしがいかなる契りや結ぶらん

○第七回

去る程に濱田正司ハお松が色香に本心を奪ハれ彼桝屋より召捕て囚人駕籠に打のせしが人里はなれし住吉街道茶臼山の麓にてお松が繩を切解き過し事ども云出ていとゞあまめく戀路の道に元より毒婦のお松あれバ調子を合せて程よくあしらひ怪しの空家一夜を明しゝ手

管に正司の心をどらかし其身の罪ハ云も更なり禍ひ却て餘倖となりその後ハ或旅宿に暫くかくまひ置くゆゑ誰知るものとてもなけれバ正司はお松をその儘に宿所へ連て行んと思へど本妻安子ハ本夫に似合ず貞操篤實の女にて殊に實家ハ九州の或大藩の武士にて筋目正しき者なれバ流石に正司も妻の手前いかゝあらんと恥らへばお松ハ其後長町裏に妾宅を搆へさせ下女一人を付置て何不足なく暮させしが彼の光陰に關守あく茲に半年を過し明れば明治三年の如月の頃となりしが兼て正司はわが妻の心正しき性質を嫌らひ己れが邪道の類ハ友於松が淫婦と惡事にハ抜目のなきを心によろこび日毎に妾宅へのみ寐泊して本邸へハ少しも歸へらざたゝ淫酒にのみふけりしをバ自然とお上の耳尾惡敷く此頃の身持にてハ終に免官にもなるべき樣子に妻の安子ハ胸を痛め何卒妾の於松とやらを本邸へよびよせて一ッに置ばお身のため此頃世上も開化に進ミ正權二人りの妻あるハ權家の習ひと人も咎めゞ何卒して本夫正司に此事を言いでんと本國より數年の間めし仕ひし佐助といふ若徒に人知れゞ此ことを云ひ聞せ密に於松の妾宅へ時によせ種々の贈り物をゞ何くれと安子からの心付に正司も初めて安堵をなし於松の素性を詞を搆へていろ〳〵に取繕ひ東京在勤のろの折に深

く馴染し柳橋の藝妓なりと偽りて竟に本妻安子にもひき合せ互ひに往來をなし居たりしが其後妻ハ於松を引取り一ッに居たいと望みしかバ今ハ正司も大きに悅びろの暮に至りて於松を本家へ引取りけり元より於松ハ賤しき身にて殊に種々の惡事もあれば世の人口も如何ならんと茲に足かけ二年を經たれバ最早憚る處もなしと終に本家に引移して嘗しに變る權妻風いとゝ美麗の顏バせも都に近き濱花がたやさしき水にあらひあげ猶一層の容貌をあげ心の底ハ知れねども外面ハ虫も殺さゝる彼殷の紂王が寵愛して國家を亡ぼす姐妃の妖狐にことならず日夜唄ひつ舞などして酒池肉林の歡樂ハうたてかりける有樣なり茲に又其以前於松が情夫の大坂吉ハ賭博の徒にて是迄もよからぬ事のミ行ひしに況てや橋場の沙入堤に於松の母と云合せ松屋の手代忠藏より金百圓をゆすり取しと早くも其筋へ聞へしかバ品川驛にて捕縛につき於松ハ其場をのがれし故吉藏のミ法廷へ引れゆき種々御吟味もありけれど當時ハ新政を御發令にて專ら御仁惠の御沙汰なれバ彼吉藏ハ賭博の罪にて罪科も輕く徒刑百日に處せられしが程なく放免となりしかバ流石東京にもとゞまりがたく我古鄕の濱花津へ跡を暗ましし人目を偽り汚れし業に綴るものがれぬ廐の中間不思議にも吉藏ハ此頃濱田の

邸へ住込ミ庭に馬を預かれと願ひ願はしとなれば我が行末をかたらひし於松が茲にあらんとは神ならぬ身の露知らぜ或日主個の庭先の掃除をなして居たりしが正司が居間に品川にて別れし於松が變りし姿の櫛妻風の出立に大坂吉ハ夢見し心地思ひハおみじ於松も驚き知らぬ事とて二人り共ひとつ邸に足を止めしハ不思議の事ゆうしてこゝにといハんとせしが待暫し聽く胸をおし靜め晴ていハれぬ二人りが中ゆゑ表ハ素知らぬ風にしてよき首尾あらば互ひの身の上語りもしつ聞もせんと夫のミ心に懇ひねたり○扨茲に於松と吉藏ハいかなる御世に生れ合せ果報ハ棚から落てくると下世話の譬へと同じとにて昔が今に穢多非人と蔑如せられし身分ありしが此頃天下に布告せられて以後穢多の稱を廢されて新平民と稱せられ華士族平民と婚嫁をるとも更におかまひなしとの沙汰ハ其身にとつてハ最難有き僥倖と予思ハれけり斯る沙汰のありし後ハ於松ハ心に樂寿りて間が能ば本妻なる女子を讒して己れがなほり桑曜桑花を盡さんと慾に目のない盲人蛇より〳〵事を工みしが兼て咲方を身に附ねば工みに依てハ成就せぞと密に此家よ年久敷召仕ハれし下女のおさよハ元大和の生れにて生來貪慾無道にして身に德付ば恩ある人の命にも係ハる事でも何かいとハん火

水の中へ飛んで入らんといふ形勢を早くも於松ハ見て取て平常種々の物などあたへ今ハおさよも打解て於松の味方とありしとヲ○これに付ても東京にて互ひに思ひ思ハれし彼大坂吉と一ッに居れば何とヲ首尾して逢んと思ひれさよを賴みて文あどやり正司の留守に密かに彼が庇なる中間部屋へ忍び行き傍りを憚るさゝめおと馬もいなゝく小夜更て破れし屏風に於松はより添ひ物をもいハぜ吉藏が膝に取付忍びなき先日座敷の庭先でお前に逢し其後も面ハ毎日合せども人目を憚りれ互ひに遂に話しもせなんだがよくマアお前もお達者でといへバ吉藏といきをつきいつぞや蛭の邸へ來た時家の御前が長町裏に權妻があるときゝ下婢のれさよに名を聞バ慣お松と聞た時アヽ其名を聞てもたのもしい夫に付ても今頃ハ何處にどうして居らるとか思ハぬ日とてハ一日も心で泣て居たくらねのろいやうだが是於松手前ハれれ程思やアしめへといへバ於松は泪ぐみ「人の心もしらないでよい大がいの虛計り斯して否な妾をして旦那の機嫌をとるといふもどうヲ再れ前に逢て積る咄しをしたいから今迄否お眞似をして生のびたのでござんすと男の膝に取すがりほろびかゝる撫子の雨に惱める風情ゝ

○第八回

吉ハ心も有頂天「そういふ心と露知らず暴迄恨んだ罪深さ一ッ邸に居るといふもよく〳〵盡ぬくされ縁旦那の眼つまを忍ぶのだから永くなつてハ二人の身の上「ほんに知れては命づく悟られぬ内すこしも早くと反古で張りたる二枚折の屏風の内に雨とある折しも雲間にさす月の照そかゞとの忠僕佐助兼て於松が素ぶりといひ合點ゆかざる馬丁吉蔵必ず不義と目を付て宵から小蔭に窺ひしが得と實さい見屆たれバ此時戸を開け内に入り不義者動くなと聲かけられ二人ハ恟り飛退くを襟髪とつて引倒し佐助は怒れるこゑ荒らげ大怒うけしお主さまの目をかすめ大膽な不義淫行已がめに掛つたからハ汝が運の盡た所旦那の御前へ引て行と退行させぬ詞づめ退れんものと於松ハわざと涙をこぼし佐助の袖に取そがり「今更何と云譯したとて所詮駄てハ下さるまいが元との吉さんとハ云号といつか退れの嘘言と誠も見ゆる毒婦が口先吉ハぬからぬ佐助に向ひ「たとへ不義とハ云ものゝ元ハといへバ我女房旦那ころ間夫と血に血を洗ふハ好まねバ女はふだんのよしを丈見退して下されと二人が余義なき頼ゝといひ兼て於松を御主人が連て來られしやうすといひ合點ゆかざるとのみ

五十

多し今荒立てゝ惡がりあんと我正路に引くらべ又れく樣のれゞし召も如何と思へば詞を和らげ二人りに向ひ「段々との入あけを聞べどうやら兼てから知りやつた中といへば今宵の事ゝ是切に見のがして遣そから以後ゝ御主人を大切にお爲を思つて忠義をつくせといふに二人はいよ〳〵悦びお前が此儘堪忍してくれゝばいゝ命の親向後心をいれかへてお主大事と必掛決して淫行ゝ慎こますと手を合して禮をいへば佐助も今ゝ打解て詞少なに出行けり二人ゝ跡にといきをつき佐助は本妻安子の附人二人が中をけゞられたら何れ仕舞は身の大事「是から私しが口先で本妻安子を罪に落し佐助も共に連累に舌の劍で寂滅させるゝ斯々と耳に口寄せさゝやけば「そんなら下女のおさよを玉に「細工ゝ流々その内にと二人ゝ心の底工み母家をさして歸り行其後於松吉藏ゝ本妻安子を陷しいれんと懸玉下婢のおさよをかたらひ多くの物をやりなどして或日おさよを安子の部屋へひろかに忍ばせ手箱の内より盜を出させしゝ此程安子が本國なる實父の許より送りたる書狀にてろの文言は安子が弟何某が今度洋行をするに付旅費にいさゝか不足あれば兄に金子を用達くれと頼みの狀ゆゑ只兄とのみ印しあれば是をひとつの種として一ト狂言と於松ゝ悦び尙おさよにゝ禮をあた

へ其後主正司が居間なるかねて金子を入れ置たる手箱の内より金二百圓を盗み出し其儘ら
へ彼手紙を落し置奪ひし金子ハ吉に渡し素知らぬ顔で居たりしが正司ハ或日手箱を見て二
百圓が不足なれば怪り驚き安子をよび若や其方ハ知らざるかと尋ねに安子も驚きてそこら
を隈なくさがせしに思ひがけなき里方より送りし手紙が落散あれば忽に驚き懐ろへ押隠さ
んとする所を折悪く本夫に見られ驚すハ胡乱と手早に取あげ「ありや其方へ里方ハ送りし
書状と開き見れば文中正しく弟が洋行の無心状扨ハ其方盗しとならんと一圓に妻と思ひ込
み突然に髻をとらへ己れ我目をかそめ二百圓を盗みしと玆にて白状いたさねばからき目に
合せんと暴〳〵しき夫の怒り安子ハ涙に氣もうろ〳〵元より盗みし覺にハなけれどいつい
ふことで彼書状が玆に捨てありしと思へど今更云わけするよしなく先立ハ只涙なり正司ハ
猶も怒りにたへかねサア白状せねばくたばる迄折檻せねば一家のかきんと懲々に打居れば
やうす立聞く於松佐助欠出して手にすがり「マア〳〵お待なされませ奥さまが此御離義な
か〳〵お金を盗むなぞとハ思ひもよらぬお疑マア〳〵お待遊ばしませと左右より留る手を
振拂ふを佐助ハ確と押止め「ハ新造さまに限つてハ盗みなぞとハ思ひも寄ぬ是にハ必ず余

所外に盗みしものがあるのゝ必定外を御詮義なされたうへ傷折檻も程によるお痛ゝしやと安子を圍ひ涙と共に打かこめば正司ゝ猶も怒りの聲立たとへ如何やう止るともこの場で盗まぬけつ白な云譯ありやと詰り問へゞ安子ゝ涙の顔をあげ「今更心に曇りなきことをどんなにゆたとて此お怒のある所でゝ所詮れ心解ぬゆ氣性ことに實家の無心狀其文体に只兄と記してあるゝ父親から實の兄への頼み狀なれど此場に捨あれゞゆ分ゝ立がたしかゝる無實も宿世の約束必ずお恨くゝゆしませぬと覺悟極めて目を眠り思ひ入たる体あれゞ猶々つのる疳癖に「世の諺にいふ通り其身の罪に云譯なく覺悟極めし其体ゝ所謂盗人猛々しい今手討とゝ思へども苦痛をさせるもその身の錆庭先の物置へくゝして蹴蚊にせゝらする自業自得といましめるかよわき女子を高手小手髪ゝ乱れて衣類ゝ破れ目もあてられぬ情なさ止る佐助を蹴飛して僕にいひ付其儘に物置へこそ引立ゆく頃ゝ氷無月末なれゞ蚤の暑さにやぶ蚊多くつけ物樽や薪炭を小高く積し古長持柱につゞくいましめに安子ゝ身うち腫いたゝ絶入計りも武士の家に生れしけあげさゝ心臆さぬ覺悟のていゝとゝ日長き夏なれば西日に傍るゝ熱湯に等しき苦痛も假ろめに四五日計り食物も與へず茲に繋がれて身ゝたゝ足の動く計

り既に命も絶あんと思ふ所へ物置の錠おし明て小聲になり奥さま〳〵と呼るものあり安子ハ夢か現かと目を開いて此方を見れバ日頃力と頼みし佐助「チヽろなたは佐助か「チヽ奥さまよふ御無事でお出なされましたと佐助ハ安子があさけなき目も當られぬ姿を見て涙に目もくれ氣も半乱安子が繩目を引ほどき痛む所を撫さすり思ハぞッット泣いたしわれと我身を忘れたる忠義の程ぞたのもしヽ安子ハかヽる助けを得しハもしや夢かと思ひきや力と頼む佐助なれば不審はれすと小聲になり「わらはがかヽる憂目に逢ひ今宵で四日この物置に身ハいましめに繋がれしも我夫のれ怒りゆゑ身に覺えなきとなから本人の出るまではたとへどんな目に逢ふともじつと堪へてゐる覺期今宵に限りいましめの繩をゆるめて助しハ若や本夫のお心とけ身の濡衣もはれしかといと嬉しげにうち問へハ佐助ハ傍に手をつかへ「誤尤ものその仰せ及バずなから此佐助も旦那さまへ種々とお詫をなせど一旦のあのお怒りにお心解ぬ此度の日に食物さへ差上ぬときヽせめてあなたへ握飯なと人目を忍んで差上んと思へど晝ハ見る目かぐ鼻日頃あなたがお目かけられおつかひあされた小者さへ旦那さまへ氣兼して誰も心で思ふばかりされど日數を經る儘にもしお命にかヽハるかと心を鬼に道

ならねど今宵ひそかに物置の鍵を盗んで爰へ忍びあなたをれ逃し申す心と小重箱より握り飯二ツ三ツ取いだし平常あなたは御持病に多くハあがらぬ三度のお食とハいひながら永の日をといひつゝ涙もせきあへぬ厚き心ハ一命をつなぐ今宵の賜物と安子ハ幾度か押いたゞき「いつに嬉らぬうちが心切忘れハせぬと握飯たふべ終れば佐助ハ小聲にて「たゝ今お話しヲせし如く此上ともに旦那様のお心とけねば此まゝに餓死してれハてゐされる時ハいつか汚名の晴る日なしされば今宵人知れぬ裏の高塀のり越へて遠くもあらぬお兄ィさまのお家へ暫らくれ身をよせられお身の疊りをはらさせたまへ今貞節を守れべとて死ての後ハ誰かはらさん犬死するより少しも早くと佐助が詞に安子ハ驚き「もらハゝ譬へ此まゝに爰を首尾よく立退く共必ず跡でそなたの罪といふを打消しいら立て「ろのお案事ハ去る事なれど此佐助ハ只今迄の恩報じ元より命ハ捨る覺悟跡には少しもお氣遣ひなされますなと氣をはげまし安子が亂れし髪取あげ介抱しつゝ伴ひ出「ァゝ思へばかゝる憂目を見るもいつぞや權妻於松が不義の相手ハ廐に召抱へし吉蔵なりと見認しゆゑ若や旦那へろの事を告んと思ひ陰惡を早くも包む裏表あなたへ罪をふりかけしも彼奴ふたりが仕業とは心に知れど於

松が出所定かあらざるその上によからぬ噂もちらりと聞へもし此事を申出しなば御主個のお身の上と思へばじつと堪へる心中「見す〳〵不義を見認めても明ていいれぬ此身の因果殊に爰を退れ出なば跡でかあらぞうなたの難義「それも此身の災難と命にかへる佐助が忠節「とはいへみそ〳〵罪をきせ生あがらへてハ義理たゝぬ「今更それハ御未練と死を決したるけなげさに安子ハ涕にくれたるが傍に佐助がせき立て人に悟られ見咎められなば盡せし忠義も水の泡と泣入る安子をはげましつゝ終に裏手の塀を越へ安子を助け出しけり

○第九回

其翌日物置に繋ぎおきし安子が向處へか退れしと聞て正司ハ打驚き扨ハ家内に人知れぬ助けし者がありしかと怒りに堪兼男女を呼寄せ嚴しき吟味に佐助がわざと知れ憎き奴と安子を繋ぎし物置に又もや佐助をおばり置最手荒き詞責のせめ元より佐助ハ覺期の事故終に其夜舌をかみ切血に染つて死したるハ最も哀な事共なり是にて正司も心折れ惡いとゝハ悟れ共今更に詮方なく阿松と共に相談して彼大坂吉に委細を含ませ病死の体に披露して棺桶に死骸を納め密に寺院に葬むりしとぞ」扨も安子の實の兄ハ我妹に誘衣きせ剰へ非道の

の所置をなしたるとて其怒りにたへぞ談判たれ其慘酷非道のしれ者なれば安子が兄もゝてあまし終に離縁なしたりき其後於松ハ吉藏と思ひのまゝに安子を讒し佐助もすでに死したれば今ハ憚る所なく增々正司の目をかすめ淫樂に日を送り爰に三年を過せしハ世の諺にいふごとく凡夫盛んに神たゝらをされど天網洩るとなく正司ハ日頃の勤向も邪のことのみありて彼佐助が横死を隱し其筋へも屆けおき其罪も輕からずと終に職務を免ぜられ其上に拘引せられ言譯たゝぬ檻倉に拘留の身となりしが元より數條の罪科あれバわれと我身で舌をくひ切囚獄所に果たりけりかゝる事共打つゞけど於松ハ妾のことなれば運よくも罪をのがれ彼の目のうへの瘤なりし正司も死せしと聞たれバ密に吉とかたらひて正司が所持の金子ハ更あり衣類調度をかきさらひ其夕暮に人知れぬ爰を欠落なしされど遠くへ走りなバ却て人に怪められんとてさと近間の桃谷なる裏の借家に身を潛め暫く爰に足を留めしが此頃正司が家財のことにて二人が在家を尋ると聞て二人ハ心落居ず竟に再び東京へ便船をして逃延んとそこ〳〵に家をたゝみ裏道づたひに旅立せしが罪の報ひか道ふゝを迷ひ彼津の國の魔所なりと音に聞ゆし摩耶山の麓にかゝりし其頃ハ極月下旬の雪諸とも二人が罪に降かゝる

雪風烈敷摩耶おろし人も通はぬ向ふより鐵砲かたげて獵人が早走りに矢來りやをら聲かけ旅人よ雪に火繩を消たれば擔附木のマッチあらば貸てと思ハぜ見かはせ顏に獵人ハ驚いて「ヤ、そなたはいつぞや駿河路にて海へ落たる於松ならぜやといわれて疵持二人も恟りよく〳〵見れば其以前拘引されし根方の作藏こなたハ鐵砲手に持直し死んだと思つたこなたにあふよく〳〵盡ぬ緣ならん所もてうど摩耶山で出合したが百年目是から內へ連て行き抱て寐るからさう思へ野郎ハ亭主が知らぬへが此作藏が手並を見よト鬼をあざむく勢ひにて鐵砲振あげ打てかゝれば心得たりと大坂吉用意の懷劍抜かざし互ひにあびし挑みしが九十九折なる山道の雪に氷りて足をそべらし大坂吉ハ後ろなる數丈の谷間へ落入たり於松ハ吉が落たるに心もそゞろに立騷ぐを作藏は確かと押へ野郎ハ谷へ落たれどうせ死ぬのハ當然サア否といへば鐵砲でズドンとやつて命をとる夫が否なら抱れて寐るかと退引させぬおぜしの鐵砲於松ハ心に思案を定め否あがらも一旦ハ心に隨ひ折を見て逃延るよそがもあらんと元より不敵の毒婦なれば吉が横死も心にかけぜ終に作藏がいふ儘に其隱家へ至りて見れば摩耶の麓の一軒家世を忍ぶ身の刑狀持鬼の女房に鬼神の體へつひに於松ハ作藏が心

の儘に身をまかせしハ最も不思議の縁にしなり愛にいぶせき山家には梅も暦とその月も早如月の末あれど新暦ゆゑかまだ寒く日々雪は降つみて山嶽には屈竟と作藏ハいつもの如く鉄砲かたげやまにゆくを兼て於松ハ二月の愛に月日を過せ共心の奥の知れざれば倶に山路へ連行しに雪ハたま〳〵降しきり皆白妙の銀世界谷間もわかぬ山懐ろ彼の作藏ハ猪小家に勞れを休めしをりなれバ玉込めなせし鉄砲を其儘傍へに立かけおくを於松ハ心に思ふやう此鉄砲にて作藏を殺して此場をのがれんものと大膽にも心にうかゝやせ腕なれど一生懸命鉄砲を手にとりて作藏目掛て引がね外せバ玉ハ煙りと諸共に山彦に響く一發の覿ひハそれて彼方の谷間へ筒音高く打込んだり作藏ハ怒りに堪ぜ己れ毒婦め鐵砲にて我を殺さん心あるか今迄枕をかハせしも劔をふくむか針のむしろ夫故恐もゆるさぬにいよ〳〵おれを殺さうとハ可愛さ余つて憎さの譬「モウ生してハ置ぬ」といひつゝ山刀をすらりとぬきお松が脊より切かけるにあたも女の一生懸命下をくゝつて雪つぶで木立を楯に逃廻る折から先の筒音に驚きたりしか大熊一疋此方を目掛て飛來りやにハに作藏が太股目がけてかゝ付バ何かは以てたまるべきアット叫ぶ聲諸共のた打廻りて息絶たり再び熊ハ猛り立れ松を目掛て

飛付をあなやと於松ハ身をかハし逃んとなしたる足元の崩るゝ雪と諸共に數丈の谷へ落入つたり熊ハ猶更荒廻り雪を蹴立て其儘に山より山へ欠行きたり」實に數丈の谷底も雪降つみて川を埋め樹木の梢に雪持て往來ハとたへし道あがら茲ハ大師の靈場なる再度山への近道なれバ雪を踏分一人の旅僧行脚の笠に墨染の衣も白く行惱み杖を力に歩行來り傍を見るに女の死がい央ハ雪に埋もたるあり旅僧驚き立寄りて藥を與て抱起し醒張上げて呼掛れバ息吹かへし人心地も付しと見ゝ傍りをきよろ〳〵見廻るに旅僧ハ悦びて女中よ心ハ付たるかといふにお松ハ形を改め何國のお方か知らぬ其危き命をれ救ひ下され有難ふござりまそと悪人ながら再生の恩に暫く感じ居たり此時お松ハ咽喉乾けバ傍りの流れの氷柱を取んと二三歩あゆまて傍を見れば雪に赤きハ血汐のしたゝり心得がたしと確と見れば見覺えのある衣類の縞がら扨は去ぬる極月に谷間へ落し吉藏どのもやハり是なる一ッ谷間へといふに旅僧ふしんはれぞ」シテ御婦人にハろの雪の下に何やら埋みしかとさかれて於松ハ涙をうかべ頓て雪を掻わけれバ日數ハ經れど雪のために吉の死骸ハ生るが如く更に腐敗もなさゝれバ於松ハ死骸に抱きつき知らぬとて今日の今又ぞろ根方の作藏がために私しも此谷へ

落て危ふき其處を是なる御僧に助けられ命ハ拾へどあさましやこの有さまハ何事ぞ殊に因果ハめぐり來て作癖とても熊のために非命の死を遂目前に報ひハ早き此身の惡業れ前といひ私し迄此谷底で落合ふも是みな因果の廻る處今の今まで悟らざりしが死ねバ誰でも淺間しい此亡骸のはかなさと惡につよきも善にもとり初て悟る於松が實心さくに旅僧進み出ろあたに逢ハ初てあれど心有りげの身の懺悔われらが助けしそなたゆゑ身の惡業を悟らるハハとりも直さず愚僧が功委しき話ハ後に聞ん其亡骸ハ此處へ埋めて回向ゆさんと雪かき分て吉が死骸十葬になして經よゝ終りお松を連立近傍なる旅店に泊りて是迄の罪のざんげをいち〳〵語り今ハ本心に立かへり彼旅僧の徒弟となり亡き人々の菩提を問はんと心實見えしお松が心に旅僧も種々と佛の道を解諭し終に師弟の約をせしが猶もお松ハ姿の仇を最うるさ〳〵や思ひけん有合火器の燒しを取あげ我と我手で頬へ押當最美くしき顏色も忽ち變る煩惱の暴できづなを絶ましたといふに旅僧殊更悅び遂よ是より彼僧ハれ松を伴ひ古鄕なる甲斐の國巨广郡延山寺村の山里ある庵にかくまひ經など敎へ爰に一年を過せしがそも此寺ハ山寺あれど日蓮宗にて蓮正山妙顯寺と呼なして近村に壇家多くいと有福に金ぞ蓄へ和

尙日海ハ未だ四十にたらざれど行堅固に彼お松も最恥らひし身の懺悔にひとたびは姿を換たりしが所謂咽元過れバの世の諺も宜あるかな此頃於松ハ山里に身ハ薪水の行をいとひ心倦果煩惱の犬もふたゝび去り兼たか只管古鄕東京へ出なバ母の生死も知れんと思へど身にハ一錢の蓄へなけれバ儘ならずと忽ち惡心を起したる毒婦が性根そぜひもなき或夜家内の寐息を伺ひ和尙が居間の小簞笥へ手を掛金を奪ハんとなす者あり日海早くも目を覺し其手を押へ盜賊ありと呼ハれバ下男の雜彼欠付て手燭を照しよく見れば是あん於松の仕業なれバいづれもあきるゝ計りあり於松ハ今更面目なけれど身の罪を隱んと詞を江みに日海が我身を日頃口說たまひ今宵寢處に忍びしありと色にとよせ陳じたれバ一層日海憤り汝に出て汝にかへる斷る毒婦ハときがたし汝等兩人夜明なば我門前を拂へよかし又於松にも異見をなし少しの金を遣ハしてとかくあさ内夜も明れば壇家の雜彼寄集ひ猶憎しとや思ひけん村外れに連行て散々に打惱ましし半死半生にして追やりけり扨も於松バ二年の身の行ひの空になりて再度盜みの罪科にて多くの者に打擲され身うちは痛みて疵となりとに不思議ハ先頃姿を變ん其爲に燒火器で面を燒た其疵が再發なして腫たゝれ顏ハ膿汁したゝりて

其臭きと云べうも非すかてゝ加へて打疵ハ黑紫に腫より左ながらまだらの犬の如く生ながらにして畜生道世間の人にハ忌嫌ハれ身を寄すべきに所あけれバ汐入堤の母の許へ行んとして程近き千住なる舊刑場まで來りしが折しも降出す雪は道を埋め朔風肌にをつんざくごとく身ハ冷え氷りて一歩もあるけぞ詮方無に木蔭に立より一息ほつとつきたりける」兩端話說還て解松屋の手代忠藏ハ一人蒲原の旅店に置去せられ於松が身の代の三十圓ハ贋金なれバかゝる難義もお主の罰とその夜寐床をぬけ出て裏手の井戸へ身を投んとせし所へ忠藏の父忠兵衛が倅の安否を尋ねんとはからず茲に泊り合せ我子なりとも知らぜして取り止めたりし玉の緒ハ親子が奇偶の對面に以前の金を又よく見れバ贋金にハあらざる故二入りハ喜び路金として打連立て松屋へゆき忠藏が先非を悔悟の謝言に主人も其つゝがなきをよろこび故なく聞入たりしゆゑ是迄の恩報にと家業に精を出せしかバ間もなく暖簾をもらひうけ店を開きて有福の身となりし後或日西新井の弘法大師へ參りし歸り路不計も千住にてお松が哀れな姿をみて仇に答るに恩を以てす忠藏の仁慈五圓の金を惠でやり余あがらの暇乞も是ア一世の別れにて於松ハ汐入堤なる母おちよの許に至り其金にて治療を盡せど

藥のきゝめも更に見えぬ病ひいよ〳〵重くなり犬の如くに狂ひ廻りて死たるハ明治十年二月九日の事にして積惡その身にむくひ來てかゝるをわりを取しなるべし狐の人を誑かすや一朝一夕害猶淺し美女の獸心傾國の害嗚呼恐れても恐るべしと樂天の妙文いたれるかあと嘆じて茲に筆を閣く

鳥追阿松海上新話 終

明治十九年九月廿五日御届
同　年十月　十　日出版

定價五十錢

雕刻出版人　曹谷與吉

發兌元　大川錠吉
淺草區三好町七番地

銅鏡袖珍　四書　四冊

新撰早割　二一天作　一冊

記事論説文例　二冊

今様鑑　全

小學開化用文　全

明治大雜書亞相　全

類書畧解　新選明治五篇　一冊

郭上一大全　全

蕉園詩集　全

青山獨聲古　全

新選字林五篇　全

義太夫作り大全　全

伊呂波早引節用集　全

遠化懐姙論　全

若國道中記　全

艷曲集　全

俗謡『鳥追お松くどき』

明治十三年刊

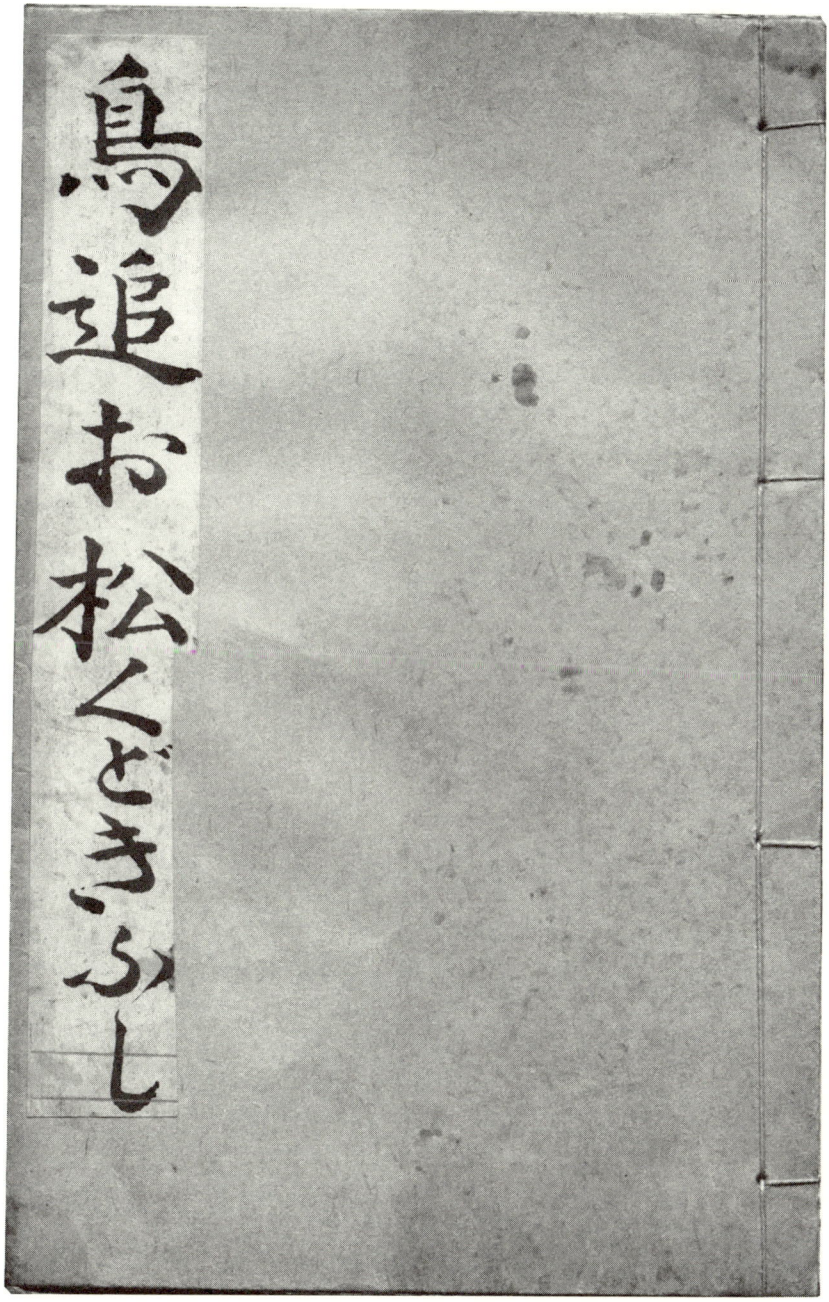
鳥追お松くどきふし

鳥追お松
くどき初編
上
定價壹錢五厘
明治十年五月十四日御届
東京日本橋區
編輯兼出版人
馬喰町二丁目十六番地
吉田小吉

かまつ村上

四ツ　夢想権兵衛の弟子今の宗家の祖と
いひ伝へる者妻ゆゑ家に居難ひ和と云名
申まく年は五十三ツ也　此人西の海原合戦の
時分化粧いたしどこにかを歌く世の
楽　その時天狗を呼てかくしに来人で負へ
定家雲霧車と世をさとり風のことを志の
庫ひ　小さるの行ひ物のかくとまく格闘の

小春に逢ふと祝の三味線ゑ夫へ春迎ひいと縁
やうに平生の雀賀の仇や花も女夫の門づけ
先づ冠りの笠と長唄ゑ姿ゑ物ゑ春語
男の猫の子の上かりしまの言ふ門の鶴ゑ
大辰尚文武の長の宝と徳言教わる教
主ぼとわり清盛の長沢ゑ実本陸の毛呼
春三月の門の鶴の陸の清国ゑ春暮の

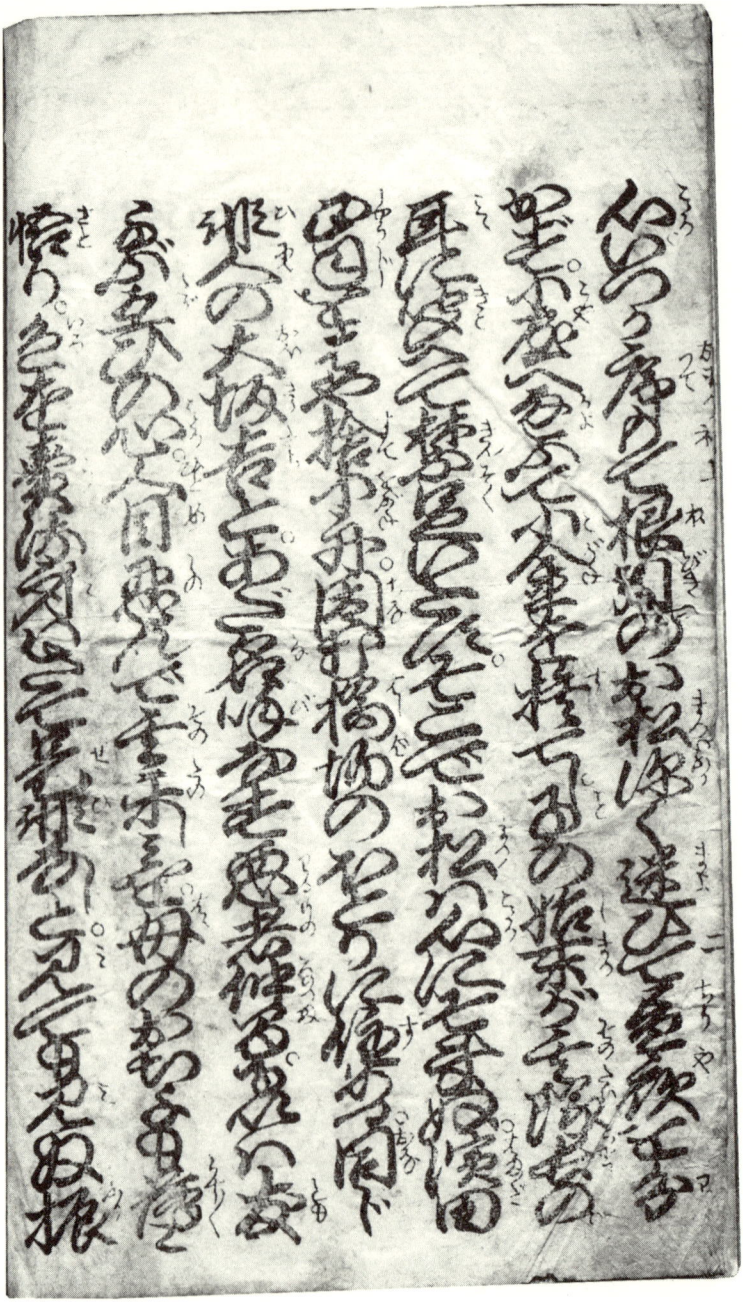

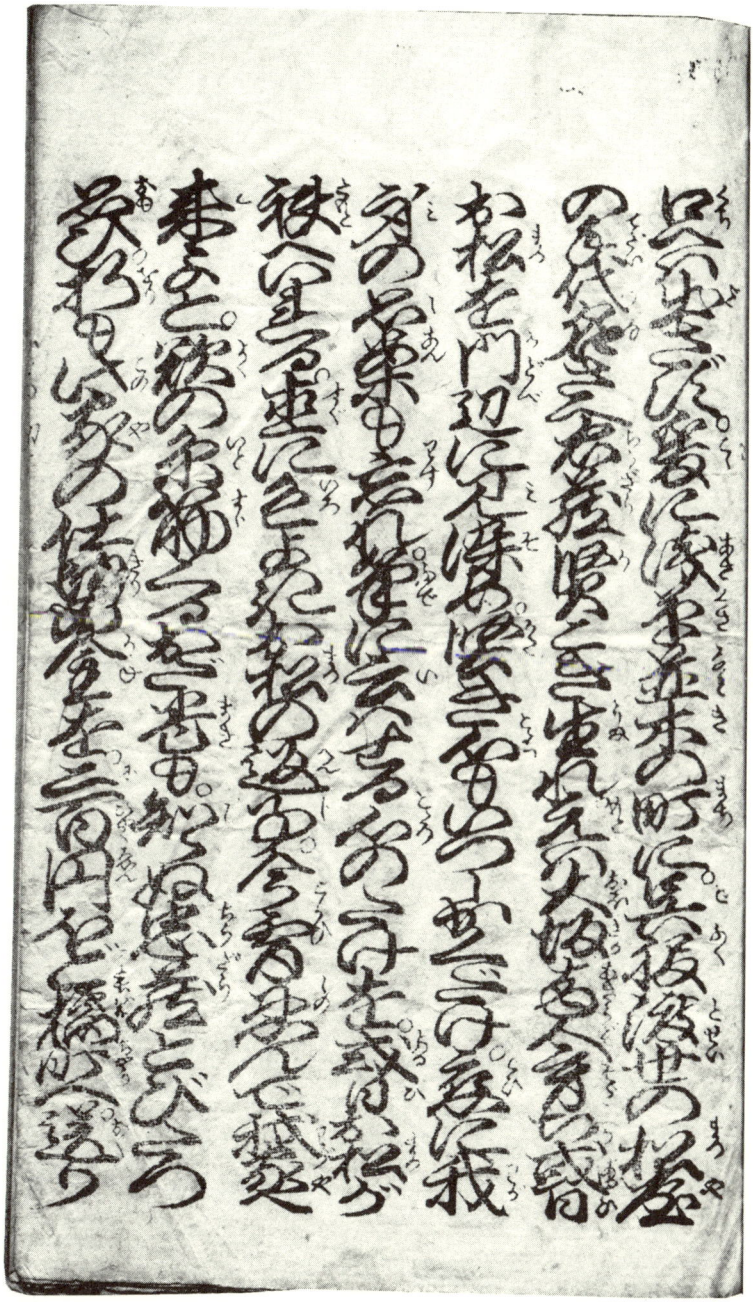

[illegible]
[illegible]
[illegible]

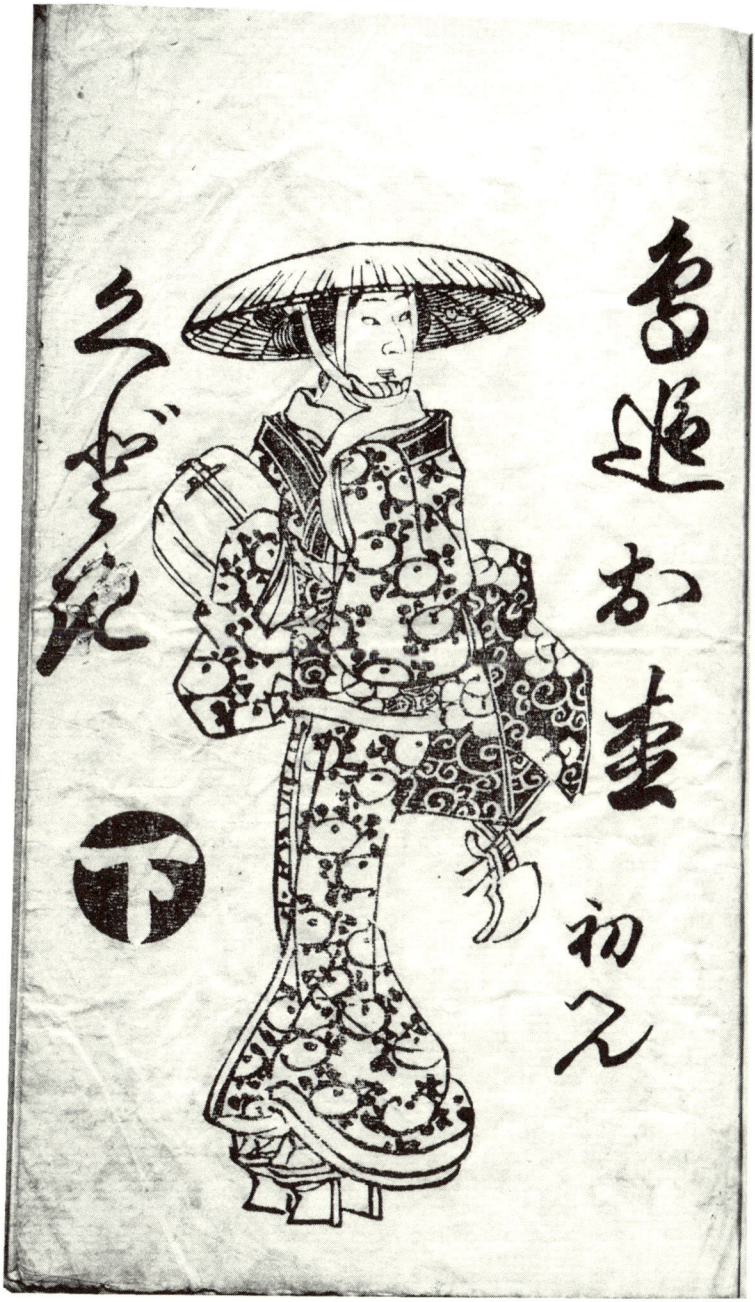
鳥追お松
初ん
くどき
下

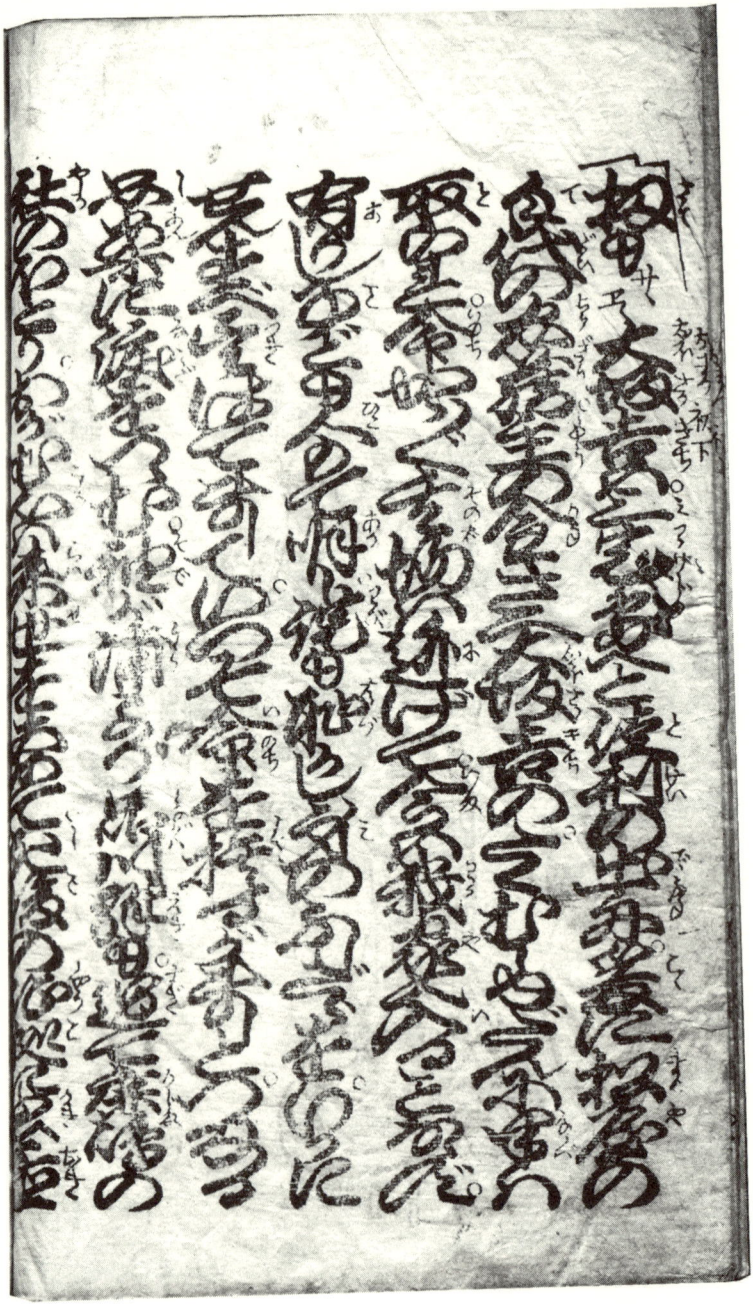

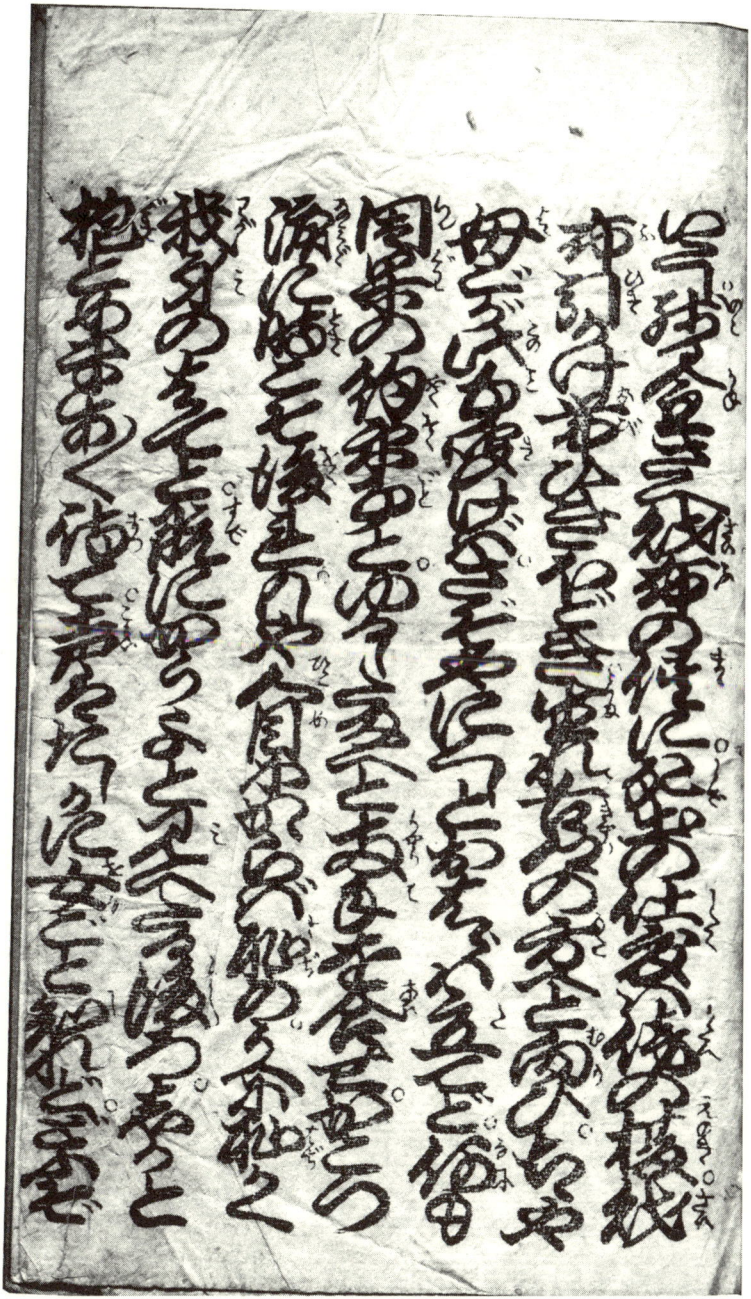

[illegible]
[illegible]
[illegible]

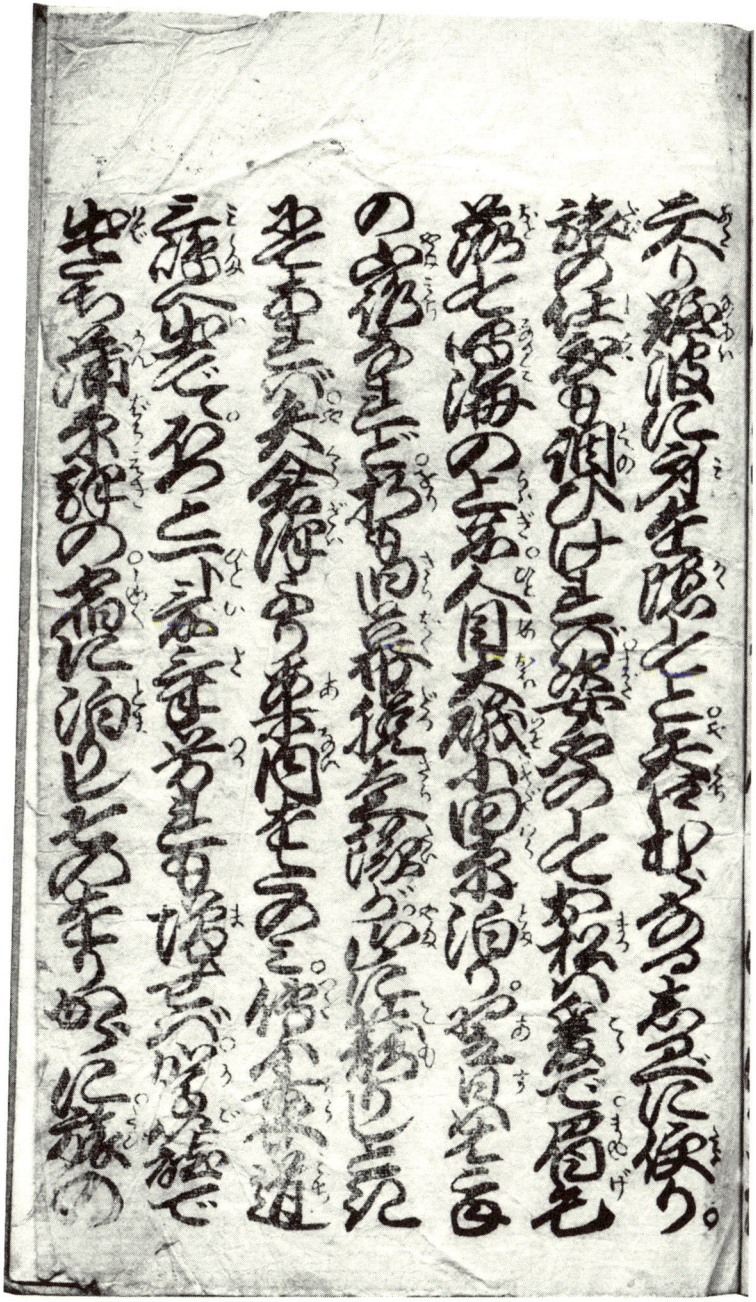

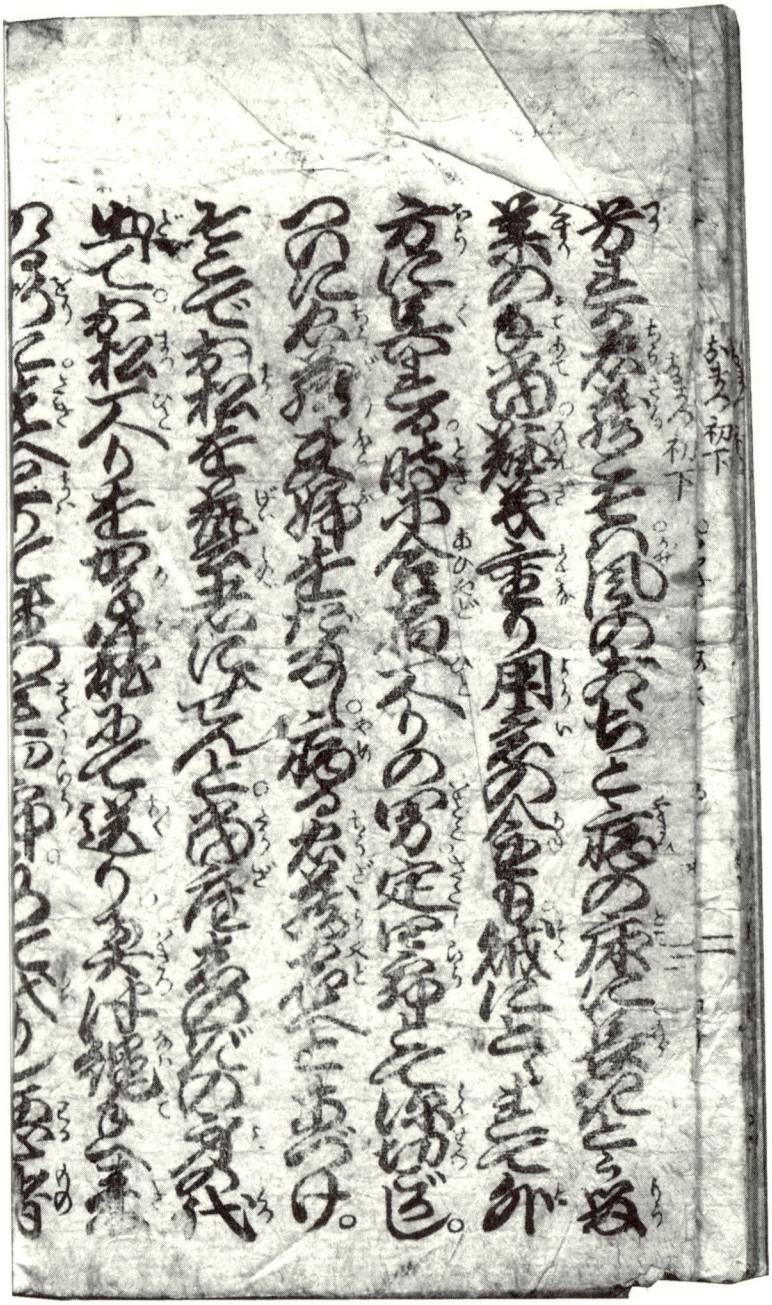

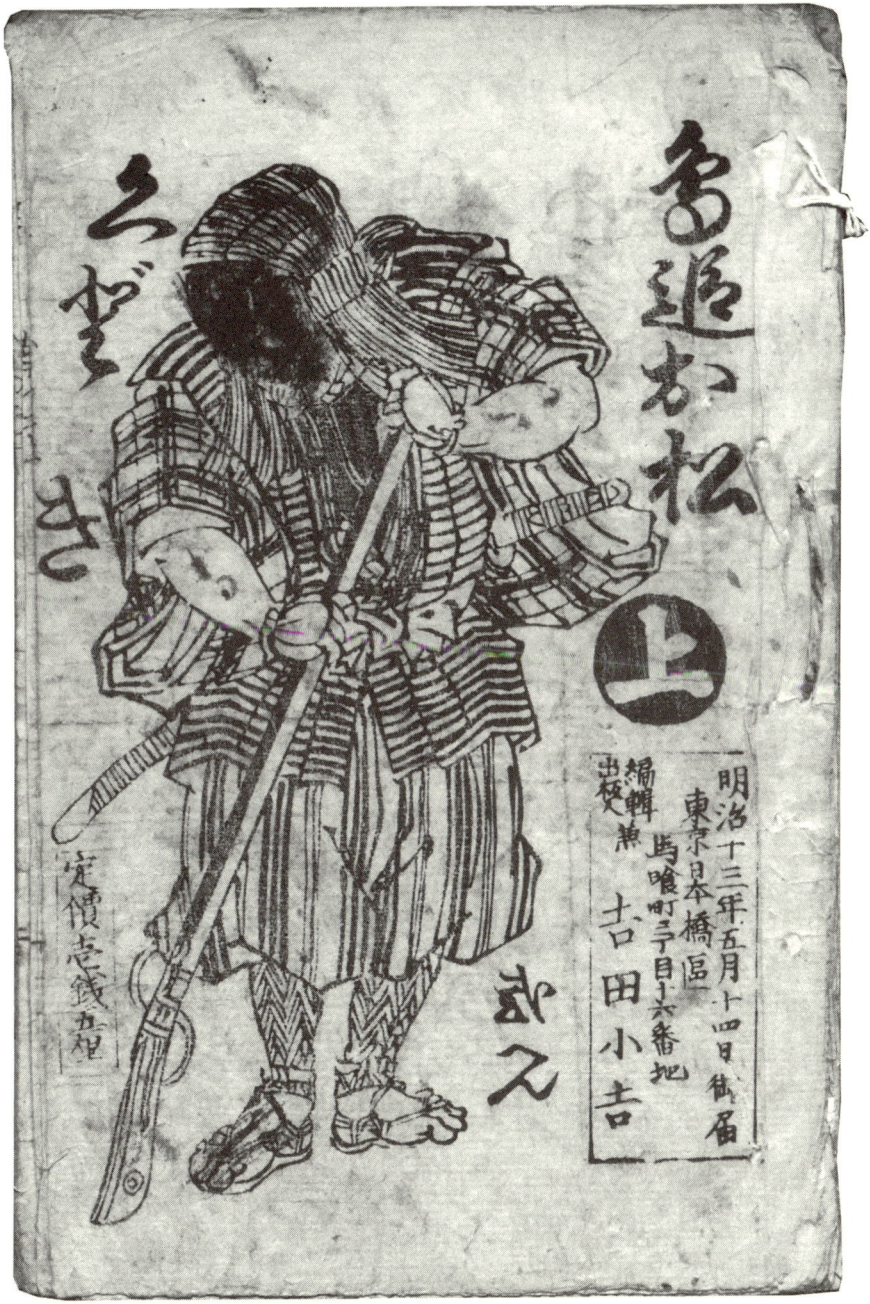
鳥追お松
上
くどき
定價壱錢五厘
武人
明治十三年五月十四日出版届
東京日本橋區馬喰町三丁目十六番地
編輯兼出版人
吉田小吉

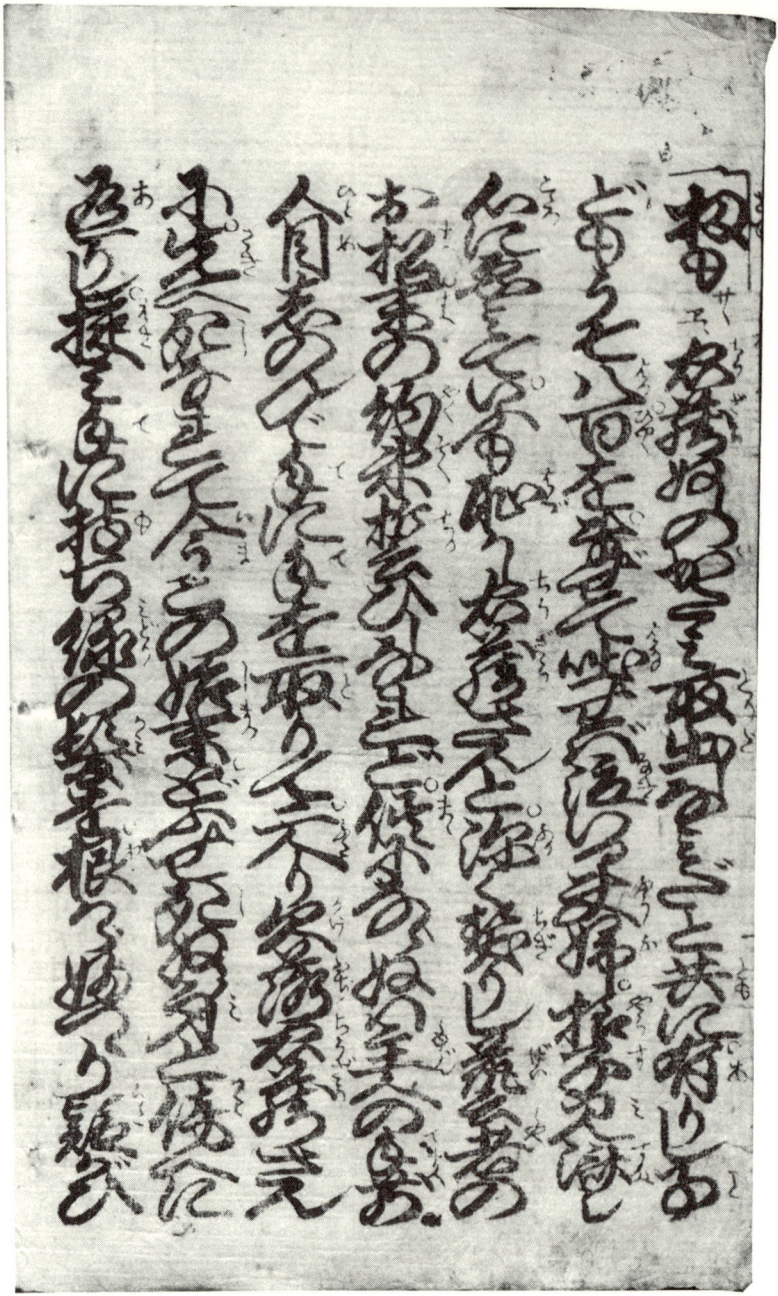

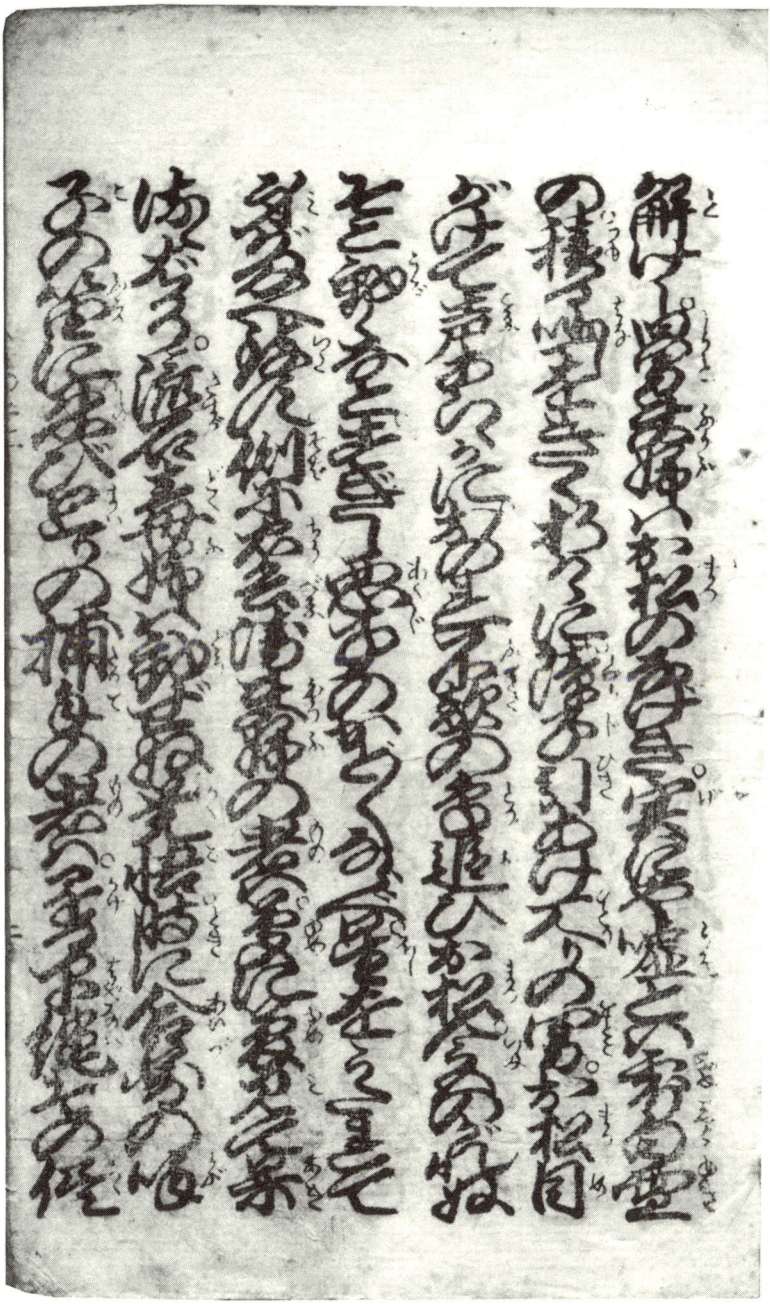

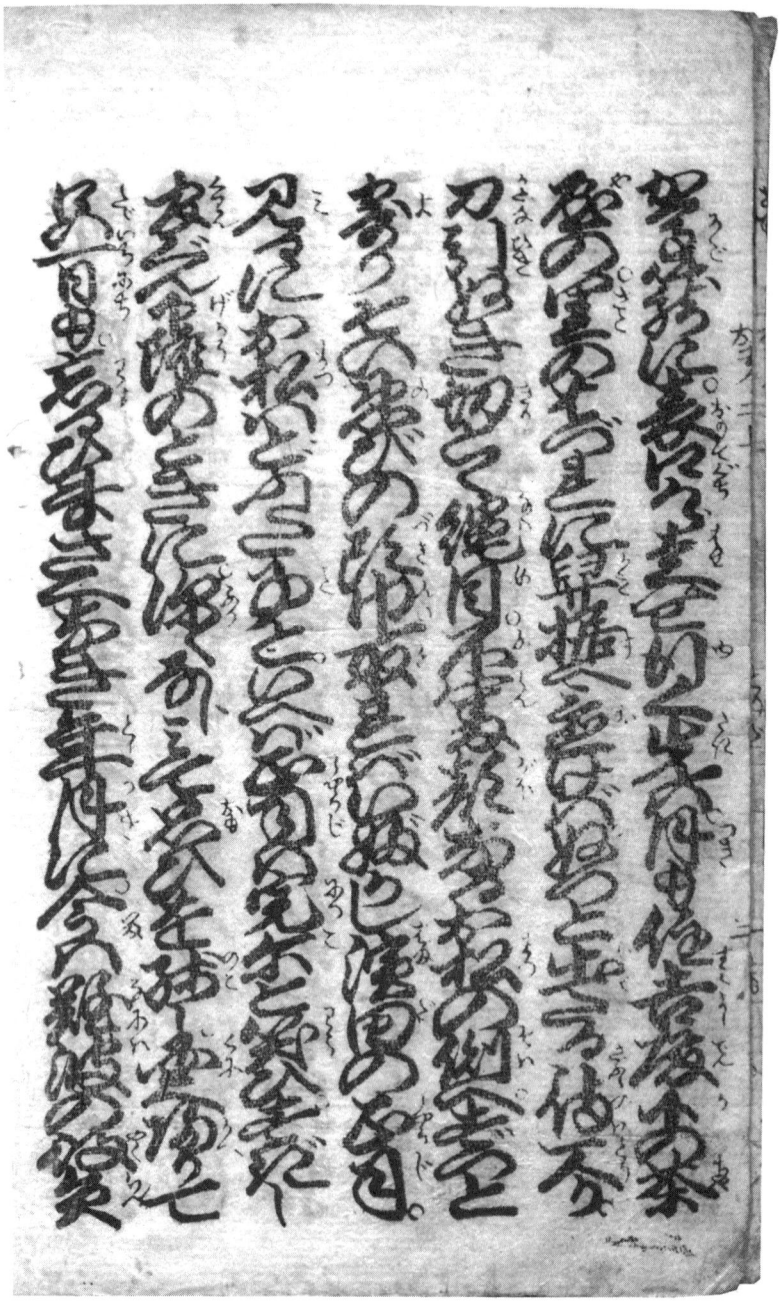

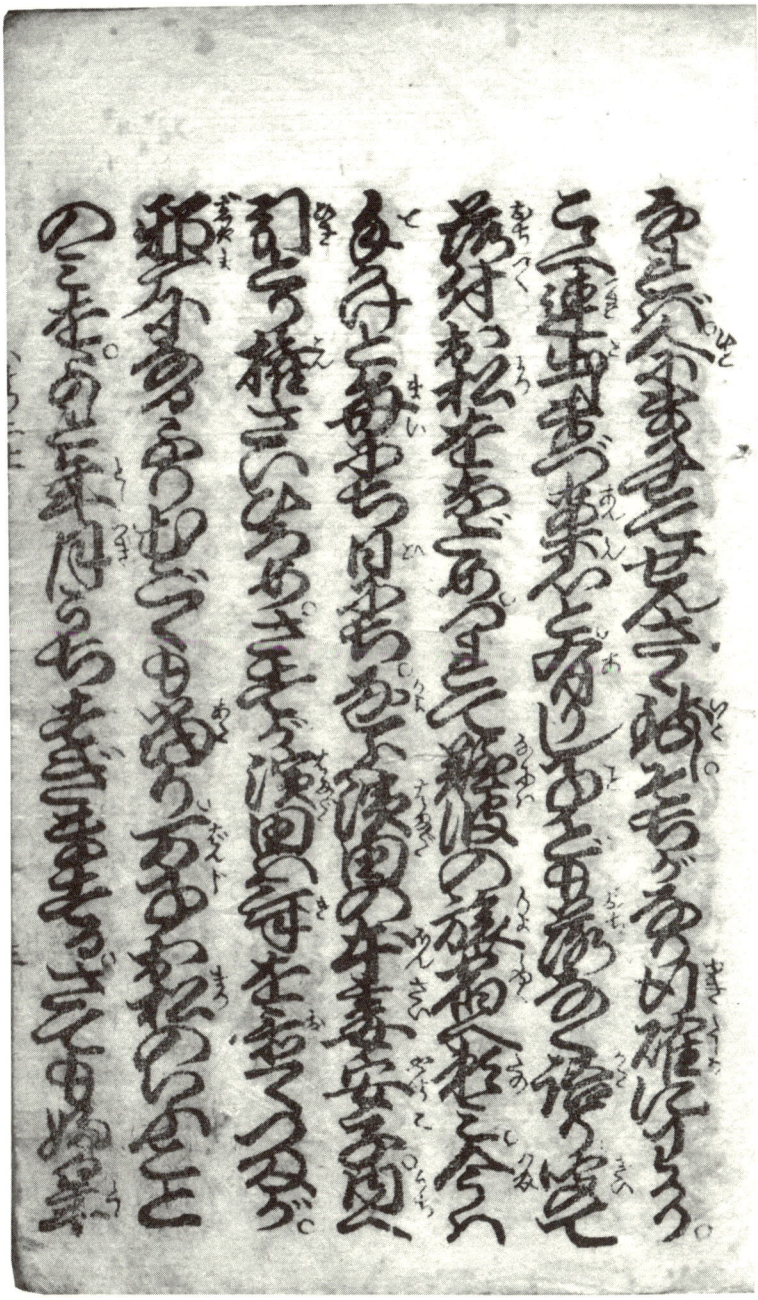

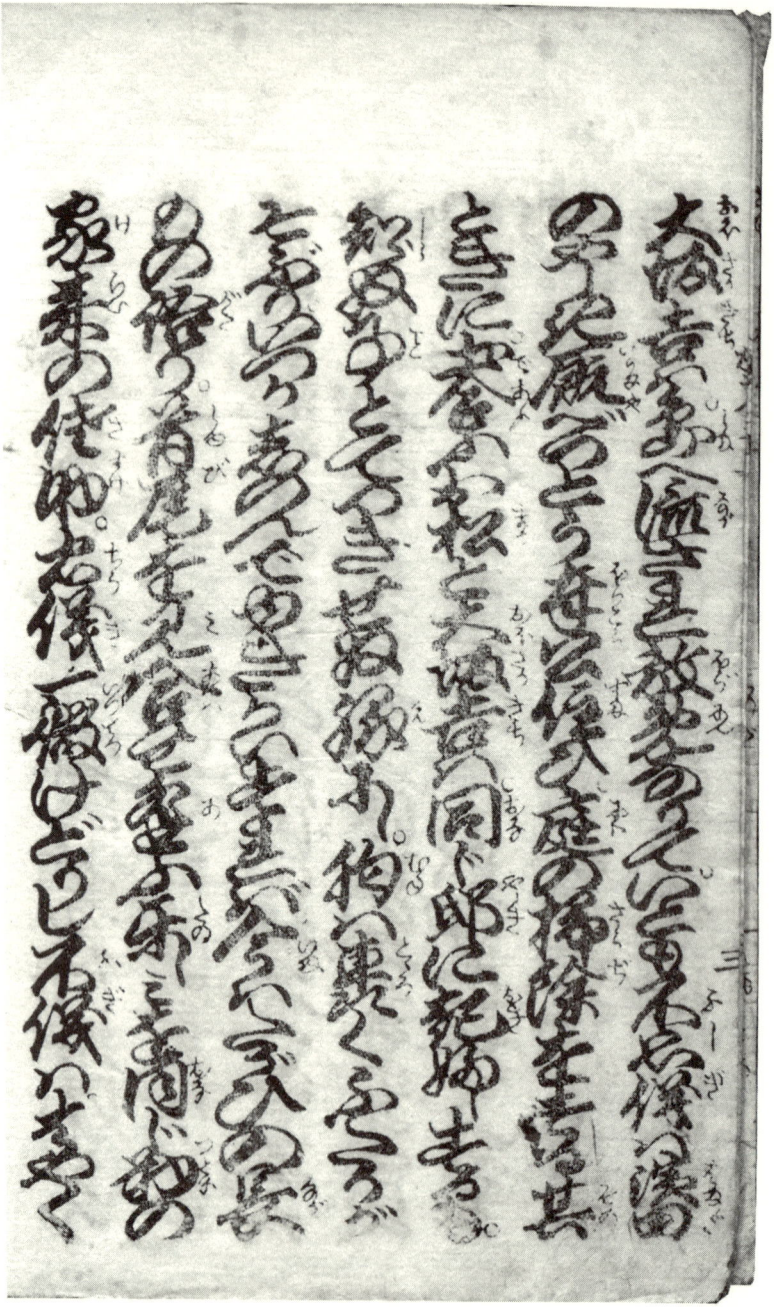

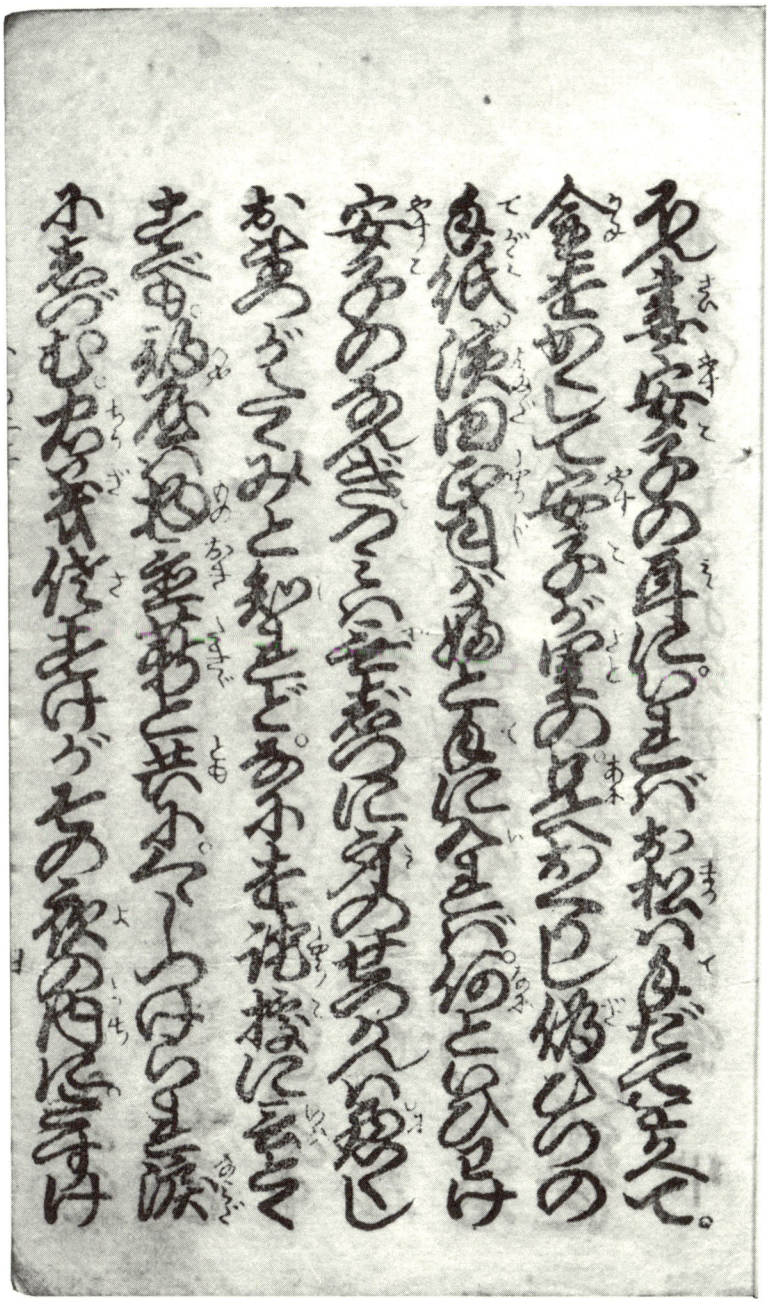

元来安子の耳にはさびお松いやだとさうて。
金をもらして安ひ子ぐまの足へ入るこ伝ひの
白紙漢四郎が始末に合ひのとひらけ
安子のうんぎつこ忠兵衛に対の甚六おし
おまつ子てみと知るどう不ぬ拾に乗て
さびの祝ひ金ぬと共ぬてしつけらる涙
不ぬぢむ右衛門ぬ仕まけが右の衣の内にすけ

出くまづ里方へ送りとどけ申あらまし。
国ドのの義仕ゆ縄目長ゆ非道に成ル
切りくあつ上流りく敬こいのうゆさんも
安ゆとゆ方ゆ方ゆ方ゆ方ゆ方ゆ方ゆ
ゆ上ゆ上ゆ上ゆ上ゆ上ゆ上ゆ上

鳥追
お松
くどき
下
武久

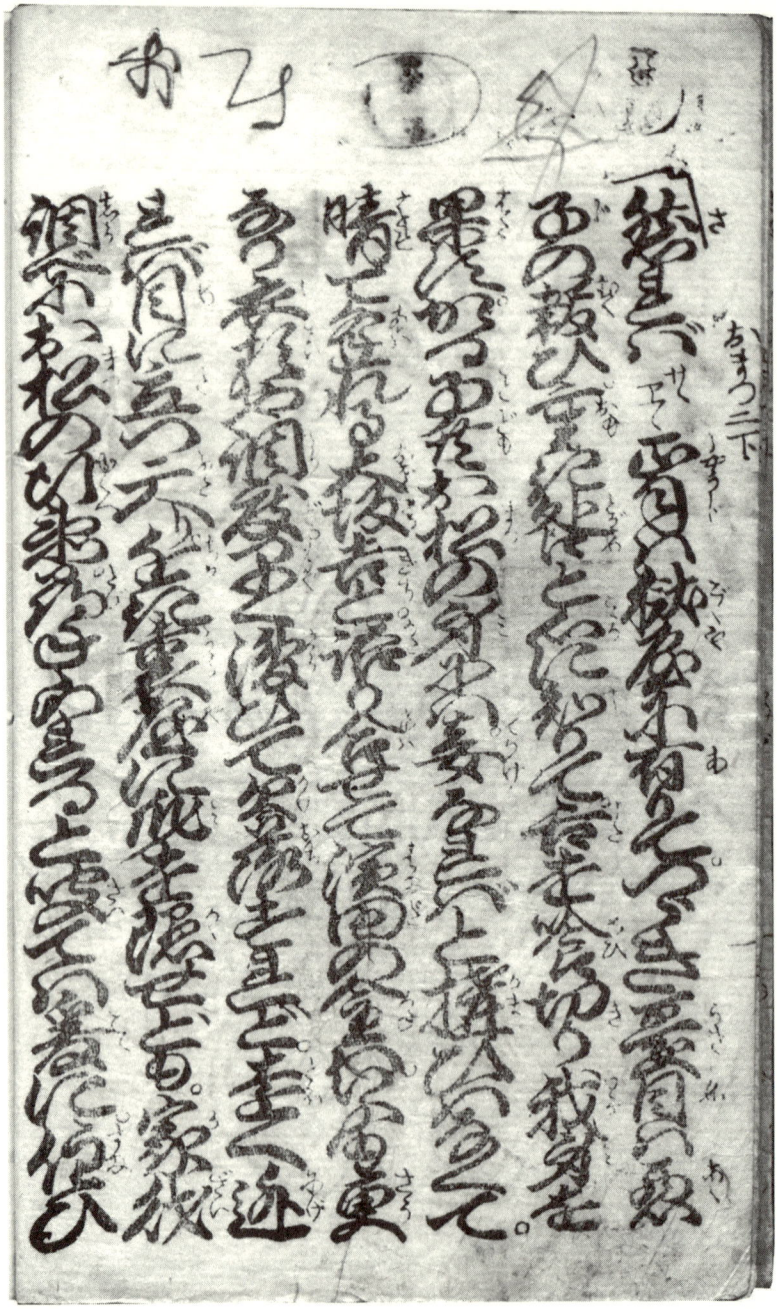

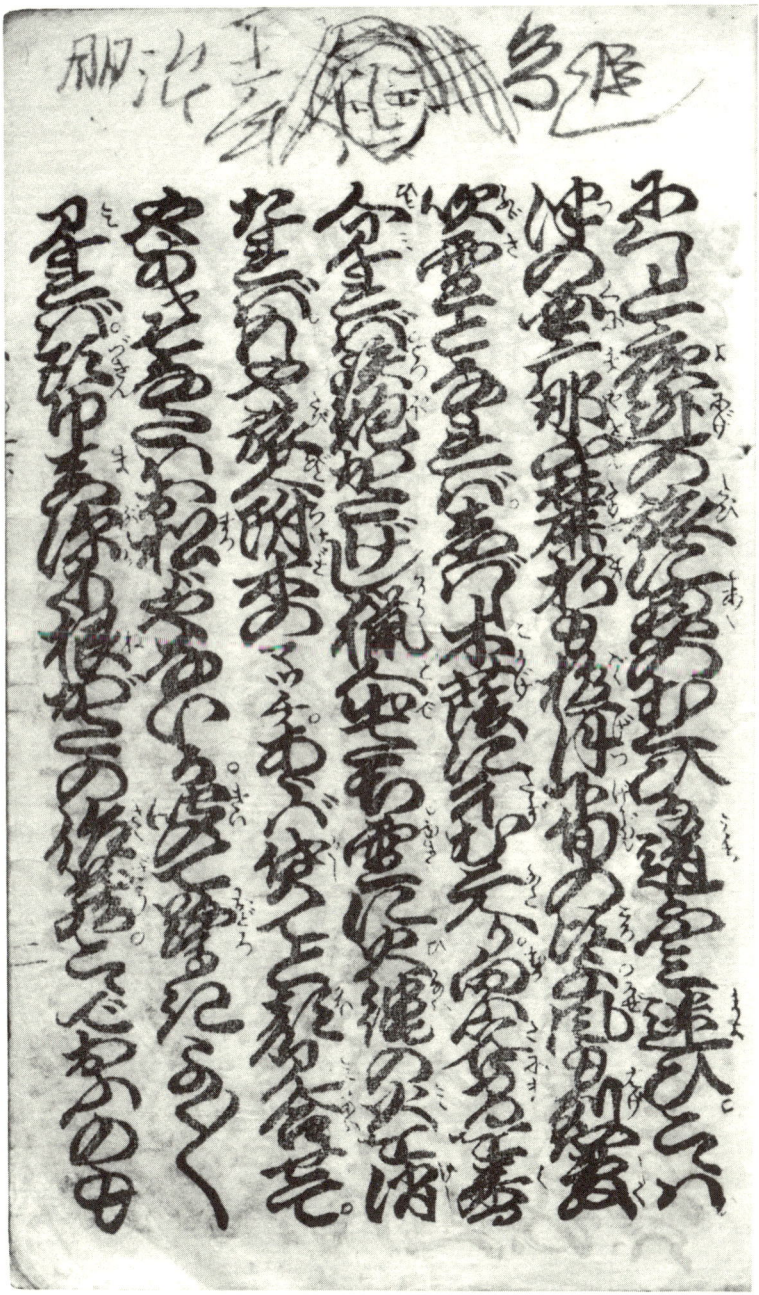

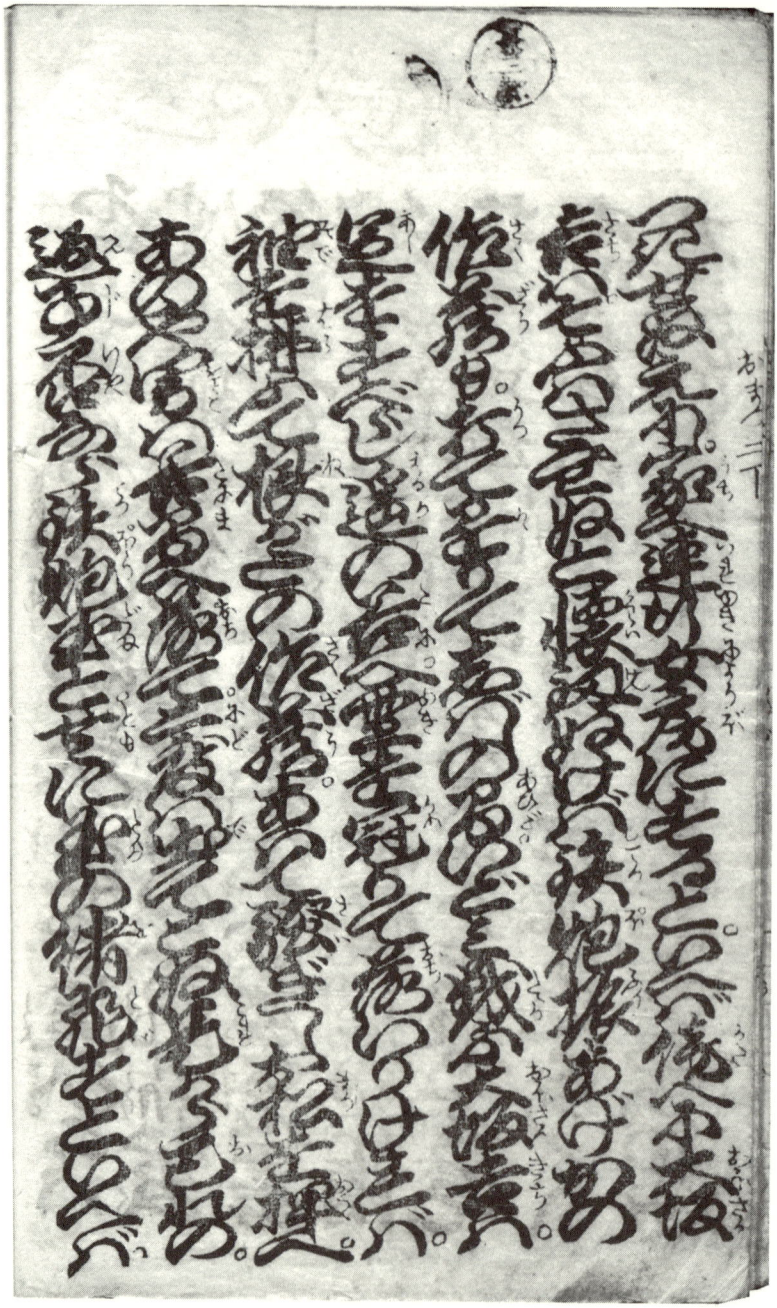

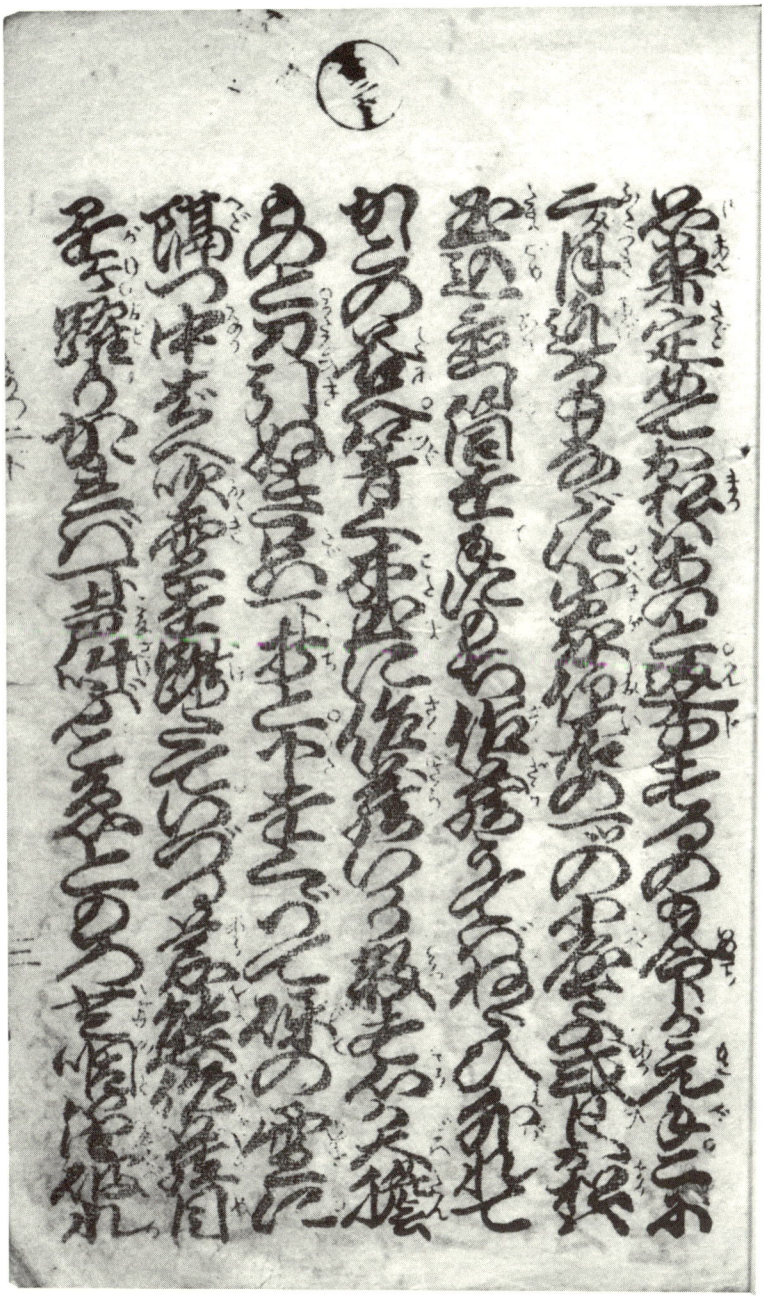

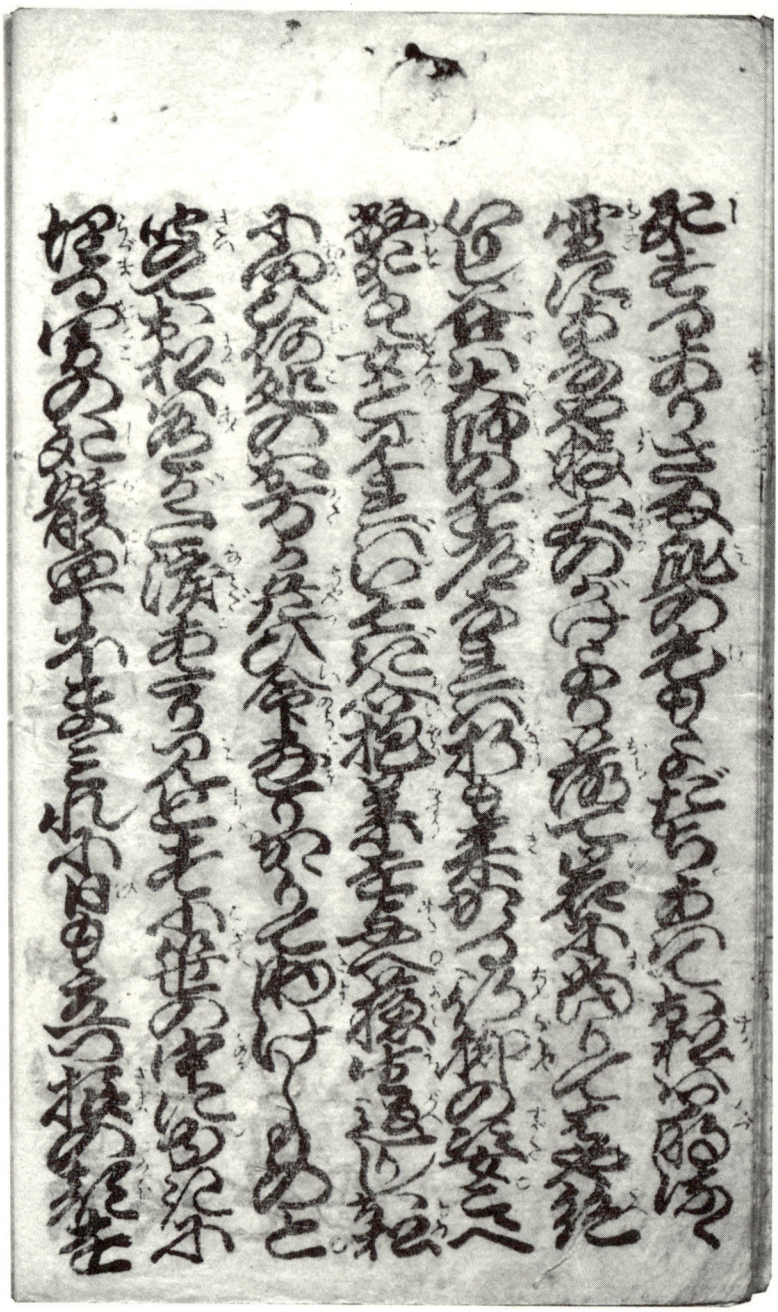

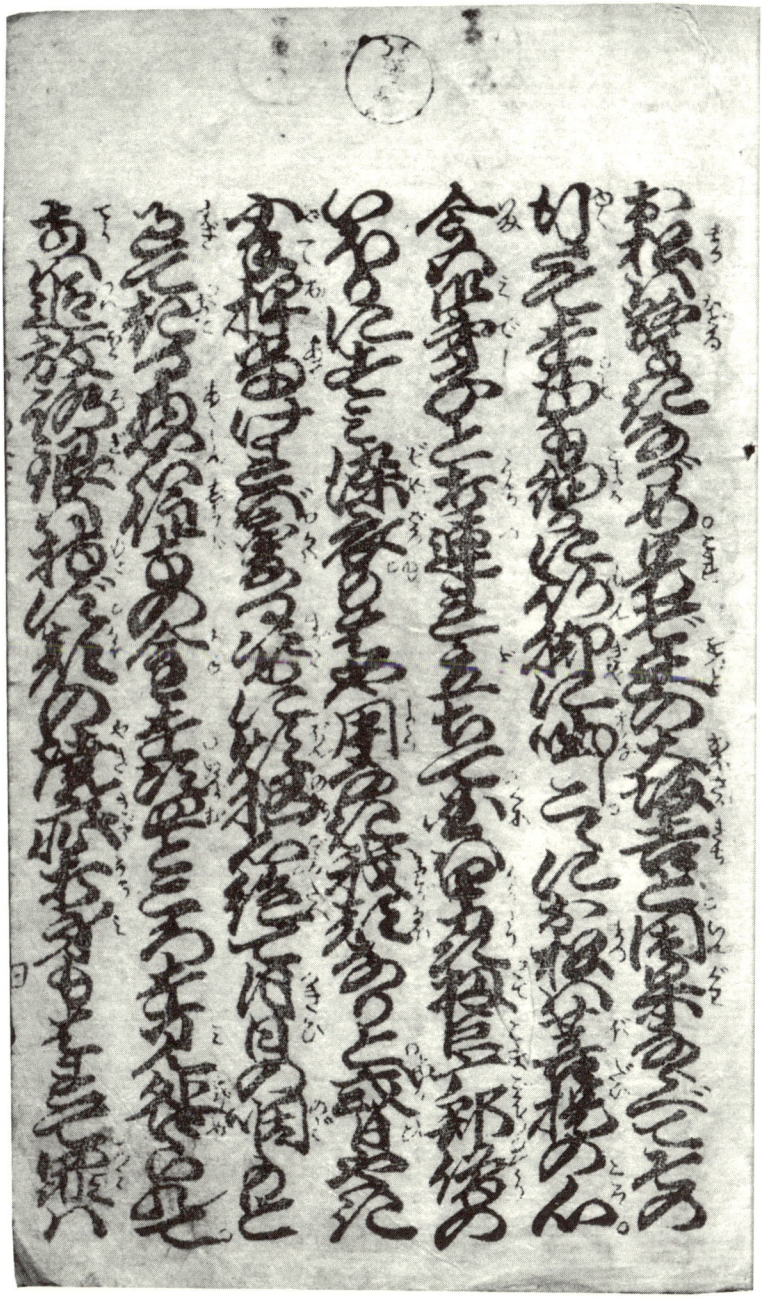

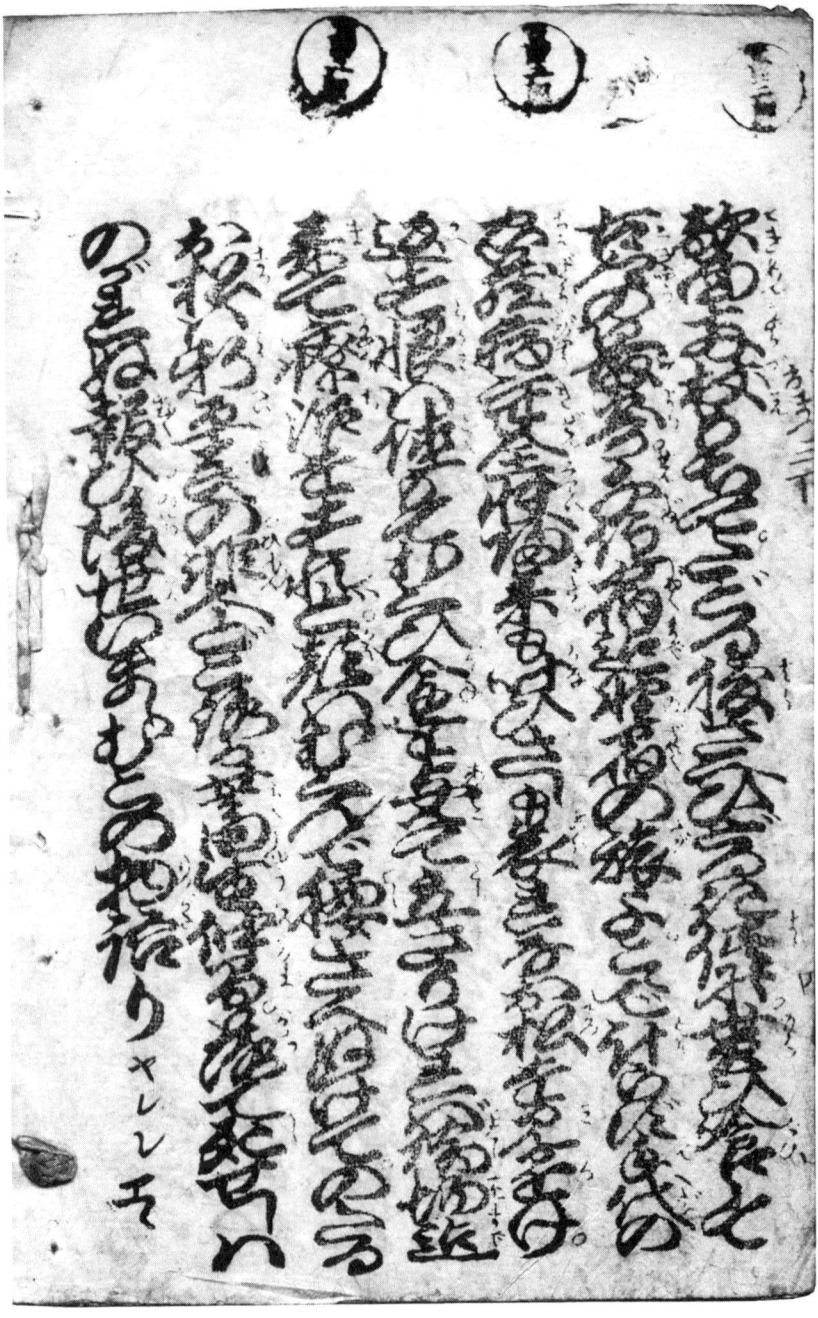

役割番付『廿四時改正新話』

明治十一年・本郷春木座上演

347　役割番付『廿四時改正新話』（明治十一年・本郷春木座）

349　役割番付『廿四時改正新話』（明治十一年・本郷春木座）

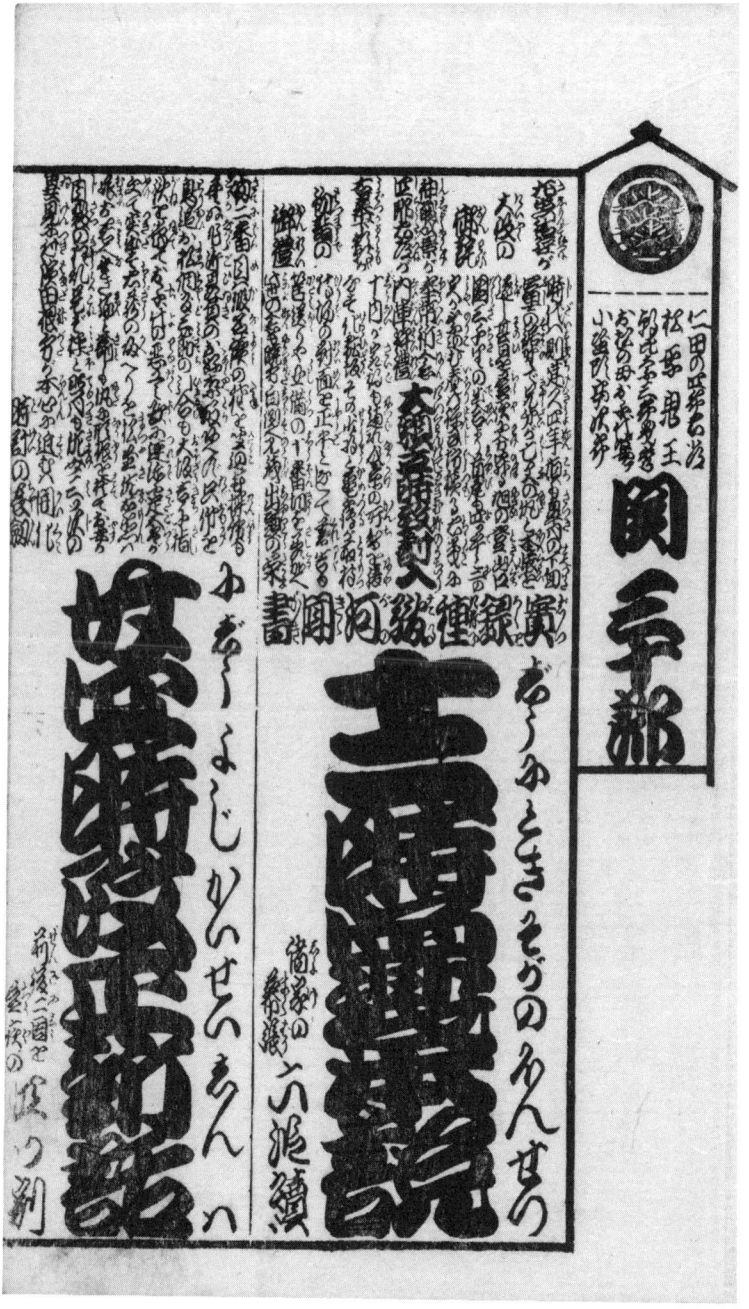

卯の時　登山口の草履屋
朝八の時　清水打の小袖屋
昼四の時　鍾乳洞の乳當屋
同九の時　後屋前の別荘
同八の時　大廣間の對面所
夕七の時　玄關口の千鳥足
昼八の時　川久打の迷沃落
雨八の時　鼠任居の記念遺
夜四の時　内曲輪の會圖面
同九の時　後藤別の髮梳櫛
同八の時　松ヶ崎の十番山
暁七の時　物語者の本望
午一時　長の時　長の時の正九郎
同三時　小屋番の島巡
同六時　辛抱人の沉遺入
同七時　浮浪人の逆行通
同九時　流行子の自給
同十二時　昔蒔絵の閉足
午一時　道具屋の名正物
同三時　良保帰の遺書
同六時　八二八曲の權毒風
同八時　猪可責の猫入
同十時　名案合の見世
同十二時　二四八の野西

351　役割番付『廿四時改正新話』（明治十一年・本郷春木座）

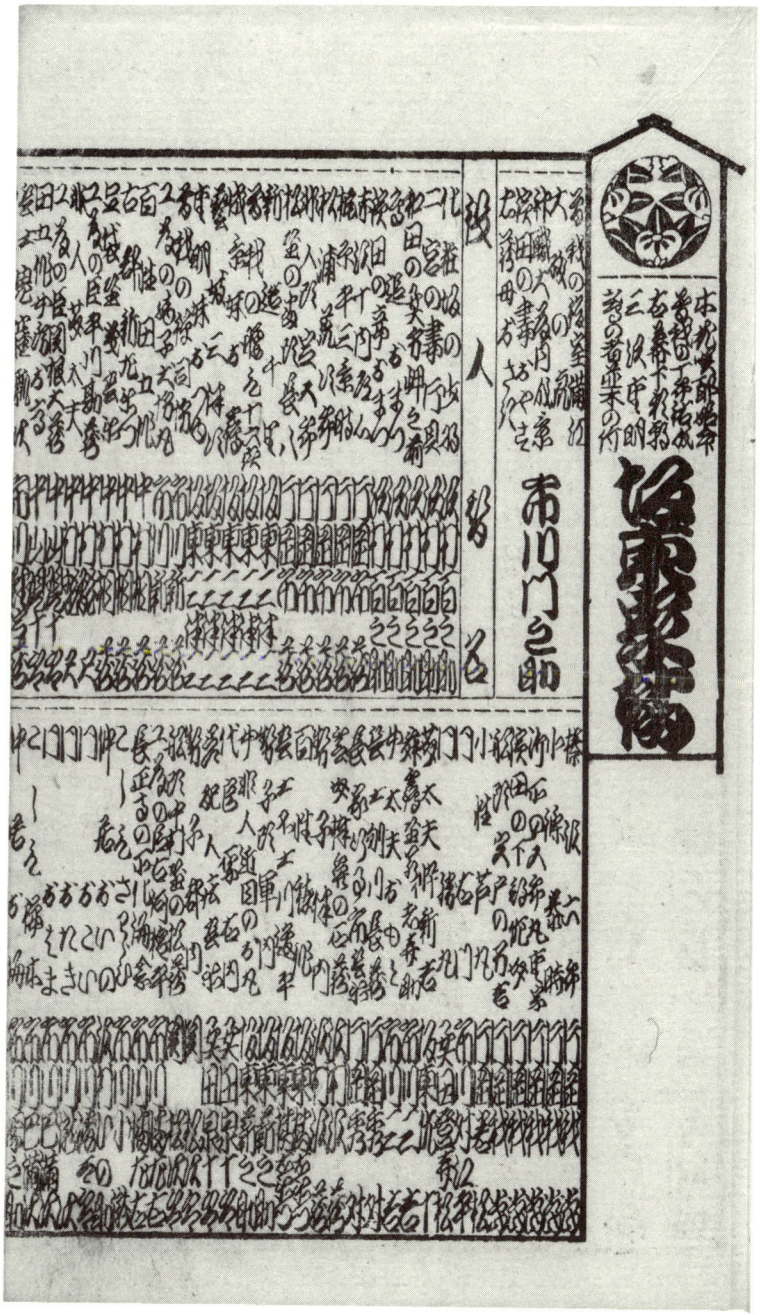

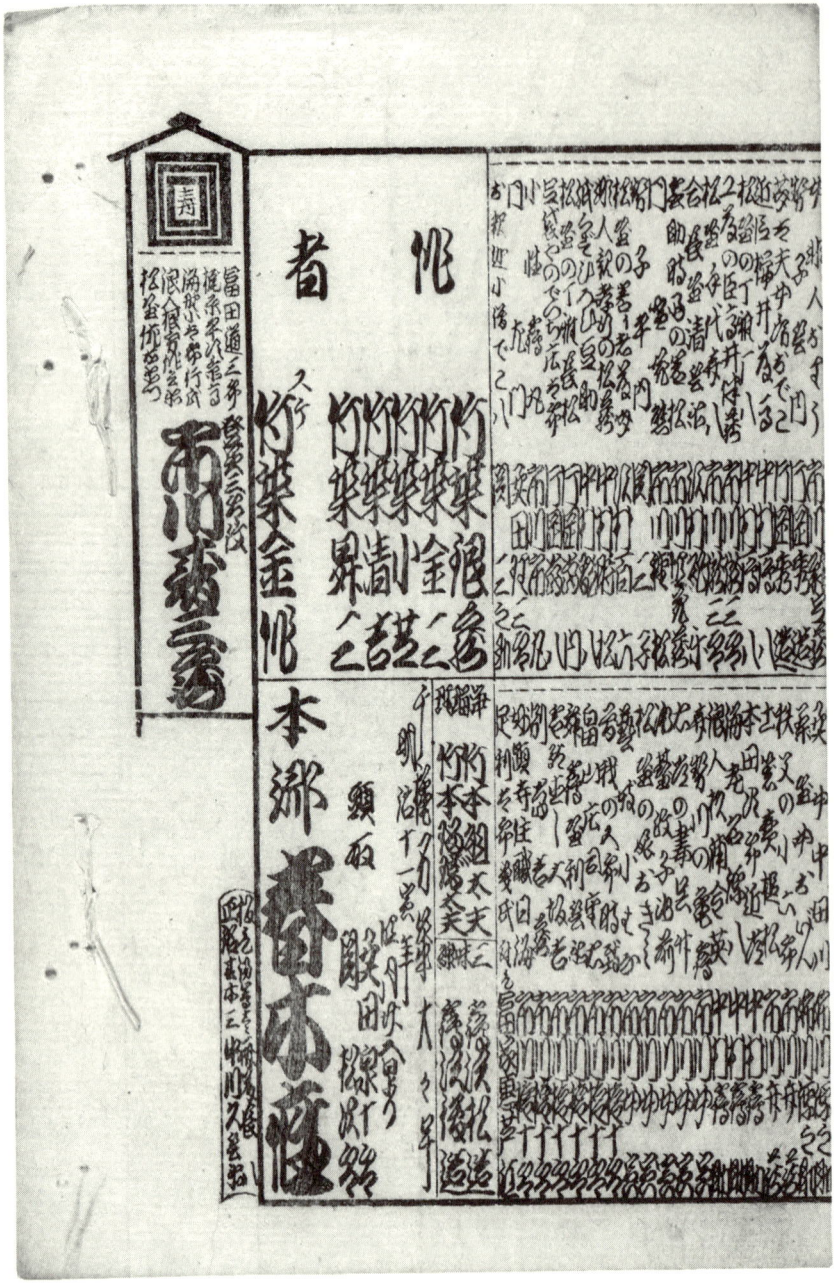

絵本番付『廿四時改正新話』

明治十一年・本郷春木座上演

355　絵本番付『廿四時改正新話』（明治十一年・本郷春木座）

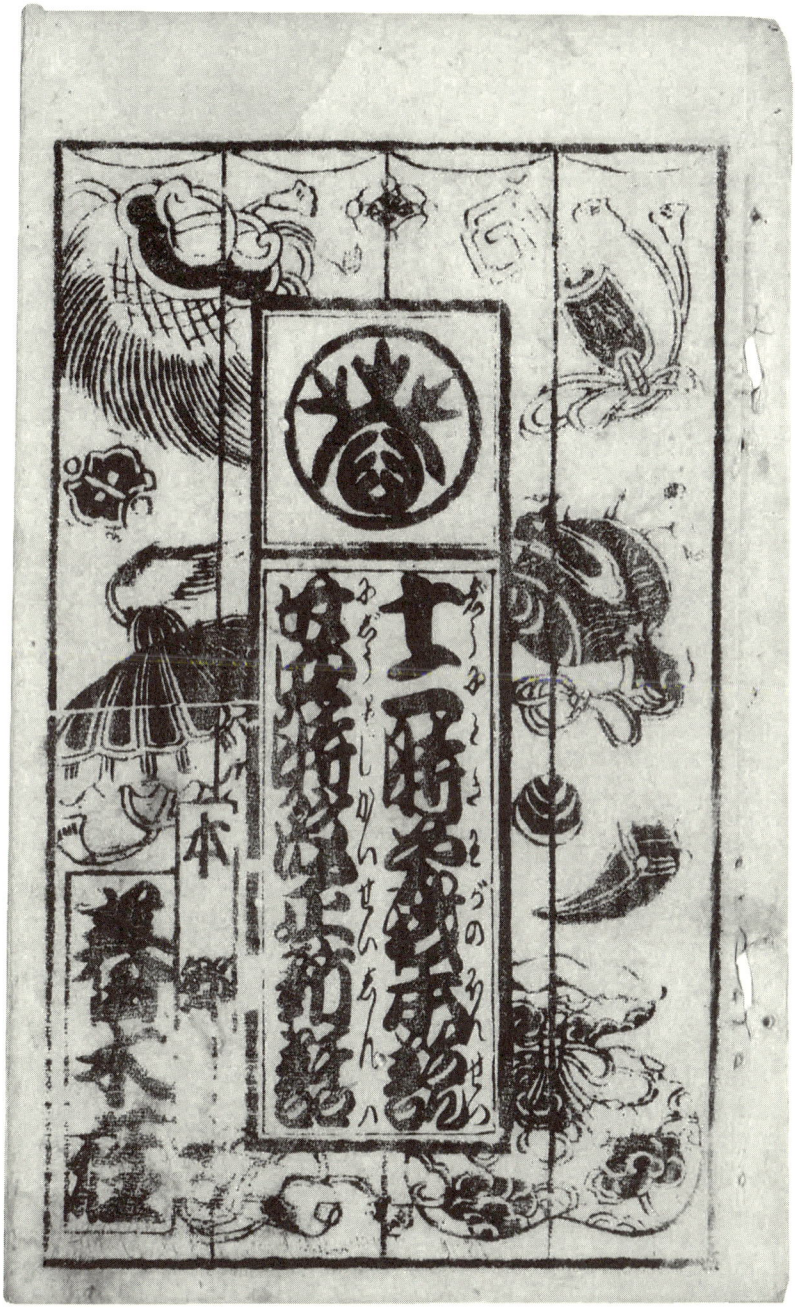

明六時
朝五時

357　絵本番付『廿四時改正新話』（明治十一年・本郷春木座）

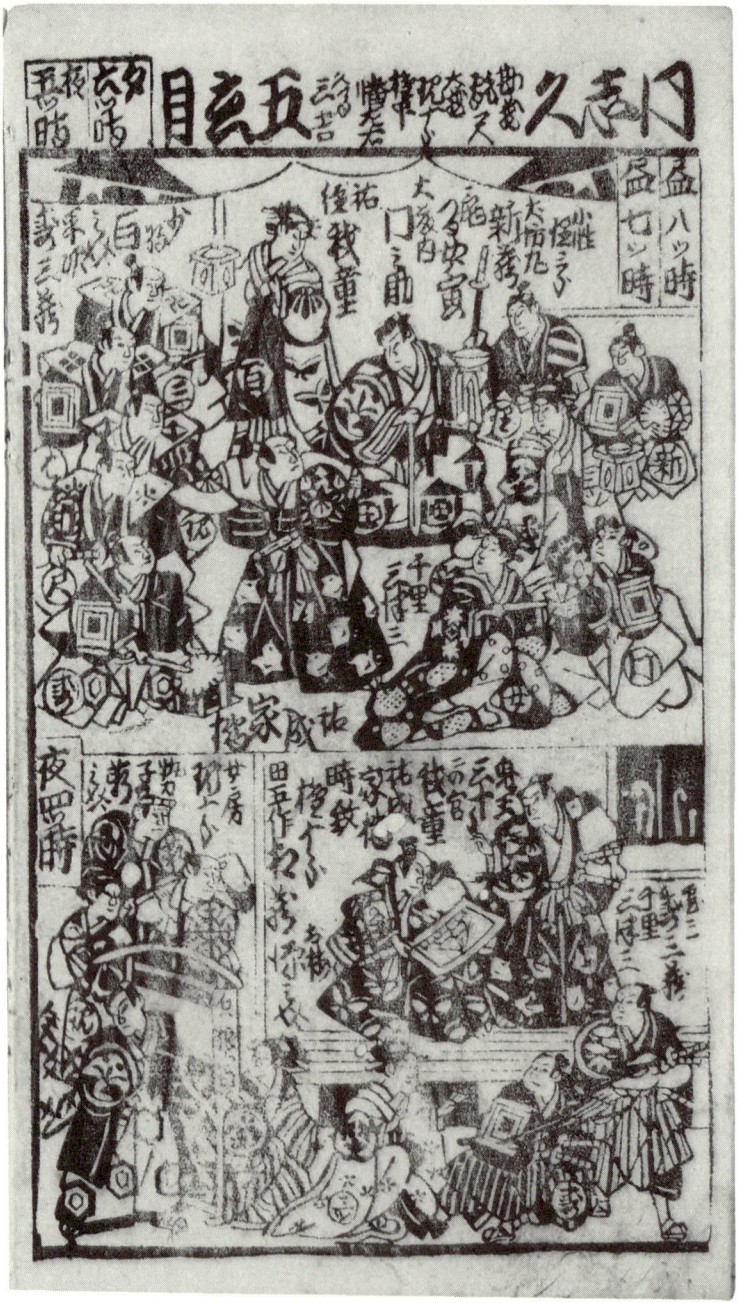
門吉久
五月
夜五時
夕六時
夜四時
孟八ッ時
孟七ッ時

359　絵本番付『廿四時改正新話』（明治十一年・本郷春木座）

夜八ツ時
夜七ツ時
時致指十八

361　絵本番付『廿四時改正新話』（明治十一年・本郷春木座）

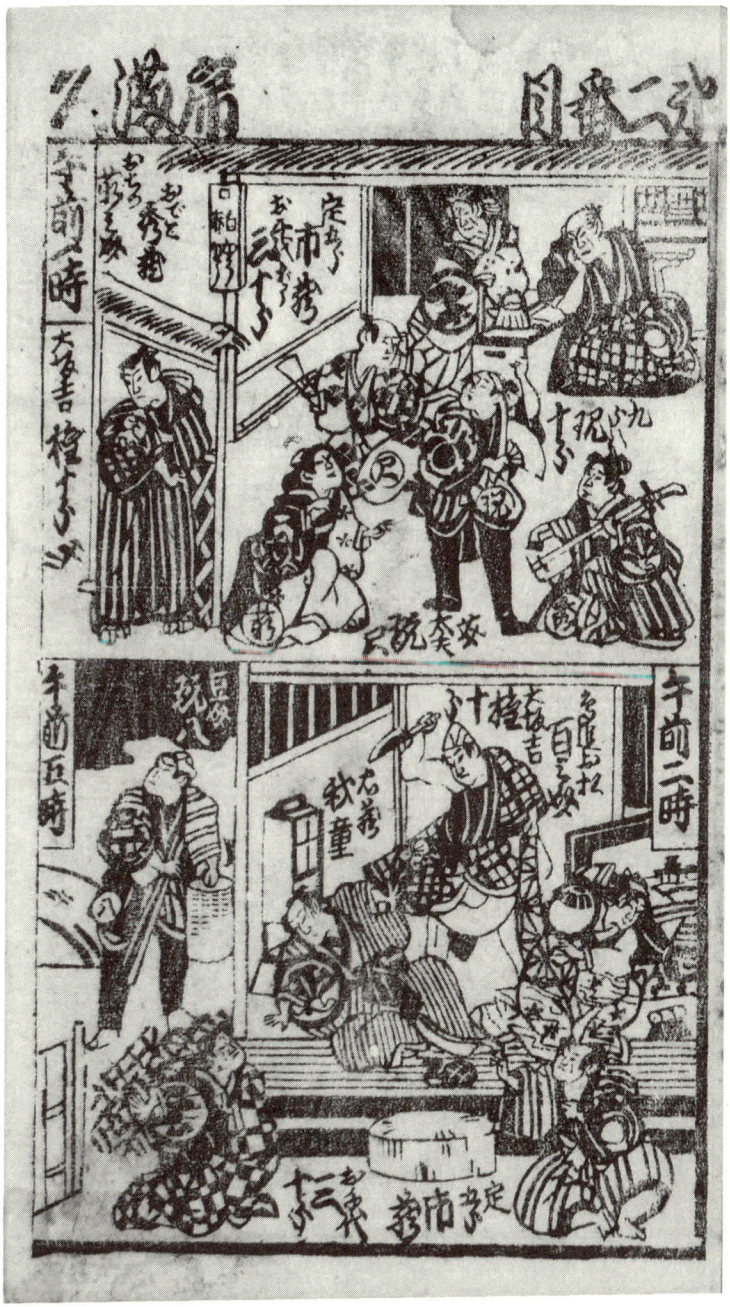

363　絵本番付『廿四時改正新話』（明治十一年・本郷春木座）

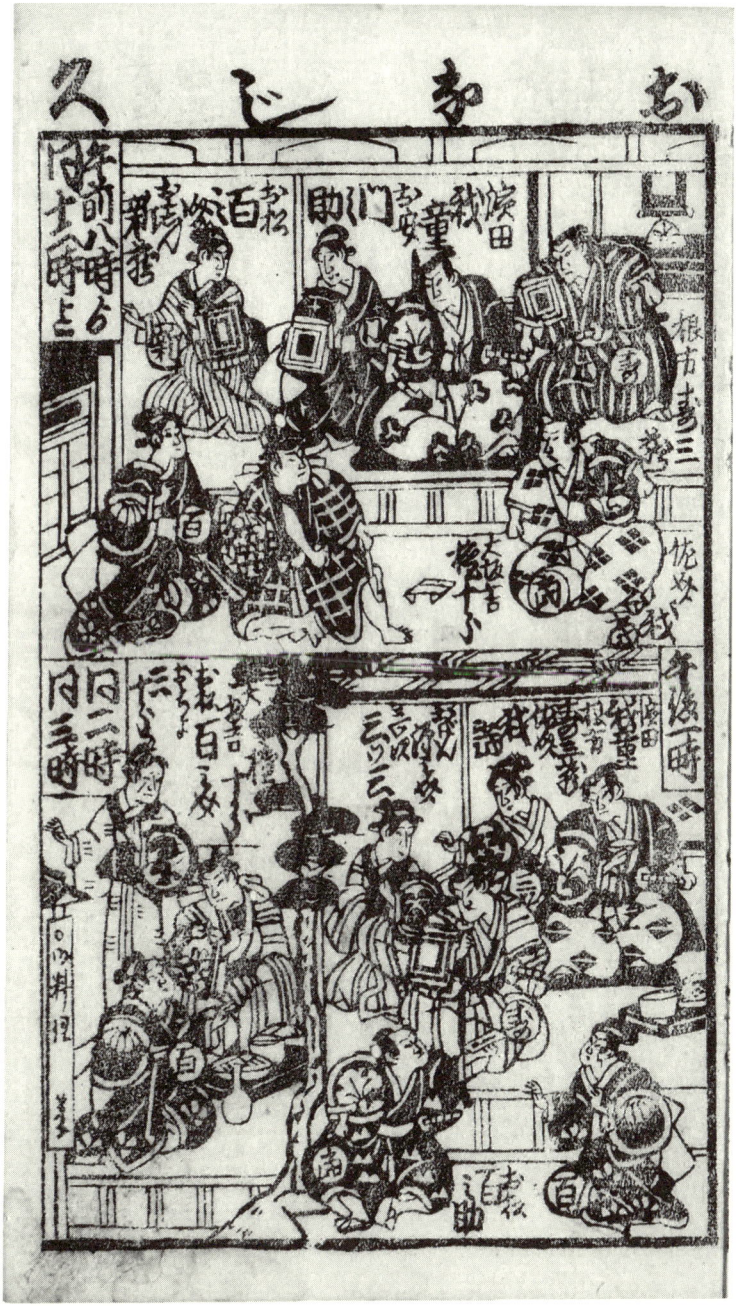

365　絵本番付『廿四時改正新話』（明治十一年・本郷春木座）

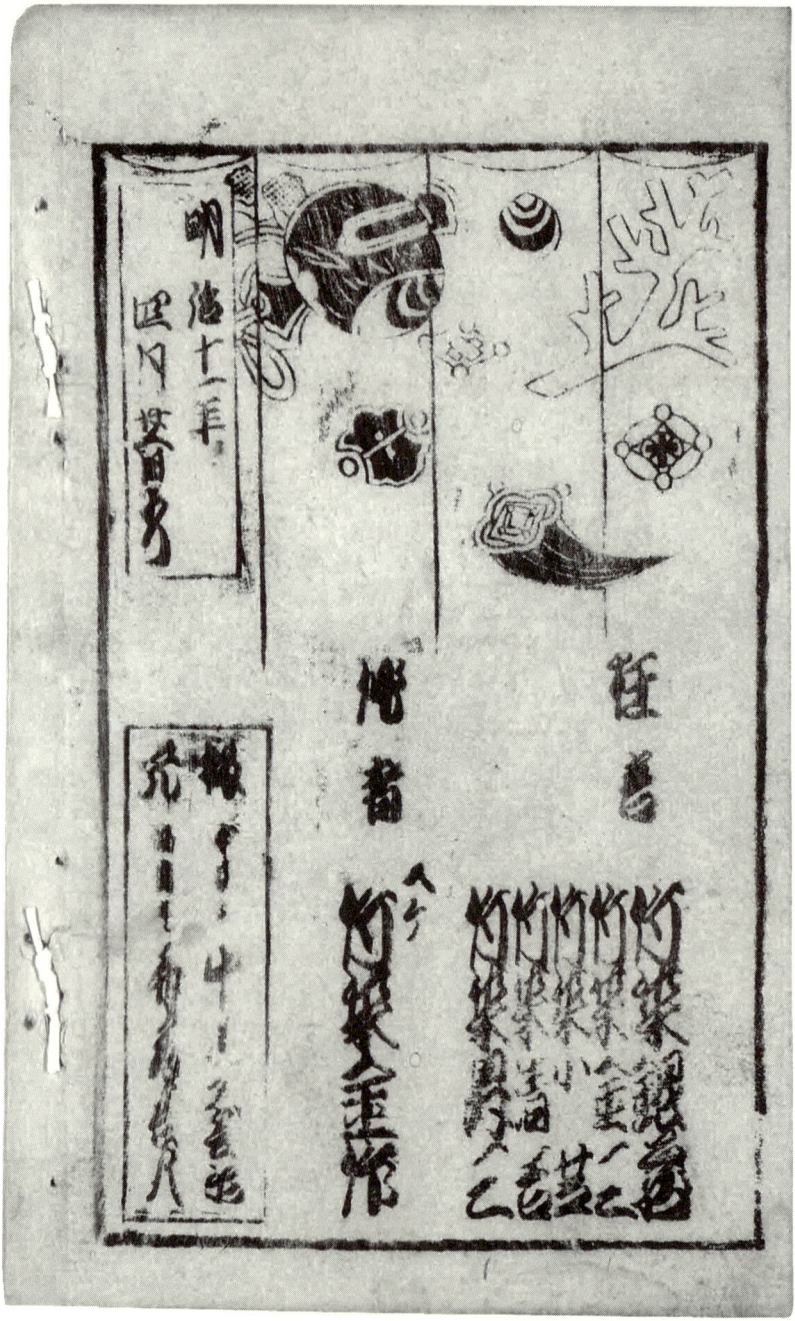

浮世絵『廿四時改正新話』

明治十一年・本郷春木座上演

関三十郎
雨川權十郎

369　浮世絵『廿四時改正新話』（明治十一年・本郷春木座）

お松母お武婆ア
関三十郎
豊原國周画
彫工茂太

371　浮世絵『廿四時改正新話』（明治十一年・本郷春木座）

松本氏出蔵
行國秘畫
豊原國周筆
浅草小島丁廿五番地
画工 荒川八十八
長谷川丁廿番地
出板人 福田熊次郎良

芝居筋書『鳥追於松海上話』

明治十一年・大阪戎座上演

375　芝居筋書『鳥追お松海上話』（明治十一年・大阪戎座）

劇場珍敷作者
戎座新狂言筋書

世界ハ東京
俳名振鳥文が
編輯し奇談
脚色ハ浪花
石川一口が
講釈の筋書

とりおひおまつうみのはなし

鳥追お松海上話

活字本八冊

中　岸姫松雪鑑　三の切
切　侠客浪花産　上下

正本所　華本文昌堂

劇場珍報第十號　鳥追於松海上話

（序　幕）東京兩國廣小路の段並び茶屋の体鳥追唄通し神樂まて幕明くと
淺草並木町の呉服商松屋文三郎の手代忠藏（延三）舞臺へ來り茶店の娘お賴鳥追お松
け媒介と賴まさる鳥追仲間を呼ま遣る跡へ此忠藏と言號いお瀧（子一）大工傳次郎
（飛鶴）に伴れ大坂よりと尋ね來て爰まて圖らす出會ひ（傳）は妹の緣談にて態々來さる
と話す（忠）いお松ま恍惚せ切て居事故此緣談を斷りんと青柳と云料理屋まて待て居
よと兩人（お瀧傳次）を遣り跡まて思案の折柄主人文三郎年禮い戻り掛々爰へ來り種々臺
詞の末（文）と金二百兩と渡し本家へ屆々よと言附別をる○此容子と見込鳥追お國
（義三）お万（雁若）忠藏の恍惚ま附込今夜汐入堤の小屋まて逢そうと云ふ折柄青柳より
の迎に引立らを上手にはいる○引違てれ松の養父〻兄弟分い安次郎（嘉七）雪踏直しの
姿にて先刻より容子と窺ひ居るとい知らず兩人れ万い猶忠藏を騙さんと上む（安）い
お國い頼まれて
老實の仁もへお松の母れ千代の惡意と改心せよと言使頼む兩人捨臺詞の儘は入る○

爰へ深見信義（新四郎）官軍隊長の打扮跡より濱田庄司の妻安子（正朝）奴新助（友治）附添ひ花道より來る（や）ゝ夫ごの軍律ゐ背き禁錮の身ゝ成りしと案じ隊長深見へ嘆願をる○（深）は庄司が禁錮の原因もお松もへゐれば召捕らんと云ふ（安次）と「拾子のお松の生立を話ゝ全く養母の入智恵なりといふ件よと元は安子と主従ゐる事譯る（深）お松母子ゐ異見をせよと書付と渡ゝ皆々上手へ入（安次）跡見送思案の處にて道具替る○青柳樓座敷の体　爰は以前の（飛鶴）（延三）（珉子）三人が緣談の事と爭論ふ處（忠）禮奉公の濟むまてゝ云々と体よく其場と言延す此内ゼーンと暮の鐘に（忠）ゝ心ゐ一物急き駈行く此仕組よろしく唄の切にてひやりゝ幕

〔二段目〕汐入村非人小家の場　五人の相中が豆藏芝居の稽古をする處へ（金）來て（國万）も種々譚ある所へ（安次）が案内ゐて岩上國雄來り此家の勝手と見廻ゝ引返す（安）と兩國ゐて舊主ゐ請合し詞もゐゝお千代ゐ異見せんと爰ゐ待處ゐて道具廻ト○同非人小家裏手の摸様　一段の獨吟唄ゐて簾を捲上ると忠藏（延三郎）本を見て居る

程なく（國）（万）提灯と持ち跡よりお松〔福助〕島田髷好みに着附淺黄の手負ひ鳥追の拵へ三味線を抱へ編笠を持ち花道よりて臺詞あつて兩人よ連ふれ内へ入る恥かしきこなし忠「年が明たら夫婦よ成うとお松を引寄せ帶を解よかゝる此時お千代〔新四郎〕さら毛の結び髪悪婆の拵にて提灯と隠し持ち内の樣子を伺ふとい知るやしらぬこの互わ帶を解きり解れつする中わ忠藏の懐中よりバッタリ落る金財布お松手早く取上て松「コリヤコレ慥わ」ト北りと云ふ此時本釣鐘と打込む忠藏ヲヤッと引取袂よ隠し忠「金はねよとの松「時と相圖に」ト門戸口のお千代と顔見合せチヽ嬉し」ト〔忠〕わ抱き付き屏風と引廻す是を時の鐘の頭○獨吟わある向ふよりと吉藏〔飛鶴〕出刀庖丁を腰よ指し來さり（千）ゝ叫き合サグりなぐのふツットていり折を見すまし〔吉〕密夫見附た動きアぐるナ」兩人恟りする種々セリフ有て到底忠藏い主人より預りの金日兩を首代として取ふれ口惜ながら逃歸る○折うら安次郎來て安子より頼みの件と又お松は拾ひ子れ事など言立て種々とれ千代わ異見する〔千〕は承知の体にて終わマチンと飲ませ（安）を殺す

折から聞ゆる寄太鼓ゐ皆々騒ぎ立ちバタ〳〵ゐ成屯所の侍ゐ千代を捕卷所ゐて返ー
○同浄念寺塀外の体上手より金蠟走り出る此時塀の内より（松）柳の木ゐ取付居る爰
ゐて吉蠟捕縛に成りゐ松ハ向ふへ逃て入る淺黄幕切て落せど　○駒形河岸夜の
摸様（忠）ハよしゐい女に騙されて主人の金ゐ失ひし身の言譯ゐ爰ゐて死んと己ゐ
帶にて首ゐ縊ふんとする時上手よりゐ松走り出バッタリ行當る兩人顔見合せ悔くり
（松）ハ忠蠟の腹立ゐ宥め詫び入り互ゐ心解け爰ゐ洛延んとする處へ忠兵衛（大坂足袋商八）（新四）
濱田庄司（市十郎）出來り探り合の中忠蠟の懐中より書置ゐ引出ゐ此見得七種拍子にて幕

三　段　目　）蒲原驛旅籠屋の場　向ふより宿引喜助先ゐ立傳次郎（飛鶴）病人の妹ゐ
籠ゐ連ゐ來り此家の女房ゐ園（千烏）挨拶種々有處ゐて道具ぶん廻すト○同奥座敷の体
ゐ松（福助）赤兒ゐ抱ゐながら藥ゐ煎じる　上「駿河路や富士の煙の空ゐ消行衛も知らぬ
初旅ゐ枝柱ゐも頼みゐる夫ゐの長の煩ゐゐ松も今ハ面痩て云々の浄瑠璃の内忠蠟（延三郎）
ゐ藥ゐ進め永の病氣の愁歎長臺詞ゐ○甲州屋定次郎（市十郎）ハ不便ゐ思て金ゐ恵む

數醫赤星光庵藥代を責る〔松〕貧苦ゑ迫と身を賣ふふと思案を極める又種々臺詞け未松雁の翅の便にと思ふ路銀ハ奪ハれて松貧と病の苦しみは云々上るとハ又も泪ゐト兩人愁のゑなし送と三重ゑて道具替るト離座敷の体〕爰はお瀧が病の床按摩菊一が惡手癖お文お龜が惡晒落等ゑて愁れ内ゐ滑稽を交へ忠藏ゑ嫌はをさる脚色をいはせ又元の道具ゐ返す　○「浮世とは誰が言初てゐじさなき我身の果ハ川竹の流をに沈む憂思ひ　唄「子故ゐ心後れ毛を梳くや柳の黑髪ゐ云々の内〔松〕定次郎ご座敷に行此身と賣りたき由と語る蔭ゑ立聞く忠藏は不便の者やと泣沈む泣く夫より泣子をバそかそお松が守唄も去めと勝ゐる愁聲○傍かふせと立駕舁共と點頭合てお松は駕ゑて飛が如くゐ走り行跡にて忠藏はお松が惡計を悟り逐行んとするとお園おし宥める段ゐて又道具返し〔瀧〕綠の上ゐ出忠藏の有所も去をねバ身と投け死る覺悟又〔忠〕もお松ゑ見捨らを是も死る覺悟ゑて兩人暗かとの搜り足○双方より〔園〕〔傳〕伺ひ居るともしふぬ兩人忠藏井筒の左右に取付已ゐ斯ふよと見ゑたる處江〔傳〕〔園〕ゐ止められ

四人一度ゐ顔見合せ恟ッとそると木の頭に柏子幕

（四　段　目）東海道薩埵峠の場　駕の中よりゐ松（福助）出る汐入の金藏（朝太郎）色々お松ゑ口説く詞の内に吉藏い大坂に居るといふを聞て心變して金藏と海の中ゑ突落そ是を本釣鐘ゐて黒幕と切落くせば○遠州洋遠見の体　辻堂の中よゑ定次郎（市十郎）一月以來つゝ廻ーて爰まて追ふて來た今逢ふたい縁れ端サア抱ゑて寢るうと迫るをきこのず挑む機みゐ赤兒と取ふをお松い艇よッ落込む此仕組宜く淺黄幕切て落せど○遠州洋海面の体　神戸通ひの蒸氣船回漕丸ゑは安子（正朝）僕新助（友治）乘込居てお松を助け上げる此見得宜く蒸氣笛器械の音ゐて柏子幕

（五　段　目）　大坂博勞町足袋屋の場爰は桝屋忠兵衛店先ゑて番頭九郎兵衛丁稚辨太郎と種々戯談ある處へ向ふよッ安子（正朝）れ松（福助）來り主ゐ引合そ（松）が辨舌ゑて忠藏ゑ死別をたる事を譚り夫の菩提の爲剃髮すとんふ九郎兵衛の自惚弁太のわんぱく色々有處へ傳次郎（飛鶴）來り（松）を恥しめる（松）此場と言くろめる所ゑ忠藏（延三）

お瀧（珉子）出て來る兩親の悦び（松）は驚愕しながら減ずす口却て逆捻ぢに髪切代を取ふふといふ處へ濱田庄司（市）來て忠蠟が書置と出す事より忠兵衛（新四郎）駒形にて出合ー事譯り（庄）いお松と縛り連行く跡ゐ九郎兵衛弁太郎が滑郡輕業の鳴物みて返し

○合邦が辻駕籠破の場　網乘物を下ーて庄司駕を明れどお松の吹替後ろゐて　附臺「そんあふあなさと是から直ま」（松）吹替手拭ゐて顔を隠し出る上手よ佐助（福助）二役（坂）とる（庄）は提燈を打落すと木の頭（庄）吹替の手を引（佐）と跡と見送所ゐて幕

（六　幕　目）濱田庄司邸の場　大坂上町庄司邸の体○僕新助（友次）下女お梅（千鳥）と奥方鼠負れさよ（雁若）は妾れ松の荷攜ふて言爭する處へ吉蠟（飛鶴）出て双方と引分々る（さよ）と吉蠟とお松の媒介ーて安子を退けんと惡計と廻ろし（安）ま無實の罪を負はせ（庄）安子を苛く責る佐助（福助）新助お梅なと安子の寃罪をすくいんと心を碎く（佐）安子が拷問ゐ苦しむを痛はり里方へ逃し遣り自身ま引請縛られ親安次郎か行衛と案じ譚死泣そると表ゐ立聞吉蠟ご其安次郎い五年跡毒殺したといふ佐「言ふ樣なき極惡

人そんあふお松親子の者が親父様を殺せゑとあ「吉」葛籠の蓋を冠せ刀を突通し廳を掛る是を一ッ鉦よてキット見得此時窓れ障子と明け二役のお松（福助）吉さん〔吉〕コレと唄れ念佛よなる爰へ又庄（司）來り奥を逃せしは何者じや（吉）こいつの仕業ト蓋と明れゞ佐助（福助）苦ーみ居る是と一時ゐれ梅安子の手を引て來り佐助を見て悔り〔吉〕又蓋とそる（庄）吉蘇止めを吉ゝィと白刃を差す上手の破れ壁より三役三澤重明（福助）濱田と顔見合せ重明捕繩を捌く吉蘇葛籠をゐくる此仕組宜しくひやうし幕

〔大　詰〕　攝州摩耶山半覆れ体　平舞臺一面雪山の遠見爰ゐ巡査四人がんゞ字と持立ての〜ゞ居る此見得一ッせい山風よて幕明く　此四人ハ吉蘇お松と捕逃したる耶を語ゞと合ひ上手へはいるト道具替て○同辻堂の場　吉蘇お松此辻堂ゐて息を休めて居る處へ以前の巡査來りでつちやの立廻ゞとあり皆々上手と橋懸りへはいるト辻堂の内より忠蘇出忠心願あつて此摩耶山へ參詣の下向道暫く爰よて休む内今のハ惱よ吉蘇お松惡い奴らだなァ思ひ出してもト身震ひするを道具替りの知ふせ（ゞッとそる

といと返しになるト○獵師作藏住家の塲雪道を踏迷ひ日海和尙來り宿を借る又此家の兒捨松が案内にてお松爰ゑ入來り此兒の咄の樣ゑて捨松と我兒作藏と甲州無宿の騙盜おとー事譯り五年以來此兒を養育せし義理もわり作藏ゑ迫らを余儀おく心ゑ隨ひ枕を交す○忠藏ハ積る恨ゑお松と尋ね同しく此家ゑ來く我子とおもひし忠吉ハ吉藏が子ゑして此捨松おる事を聞知る○吉藏ハ吹雪ゑ埋を氣絶ゑて居るをれ松が助け俱に此所を逃んとすると作藏迫懸事付る爰にて三人暗がりの立廻り各深手ゑ弱り倒る此物音ゑ日海ゑ何事なゑんと立出る此ゑて互ゑ顏見合せ（吉、ヤてなゑハ兄貴松ェ、そんならァノ作藏殿ハ作別を程經し兄の吉松（日）其兄弟ゑ何故に作死と爭ひーハ此世かゑ畜生道ゑ墮た兄弟吉合点の行ぬ其詞松そんなゑもーや私の身は作二ッの年ゑ捨た妹（吉）（松）ェ、と惝り思入比見得愁三重ゑて幕直ゑ引返ると神戸濕車道の塲金藏は遠州洋の急難と助ゑり今ゑ善心の車夫おり圖ゑもお千代ゑ出逢ひ結合の末（千）ハ其塲ゑ縛らをる爰へ重明（福助）安子（正朝）傳次郎（飛鶴）お瀧（眠子）等が來て双方一時の出會ゑ濱田が罕死せし顚末と聞す善惡兩道勸懲の脚色は例の勝能趣翁と勝彦藏

大人の新著よて世わ鳴響く河竹流の戯曲おれハ看客の意よかおよみ奇談此妙案は人氣の寄かみ又栄得當利滿止と初日同かゞ市中の手評判

中狂言　岸姫松書鑑　三段目の切

（飯原兵衛館の段）よて北條相摸守時政ご姦計當館の嫡子隼人の助（延三郎）ー司姫ハ不義者おりと云立兵衛を罪ゑ墜さんと謀り朝比奈ハ平常より當家と不和おる事を知りて上使に立る朝比奈三郎義秀（鶴）ハ之と知らず其役目を蒙り司姫ご首打んとする爰ゑ漁師與茂作（嘉七）といへる者あず娘のれふわ（正朝）と伴ひ坂東順禮の序わ當館へ立寄る此二人と當館わ由縁ある者もへ一夜い泊りを許す件より彼お船ハ圖らぎも朝比奈ゑ出會先年源の頼家嚴島參詣の節義秀と假れ契と結ひ一戀人もへ頻に悦び其假寐の物語より朝比奈と夫婦の盃をおー遂に司姫の身代りとおゑ北條時政が姦悪を悟り天下の爲に時政父子を亡さんと和田の一族血を啜て誓約おず段よて幕

切狂言　俠客浪花産

（住吉神社境内の場）　當社の境内わて土器賣佗助（嘉七）か商ひをして居る爰へ醉狂人が來て佗助に難題と言かけ打擲剩さへ荷物まて投撒らす其騷ぎの場所へ折よく對晒悟助（福助）と云俠客ご來て無法者と懲らし佗助爺と救ふ件より佗助ぬ娘れ！づ（千鳥）親の弁當と持て來て悟助ぬ禮を述べ其器量と見て嫁わ成たれと思ひ染る折柄本町の豪商扇屋の娘れ田井（朝日）と云別嬢ご住吉詣ぬ途中より見初めー悟助が情わるを感じ其志わ愛る一譚　爰に又浮世渡平（飛鶴）と云俠客ご傍の茶店ぬ居合ぬ處最前喧嘩の最中悟助ご悪者を懲ぬ節誤て此茶店の内へ履物を投込む其草履渡平ぬ當る是わて渡平立腹なー悟助と爭論の折柄六字南無右衛門（嘉七）と云老分の俠客が來て此紛紜を扱ひ涙風立てず穏ぬ濟ぬ段ぬて幕　（千日前野晒住家の殺）住吉ぬて悟助の男振わはだされー扇屋の娘れ田井ぬ寐ても覺ても悟助ご戀ーく遂わ母おもよと俱ぬ此家へ來り其事柄を述て是非娘を妻わ持て下さをと賴む悟助は我身の上を譚り種々と事譚を云とも聽容ざる故是非おく此事を承知する處へ又佗助ぬ來て前日の禮と述べ娘のれ

ゑづを差上たいと云へ共最早おたゝと縁祖の事極り一故佗助おーづを連て本意あく歸る爰に又提婆の仁三郎（市十郎）といふ惡侠客ごの來て子分の者が住吉にて痛く懲されしを意恨ゑ思ひ仕返ーゑ來る此日悟助が親の命日故如何ゐ無念の事有ても荒氣を出さぞと誓ひし日なれば口惜くも仁三郎の爲ゐ手込めゑなる悟助殘念の一譚にて道具替ると○天王寺山門の場　提婆の仁三ごの邪欲悟助が堪忍の心ゐ附込ゑ飽迄酷く手込ゑせー故其夜の明ると待兼翌日天王寺の境内ゑて仁三郎に出逢ひ意恨の仕返ーをゐー昨日の耻辱と雪ぐ爰へ淫世渡平が來て万端を扱ひ彼のれ田井を媒介ていよ〳〵悟助の女房ゑするおしづは一端思ひ込ゑー男ゑ貞節を立尼とゐり親へ孝心と盡すゐ〳〵ゐ於て提婆の仁三が舊惡顯れ其身を果す醉菩提の狂言委ゑく脚色書が記載さゝをとも記者の筆ゐ力なく殊ゑ初日にも迫りし事故本意ゐくも其大意のみを書の如ーゑうし此度の傳奇ゑ世話ゐ時代を插んだ上（面白い事ゝ魯生が保證マア實地と看て娯覽）上等若手の顔揃殊ゑ秋田嘉七老人ごの総裁の座頭なれば一坐の勉强表の庫入嘸かー澤山

娯座ろりと大層な人氣にて目出度打出ー

太夫本 三榮

道頓堀 芝居 茶屋

東京 歌舞伎新報 第拾壹號迄到着 七号ゟ定價三錢

同絶句帖 中村秀鶴筆記 定價七錢

東京 劇場新報 第廿三号より 第廿五号迄到着

同新富座俳優評判記 三編迄着 價十二錢

戎座新狂言曾我の筋書 價三錢

同俳優評判記 黑表紙壹冊 價五錢五厘

右之外繪本粹書芝居本いろ〳〵御座候又私方の筋書是迄の分拾八冊合本綴も有升

明治十一年四月廿八日出版御届
同 年五月一日刻成出版

編輯兼出版人 大坂府平民 華本安次郎 南區難波新地二番町

假製本局 華本文昌堂 南地戎橋通中筋南ニ入

賣捌所 花本繪草紙店 八幡すじ

賣捌所 玉置清七

○角の芝居の筋書は次號ゟ出版仕候

役割番付『鳥追於松海上話』

明治十二年・大阪戎座上演

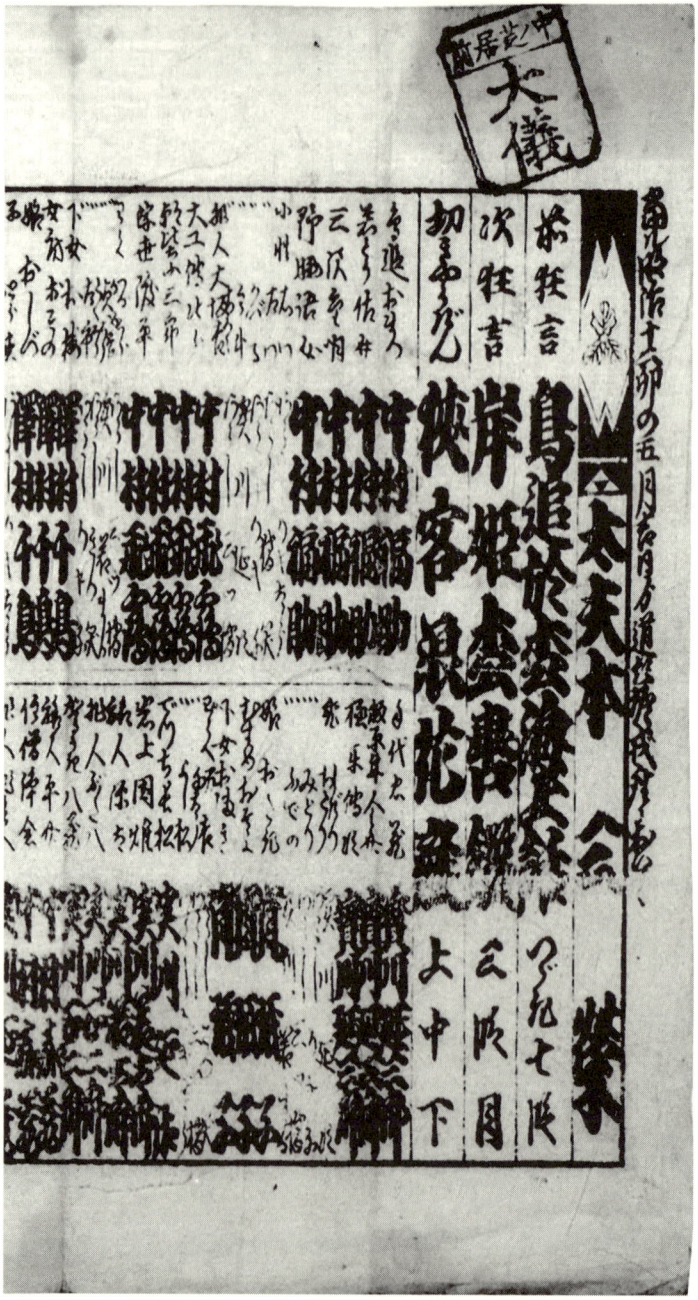

391　役割番付『鳥追於松海上話』（明治十二年・大阪戎座）

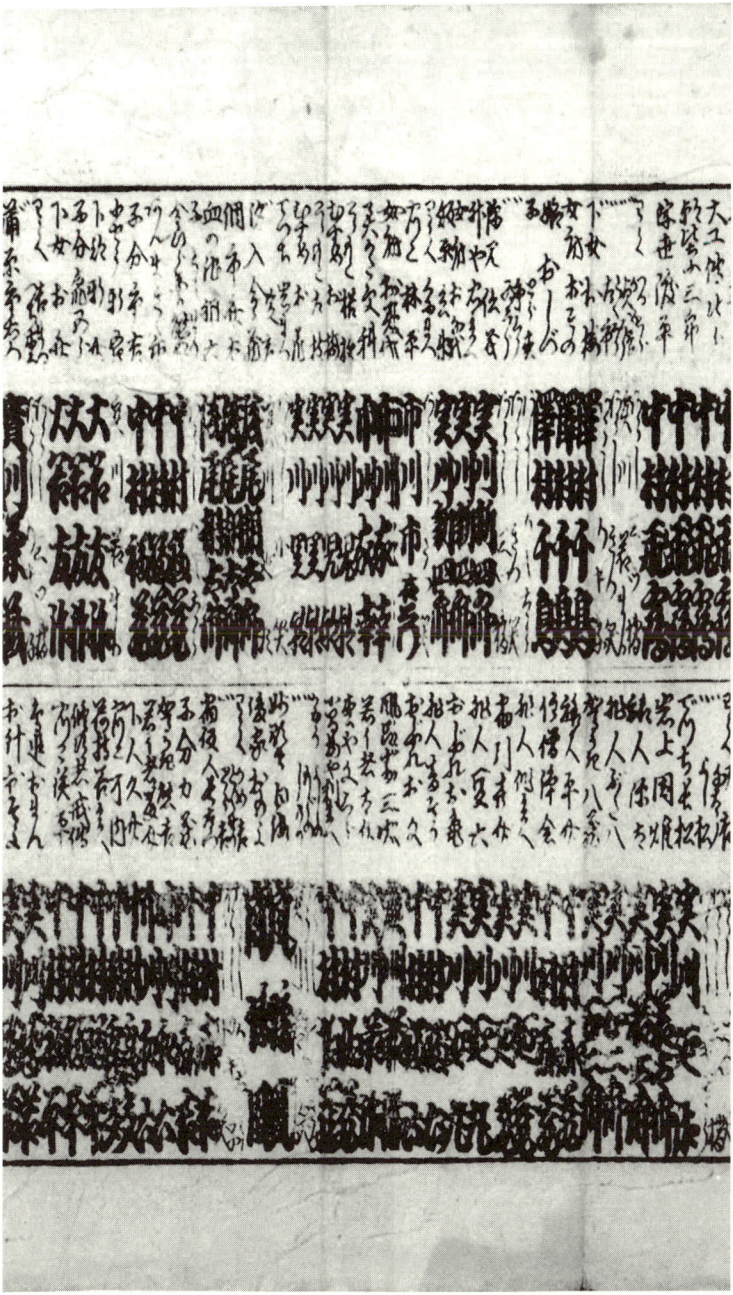

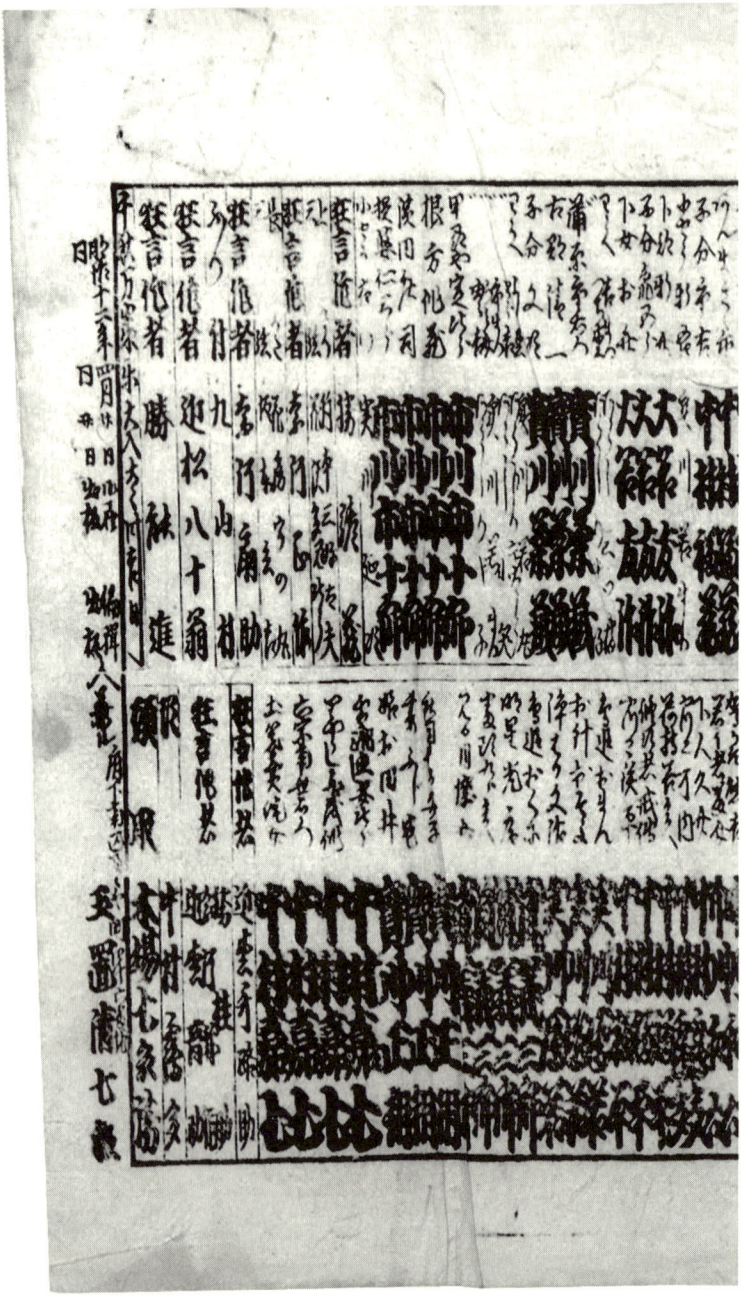

絵尽し『鳥追於松海上話』

明治十二年・大阪戎座上演

395　絵尽し『鳥追於松海上話』（明治十二年・大阪戎座）

西國廣小路の図
義三郎
新四郎
正朝
友治
七郎
延三郎
義長
延長
朝太郎
後助
義次
義太郎
延長
義長
遊人小家の図
義長
延三郎
新四郎
後助

397　絵尽し『鳥追於松海上話』（明治十二年・大阪戎座）

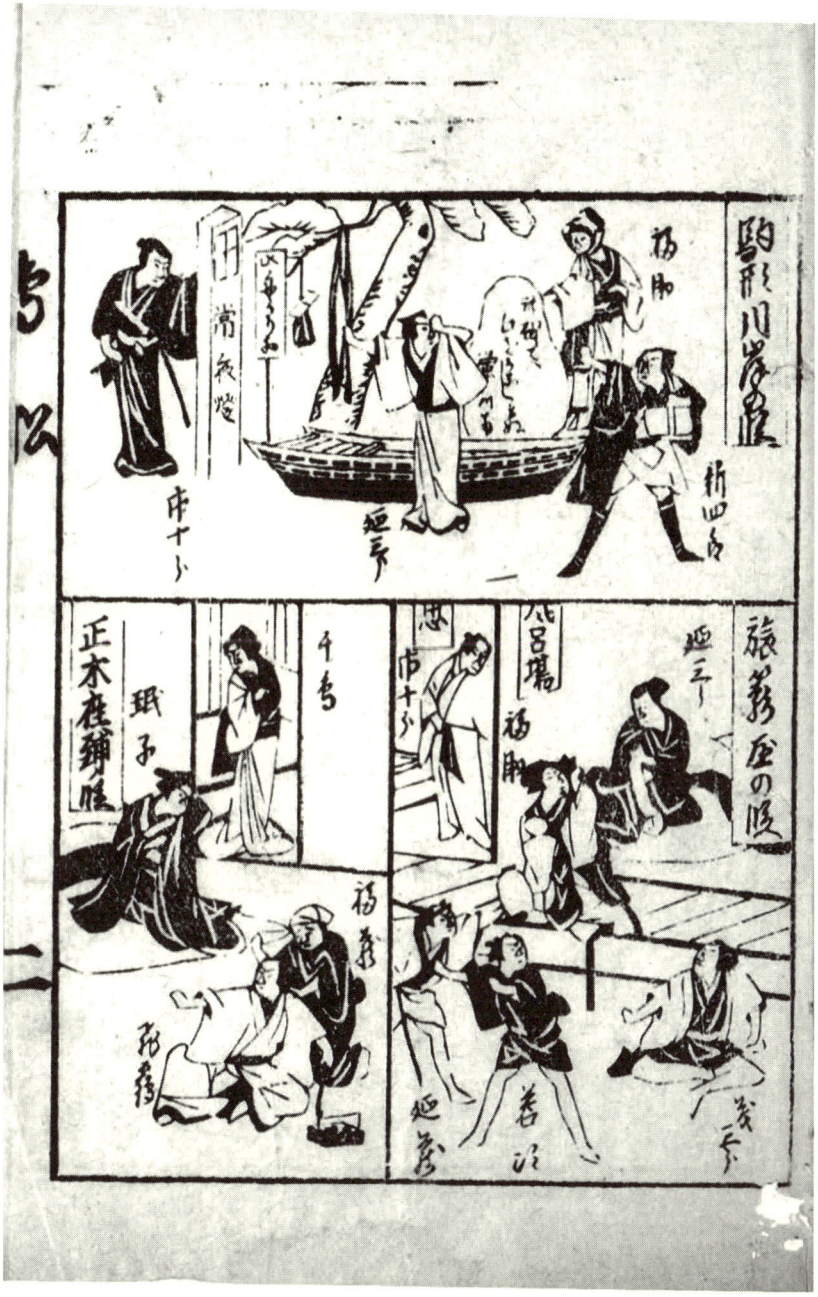

薩摩灘の怪
正朝
市十郎
朝太郎
正次
孫太
福助

399　絵尽し『鳥追於松海上話』（明治十二年・大阪戎座）

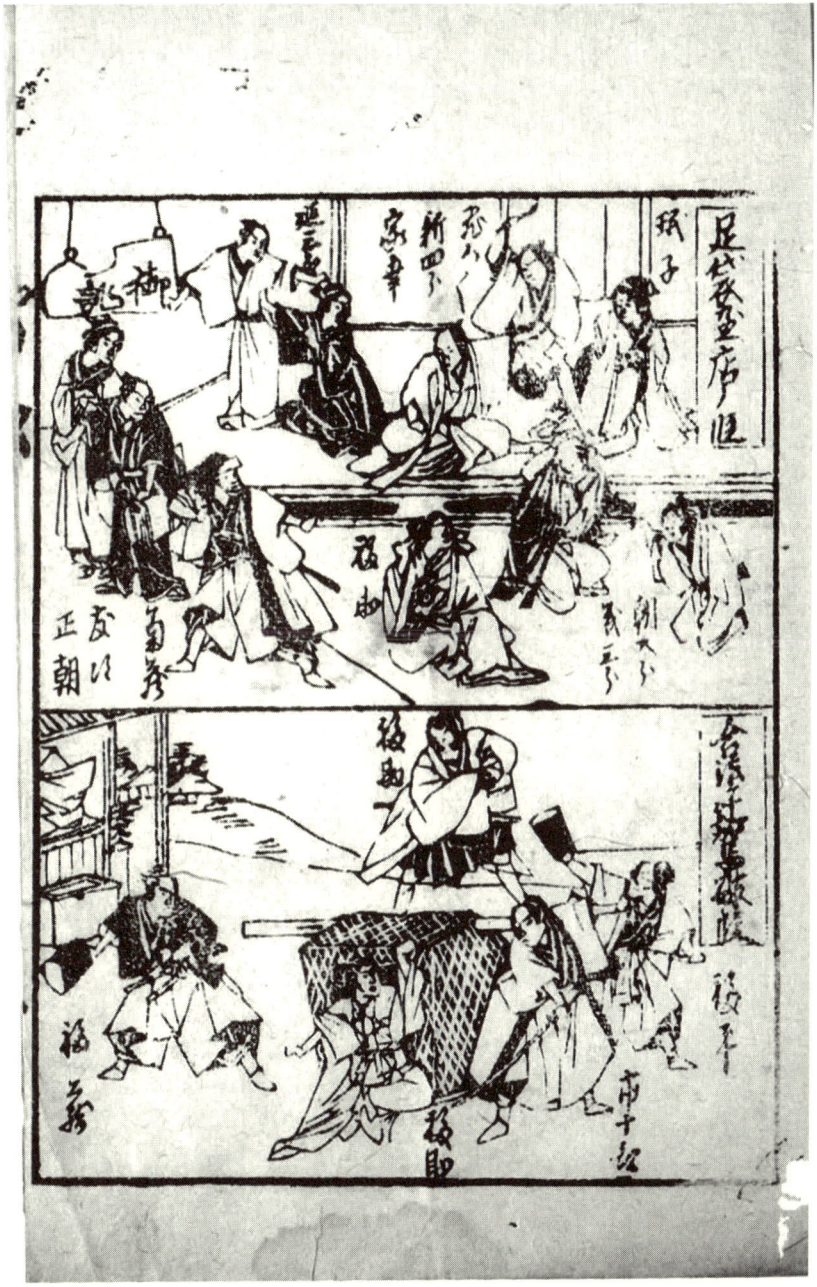

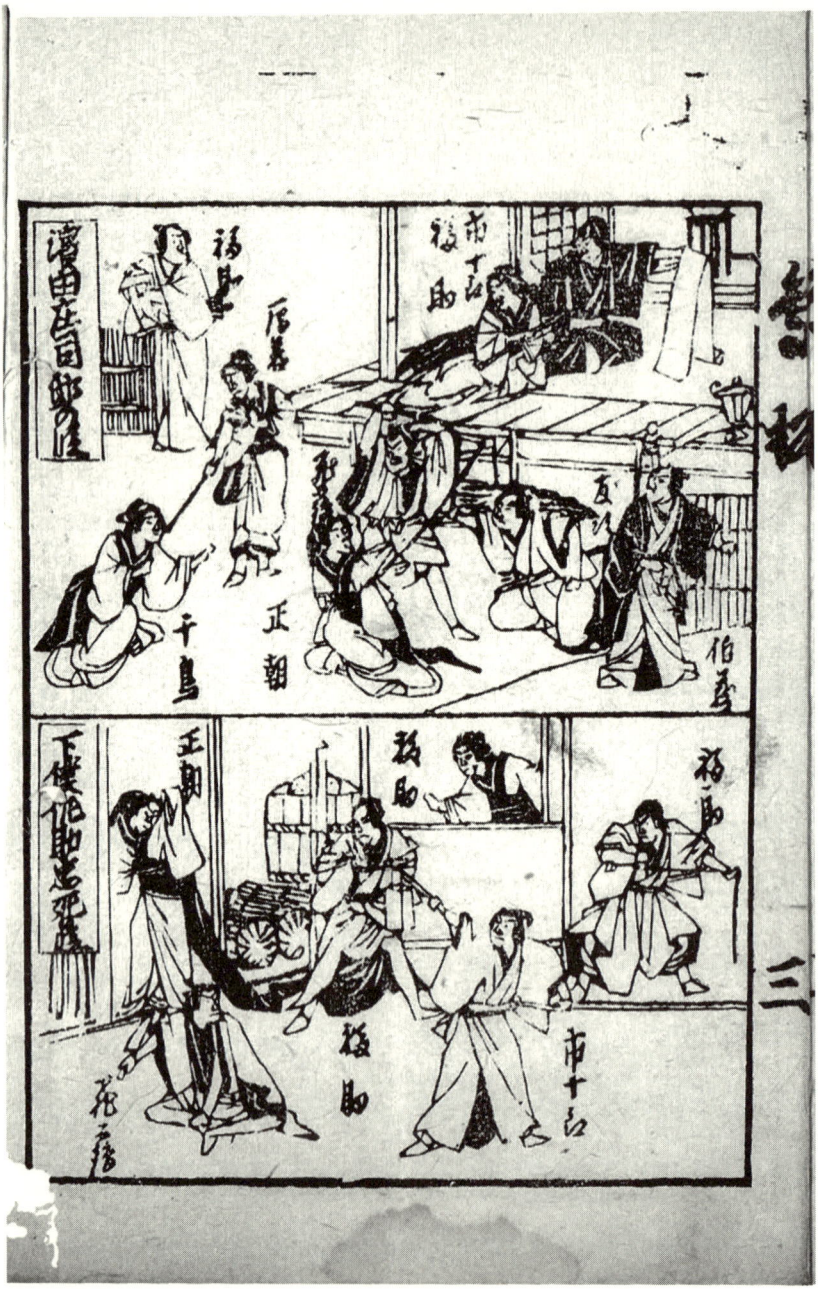
福助
市十郎
福助
伯爵
千鳥
正朝
福助
福助
市十郎
正朝
福助

401　絵尽し『鳥追於松海上話』（明治十二年・大阪戎座）

403　絵尽し『鳥追於松海上話』（明治十二年・大阪戎座）

辻番付『廿四時改正新話』

明治二十三年・大阪浪花座上演

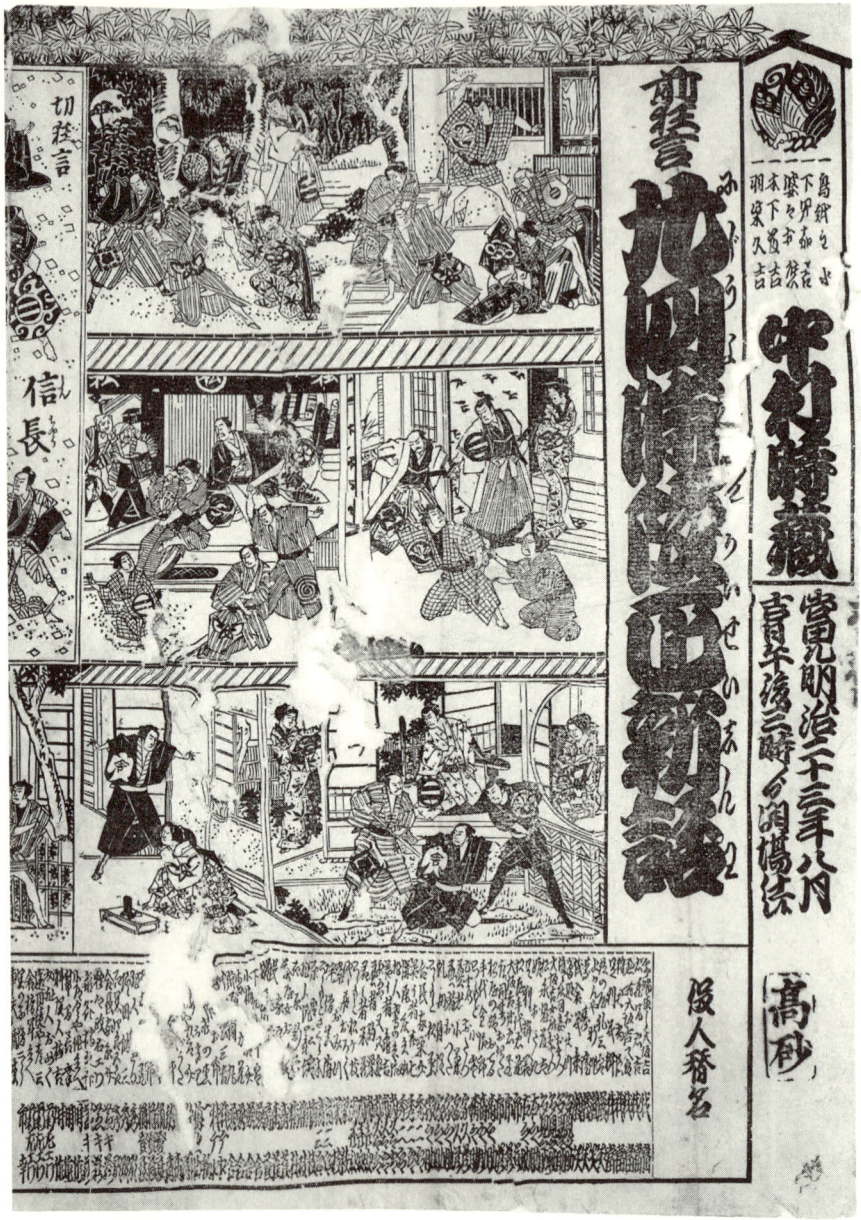
前狂言
切狂言
信長
中村勝藏
當九月治十三年八月
青年後三時ノ開場
高砂
後人番名

407　辻番付『廿四時改正新話』（明治二十三年・大阪浪花座）

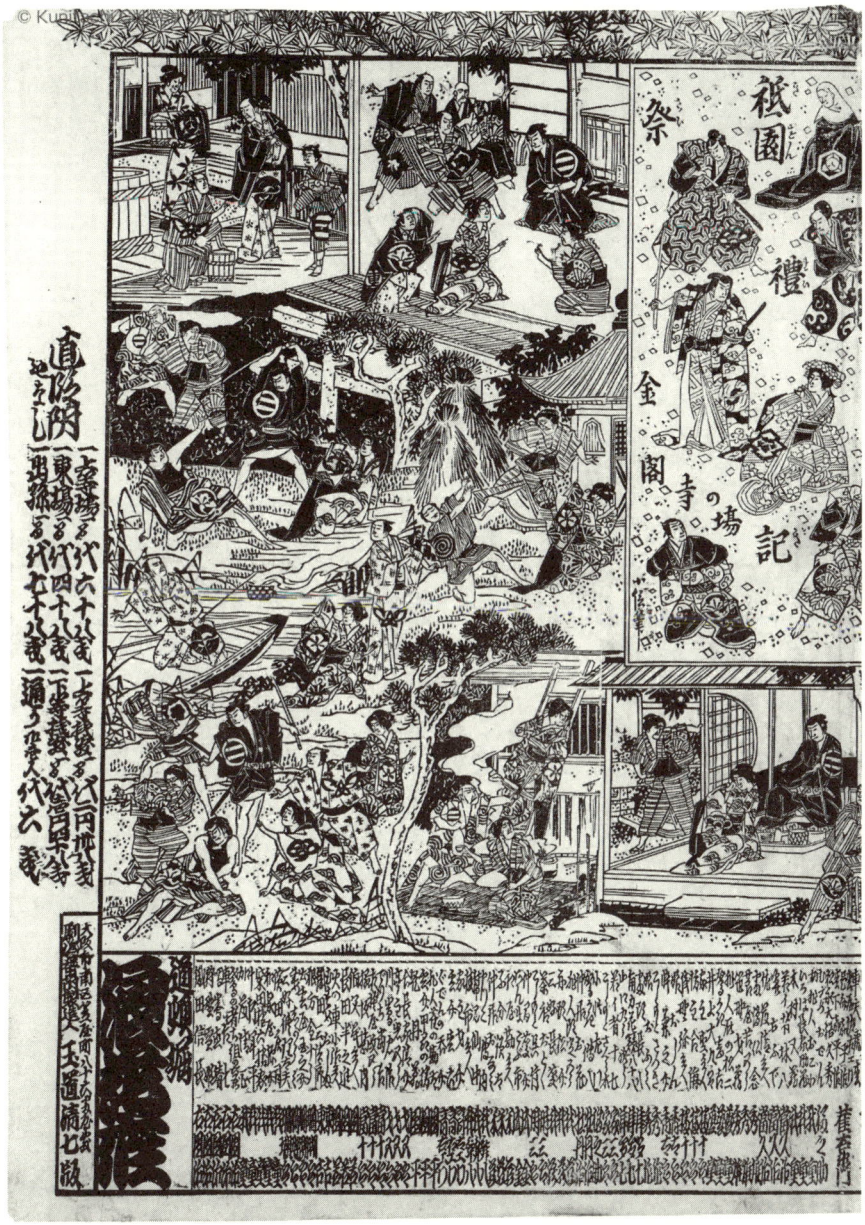

絵尽し『廿四時改正新話』

明治二十三年・大阪浪花座上演

411　絵尽し『廿四時改正新話』（明治二十三年・大阪浪花座）

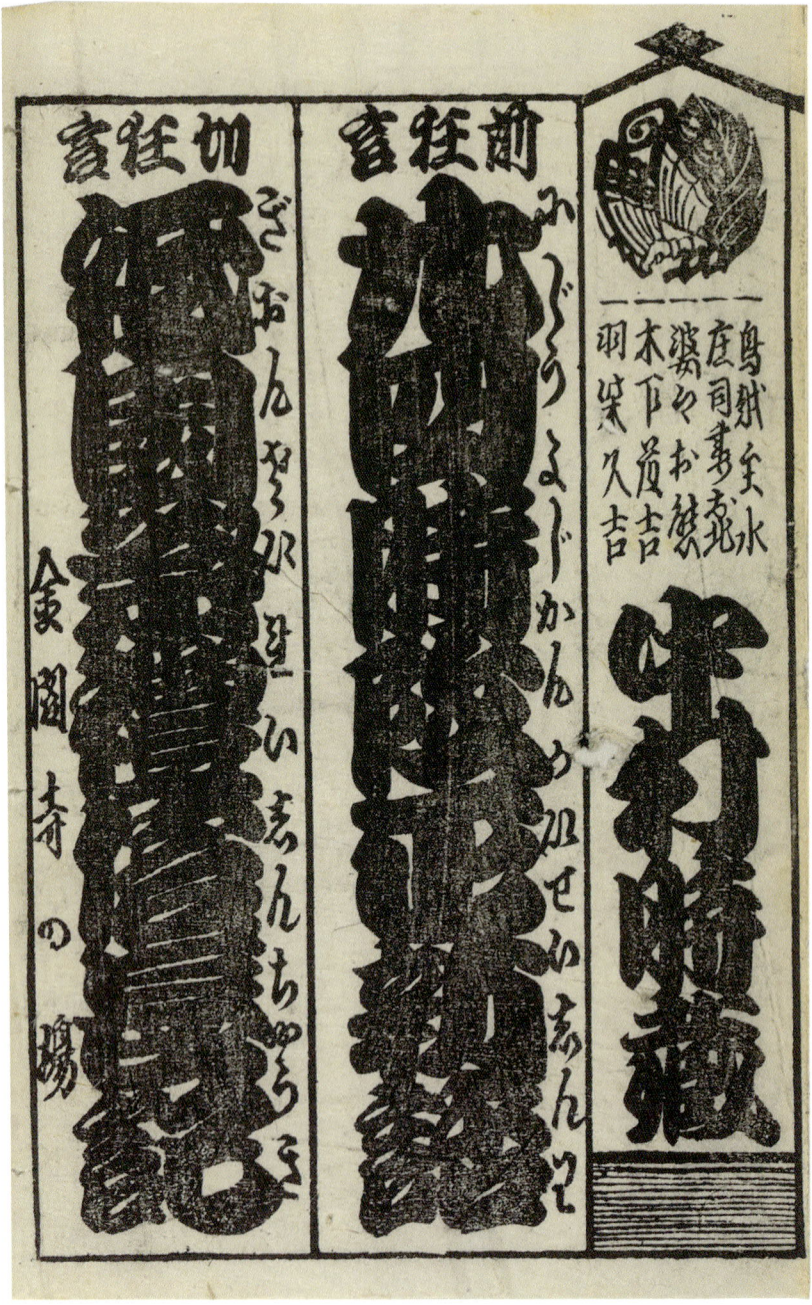
鳥羽屋
市川團十郎
前狂言
切狂言
金閣寺の場

413　絵尽し『廿四時改正新話』（明治二十三年・大阪浪花座）

415　絵尽し『廿四時改正新話』（明治二十三年・大阪浪花座）

417　絵尽し『廿四時改正新話』（明治二十三年・大阪浪花座）

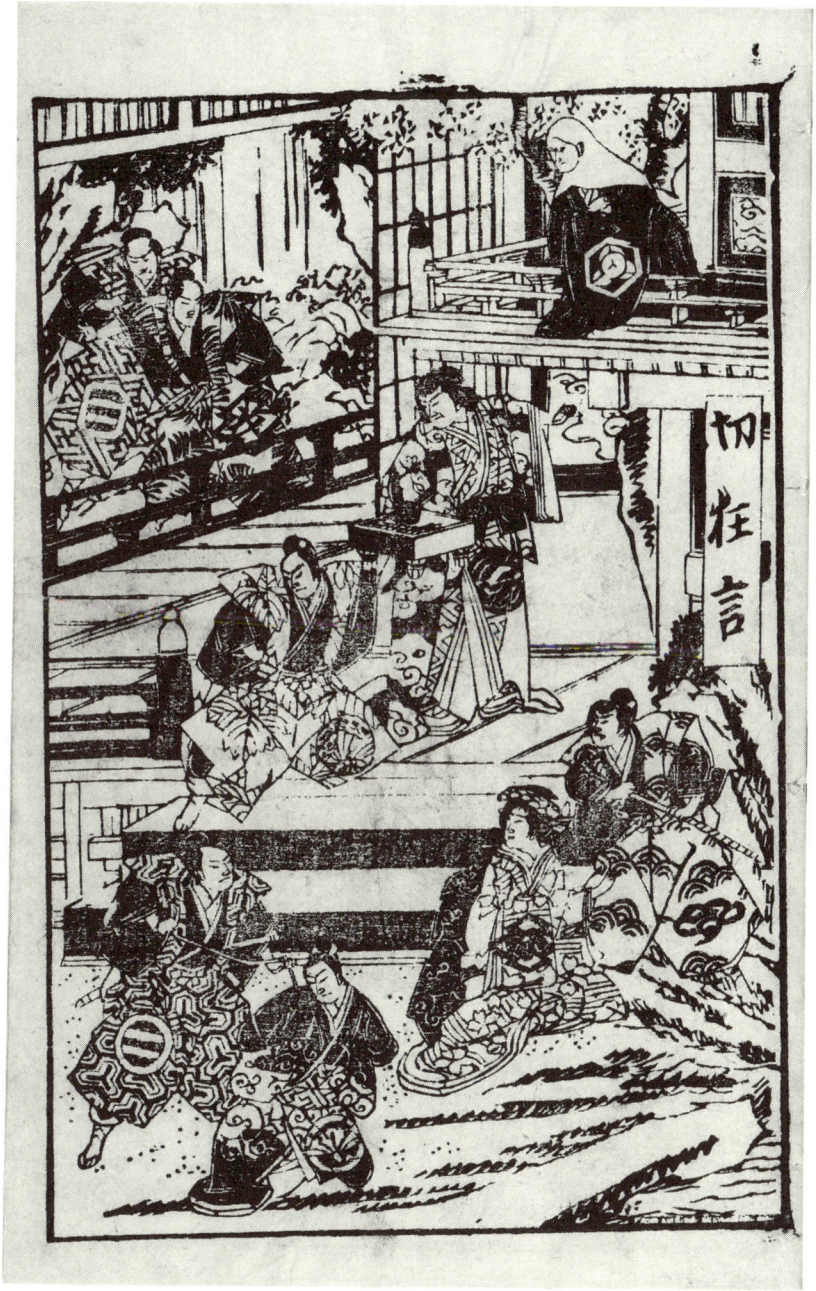

殺人器名の次第

419　絵尽し『廿四時改正新話』（明治二十三年・大阪浪花座）

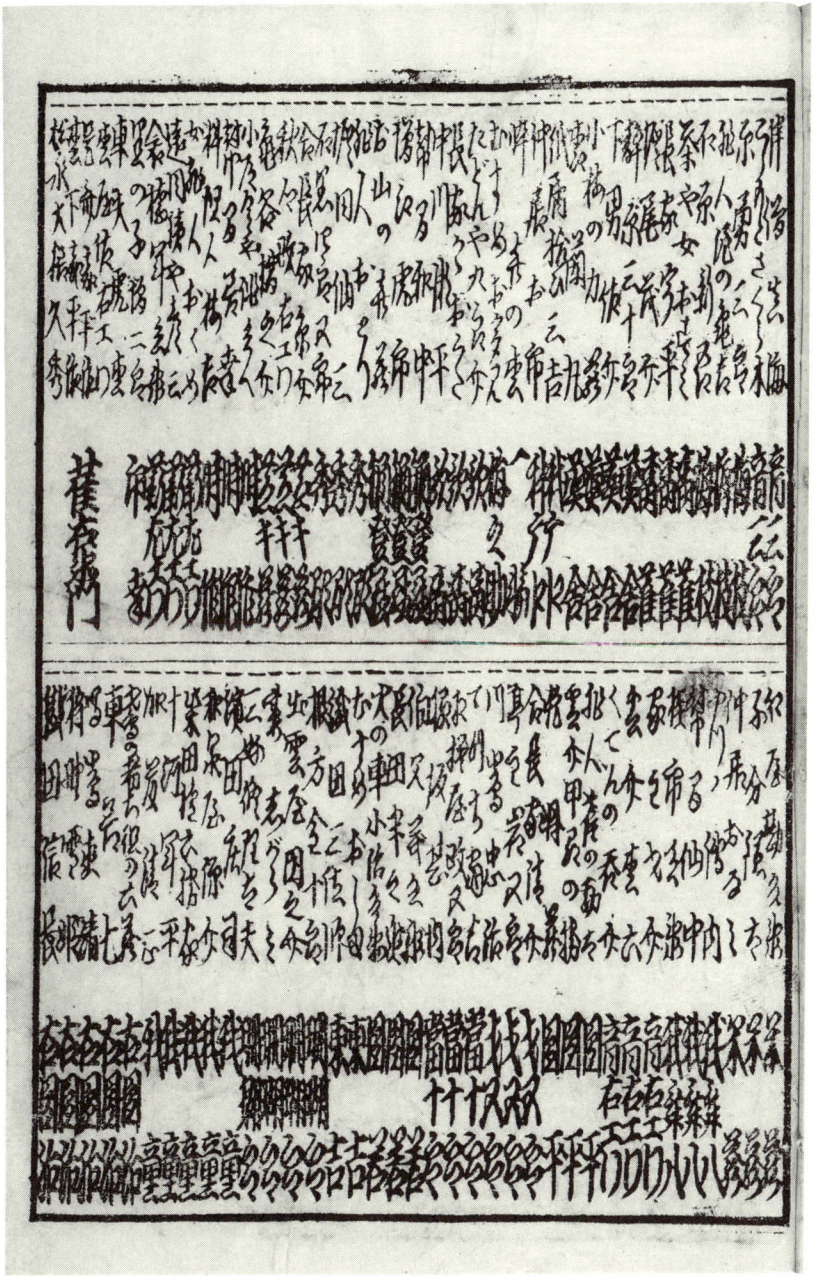

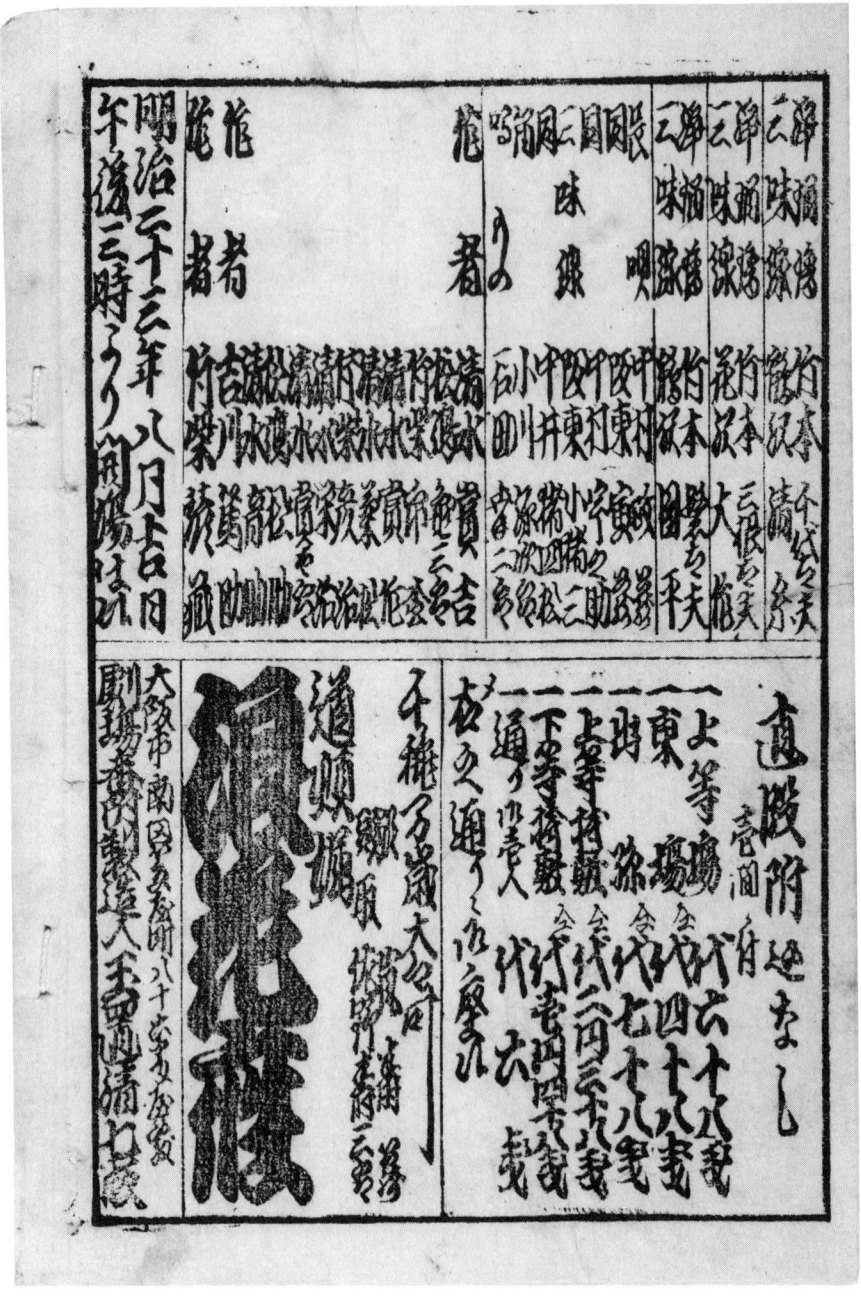

明治二十三年八月十五日
午後三時うの刻場はし

勝諺蔵　作

脚本『鳥追於松海上話』

明治二十九年刊

演劇脚本

勝諺藏著作

米國革命史 前編

鳥追於松海上話 前編

演劇脚本

鳥追於松海上話

場割及役名

大序（雨國廣小路の場　青柳座敷の場）

一手代忠藏　一鳥追お國　一丁稚伊太郎
一大工傳二郎　一同　お萬　一下部新助
一深見信義　一松屋文三郎　一非人安次郎
一庄司妻安子　一茶屋娘お梅　一仕出し四人
一妹　お瀧　一同　お花　一男衆一人

二幕目

（汐入非人小家の場　同裏手の場　同捕物の場　浅草駒形堂捕物の場）

一非人安次郎　一非人鎌藏　一非人お萬
一悪婆千代　一同　豆六　一濱田庄司
一非人吉藏　一同　伴兵衛　一汐入金藏

十六

一忠蔵父忠兵衛　一同　雷助　一鳥追お松
一大工傳二郎　一岩上國雄　一手代忠蔵
一妹お瀧　一非人お國

三幕目（薄原宿旅籠屋店先の場　同下座敷の場　同奥座敷庭先の場）

一忠義女房お松　一おじやれお龍　一宿人足熊吉
一手代忠蔵　一同お文　一同八蔵
一大工傳二郎　一宿引喜助　一甲州屋定次郎
一正木屋女房お國　一旅人源太　一風呂番三助
一傳二郎妹お瀧　一同平助　実は盗人金蔵
一明星光庵　一旅按摩菊の市
一宿役人捕左衛門　一荷持善兵衛

四幕目（薩陸峠辻堂の場　沖津灘沖中の場）

一汐人金蔵　一庄司妻安子　一船頭一人

一宿人足熊吉　一下部新助　一水夫一人
一同八歳　一忠歳女房お松
五幕目　心斎橋筋足袋屋の場　合邸ヶ辻の場
一若黛佐助　一番頭九郎兵衛　一忠兵衛女房おみよ
一忠歳女房お松　一丁稚辨太郎　一下部新助
一桝屋忠兵衛　一吉川友綱　一仕出し二人
一大工傳二郎　一小泉信行　一駕舁二人
一手代忠歳　一濱田庄司
一傳二郎妹お瀧　一庄司妻安子
六幕目　濱田庄司屋敷の場　同雑部屋安子實の場
一鳥追お松　一下女お梅　一濱田庄司
一馬丁吉歳　一下僕新助　一小間物屋利兵衛
一庄司妻安子　一同佐助
一御針女おさよ　一三深重明

大詰

（播州摩耶山の場
同山中作藏隱家の場）

一根方の作藏　一金毘羅參り熊五郎　一鳥追お松

一大坂の吉藏　一順禮萬作　一巡査六人

一手代忠藏　一六部戒傳

一侍捨松　一妙顯寺日梅

十八

演劇脚本

鳥追於松海上話　前編

大序

（兩國廣小路の場）
（青柳座敷の場）

造物平鏡臺向ふ一面に幟を建てし見世物の小家回向院の家根などを見たる向兩國の中遠見下手二軒に仕切りし茶店見附はき出しの手欄軒口に注連飾り紅欄提灯柱に茶屋の名を印したる掛行燈上手兩國橋の出しかけ此後ろ川朝柳枝などの咄しの看板開帳博覽會の札空より柳の釣枝能所に雪踏直しの臺道具籠を置き草履雪踏なぞ並べある都て兩國茶屋の模樣仕出し四人床机に腰をかけお梅お花二軒の茶店より茶を運び居る鳥追歌通り神樂にて幕ひらく　女二人「どなたもお茶一つお上り被成れ升せ　○「ヤアお梅坊もお花坊もいつも乍ら奇麗だなァ　女二人「又來早々からなぶつてばつかり　△「何なぶりやァしない本間だよ　□「夫れはさうと直しはどこへ往た鼻緒がゆるんだから直して貰ふと思ふて居たに　お梅「いつもの金さんの替りにけふは外の人が來て居るがおまゝをたべに往くといふて兩國の方へ　お花「見世を頼んで往たわいなァ　□「困つた者だねへ　○「併し是から玉子の吹きとりでも仕て來やうか　女「夫れがいゝ茶代は是に置くぞよ　女二人「是は有難う厶り升る　皆々「サァ〳〵いけ〳〵「ト仕出しは上手へ道入る向ふより忠藏商人手代の形りにて出で來り」　忠藏「けふは

二十

旦那様にお暇を貰ひ初卯參りはの本の宮譯どうぞいつもの烏追ひに逃ひたいものじやなア
梅「チヽ松屋忠藏さんを夜明け升てお目にかゝり升せぬなア 花「けふは初卯參り仕やしやん
したかへ 忠「お前の顔が見たさに 花「嘘ばつかり忠さんの見たがる顔は 梅「いつもの女太
夫 忠「滅相ななんぼ器量がよいといふて小家者にどう成るもので 花「アレいつも得意廻り
の戻りには必ず爰の店へ來てアノ女太夫の顔さへ見れば新内をかたらし一分の二分のとや
る癖に 梅「夫れ程すきなら呼んで來て上げやうかへ 忠「モシ〳〵お梅さんアノ女太夫がけ
ふ爰へ來て居るか 梅「サアアノ子は見かけぬと一所に來る丸顔の子が今の先き通つた故大
方爰を流して居るであらう 忠「夫れはおいどの大きいかういふやうにあるく女太夫ではな
いか〔ト歩るく真似をする〕 花「アイさうじやわいなア二人連れでたつた今 忠「夫れは幸ひ
呼んで來てはくれまいか 梅「チヤ忠さん 花「怪しいぞへ 忠「中々色がましい事ではない人
に頼まれた事がある故 花「そんなら往て來て上げる程に 梅「見世の番を頼むぞへ 花「サア
往て來うわいなア〔ト向ふへ通入る〕 忠「何でも今の咄しではお國に違ひないよい返事が聞
きたいものじやなア〔ト向ふより傳二郎旅形り跡よりお池京風の嶋田髷旅形りにて出で〕
傳二郎「妹爰が慥か兩國とやら咄しに聞いたよりは賑やかな事じやなア お池「さうでふんす
千日のやうでふんすわいなア 傳「併し心持はちつとよいか 池「サアあんまり馬車で走つて

今に胸がどき〳〵と　傳「幸ひ向ふの茶店で寶丹でも呑むがいゝ」ト舞臺へ來り」　團「モシ床机を一寸貸して下され　忠「是はようお出で被成れ升た　傳「愛が兩國といふ所だな　忠「ハイ左樣でムり升るあなた方は大坂でムり升るなア　傳「能く知つて居なさるな　忠「サアお前道ひといひ此お娘御のおぐしの結ひやうでは大概分つており升わい　團「私しや船で此髪を崩せばよかつたわいなア　傳「そりや又なせに　團「夫れでも此東京で此樣な髪を結ふて居る者がないもの　傳「手めへ夫れ程いやなら手拭でも冠るがい〳〵　團「アイ」ト手拭をかぶる」　傳「氣の毒ら湯を一ッ下されこいつが瀉藥でもまれたので胸がむか〳〵するといふから寶丹でも呑まさうと思ふ故　忠「夫れはお惡い事でムり升るなア」ト湯を持ち出で兩人顔を見合はして」　傳「チヽお前は足袋屋の忠さんではないか　忠「さういふは大工の傳二さん　團「そんなら忠さんでムんすかいなア　忠「お瀧さんであつたのか　團「御機嫌ようて嬉しうムり升るわいなア　忠「十年立たぬ間にチモ大きうなるものじやなア　傳「大きい所か十七歳になるものを　忠「私が大坂に居る時分は七つか八つであつたなアさうして此子を連れて何用で東京へ　傳「サア見物が表向きで實の所はこなさんの怪に附いて相談が仕たい故忠兵衛さんも來升たのサ　忠「ヱヽそんなら親父さんも　團「サア品川迄は來たなれど荷物がまだ附かぬ故先きへ來たのもどうぞしてあなたに早う　忠「シテ親父樣迄ムつたとは氣遣ひな事でもムり升

るか　傳「イヤ〳〵目出度い出雲の使サ　忠「そんなら若しや十年以前に親と親とが約束した傳「いかにも妹との談しに附いて　忠「エヽ　傳「何所ぞで一盃やり乍ら委しく咄しをしたいものだが吞屋はあるまいか　忠「イヤ料理屋はなんぼうもあれど縁談の事なれば　傳「エヽ何といひ被成る　忠「イヤサア適々とムつたこなさんなつかしくもあり咄しもしたけれどチト待合はす人も有り又爰の店を頼まれて居る事なれば○向ふに見へるが青柳といふ料理屋先きへ往て居て下され　傳「成程さういふ事なら一所にともいはれまいそんなら忠藏さん　忠「お二人さん　邊「待つて居るぞへ〔ト二人は下手へ這入る〕　忠「サア〳〵ゑらい事に成つて來たわい親父様から此事は度々の便りはあつたれどけふ爰とは思はなんだにどうぞよい思案をして縁組を斷はりたいものじやなア〔ト上手より松屋文三郎無地紋の羽附け麻の上下伊太郎丁稚の形りにて出で來り〕　文三郎「そこに居るは忠藏ではないか　忠「ヤヽあなたは且那様御年頃のお戻りでムり升るか　文「けふは本家も濟まさうと思ふた所木場の大文字屋で無理に座敷へ引上げられ夫れから續いた大酒盛り漸う今戻つたさうして其方は初卯參りが仕度いといふたが何んで爰に居るのじや　忠「私が爰に居升るは　伊太郎「又お松様に逢はうと思ふて　忠「エヽ何をいふのじや○惡いぞ〳〵　文「惡いとは　忠「イヤサア其惡いと申升たは○ヤヽさうじやけふ慈詣致し升た所が柳嶋の道の惡さ夫故此兩國へ廻つて來たのでムり升る

文「サヽさうか丁度幸ひ貴様爰から横町へ使ひに往てはくれまいか　忠「アノ御本家でムリ升るか　文「サヽ去年一年の仕切が済まゝにあるのじやが大晦日に本家もなげやりこつちもゝぼら往た時渡さうと爰へ持つて來たなれど呑んだ酒が天窓へのぼりてわしや爰から歸りたい我身是を本家へ屆けてくりやれ」ト弐百兩包みを出す」　忠「畏り升た　文「弐百兩ある改めてたもれ」ト忠藏金を見る事あつて」　忠「相違ムり升せぬ直に御本家へお屆け申でムり升せう　文「夫れさへ本家へ渡せば安堵といふものじや○ィヤまだ安堵のならぬは今の調難義とはどうした譯じや　忠「サア其難義の譯もィヤ是は戻つてお咄し申升せう　文「そんなら忠藏　伊「早う戻らんせや　忠「エヽひだ口利きおるわへ」ト兩人向ふへ這入る此内お國お萬出て忠藏が金を請取りしを見てこなし」　二人「忠さん　忠「エヽコレ○人が見てはいかないなア　お國「何ぼう私等が小家者でも町人衆に咄しの出來ぬといふてはなし　お萬「誰が見て居やうとも乞食に遠ひないものじやもの　忠「是はしたりさう大きな聲でいふて貰ふまい所でお前方を呼びにやつたは頼んで置いた例の一條どうか咄しが附くまいか　國「サア常からお前にいふ通りお松さんの二親は身分に似合はぬ物堅い人達お松さんのアノ器量はおよそ世界に取組む女は又とないとの評判夫れ故所々の太夫衆から世話を仕様といふては來れど親が石部金吉なりあの子が堅藏故取附かゝ夫れじやに依てまだ手入らゝの本の生娘　お「夫れ故

二十四

むだ事とは思ふたなれど御前が遠てのお頼み故一寸談しをした所が　國「人受けのならぬ者を夫れ程思ふて下さるれば嬉しうはムんすけれど○ナアお萬さん　萬「さいなアおつかアさんがやかましい故　萬「ならんといふて居升たか　國「サア夫れをば二人が叩き附けちやんやおつかアへ内證で今夜お前に沒入の小家でこつそり逢はせる積りサ　萬「モシ何んにもいはぬ此通り〳〵〔ト手を合はし〕　萬「奉公人の分際で濟まぬけれど日々あの子が門口へ立ちひく三味線の音色どうぞして一夜でも抱寐を仕たら本望と神信心までして居る忠藏けふ願ひが叶ふといふのもこなさんの骨折○一寸待つて下さんせや〔ト紙入より金を出して〕　萬「是は本の儘なれど二人どうぞ分けて下さんせ〔ト差出す〕　國「ナヤコリヤ二人へ三兩ヅヽ　萬「何れ其内改めて是は本の鼻紙代　國「滅相な三兩の紙で鼻をかんでは鼻がちぎれるわいなアお國さんちぎれるやうな鼻があるかへ　國「ナヤ〳〵にくらしい憎りながらさぐつて見な鼻の形ちはあるわいなアハヽヽ〔ト上手より男衆一人出て來て〕　男「申愛に松屋忠藏さんとおつしやるはお出で被成れ升かへ　萬「ハイ其忠藏は私じやが　男「私は青柳の若い者で厶り升るが最前からお客樣が待つてお出で被成れ升て御一所に連れ申て來いと申され升た　萬「滅相なこつちの唱しが極つたからは何んで女房に持たれやう　國「モシ女房とは　萬「何んじやぞいなア　萬「ヱヽ其女房とはナヽ夫れ〳〵わしの友達が女房連れて東京見物に見へられ

て今背柳に待つて居て用もあれど第一こちらの咄しが肝腎○モシ跡から行く程にさういふて置いて下され　男「夫れでも是非お連れ申て來いと申され升た」ト引立てる」　國「モシ忠さん今夜内にあの子をば戻してやらねばならぬ程に　萬「幕六つの鐘を合圖に急度橋場の汐入迄　國「來やうが遲いとあの子をば　二人「連れて歸つて仕まふぞへ　忠「滅相な連れていかれてどうなるものぞ　男「イエ連れて歸らねば私が呵られ升る　忠「そりや咄しが違ふて居るわい　男「ハテお出で被成れ升せ」ト男衆無理に忠藏を引立て道入る上手より安次郎雪踏直し頬冠り形りにて忠藏の跡を見送り樣子を聞きしこなしにて出で後ろにて二人の樣子を伺ひ居る」　萬「お國さん隨分野暮なやつだねへ　國「年季野郎は皆あんな者さ　萬「あいつばかり嬉しがらしてよいかへ　國「夫れはお千代さんに夕べ咄しをした所が大呑込みしたが是迄來女河原では度々かういふ事が有る故今は貰ひの拂ひも懸しいつそ汐入の金さんの小家を借りて逢はさうと手を打つたがあいつが持つて居る二百兩今夜小家へ引き込んで是非半分は取れる仕事さう成る時は私等もいゝ正月が出來るよ　萬「夫れではお千代さんが呑込んで居るのかへ　國「お千代さんさへうんといふたら親の高下であの子の所はどうでも咄しのなる事さ　安次郎「夫れじやァ其女はまだ心が直らねへかへ」ト前へ出る」　國「チヤ金さんいつの間に　萬「お前そこへ來たのじやへ　安次「おれは汐入の金じやねへ品川の安次郎だ」ト頬冠

りを取る」　蔦「本に金さんと思ひの外そんならお前が噂に聞いた　國「お松さんのちやんとは懇か　安次「ナ、兄弟分の安次郎金遣に頼まれて仕事に來たが何所へいつてもお松の噂器量を元手につゝもたせ夫れもお千代が進めてする事其女房には引かへて定五郎は佛性其心にはだされて兄弟分にはなつたれどお千代の心がそでねへから今では音信も不通なれどお千代に能くいつてくれ大概にして置かねへと年寄り首へ縄がつくと品川の安次郎がいふて居たといつてくれよ　蔦「惡い人に聞かれたねへ　安次「何惡い事があるものかみんな我身の爲めだ　國「さうさ假令人はのめつて死んでも我身の爲めさへよければいゝのさ　蔦「餘慶なお世話をおやきでないよサアお國さん行くとしやうかへ　國「アイさうしやうわいなア　安次「行くなら急度いふてくれよ　二人「知らないよ「ト三味線を抱へ金を提げ乍ら向ふへ這入る」安次「何所の番頭かは知らねへがどうで始終はしくじる支度だア、氣の毒な事だなア○ナ、そりやアさうとさつき持つて來た此雪踏ドレ仕事に掛らうか「ト向ふより深見信義官軍隊長の形り跡より安子家中女房の形り新助世話好みの形りにて出る」安子「夫れへお越し被成るゝは隊長の深見樣では厶り升せぬか　深見「ナ、濱田氏の御内室安子殿　安「あなた樣にお顔の筋が厶り升てお宅迄罷出升た所御他行と承はりお歸り筋でお待受けをと存じた所で厶り升る　深「何の御用かは存せねど彼所へ參つて承はらん　安「左樣ならばさうして下さり升

せ　新助「サア御越し被成れ升せ」ト三人幕際へ來り」　深「シテ某へ願ひと申は　安「お聞き被成れて下さり升せ○夫ト濱田庄司には官軍御發途の砌り微兵隊の内に加はり此東京へ參つて終に一度も便りなく夫トの安否を問かんものと是成る者を供に連れ參つて見れば情なや軍律を背きしとて繫鎖のお咎めいかなる罪か存じ升せねど朝敵さへ寛大の御仁惠を以て罪をお赦し被成る〳〵と聞き升ては敵に向ひし夫ト庄司御軍律を背きし段は恐入つてはムり升れど何卒隊長のお情を以てお赦し下さるやう偏にお願ひ申上升る　深「某とても庄司殿とは元よりの入魂中なれど態と軍律を背きし故咎めを申附たるは身の爲めを思ふが故　安「何夫トの爲めを思召すとは　新「アヽモシ奥樣今隊長樣のお詞で大概分つて居り升るアノお松とやらいふ非人の娘にうつ〳〵をぬかし二百圓といふ御用意金迄さゝぼうさにし其女故咎めを受けし耻も穢れも御存じない大馬鹿者　安「是はしたり往來しげき塲所とも知らず滅相な事をいふまいぞ　新「イエ〳〵此東京へお供して參つた時に其事を聞いてから奥樣あなたのお心が思ひやられくやしうて〳〵成り升せぬわい　安「さりとては聞分けない其樣な事があつてよいものかいなア　新「さういふあなたがお心故よい事にしてお旦那がうつ〳〵をぬかすのでムり升る其お松に出つくはしたら桑でもそいでやらねば下郎の腹がいり升せぬわい　深「アイヤ其義なれば氣遣ひ致すな濱田氏一人に限らず彼が爲めに金銀を貪られて居町を捨て

他國に走り或は引負親の勘當受けしものなど數度有りと承はる今御改政の時に臨み斯樣な者を打捨て置かば諸人の難義市町取締りの屯所へ申たつし今宵の内に召捕らば濱田氏の身の爲めなり且は諸人の爲めといふもの〔ト此内安次郎雪踏を直し乍ら咄しを聞き居て此時前へ出で〕安次「一寸お待被成れて下さり升せ私は品川東海寺拙内に住居致し升る安次郎と申非人で厶り升るが　深「ム、其非人が待てとはどうじや　安次「ヘイ只今後ろで聞き升ればお松を召捕るとのお詞成程其女に掛つて皆だまされたも親が智恵をかひ糸を引いてする仕事と申す譯は其お松といふ女は今年漸う十七歳根がなさぬ娘故無理進め今お咄しを聞くに附けても憎いやつとは思ひ升れど親の爲めに生先きある娘に縄をかけさせ升るも實に不便で厶り升る實はお松の親定五郎と申者とは兄弟分の此私何卒お慈悲を以升てお松めをお見逃し下され升せ其替りに私が其母親に意見をなし惡い心は止めさせ升るどうぞ不便と思召され　深「エ、だまりおらぬか其方兄弟の義理を思ひ彼をかたゝんとなすとても目前我隊中なる濱田が咎め假令親の進めにせよ其者に其心がなくばいかで惡しき業をなさんや非人の身を以ち其が詞を破つて惡婦の身を思ふはそちも同類ならん重ねて申も穢らはしいわい

安次「モシ旦那お情ない事おつしやり升せ私も元は西國筋のさる大名の家中で三澤五郎左衛門といふ武士に仕へて來た假まんざら車淳吉の子孫では厶り升せぬ　深「ム、すりや其方は

三澤五郎左衛門に仕へしものとな　新「奥様見覺へがムり升るか　宮「とんと見覺へがないわいのう　安次「そんならあなたは五郎左衛門様のお身寄りでムり升るか　宮「夫れはわしがとゝ様ヒやわいなア　安次「エヽそんなら若しや幼名はお鯖様とは申升せぬか　宮「名を知つて居るといひどこやらに見覺へある顔若しやそなたは佐五郎とはいはなんだか　安次「ヘイ其佐五郎めが成れの果でムり升る　宮「ヲヽ六つの年に別れし故とんと見忘れて居升たがマアよう無事で居やつたのう　新「そんなら佐助殿の親御でムり升たか　安次「悴めは今に達者でおり升るか　宮「ヲヽ五年跡に今の夫ト庄司殿方へ縁附く時附人にて今はわしが召使ふており升るわいのう　安次「左様でムり升るかモシ旦那面目次第もムり升せぬがお聞き被成れて下され○元私は身持が悪く既に死罪になり升所を五郎左衛門様のお情にて國を追放其時のお詞に誠の人となるならば草葉の陰の二親が嬉悦んで成佛なさんと四十を越へた私を餓鬼の様に思召し悴を引取り成人の後家來となし召使はんと有難いお詞其意見が骨身にしみ心を入替へ此江戸へ來升たなれど何一つ腕に覺へし職もなしとう〳〵小家の仲間へ道入り御覽の通り今の境界其大恩ある御主人様のお子に連れ添う濱田様は此身の爲めにはやつぱり御主人モウ斯う成つたらあなたのお詞あのお松めを召捕つてお心を休めて上げて下さり升せ　宮「イヤ今迄は其方の心を疑ひ聞屆けざりしが最早其方が心も分れば其方爲と意見を加

へよ　安次「何忽せにする所では厶り升せぬ私が三寸紐にくゝしあげお手渡し致し升る　安「私を主人と思へばこそ左程に遊くしてたもる心婿しいわいのう　新「併し乍ら佐五郎殿こなたの意見を聞けばよし若しも聞かぬ其時には訴へ出て召捕つてよからう　逸「何様科ある女とは言ひ乍ら私には計らひ難し身が嵜附を遣はすで有らう〔ト懷中より紙矢立を出して姓名を書き判を押し出し〕逸「不憫哉の義を申さば是を以て直へ訴へ捕縛致しやれ　安「是で意見を致し升れば九分九厘は穩便に納るで厶り升る　逸「斯く其方と談合ふからは濱田氏も只今よりお赦し成るぞ　兩人「エヽ有難う存じ升る　逸「安子殿お歸りあらば拙者も同道致すで厶らう　安次「そんならモウお歸りで厶り升るか　安「まだそなたに咄しも有れば暫にも風敷へ尋ねておじやいのう　安次「私も悴が事をお聞き申たうは厶り升れど交りの成らぬ非人の身の上迂濶にお目に懸つてはあなたの外聞且那の恥若し品川邊へお越し有つたらこつそりお知らせ下さり升せ　安「そんならいづれあの邊へ往た時咄しを仕升せうわいなァ〇左樣なれば深見樣　新「いづれ其内佐五郎殿　安次「お目に掛るで厶り升せう〔ト三人上手へ這入る〕

安次「十五年振り主人にお目に掛り悴が無事の樣子が知れたも全く信心の祖師の御利益夫れにしてもお松の一件首尾よう意見を聞けばよし聞かぬ時には不便乍らも引くゝつて出さにやならねへ斯ういふ事と知つたならやる餓鬼じやァなかつたもの〇アヽ悪い餓鬼を持たし

たなァ」ト腕を組み思案のこなし宜しく返し」

道物三間の間常足の二重梅形欄間見附床の間中障子襖廻り上下跡へ寄せて建仁寺垣此前梅の立木四ッ目垣春の下草石燈籠空より梅の釣枝いつもの所枝折門都て青柳座敷の模様二重に酒肴の道具を置き上手にお瀧下手に忠蔵立掛り傳二郎其中にて引止めて居る右の鳴物にて道具納る　傳三郎「往くなら返事をして貰ふわいな　忠蔵「是はしたり傳二さんさうふこらいでもよいでもはないか　傳「ふこらなくつてどうするものか一旦の約束があればこそ年頃の妹をかうして置いたのじや確證さへ貰つたら慢り乍ら立派な所へ嫁入さして見せるのじや　瀧「これいな兄さんお前のやうにいつては事がわからぬ忠蔵さんに頼んで下さんせいなァ　傳「イヤ頼むにや及ばねへいやならいやで腹があるほつて置け　瀧「イエ私しや嫌はれても外へ嫁入する事はいやじやわいなァ　忠「お瀧さんさういはれて見るとわしがお前を嫌ふやうで　傳「又嫌ふて居るに違ひない證據は大阪へ戻らぬ嚊で居るではないか　忠「サァ夫れも私が事をわけていふて居升がな　傳「いふたとは妹を外へ嫁入させどかしにいふた事をいふて居るのか　忠「私はさうはいはぬがな　傳「いはぬ事があるものか　瀧「是はしたりさういひ事ふては私が難義をするわいなァモウ忠蔵さん私に免じて堪忍して下されや　忠「何んにもわしや構はねど傳さんのやうにいはれて見ると　傳「何ぞ間違ふた事でもいふたのか　瀧「ア

レ又かいなア　豊「お池さんヤア聞いておくれわしや何もお前を嫌ふといふ譯ではなけれど來年一ケ年は禮奉公を勤めねば濟まぬ又大阪から此東京へ奉公に出て來たからは首尾よう年季を勤め上げ暖簾の一つもお貰ひ申て立歸りたい心じやや夫れも僅二年の間夫れを待つ事が叶はねば是非ない事じやによつて緣附いてもだんないといふたけれど遠てとはいやせぬぞへいやせんけれどこちらも丁度　巡「エヽ　豊「イヤサ蝶々の髮の時から同じ所で育つた友達ちつとも早うとは思へども迚もお暇を願ふた所があかぬ事親仁樣に譯いふて大阪へ戻つて待つて居て下され　巡「成程譯は分つて居るけれど　豊「イヤもからねへ其詞が遠つて居るのだ假令年季があるにもせよ親の跡をつがせるにまんざら主人が故障もいふまい親に任して置くがいゝはサ　豊「夫れを親仁に任かしてはどうもこつちが　豊「ならぬといふなら今書附けをかいて貰ふわい　巡「モシ兄さん私しやさうなつたら生きては居ぬ淵川へでも身を投げて死んで仕舞ふわいなア　豊「滅相な其樣な事されてどうなるものぞ　豊「不便と思ふなら暇を取つて下さるか　豊「夫れじやといふて　巡「ならぬば私しや死ぬわいなア　豊「アヽコレ滅相な事を　豊「止めるは暇を取る心か　三人「サア〈〈　豊「返事を早く聞かせねへ「ト時の鐘になり」　豊「ヤアありやモウ暮六つコリヤかうしては　豊「返事もせずに又立つは是はどうでも不承知か　豊「イヤさうではなけれど主人の使ひで此通り貳百圓といふ金を本家

へ持つて行かねばならぬ心もせけば今寶戻つて親仁様とも談合の上返事をする程にどうぞ
夫れ迄傳二殿　傳「成程金の使ひとあれば無理に止める譯にも行くまい　邇「そんならあなた
のお歸り迄死ぬる命を長らへて　傳「善か惡かの返事をば松屋で待つと仕升せうか　豊「どう
ぞさうして下さり升せ〔ト心せくこなし〕　邇「さうしてあなたのお歸りはへ　豊「サア何時に
成るやら知らんて　邇「成るだけ早うお歸りをば　豊「嘸今頃は待つてゝあらう　邇「何待つて
居るとは　豊「約束なれば小家のお松が　邇「エヽ　豊「イヤ松屋で待つて居て下され　邇「そん
ならお早う　豊「行かでならうか　傳「どうでも様子の〔ト忠藏向ふへ這入る〕　傳「最前からの
様子といひ殊には今の詞の端々事によつたら何ぞ深い　邇「エヽ　傳「イヤ深いといふは此德
利まだ酒がある様子　邇「ぬるくばぬくめて貰ふかへ　傳「イヤモウ止めにして勘定をして貰
ふわい　邇「成程知らぬ道ならばあんまり遲うならぬ内　傳「併し今の應對が縁を結ぶか離れ
るか　邇「定めなき世の習ひ　傳「替はればかはる男の了簡　邇「本に由ない私故　傳「苦勞をす
るもどうだして　邇「言約束の忠藏さんと　傳「夫婦にしたい兄が心願　邇「夫れも妹の心根を
傳「闇に迷ふて　邇「心も暗き〔ト奥より男燭臺を持ち出で〕　男「ヘイお明りを〔ト兩人氣を替
へ〕　傳「大きに御苦勞　邇「どうぞ附けをば　男「ヘイ愛想盡かしで厶り升るか　邇「アヽ心に
掛る〔ト傳二郎と顔見合はせ傳二郎は灰吹へきせるを叩き附けるお邇は身を背ける是を雙

方一時の木の頭」　傳「悪い辻占だなア」ト是に冠せ男衆御勘定だよと大き〳〵奥へいふ大勢ア
イ〳〵と返事するお瀧は辛氣な思入れ傳二郎は心に掛ることなし此仕組宜しく拍子幕

二幕目

（汐入非人小家の場
同裏手の場
同捕物の場
駒形堂裏手の場）

造物平舞臺見付具中納戸口上下破れを反古にて張りし鼠壁上手反古張の障子家體下手破れのある塗だれの塀いつもの處門口上手に古びたる長火鉢是に鐵瓶を掛け茶碗茶筒農服を設き都て汐入非人小家の體裁にぶた八烏帽子籠を冠り切繼の半天を狩衣の樣に前から着て三味線の撥を持ち雪駄直しの籠に腰を掛け居る上下に鎌藏豆六作兵衛音助何れも非人の拵らへにて立烏帽子の代りにてつくわ甚入を手拭にて天窓に括り風呂敷を素袍の代りになし采配櫻柵幕を腰に差し大名のこなしにて左右に別れ扣へ居る神樂にて幕明く　ぶた八「鎌倉の諸大名詰たかやい　四人「詰たかやい　ぶ「ヱヽ只ハアといふたらいゝのだ　四人「ハアヽ　ぶ「ヱヽ間に合ふ奴は一疋もねへ舌でも喰つてくたばつて仕舞ひやがれ　四人「何を小癪な「ト四人帷采配にてぶた八に打つて掛かるぶた八怖りして逃廻りトゞ門の外へ逃げて出る」
豆六「ヤア敵に背ろを見せるとは　作兵衛「引返して　四人「勝負〳〵「トわる身にて見得」　ぶ「

ヤイ一體夫は何の眞似だ　音「夫でもくだばつて仕舞へといふたから立廻りになるのでないか　ぢ「イヤハヤわん〳〵泣けば犬も同然コレ立廻りといふものは腰からきまらねばならぬものだ　耳「マア外の事はほつて置いて鶴ケ岡だけ固めやう　ぢ「そんなら今度は出から行くぞ　四人「合點だ〳〵　ぢ「夫れ鬨込だ　鯉「頼朝參詣「トふた八撥を笏へ構へ皆々上手へ行く」鯉「ナイ〳〵跡足で砂を掛けちやアいけねへぜ　ぢ「默れ是が摺足といふものだ　鯉「何だか知らねへが跡足でもか〳〵とやるので眼へ塵芥が這入つてならねへ「ト上手より下手へ廻る此内向ふより金藏勇みな非人の拵らへにて腕を白布にて卷き出で來り　金藏「アノ鳴物の聞えるはまだ稽古をして居ると見える「ト舞臺へ來り門口を明け」　金藏「ナイ今歸つたぜ　ぢ「鎌倉の諸大名詣たかやい　四人「ハアヽ「ト平伏する」　金「ナイ〳〵モウ大概にして置かねへか　ぢ「ナヽ金藏今歸つたか稽古も大分固まつた樣だ　金「一體其ざまは丸で狂氣の沙汰だぜ　音「是も商法なら仕方がないといふものだ　耳「何時も音松の内で稽古をするのだが近處の手前氣の毒故こつちへ來たのだ　鯉「人は只一概に豆藏芝居といふて仕舞ふが近來世界が開けるに從つて一通りでは見物の受けが惡るいのだ　音「實に何商賣に限らず六ケ敷なつて來たものさ○ソレハさうとモウ歸らうか　金「マアい〳〵はな今に一盃始めるから　ぢ「イヤ酒ならけふは預けて置かふ又其内にゆつくりと　四人「御馳走になりに來やすぜ　金「そんな

らどうでも歸るのか提燈を持つて行かぬか　四人「ナニ天窓の光りで結構だ」ト皆々向ふへ這入る奥よりお國お萬出で」　お國「ヤ、金さん今お歸りか　兩人「最前から待つて居たわいなア　金「そんならモウ約束で來たのか」ト指を出す」　蔦「オヤ金藏さんお前手をどうぞかしかへ　金「是は夕べひどい目に逢つたのだ夕べ場所から歸りがけ淺茅が原を通つた所が何時でも吠える犬があるのだこいつ一番叩き殺して仕舞はうとした處が此脇へ喰ひ付いて夕べ一晩痛んで〳〵けふは仕事に行くにも行かれず處へ丁度品川の安が來た故場處は頼んで這つたれど其畜生を殺さうと今春木賣を買つて來たが是から煮てむすびにくるんで今夜喰はす積りだ　蔦「ソリヤマア飛んだ怪我をかしだつけ是は妾が煮て上げるわいなア」ト有合ふ土鍋に湯を注ぎ春木賣を入れて火鉢へ掛ける向ふより岩上國雄官員の拵へ跡より安次郎附添ひ出で」　岩上「シテ金藏と申す者の小家は何れなるぞ　安三郎「ヘイツイ向ふの土手の下の家でムり升る　岩「ナヽ左樣か其方が願ひに任せ理不盡には踏込ひまじ斯く家を見屆けし上は一ぴ度屯へ立歸り今一兩輩同道致し此邊りに埋伏なしすはといはゞ踊り込み即時に捕縛致すぞ　安「千に一つ間入れぬ時は是非ない事でムり升れば御存分に遊ばして下され升せ　岩「然らば安次郎とやら　安「旦那樣御苦勞樣でムり升る」ト岩上は家の勝手を見廻はし向ふへ這入る安次郎は舞臺へ來り」　安「金藏内か　金「ナヽ品川のちやんかマア這入りなせへ　安「

ちつとは痛みはい〳〵か〔ト女兩人を睨め付ける兩人は惡るい奴が來たといふ思入れ〕金「大きに痛みは鶴らいだがまだしんがすき〳〵　惱んでならねへ然しけふは大きに御苦勞だつた　安「イヤモウお互に腕を遣ふ商賣だから手の怪我は一番難儀だ夫はさうと采女の原のお千代が來て居るだらうな　金「イヤ來ては居ぬが何ぞ用か　安「ナヽ是非共逢はねばならぬ用がある故定の内へ往つた處が沙入の金の處へ往つたといふから出掛けて來たが夫では己の方が先きになつたか知らん　金「お國坊氣の毒だが出口の仲間酒屋へ往つて何ぞ見繕ふて二鉢斗り早く持つて來いといふて來てくれ　國「アイ〳〵お萬さん付合ふておくれな　萬「アイ行かうわいなア〔トぶら提燈を付け門口へ出て〕兩人「そんなら金さん　金「大きに御苦勞　兩人「大屏暗い晩だねへ〔ト兩人向ふへ這入る〕　金「ナイちやん最前からのお前の擧動何か子細がありさうなお千代姉御におめへは何の用があるのだ　安「イヤちつとお松の身に掛かつた話がお千代にあるのだが來ぬとあれば是非ない事少しの間一間を借りても大事あるまいかな　金「夫はちつとも構はぬがマア其話を　安「イヤ夫は後になれば分る事だ氣の毒乍らお千代が來たら直ぐに己を起して〳〵れろ　金「横になるなら枕を遣らう〔ト有合ふ枕を渡す〕　安「ナヽ是は有難てへそんなら金藏　金「どうでも樣子の　安「ドレ〔ト持ちたる手拭を肩へ掛けるを木の頭〕　安「お千代の來るのを待たうかい〔ト伸びをする金藏は合點の行かぬこなし四

ッ竹の唄にて返し

造物三間の二重本様付の茅葺家根破れのある鼠欄間見付上の方三尺の床の間此次に一間の夜具戸棚其中納戸口是に更紗の暖簾を掛け下の方腰張の鼠壁前側に襖を下ろし上の方一間半の雪掛窓此前草花の盛り下手鼓弾稲村梅の立木同じく鈎枝いつもの虎皮付の柱青竹の片折戸都て非人小家裏手の模様時の鐘風の音にて道具納る〔ト俳への獨吟になり襖を巻上げる爰に忠臣行燈の傍に其盆を置き丸盆にきびし上茶碗古びし六枚屏風を置きある〕忠臣「梅が香や乞食の家も覗かるゝと彼の其角が句の通りまた肌寒き春風に蕭り床しき軒の梅が香アヽ雅人は賞美する筈じやナア○夫にしても暮六つの鐘を合圖と來て見れば今にお松が見えぬといふは若しやあいら二人の者が欺したのではあるまいか斯ういふ事と知つたなら心掛りな此金を屆けて來てもよかつたもの殊に内に傳治殿や親仁さんが詰掛けて居ると思へば氣が氣じやないアヽ早う來てくれゝばよいがなア〔ト向ふにて〕 兩人ちやつと早う來なさんせいなア〔ト向ふよりお國提燈を提げ跡よりお松烏追の拵へにて三味線を抱へ編笠を持ちお萬に連れられて出で來り〕お松「是はしたりお萬さん爰を放して下さんせいなア お萬「又逃げやうと思ふてからに お松「それでもわたしや お國「何恥かしいは初め一ト晩さんざら男の肌を知らぬでもあるまいし お松「それじやといふて お萬「ハテお出でといふに〔ト兩人

無理にお松を舞臺へ連れて來り」　國「忠藏さん大きにお御待遠うでムんしたなア　忠「ナ、お國さんわしやお前にしつかいをいはふと思ふて居た處じや　國「是はしたり忠藏さんさう何をいふにもまだ年が行かぬ故爰の内へ這入りかねてまごついて居るのをば丁度私が逃ふた故今連れて來たわいなア　忠「エ、そんなら來たのでムり升るか　萬「サアお松さん早う這入らしやんせいなア（トお松耻かしきこなしお萬笠と三味線を引つたくりお國に渡す此内忠藏は揃を直し衣紋を繕ひ居る前へ突き遣る」　松「あなた能うお出で被成升た　國「是はしたりうい〳〵しいにも程がある何でも色の取持は酒に上越す物はない忠さんお酒の算段を仕樣かへ　忠「イヤ私は一寸も呑めねどお前方も呑めるであらうし又お前さんも　松「イエ〳〵私しやお酒は雫も　忠「ならぬのかへ　萬「是忠藏さんアノ子もよく〳〵に思込んで居ればこそ堅い親の目を忍び爰迄來るにはどんなに心配だか知れやアしない　國「アヽさうとも此子を始終は女房に仕樣といふ心があるなら是からは色で逃はそと信實女房に逃た氣で必ずお金をお遣ひでない然し此子も内を急ぐし又忠藏さんも主人持ち長い事も居られまいからモシお松さんお前も早うお休みな　松「もそつと遊んで居ても大事ないわいなア　萬「アレサそんなにいはいでも蒲團もちやんと敷いて置いたれば早く〳〵お寐（トお松手を取て引立るとお松色々拜ひ故」　國「モシ忠藏さんお松さんは否といふから堅の晩から來てお上げでない

三十九

よ　松「ア、もしお國さん其樣な事をいふて下さんすないなア　二人「エヽじれつたいよ」ト無理に連れて二重へ上り　國「本に私の娘にも困るねへ　萬「然し爰迄漕付げたらまんざら脫みぐくらでもすまされもすまい」ト兩人奥へ這入る」　松「モシお萬さん未だ用があるわいなア」ト いひ乍ら顏を見合はせ耻かしきこなし忠藏ももじ〳〵仕乍ら」　忠「モシお松さんお氣の毒じやが一寸其算入を取つて下さり升せ　松「ハイ是でムんすかいなア」ト算入を持ち傍へ行く忠藏其手を捕らへ　忠「お松さん嘸お前は私をあつかましい者じやと思ふて居やうなア　松「ソリヤ又なぜでムんすへ　忠「サア忘れもせぬ去年の春からこがれ慕ふて居るこなさん器量斗りか形り風俗非人で淫くは惜いものじやと評判をされる度毎に猶々思が彌增してどうぞして一夜なり共添寢したら夫で男の本望と思た處運能くも今宵逢はれる樣になつたからは愛想を盡かして下さるなや　松「勿體ない事いはしやんす私しとても日々にあなたのお店へ立つ度びに御器量といひ柔和なお產れ私が賤い身でなくば宜寄る事もあるものと我身一つを明け暮れに恨んでばつかり居り升たに今のおやさしい其お詞飛立つ斗り私の嬉しさどうぞ行末見捨てぬ樣可愛がつて下さんせいなア　忠「そういふこなたの心底ならどうぞ私が年の明く迄　松「女房にして下さんすかへ　忠「持たいでならうか二年越し思ひに想ふたこなたじやもの　松「どんな暮しをする迄も　忠「厭ひはせぬか　松「ハイ」ト向ふよりお千代惡

婆の拵らへにて抜足をして舞臺へ來り内の樣子を伺ひ居る此内忠藏お松宜敷あつて屏風を引廻すお千代碾を打つと吉藏鼻の先へ頬冠りして手拭にて出刃庖丁を包み腰に差して出で來り」　吉藏「姉御か　千代「コレ〔ト押へお千代吉藏に呼く吉藏腰の出刃を取つて敷蓙の内へ道入る」　千代「金さん〳〵内のお松は來て居るかへ明けておくれ〳〵〔ト叩く屏風を取退け兩人拘りして忠藏に早ういねといふこなし忠藏狼狽へて居る」　松「かゝさんでムんすか今明けるわいなア〔ト奥より吉藏出で來り」　吉「間男見付けた動きやアがるな　忠「ヤアさういふこなたは　吉「大阪吉だ　二人「コリヤ斯うしては〔ト吉藏出刃庖丁を口にくはへ忠藏を捕らへお松の帶を踏まへ　吉「動きやアがつたら命がねへぞ　二人「ハアヽイ〔ト此内お千代門口にて味いといふこなし」　千代「何娘が間男を〔ト内へ道入り」　千代「コレ吉さんソリヤ本の事かへ　吉「一つ蒲團に枕を並べ寐て居たからは間男に違ひねへのだ　松「申し嬶さんどうぞ堪忍して下さんせいなア　千代「そんなら其方は〇ユヽヽヽ　吉「サア重ねて證いて四つにするから覺悟しろ　千代「アヽコレ吉藏殿一寸待つて下さんせ私も非人ではあるけれど夫トは堅い律義者定五郎といはれて來女が原の小家内で小口の一つも利く男穢れた顔の其泥は私が屹度雪がう程にどうぞ預けて下さんせいなア　吉「ナヽ親が捌いて男をば立てるといふなら預けもしやうが一つ手が間違ふたら夫こそ出刃の荒料理胴にするから夫を承知か　千代「

ソリヤモウ話が折合はぬば存分にしなさんせいなア　吉「さういふこなたの了簡なら捌きを付けるを見やうかい」ト吉藏上手へ行きしよらを組んで莫をのむ」　千代「娘　松「ハイ　千代「其處なお方　吉「ヘイ　千代「二人共に前へお出で○ハテお出でといふに　二人「ハアイ」ト狼へ乍ら前へ進む　千代「モシ男さん斯う成つたら最う取返しのならぬ不仕だらお上み沙汰にする時は男に罪が十倍掛かるよ大方お前は覺悟の上でもあらうけれど私の爲には一人の娘亭主を宥めて捌くのも二人の命を助けたさ一體お前は何所の息子か但しは奉公人衆かへ　吉「ハイ私は年季者で厶り升る　千代「何所何町の何兵衛だか娘そなた知つて居るか○サアいはねへかコレお前の内は淺草の並木町で松屋といふ呉服商賣お前の名は忠藏さんといはふがな　吉「夫をどうして　千代「ハイ能う知つて居升サア私と一所に往つておくれ　吉「往けとは何所へ　千代「ハテ主ある女を慰さんだ其首代をこなさんの主人の内へ貰ひに行くのだ　吉「ヱヽ　千代「何を其樣に惚りする事があるサア立たねへか　吉「ヤアお待被成て下さり升せ元はといへゝ此身の誤り是非ない事では厶り升れど何をお隱し申升せうけふ私の實の親共遠い國より遥々と尋ね參つて私の身分に付いての掛合最中其處へあなたに連れられては主人は元より親の手前どう言譯が厶り升せう何れお詫は金子を以てどの樣にも致し升れば爰一兩日の所をばお待ち下さり升せ　千代「そんなら何かへ親や主人の手前がある故命代りの首

代を待つてくれろといふのかへおふざけでないよ此場を味く逃げやうとて滅多に逃してよいものか○私は手を引くからどうともそつちでするがい、　喜「しなくつてどうするものか野郎が今の森嗣では迎も金は出來ねへ相談いつそ此あまから先きへ〔ト出刃を持つて立掛る」　松「マア待つて下さんせ申し忠藏さんあなたが持つてお出でのお金で命を助けて下さんせいなア　豊「滅相などうして是が　喜「そんなら金を持つて居るのか爰へ早く出せ〔ト懷へ手を入れ樣とする　豊「アヽモシマア待つて下さり升せ是を今取られては主人へ申譯がムり升せぬ　千代「ナイ〳〵忠藏さん否も應もあるものか何と吉さんくやしい處を金に轉んで幾等位で濟ましておくれだへ　喜「さうさ安く積つて相場は百兩　豊「エヽ　松「ソリヤあんまりでムんすわいなア　千代「エヽ手めへが知つた事ではない早く奥へ往つておれ　松「夫じやといふて　千代「エヽ行けといつたら行かねへか　松「ハアヽイ〔ト奥へ這入る忠藏思案のこなしあつて財布より百兩包を出し」　豊「袋みの通り金百兩受取つて下さり升せ　喜「如何にも金は受取つた○早くけへりやアがれ〔ト忠藏を蹴り飛ばす」　豊「ナヽ居いといふても此樣な處に長居して居るものかい　喜「長居をされて堪るものかい〔ト外へ突出し舌を出す」　豊「みんなこつちが惡い故手出しもせずに堪えてゐれど憎いといふはアノお松ようも三人心を合はし欺し居つたせめて一言此恨みを〔ト這入らうとする」　喜「エヽまだうしやアがら

ねへのか」ト胸を突く」　豊「覺えて居よ」ト向ふへ這入る」　吉「姉御　千代「まんまと首尾能う吉「せしめた百兩」ト懐より百兩包を出す上手の臂掛窓を明け安二郎樣子を伺ひ居て」安二郎「手めへ達は其金で上みへ命を賣る積りか　千代「ヤアさういふお前は　吉「安さんか　二人「そんなら今の樣子をば　安「發らを愛で聞いて居た　二人「エヽ　安「情ねへ性根だな○可愛さうに今の若いのも何れ旦那をしくじり者だ其上に濱田といふ徴兵隊の待もお松故に咎めの身の上其奥樣といふはれが勸めた主人の娘御けふ兩國で叶らを逃ふと其儘お松の喧嘩速攻め取らう迎濱田組の隊長がすんでに人數を繰り出す處をおれが以前のよしみを以て意見を加へて真人間に致し升れば愛の處を見遣がして遣つて下さり升せと無理になだめて愛へ來たは十五年跡此江戸へ來る途中で拾つたお松丁度其時は三つの春彌々手鹽で育てかね幸ひ定が心を見込んでおれと兄弟に成る其印しにくれて遣たが今の誤り手習一つささうではなし只三味線の稽古斗り果は惡事を教え込み碌でなしの育て柄遣つた娘の事なればどうでもなれと思つて居れど僅か一年半程でも男の手鹽で育つた娘と思へば實の悴よりおりやお松が可愛いわい○サア此意見を聞けばよし聞かねばおれが屯處へ出掛けて行けば今直ぐにお上みから捕りに來るは　二人「エヽ　安「サアこいつはちつと不氣味な筈大愚に成つた主人の娘御に繋がる縁の濱田殿其罪人は娘のお松どつちへ重石も掛けられぬ愚と愛との天秤實

め切ない思ひを推量してどうぞ今からお松をば誠の人に仕立てくれ　吉「ムヽそんならお松は捨子であつたかヲイ姉御おめへなんでさうして居るのだ　千代「サア私しや安さんの親切が身に染み渡り嬉し泪が一杯で顔を揚げるも面目ない　安「そんならお千代意見を聞いて此後心を　千代「改めいで何と仕升せう我身乍ら愛想が盡きた私の性根嘸お腹が立たでもムんせうが決して是からお松にも惡い事はさせ升せぬどうぞ濱田さんの御新造へ詫事をして下さんせ「ト泪を拭ひながらいと」　安「ナヽ夫じやア彌々眞人間になるといふのか　千代「嘘も隱しもない證據は今の人から取つた百兩どうぞお前から戻して遣つて下さんせ「ト百兩包を出す」　安「お千代出かした此事濱田の奥様へお聞かせ申せば嘸お悦びであらうわい○とはいひながら是迄幾度惡見をしても心を直さぬ女が直ぐに手の裏返す得心は若しやおれを欺すのじやあるめへか　千代「お前もマア疑ひ深い夫共心が濟まぬなら幸ひ爰に持つて居る熊野の午王「ト腹卷より熊野の午王を取り出す」　安「成程駄目に駄目を押して貰かねば屯の衆の心が解けぬどうぞ夫を呑んでくれろ　千代「呑まなくつてどうするものかお松水を取つて來てくんな「ト奥にて」　お國「イヱ其水は私等が　二人「持つて行くわいなア「トお國湯呑を持ちお萬付添ひ出る　吉「エヽ二人乍らまだ遊んで居たのか　萬「アイ遊で居たのは斯ういふ譯でムんすわいなア「ト呼く」　千代「ナヽさうかへ「ト午王を呑み」　千代「モレ安さん是でお

四十六

前の疑ひは晴れたでふんせうなア　安「ムヽ、夫でおれの心もさつぱり　千代「そんならお前も呑んで下さんせ　安「何でおれが呑むのだ　千代「サア既に屯へ訴へたとあるからは心許せぬ身の行狀必ず手向ひさせぬといふ印しに呑んで貰ひたいのさ　安「成程夫程案じるも尤心元なく思ふなら命に掛けても受合ふた印しを爰で見せて遣らう　千代「そんなら水を取つて來うわいなア　萬「お國さんモウ歸らうではないか　國「本にさうせうわいなア　吉「モウちつと待てばいゝに　國「今夜は堂前へ行く用があるから先きへ行くよ　吉「そんならどうでも歸るのか　萬「本に馬鹿げた世話をしたのさ　吉「其理窟はどうかするはな　萬「當てにせずに待つて居るよ　二人「ハイ左樣なら〔ト向ふへ通入る奥よりお千代盆の上に丼鉢に水を入れ載せ片手に手燭を持ち出で來り午王を水鉢の上にて焼く事あつて」　千代「そんなら安さんどうぞ是をば〔ト差出す安二郎呑で〕　安「アヽ水がちつと多かつたれど殘して貰くも勿體ないとみんな呑んで仕舞つたら腹がたぷ〳〵する樣な　千代「五に斯うして誓ひを立て　吉「心の直つた上からは　千代「よもや屯の氣遣は　安「夫なら必ず案じるな大方さつきの侍が樣子を聞いて往つたであらう　千代「そんならとくに　二人「探索方が　安「直ぐに飛込む屯の手配り〔ト」　二人「本にひやいな　安「何モウ歸つたに違ひない〔ト立掛るを體のしびれたるこなし」　吉「安さんどうぞ仕なすつたか　吉「藥でも貰つて來やうか　安「サアどうしたのか五臟六腑

が胸亂してアヽ苦しい〳〵　壬「安さんお前私しを欺したねへ　安「何欺したとは　壬「欺した事があればこそ其苦しみ　喜「そんなら若しや此苦しみは　壬「毒の利目が見えたのさ　喜「エヽ　安「どうしたと　壬「サアお前を一盃喰はしたは今夜の難儀を逃れる爲め寧そばらして仕舞はうと呑ませた毒は苦生に近い非人の事なればちつとは氣苦勞と思つたに鼠取よりまちんの方がよつ程利目が早いねへ　安「そんならおれにアノ毒を○エヽいはう樣ない極惡人め〔ト立掛る段々毒氣の廻りしこなしトゞ血を吐いて落入る　喜「ナイ姉御おめへひどい事を仕なすつたなア　壬「是もみんな五の身の爲め是を跡の憂が無いのさ〔ト死骸を屏風にて隱す向ふにて寄せ太鼓を打つ　喜「ヤア野づらに聞ゆるアノ太鼓は　壬「もしや話しの探索方が　喜「姉御用心しなせへ〔ト身繕ひをする向ふより金藏走り出で」　金藏「姉御早く逃げた〳〵　喜「逃げろといふのは屯から捕手が向ふのか　金「サア追附け爰へ操り出すが一體どういふ譯だ　壬「譯といふは外でもない金さん屏風の内を見な〔ト金藏屏風の内を見て」　金「ヤアコリヤ品川の安二郎を　壬「アヽコレ〔ト呼く〕」　金「ムヽそんならおれが頼んで置いた　壬「サア夫じやに依つて此死骸の始末を早くしておくれ　金「さういふ事ならマア色男にならにやならねへかへ〔ト金藏奥へ這入る」　喜「サア姉御モウ斯う尻が割れて來たらうろ〳〵しては居られない　壬「そんなら此金を二つに割つて是を路銀にちつとも早う〔ト百兩包を切つて半

四十八

分渡す　吉「こいつは大きに忝けねへ　千「さうして落付く先きは　吉「何處といふて當てはなけれど上方へでも　千「成程夫が上分別　吉「そんなら姉御　千「氣を付けて行きなよ〔ト吉藏奥へお千代は下手へ退入る返し

造物通りの眞中に入口時の太鼓鳴子にて道具納ると下手より屯處の侍六人各十手にて出で來り門口に伺ひ居る吉藏切戸より伺ひ乍ら出る是より立廻り能き處にて出刃を出し立廻り跡返し

造物向ふ黑幕眞中に大きなる松の實木此枝を長くして置く事後に幕を切つて落すと駒形並木町を見たる夜更の遠見松の左右石の玉垣空より松の釣枝此見得かすめて涙の骨時の鐘にて道具納る〔ト向ふより忠藏出で來り〕　忠藏「向ふに見えるは主人のお内十年が其間お世話に成りし御恩も返ら毛使ひ先きの金を失ひどうマア生きて居られやう爰で首を釣つたなら翌日はとくにお目に付き此齊置を御らうじたらお詫の事は分らうなれど只悲いは親仁横遊々と下つて仏つた甲斐もなう非業に死だ姿をば御覽被成たら嘸やお嘆きなさるであらう只何事も前世からの因緣事と諦めてお許し被成て下さり升せちつとも早うさうじや〳〵〔ト澄りを見廻し縄切を拾ひ松の枝へ掛け既に死なうとするとお松頬冠りして走り出で躓いてこけて　松「どうやらかうやら危い處を逃げては來たものゝ今向ふの辻で引れて往つたのは

慥吉さん是迄の惡事の數々所詮命は助かるまい障樣とても同じ身の上コリヤどうしたらよからうなァ　豊「さういふ聲はお松でないか　松「ヤァ本にお前は忠藏さん　豊「エヽこなたはのう〳〵私を欺してようも〳〵最前のアノしだらいはうやうない女子じやなア　松「アヽモシ其お腹立は御尤なれどあれには段々樣子のある事　豊「イヤ何も聞く事はないおのれは殺しても腹がいぬわい　松「尤で厶んす繼母のつらい憂目を見やうよりお前の手に死ぬるが本望ぞ殺して下さんせ　豊「そんなら我身はお千代殿の子ではないのか　松「サア世に繼母程邪慳なものは厶んせぬわいなァ○最前あなたを間男といふたはみんな拵へ事手立てを知りつゝ枕をば交した主は日頃から戀にこがれしいとしいお方此身の願ひは叶ひしなれど又悲みのあなたの御難儀其場で斯うと打明くれば邪慳な親の腹立にて責殺されるも是非なけれどあなたにも疵の付く事夫より寧そお金をば早う出さしてお詫には死でいひ譯する心どうぞ堪忍して下さんせいなァ　豊「ムヽそんならさういふ心であつたか　松「申し私しは拾はれた子で厶んすわいなァ　豊「そんなら其方は拾子であつたかいのう　松「アイなァ　豊「聞く程不便な今の咄し然し夫に違ひがなくば何ぞ慥な證據があるか　松「證據といふは此守り親の片身で厶んすわいなァ　豊「ムヽ嘉永七年十月二十七日の誕生吉左衛門娘お松さん斯ういふ守りがあるからは餘もや嘘でもあるまい然し私も本家へ持つて行かねばならぬ金をば取られ

五十

迚も生きては居られぬ身の上　忠「そんならあなたは死ぬる覚悟でムんすかあなたを死なしてどうマァ生きて居られやう私が先きへ　忠「イヤそなたは殺さぬ其代り私も此彼生きのばはり此殘りの二十兩を路用となし爰から直ぐに逃げ落ちて何處の浦でも二人一處　松「其間に乾度相違は　忠「何のあつてよいものか人目に掛からぬ其内に　松「ちつとも早う　忠「お松ぉじや　松「アイ〔ト行掛ける向ふより忠兵衛旅形り商人の拵へにて浪花と書いた小田原提燈を提げ足早に出て來り〕　忠兵衛「荷物の事で暇を取り品川で泊らうとは思ふたなれど定めて先きには傳二殿やお滝が待つて居やうと急いで來たなれど今時いたのは一番鳥どうぞ戸が明けてあればよいがなァ〔ト舞臺へ來る此時お松忠蔵の手を引き前へ出で來りて忠兵衛の持ちたる提燈を打落しお松忠蔵入違うて行かうとするを忠兵衛忠蔵の腰を捕らへて引戻す此内上手より濱田庄司月堂延びたる好みの鬢黑羽二重の一つ着大小の拵へにて出で來り此中へ割つて這入り忠蔵の懐中より書付を引出し是をかせに探り合ひの世話たんまり宜しくあつてお松は忠蔵の手を引き花道へ行く兩人跡を見て〕　忠兵衛今のは慥に　濱田「お松の　忠「エィ〔ト小石を投げて俯向くが木の頭舞臺の兩人向ふを透し見るお松忠蔵手を引き向ふ

三幕目　（蒲原宿旅籠屋の場　同下座敷の場　同奥座敷庭先の場）

道物常足の二重蹴込み金網の透し欄間に講中札を掛け柱に御定宿正木と記したる掛行燈此家體下手に一間の落間此見附正木と記したる紺暖簾を掛け二重の見附壁ぶちの鏡戸上下九の内に御定宿蒲原驛正木と印したる腰羽目の鎧塀都て東海道蒲原宿旅籠屋店先の模樣お亀お文おじやれの拵へにて源太平助の旅人の駒づくしを取らへて居る是を勘左衛門宿役人の拵へにて止めて居る宿場の騒ぎ唄にて幕明く　お亀お文「サア私しの勧めはどうしてくれるのだへ〳〵　勘左衛門「コレお亀もお文も往來で見苦しい一體是はどうしたといふのだへ　亀「モシ旦那夕べ此人達が呼んだ處が其勧めをさだくれぬではありませんか　文「どうぞ御宿老の威光で　女四人「御裁判を願ひ升わいなア　源太「モシ旦那今朝もお世話になる通り夕べ遠れと二人共路用の金を盗まれてせう事なしの此通り　平助「中々女の勧め處では厶り升せぬ　勘「ナヽそんならこなた衆も夕べ難儀に逢はしやつた人達じやの　源「ハイ私共は東上總の者で日藤源太と申升る先祖も矢張り源太を名乗り梅ヶ枝といふ傾城に馴れ染めて家重代の鎧迄質に入れ親の勘當受け升た私は此頃ちつと金を儲けた故伊勢參宮と出掛けた處夕べの災難中々無間の鐘を突いても此埋草は出升せぬわい　平「其源太とは一家の平太先祖は備前

の別當なれどわしは脱の別當だけはねた女の勤めをば出すも剛腹愛で話が分らぬば出る處へ出て平助が乾度盲譯して見せるのじや　玄「何じやそちが出るよりこつちから靜岡縣へ願ふて出るのだ　魚「サア お前も一處に來ておくれ　源「さういやこつちも　兩人「斯うしてやるのじや　〔ト竹簀櫻棚簀を取つて打つて掛かる勘左衛門是を留めるを拂ひ退けて四人立廻り此時奥よりおその旅籠屋女房の拵へにて出で來り」　おその「コレ二人共お客をとらへてたしなまぬかいのう○貴方方は夕べ賊にお逃ひ被成たお客樣其盜人の陰謀にて取込んで居るにそんなてんがうばつかり早うお客にお茶などお上げ申しやいのう　兩人「ハイ長り升た〔ト兩人奥へ這入る」　その「あなた方にもお氣の毒で厶り升るがどうぞもそつとお待ち被成て下され升せ　源「いはいでも路用がなければ立たれもせぬどうでもかうでも此白地を付けて貰はにやなり升せぬのじや　そ「サア今朝から色々陰謀を致して居り升ればマアお風呂へでもお召し被成て下され升せ　平「そんなら何分願み升ぞや　兩人「ドレ風呂にでも這入らうわい〔ト兩人奥へ這入る」　勘「然しお御内儀こちの内は毎晩の樣に斯う紛失物があるといふは何でも是は勝手知つた者の仕業と思ふがまだ手掛かりは厶らぬか　その「サア夫に付けても氣の毒なは此一月の始から逗留して居る御夫婦長の病に搗て〻加へてお盗を被成てお物入りの續く揚句が夕べの賊難騒にお氣の毒でなり升せぬわいなア　勘「夫は男は二十三四女の方は十

七八アノ美しいお内儀の事かいのう　その「さうでムんす御器量といひ物柔かな嗣選ひてつきり大家の娘子が親の許さぬいたづら無分別なる落人とは大概推量して居れど只いとしいは御亭主の病を苦にやみ此程では乳も出ぬとて泣いてばつかり　勘「そんならアノ夫婦の衆も夕べ賊難に逢はしやつたか　その「路用殘らず持つて往かれたとて途方に暮れて居やしやり升わいなア　勘「ソリヤマア氣の毒な事じやのう〔ト向ふより喜助宿引の拵へ跡より羽織を脱ぎ傳二郎旗形りにて出で來り〕　喜助「且那手前宅はあれでムり升　傳二郎「正木ならおれが行掛けに泊つた内だ病人があるから隨分手當を能くして貰はうぞ　喜「モシお客様でムり升　その「ナヽ是はお早うムり升○コレお文やおすゝぎをお上げなよ　文「ハイ畏り升た〔ト下手の暖簾口より盥を持ち來り傳二郎を見て〕　文「チヤお前さんは日外お泊りなされしお客様　その「本にあなたは此一月お泊り被成しお客様さうして其節のお連さんは御一處では厶り升せぬか　傳「其忠兵衛といふた連れは病氣で先日戻られしが私も一處に戻る處なれど生憎妹が大病故蒸氣船に乘せる譯にも行かぬ又今夜御危介になりに來升た　その「夫はマア御心配な事でムり升せうシテどの樣な御病氣でムり升る　傳「サアチト仔細あつて盲目の亭主の行衛が知れぬとて夫を氣病みの長煩ひ〔ト いひながら草鞋を解き足を洗ふ〕　その「夫は嘸かし御難儀でムり升せう手前方にも逗留の御病人がムり升る旗で病む程お氣の毒な

ものは上り升せぬ　人足「モシ旦那直ぐにお座敷へ廻し升せうか　傳「どうぞさうして〳〵んなせへ　その「お文御案内申しな　文「長り升た○サア御屋さん斯う上んせいなア〔ト お文先きに御屋御を舅き下手の暖簾口へ通入る」　勘「そんならお内儀私は是から紛失物を聞合はせ訴へ升るシテ今の客の座敷は何處じや　喜「二階の奥で上り升　勘「さうして見ると夕べは五ツ口一昨日は二タ口一昨昨日が七口斯う續けて紛失物があると宿老迷惑といふものじやそんならお内儀　その「勘左衛門様　喜「毎日御苦勞様で上り升る〔ト勘左衛門奥へ通入る傳二郎足を洗ひ二重へ上り」　傳「そんなら何ぞ紛失物でもあつたので上り升るか　その「ハイ誠に物騒に上り升るどうぞ御用心被成て下さり升せ　傳「なに私なんぞは別に取られる物はなければ用心して寐ると仕様　その「コレ喜助其六蔵へ御案内申しておくれよ　喜「長り升たサアお出で被成升せ〔ト案内して傳二郎奥へ通入〕　その「本に合點の行かぬといふは日外よりの紛失物内の者で盗みさうな者もなし日毎泊りに護摩の灰めが交つて來て持つて行くに相違ない夫に付けても奥の御夫婦路銀を失ひ又御病氣でも重りはせぬか成程旅は〔ト長煙管を突くも道具替りの知らせ」　その「変いものじやなア〔ト此仕組宜しく返し

道物三間常足の二重見付上手濱床三社託宣の掛物前に燈明供物を供へ下の方奥形の襖下手の襖風壁上手中二階前側障子を建切り正面上り段下手湯殿柱に火の用心の掛行燈いつもの

處切戸棚て旅籠屋下座敷の模樣二重上手に二枚折の屏風を建て下手にお松やつれたる拵へにて赤子を抱きかんてきにて藥を煎して居る右の唄にて道具納る　浄るり「駿河路や富士の煙の空に消え行衛も知らぬ初旅に杖柱とも頼みたる夫トが長の煩ひにお松も今は面痩せて變る姿も夭桃の容を偽める有樣は面影斗りぞ殘りける」（ト此内お松湯呑に藥を注き盆に載せて）　松「モシお藥が出來升たぞへ　浄るり「と明ける屏風も紙破れて骨もあらはに忠藏が痩せ細りたるいたつきの重き枕の頭を揚げ」（ト）　忠藏「其方の親切は忝けれどもりやモウ藥は呑まぬわいのう　松「モシ忠さんけふに限つてな世其樣にいはしやんすぞいなア　忠「サア早う病氣本復なし其方に安心がさせたいと手に手を盛して居たなれど日々重る此業病程にも全快した處が醫者の藥證所謂の證なだ其上に旅籠の溜り勘定すれば三十兩に餘る借り高十一ヶ月が其間旅籠屋住居の煩ひから其方が產の物入りにて旅用の金も半ば過き遣ひ捨てたる殘りをば夕べの賊に盜まれては何を便りに旅に病み其方に苦勞がさせられやう是も御主人の金をかすめし天の罰私が死なば人樣も自然と其方に不便が掛かりお詫びも聞いて下されやう程にどうぞ死んだら髮の毛だけ親に屆けて忠吉の養育を頼つてくれ　松「モシ忠藏さんソリヤお前何をいはしやんすぞいなァ○假令翌日から親子三人が人の軒端に立つとてもお前と一つに暮してこそ女房に成つた甲斐もあれ今お前に死なれたなら私しや此子はどう

五十六

仕升せうぞいなア〔ト赤子笛に成り〕 松「サヽ泣きやんな〳〵乳が出ぬか可愛さうに〳〵○モシ忠臧さんどうぞ私や此子をば不便と思ふて一日も早う本復して下さんせいなア 浮るり「夫トを思ふ貞實の心の内を汲んで知る水桶肩に三助が風呂の此方に聲聞き付け〔ト橋掛りより三助水桶を荷ひ出て來り〕 三助「今日はサヽぼん樣又泣かつしやれ升な 松「サヽ風呂番の三助殿か 三助「ヘイシテ旦那樣の御病氣は宜しうムり升るか〔トいひ乍ら風呂の火を焚く〕 松「能う御親切に問ふて下さんすけふはいつもより氣色も悪し藥も呑まぬといはしやんすわいなア 三「なぜ其樣におつしやり升る早う病が直らいではお松樣が可愛さうなサヽ早う呑ましやれ升せ 松「アレ三助殿もあの樣にいふて下さる故早う呑うで下さんせいなア 浮るり「といへ共小首振る斗り 松「コレ三助殿此通りでムんすわいなア 三「アヽ困つたお方であるわいなア○モシお客樣お風呂の加減はどうでムり升る〔ト風呂の戸を明ける内に定二郎浴衣を引掛け手拭にて首筋を拭いて居る〕 定二郎「氣の毒乍ら水を少し下され升せ 三「ハイ〳〵〔ト開き戸を明けて荷ひの水を入れ〕 三「お客樣御ゆるりと被成升せドレ一服遣らして貰はうか 浮るり「といひつゝ出す腰提の煙管も赤の他人さへ情はあつき風呂上り會釋こぼして定二郎」 定「是は毎度御迷惑でもムり升せう一寸お通し下され升せ 松「サヽモウお風呂のお上りでムり升るかヤアお話し被成升せ 定「有難うムり升る見ればお邊れは

御病人の樣子シテ何時からの御病氣で厶り升るか　忠「ハイ病氣になり升たは此一月迄も全快は叶ひ升せぬ　定「是はしたり兎角病は氣からなるもの御内儀は年もお若いに看病はお大體では厶り升まい　三「イヤモウ夫に付けて涙のこぼれる事が厶り升る何が夕べ可愛さうに此お方の路用の金三十二兩外に紙入にあつた五兩といふ金迄も泥坊めが持てうせたといふ話し　定「サア私も實は今風呂で此御夫婦の話を聞き貰ひ泪をこぼし升た御病人の心に取つては死なうといふもコリヤ尤〔ト上手へ向ひ〕　定「コレ重吉〳〵　重吉「ハイ〔ト出て來る〕　定「其處の床の間に己の紙入がある夫とついでに半纏と其入を取つてくれ　重「畏り升て厶り升る〔ト右の品を持ち出で來り〕　重「左樣なら是に置き升る　定「太義であつた貴樣氣の毒じやが貴上を〆て置いてくりやれ　重「畏り升て厶り升る〔ト中二階へ這入る此内お松茶を入れる定二郎半纏を引掛け紙入より二分金十兩を出し紙に包み〕　定「イヤお内儀苦た失體では厶り升るがどうぞ是で御病人の口に合ふたものでも買ふてあげて下さり升せ　松「是は又滅相な見ず知らずのあなた樣にお金をお貰ひ申す筈が厶り升せぬ御親切は有難うは厶り升れども是はお納め被成て下さり升せ　定「サさうでもあらうけれども私も餘りお氣の毒に思ふ故是は是非共受けて置いて下さい升せ　松「夫じやと申して　三「アヽ是お松樣折角の思召し受けて置くがよう厶るわいのう　松「左樣なればお貰ひ申で厶り升せう　松「モシ忠藏さん此

様にお金を澤山にお貰ひ申し升たゞへ何にも案じる事はない程にどうぞ早う本復して下さんせや　豊「なんにも申さぬ有難う厶り升る　定「假令路銀を失ふ共命さへあるなれば天道様のお恵みで又良い事も厶らう程に早う御全快を被成升せ　兩人「有難う存じ升る　三「ドレ私は臺所へ水を汲んで置き升せう」ト立掛るを」　松「モシ三助殿あちらへ行かしやんすならチトお願み申したい事がある程に喜助さんを一寸貸迄　三「合點で厶り升」ト橋掛りへ這入る」　定「わしも大きに長居を致し升たゞ大事に被成升せ　豊「申し一寸お待ち被下升せ御恩に餘る今日のお情け何れ病氣本復なし元の身分に歸り升れば此お禮が申上げたう厶り升ればどうぞあなたのお名前を　定「イヤ夫は置いて下され私は甲州郡内で甲州屋定二郎といふものなれど年中旅から旅を掛け絹を商ふ旅商人先度駿府の姉の處へ寄つた處が此頃では府中も靜岡と名がかはり德川様が厶るので二丁目は大の繁昌夫故急に五六人子供の世話をしてくれと姉の頼みで一年の内九分迄旅で暮らす商賣お目に掛かる譯に參らねば其擬酌なら必ず置いて下さり升せ　松「そんなら駿府の二丁目で子供が欲しいと仰しやり升るか　定「ハイ二十から二十四五迄の子供を五六人頼まれ升た」ト奥より喜助出で來り」　喜助「モシ何ぞ御用で厶り升るか　松「ヲヽ喜助どん一寸お使ひをお頼み申したう厶り升る」ト件の金を三つに紙包に分け」　松「お前さんどうぞ是へお禮と記して下さり升せ」ト硯箱に添へて包金を忠

厳に渡す忠嶽書かうとして」　忠「コリヤ手が震へて　定「イヤ私が書いて上げ升せう　忠「左様なら憚り乍ら　松「お菓子料金百疋忠嶽とお記し下り升せ○是は金二千疋御薬礼とお記し下さり升せ　定「ハイ〔ト書いて渡す〕　松「モシ喜助さんどうぞ是をお醫師の町非玄宅様へ○是が岩淵の智妙院様へお屆けて下され升て玄宅様には御苦勞乍ら明日お見舞下さり升せと仰しやつて下さり升せ　喜「畏り升たドレ一走り往て來やうか〔ト奥へ通入る〕　松「頂戴致した金子にて早速礼を済まし升たも皆あなたのお陰有難う存じ升る　喜「イヤ其礼には及ばぬ然しモウわしはお暇と致さう　松「ヤア宜しいでは厶り升せぬか　定「イヤまだ仕殘つた用事もあれば又後程參り升せう　松「有難う存じ升る左様ならお客様　忠「何かといかひ　定「イヤドレ帳合なとして置き升せう〔ト定二郎上手へ通入る〕　忠「何とお松夕べの賊に引換へて金子をお惠み下された今のお方はおりや佛の様に思ふわいのう　松「道理で厶んす捨てる神あれば助ける神とはんにあのお方は全く日頃信心する神佛のお引合せで厶り升せう私しや此様な嬉しい事は厶んせぬわいなア〔ト襖の後ろにて〕　光庵「お松殿〳〵　沖る「と襖がらりと明星光庵をつと通れば夫婦はもじ〳〵　松「ヲヽどなたかと存じ升たら明星光庵様能う御見舞被下升た　光「アイヤ愚老はお見舞には參らぬのじや大方見舞には玄宅老が參るであらう　松「イヱ其様なお醫者様は　光「イヤ今門で喜助に逢ふたら薬礼を持つて是から彼が宅へ參る

五十九

六十

と申し居つたコレ最早愚老が見脈なし盛つた薬が何であらうと思はつしやる先づ烏犀角に大人參餘り藥が強うて眼がかすむといはるゝ故眞珠を盛つたが皆高金の良藥斗り現金買の其外に此一月から七月迄日に七服宛送つた藥はやさしい事じやないぞよそれに只一百の答へもなく醫者を待へそれに玄宅老へ體とはどうじやサア十五兩の藥體を只今申受けに參つた　忠「サア御立腹は御尤で厶り升るがアノ玄宅様はさるお方より無據世話され升て　光「サア愚老夫をいふのじやない藥體をよこせと申すのじや　忠「サア其お體にと思つて居つた其金を昨夜ひよんな災難にて　光「夫も聞いた愚老夫をいふのじやない藥體をよこせと申すのじや○エヽ面倒な出る處へ出て頂戴致さうサア愚老と一處に歩まつしやれ　忠「サア夫は

光「夫が迷惑と思ふなら十五兩耳を揃へて　忠「サア夫は　兩人「サア〳〵〳〵　光「エヽいつその事　浄るり「むしやくしや腹の明星光庵病苦に惱める忠滅を引立て行かんを有様にお松は遂て〳〵縋り留め　松「アヽモシマア待つて下さり升せ何をいふにも昨夜の仕儀　光「イヤ〳〵其百譯は聞かぬのじや　松「サヽ愛が一つのあなたへお願ひ長うとは申し升せぬどうぞ今夜初夜迄お待ち被成て下さり升せ是と申す當てはなけれ其捨置かれぬ夫トが難儀どうか致して見升せうわいなア　光「ムヽよいは情を以て待つて遣らうが其時に金が出來ぬと願ふて出るぞよ　松「ハイ　光「ムヽ初夜といふても間もない事幸ひ愚老の七免で夕べ往生遂げられた

死人の通夜などして待つて居やう此病人もうそつと抽者の手に掛けて居つたならとつくに命があるまいもの命冥加な死損ひめが　浮るり「腹に針持つ按摩將者憎口叩いて入りにけり跡に夫婦はとつおいつ途方に暮の鐘さへもいとゞ哀れを添へにける　忠「コレお松一つ叶へば又一つ降つて湧いたる此難儀初夜といふても儘か一時そなたぞう仕樣と思やるぞいのう　松「サア捨てゝ置れぬ手詰の難儀ちつと私に思案もあれば安心をして下さんせ　忠「どういふ思案か知らね共知らぬ旅路の悲さには無心いはふにも知邊もなき我身に共金の工面が出來樣筈がないおりや案じられてならぬもいのう　松「共金は急度工面をする程に必ずそんな事案じずとちつとの間でも氣を樂にぞうぞ休んで下さんせいなア　忠「そんなら爰で暫しの間　松「よい夢なと見やしやんせいなア　忠「とはいへよしない此わしに連添ひ苦勞を駿河路の　松「旅に病ひの夫トより見る目悲き憂き思ひ　忠「便りに思ふ路銀は奪はれ　松「貧と病の苦みは　忠「此世からなる地獄の呵責　松「あぢきなき身の　兩人「成行じやなア〔ト兩人手を取換はし」　浮るり「又も泪に〔ト兩人憂ひのこなし此仕組宜しく三重にて返し

造物當足の二重見附上手床の間是より下手中障子襖上手障子家體下手杉皮の塀此前つくばひの手水鉢庭木のあしらひ都て旅籠屋座敷の模樣二重に六枚屏風を廻廻し座敷行燈を燈し傳二郎寐轉び菊の市旅按摩の拵へにて腰を揉んで居る平舞臺にお文お鶴せりあひ居る宿場

の騒唄にて道具納る　文「イエ〳〵お前に取られては女が立たぬわいなア　魚「ふざけた事をおいひでないよ　傳二郎「コレ病人の傍で喧ましい辭にしてくれぬか　文「モシ按摩さん聞いておくれ私しかぞつこん惚れたお方が今夜お泊りになつた所此お龜さんが惚れて居る男じやといふ故腹が立たうじやないかいなア　魚「夫はお前より私の方が腹が立つわいなア　傳「是サ靜にしねへといふに　菊の吉「然しお客樣私は盲で此衆道がどんな器量か分り兼ね升が何にしても女二人に思はれるとは果報者では厶り升せぬか　傳「サア何處の人だか知らねへがよい月日の下に生れた男だ　菊「本に左樣で厶り升る」「トいひ乍ら傳二郎の懷へ手を入れる　傳「ナイ按摩さん何をするのだ　菊「イエ何腹をチト揉み升せうと存じ升て　傳「そんなら夫といへばいゝに足の方を叩いて下せへ　菊「長り升た　文「そんならモシお客樣其男がお前さんなら　二人「一所に頭を叶へて下さんすか　傳「夫斗りは後生だ誤る　菊「且那お樂みで厶り升るなア」「ト又懷を探ぐる」　傳「なんだ按摩さん又おれの腹を揉むのか　菊「是はとんだ龜相を致し升た　傳「モウ療治は夫でよいなん度遣つたらよいのだ　菊「ハイ三百文お貰ひ申し升　傳「ナイ二人共此盲を早く連れて往つて下せへよつぽど氣味の惡い按摩だ　兩人「合點ヒやわいなア○サア行かしやんせいなア」「ト菊の市の手を引き連入る」　傳「今の按摩の樣子では此頃爰の内の紛失物はてつきりあいつの仕業であらうわへ　傳「コレ妹ちつと氣分はよい

か〔ト屏風の内にて〕　お瀧「アイ大きによう〻んすわいなア〔ト傳二郎屏風を明けるお瀧病人の拵へにて絹蒲團の上に居る〕　傳「アヽ痩せれば痩せるものだなア夫もさうであらうか思ひに思つた忠藏殿には其夜からして行方知れぬ夫を氣病みの此病ひ忠兵衛殿にも氣を揉んでどうぞ悴のあり家を尋ね病氣を直して遣り度いと關八州はいふに及ばず奥州筋迄捜しても知れぬから所詮此世に○ィヤサ此世に生きて居ればこそ忠兵衛殿から知らせの手紙しや夫に死なうとしたり又一昨日は旅籠屋で非戸へ身をば投げ掛けたり危ないだらけのおれが心配ちつとは察して此後は短氣な心を出してくれるな　瀧「モシ兄さん堪忍して下さんせ假令忠藏さんが此世に生きて〻んすとて私を嫌ふて居ればこそ逃ふた其夜に行方知れず寧そ今にも死んだなら結句お前の心もやすまり又忠藏様も好いたお方と夫婦になつて親御にも安心さすでム〻んせう　傳「コレ妹それが女の狹い了簡假令忠藏殿は性根が腐り外に女が出來たにもせよ其方には親の威光とおれが力づくで添はして見せる必ず共にきな〳〵思はぬ早う病氣を直してくれ○なに泣く事があるものか大阪へ戻つたら忠藏殿に逢はれるのだ　瀧「ハイ泣くまいとは思へ共妹故に苦勞さしやんすお前の心を私しや思ふと　傳「サアそんな役に立たぬ事思ふは却つて病の毒だちつと横になるがいゝ　瀧「アィさうし升せうわいなア　傳「そんなら妹　瀧「今宵はどうでも　傳「エヽ　瀧「兄さんお先きへ寐升ぞへ〔ト傳二郎屏

風を引廻し」　惣「妹勘忍してくれあり家が知れたといふたは偽り日外東京へ着いた晩駒形のあの川岸で死んだに違ひなけれ共悲い事には本の一枚回向を頼むとある斗り何の様子も分らねど死なぬといふも兄の心は手前の命が大事さ故大阪へ戻つて是が知れたら又突詰めた事仕様かと思へば是も一つの心配ア、何といふて欺したものであらうなア〔ト奥よりお文お亀出て來り〕　二人「約束なればサアどうぞ　惣「エ、〔ト兩人を突退ける是にて兩人仰向けに引つくり返るを道具替りの知らせ〕　惣「何をしやアがる　二人「アレ欺したのかいなア〔ト此仕組宜しく宿場の騒唄にて返し

造物元の道具前側障子上手矢張り屏風を建廻し愛にお松嶋田髷好みの着附に着替へ傍に赤子を寐かして鏡台に向ひ髪を結つて居る右の唄にて道具納る〔ト直に床の淨瑠理になり〕

浄るり「子故に心後れ毛を解くや姿の黒髪に寫す梅香のさと蒸る柘植の小櫛も通り兼ねお松「本に思へば此身程果敢ないものが世にあらうか生みのとさん嬶さんは何國のお方かお名さへ知らぬ便りに思ふ夫トには旅で煩ふ薬鑪に此身を寄らねばならぬとはコリヤマア何の因果じやぞいなア　浄「雨持つ空の夕やみに　唄「月さへ晴れぬ星明り　浄「向ふ鏡に我影の唄「移れば替る世の中を　浄「啼くや霜夜の蟋蟀　唄「いとゞ憂れを添ゆるさむしろ　松「まだお目覚めで厶り升るか〔ト障子を明ける内に行燈を灯し定二郎蒲團の上に住居帳面を前に

置き居て」　宮「ヲヽお隣のお内儀か　松「ハイチトお願みが厶り升る　宮「マアこちらへ上がらつしやれ升せ　松「御免被成て下さり升せ「ト二重へ上る」　宮「シテお願みと仰しやるは　松「サア其お願みとは　宮「身を賣る世話を願みにお出で被成升たか　松「エヽ　宮「偖々お前様は貞女なお方じやな最前何か解商にものいひ夢るは何事と伺ふて居たれば醫者殿を換へたが腹立ちで藥代を今宵よこせとの無理難題ヲヽどうぞして救ふて上げ度いと思ふたれど生憎金を國へ送つた跡故どうかと案じる内願みは其身を賣るならんがどうぞ邪見な主人に掛り苦勞をせぬ樣私が姉の二町目へお世話したいが私の目が逸ひ升るかな　松「如何にも御推量の通り其金故に此身をば賣らねばならぬ手詰の難儀どうぞお世話を被成て下さり升せ「ト此内忠藏目の覺めしてなしにて屏風を取退け開いて居る」　宮「ソリヤモウ勤めをさつしやる氣なら氣の毒な譯ではあれど私がお世話致し升せうシテ身の代は何程欲があらつしやる　松「サアせめて夫トに少々の小遣なりと殘して行きたう厶り升れば廿五兩程御拜借はなり升まいか　宮「エヽ何をいはつしやる其御器量なら一年に百兩位は私が受合ひ二年勤めをする氣なら二百兩は借りて進せ升せうが成丈年は短うして當分半季五十兩夫で取極めにして置かつしやれ御亭主がお可愛さうぜムるわいのう　松「御親切によう仰しやつて下さり升た夫に附けても此乳呑子せめて里に遣ればとて近い所へどうぞして　宮「成程一所に連れて

六十五

行かしやれ○夫は夫でもよけれど金の一條じや國へ送つた殘りの金が爰に僅二十兩跡は賭文した上で御亭主殿へ送らつしやれ薩は急げといふからは今夜の内にちつとも早う〔ト定二郎紙入より二十兩出して置く　松「アヽモシ一寸お待ち下され升せ升せめて夫トへ餘所乍ら暇乞が仕たう厶り升れば　定「何樣夫も先刻をいふてやる内に暇乞はゆつくりさつしやり升せ　松「段々厚き御親切夫トが嘸悦ぶで厶り升せう左樣なれば私は此金子をばちつとも早う　定「そんならお内儀　松「あなた樣　定「隨分名殘りを○惜んだがよいわいのう　豐「何に付けても情ある詞の花ぞ色變へぬお松は夫トの體を見て〔ト定二郎障子を建切るお松こちらへ來り　松「チヽお前さん目が覺めたので厶んすかさうしてゝア何を泣いて居やしやんすぞいなア　豐「是が泣かぬに居られやうか○其方は勤めに行く氣であらうがな　松「エヽそんなら今の樣子をば　豐「殘らず聞いて居たわいのう○初めて逢ふた汐入りの小糸に假寐が縁となり子迄なしたる女房に勤めをさすも我故と思へば何の因果で一年足らず旅に病み盤から介抱する者もないと思へば悲しいわい　松「道理で厶んすわいなア私しやお前の本復迄お傍に居たいは山々なれど今宵に迫る難渡の手詰め是はお隣りに居るお方が貸して下さんした二十兩是にて藪の藪をば濟ませ跡の殘りはたべたい物でもどうぞ買ふて下さんせいなア〔ト金を渡す〕豐「何にもいはぬ孫い遣りとむないは山々なれども遣らねばならぬ金のせつばお

りや涙がこぼれるわい　松「私に別るゝか南より大病人を殘して行く私の心はどの樣に厶んせうぞいなァ」〔ト赤子笛になり〕　松「ヤ、泣きやるな〳〵なんにも知らぬ子心にも虫が知らすか此泣き樣それ〳〵まい〳〵さんを見やいのう　逸「泣く子をすかす守唄もしめり勝なる憂い聲　松「ねん〳〵〳〵ヨウねん〳〵の守は何所へ往た山を越えて里へ往た其山越して里の勤めに行かにやならぬ母が乳も今宵限りと思へばよしない腹に宿つたばつかりに子迄苦勞をさすかいなアヤ、たがよ〳〵　逸「里の土產に何貰ふた〳〵〔ト此内子を叩き乍ら切戸の外へ出る橋掛りより三助邊りを伺ひながら〕　三助「姉御　松「コレ〇〔ト押へ〕　松「とん〳〵太鼓に笙の笛　逸「起き上りてぼし〔ト雨人は花道へ行き〕　松「靜かにしねへか　三「ヤイお松さん二階に殘つて居る客がおめへの仕業と目を付けた樣子だから今夜の内にふけりなせへ　松「夫はわちきも承知故夕べ路用を盜まれたとアノ馬鹿を一ぱい喰はして寢揭げたが三十二兩其外に每晩旅人の寢息を考へ盜んだ金が百兩餘り是を路用にふける山ヤ　三「そんならおめへも今夜の内に　松「夫なればこそ身を賣るといふて形りの拵へから髮の一つも結つたのだが只殘念なは二階の旅人を欺して取つた二十兩忠藏野郎に盜いて行くのが口惜いとは思ふたれどモウ斯うなつたら儘の金に目を附けて居られねへおめへ獨をいふてくんな

三「ィヤ獨なら趣向してあるよ　松「本に氣の早い男だなァ　三「其氣の早いよりお松さんモ

六十八

ウ大概に聞いてくれてもいゝじやアねへか　松「ハテ今から直ぐに夫婦になるのさ　三「夫は本統の事か　松「何嘘をつくものかね　豊「お松〳〵　松「ハイ只今參り升「ト三助に呼く三助橋掛りへ這入るお松は舞臺へ來て」　松「何ぞ御用でムんすかへ　豊「門口にお人があるのか　松「ハイ只今盃を持たせてお迎ひに見えたと三助殿が知らせて來て下さんした故私しやモウ行き升ぞへ　豊「そんならそなたはモウ行きやるか　松「サアせめて今宵一夜さは介抱して行きたいわいなア　逸「ト夫トの膝に取縋り泣居る折柄三助が盃をつらし出で來り　三「お松様盃が參り升た○偖旦那様誠にお氣の毒な今宵のしき馴染甲斐に私がお送り申し升れば御安心を被成升せ　豊「いつに變らぬ三助殿の御親切安心仕升わいのう　三「然し旦那も店に最前からお待ち兼なれば夜の明けぬ内お供せうでは厶り升せぬか　松「そんなら必ず御身を大事に早う本復して下さんせへ　豊「そなたも隨分煩はぬ様　松「アイ○さらばでムんす　豊「お松待ちや　松「なんでムんす　豊「そんなら是が　松「別れにゝ一度　三「サアお出被成升せ「ト　お松是非なきこなしにて舌を出して盃に乘る兩人是を見き三助盃に付き向ムへ這入る」　忠「可愛やなア長の間の煩ひに一日の樂もせず夫ト大事と思へばこそ勤めに行くそちが親切　淨るり「愛から拜んで居るわいのう　豊「是も皆御主人や親に苦勞を掛けし罪赦してくれよ女房ども　逸「と跡は得いはず伏し轉び身も浮く計り泣居る時刻遠へ忠醉者光庵「ト奥より

光庵出で來り」　光庵「サア約束の十五兩貰ひに參つた　豊「ハイ其十五兩お受取り下さり升せ〔ト渡す〕　光「コリヤ思ひの外の十五兩大方何所ぞで盗みでも致した金と見えるわい　逆「一寸いふにも憎さ氣に金を納むる折柄に二階を出る以前の男　善長衛「モシ只今鶴が參り升た故お迎ひに參り升て厶り升る　豊「其女房は今の先きお迎ひの鶴に乘つて參り升たが御一所では厶り升せぬか　善「イエ旦那は座敷に居り升るそんならお内儀は行かれ升たか　豊「ハイ逆「聞くに男は打驚き物をいはず走り入る忠藏更に合點行かぬ思案に暮れて居る處へ喜助を先きに宿役人樣子を伺ひ入り來り〔ト奥より喜助六尺棒を持ち勘左衛門箱原宿問屋場と印したる弓張灯燈を控帳を持ち源太平助付添ひ出で來り」　四人「大盗人め動きさらすな　忠「何私を盗人とは　喜助「エヽいふな最前禮に持つて往つた金は殘らぬ皆贋金　勘左衛門「又此旅人の金を盗んだ賊はこなたの内儀といふわい　光「夫では今の此金も贋金ではあるまいか〔ト件の金を出し烟管の吸口にて擂つて見て〕　光「ヤヽコリヤ贋金よくもこんな金をつかましたな〔ト光庵金を打附ける〕　豊「ヤヽコリヤ本の皆胴服ィヤ申し光庵樣此金子は女房が勸めに行きし身の代に甲州屋定二郎と申す人より受取つた金子で厶り升る　勘「コレ喜助知つて居るか　喜「ハイ其お方はこちの内の馴染の客で然もきのふから逗留して居られ升　勘「そんなら早う尋ねて見い　喜「畏り升た〔ト中二階の障子を明け〕　喜「ヤア客は元より荷物迄是

に見えぬがモウ立たれたと見え升わへ　豊「エヽアノお方は居られ升せぬかヤヽヽ　浮るり「ハット斗りに氣も轉倒光庵襟髮取つて引付け　光「アノ愛な偽り者め能くも愚老を欺き居つたな○此樣子では此頃の賊も大方此奴の仕業何ぞ手掛りの品でもないか改めて見やつしやれ　四人「合點じや〳〵「ト皆々燈りを尋ね下手にありし兩掛に目を付け錠前を捻切つて打明ける此内より胴卷紙入財布錢入胴亂なぞ澤山出る」　醫「ソリヤコソあつたぞ是は夕べおれが取られし紙入じや　平助「是は私が蒲團の下へ敷いて寐て盜まれた此胴卷があるからは　醫「推量の通り盜人はあの女に違ひない　豊「そんなら是はそなた衆の物か　喜「夫にしても堅い〳〵と呼別のあの女が盜人とは人は見掛けによらぬものじやなア　光「何今人足の話しを聞けば愛の内の三助といふ風呂焚とち〻くり合ふて今駕で欠落したとの噂シテ見る時は盜み位は仕さうな者で厶るて　喜「そんならアノ三助とふけつたかヤア〳〵〳〵　浮「始終を聞き居る忠蔵が心はあるにもあられぬ思ひ　豊「そんなら最前三助がお松を送つて行くといふたは欠落をしかつたのか「ト思はず財布を見て」　豊「ヤヽ是は夕べ盜まれし此財布といひ紙入迄こゝにあるはそんなら是もお松めが仕業であつたかヤヽヽ　光「いふな〳〵夫も夫婦訓合ふて金を盜まれしとぬかしたは人に油斷をさす巧みこんな奴は御宿老がんじがらみにくゝし上げ差出すがよく厶る　豊「ソヽ皆の衆手傳ふて下され　皆々「合點じや〳〵

理「情け容赦も荒縄にいましめんとなす有様を見るに見兼ねて此家の女房奥の一間を走り出で　おさの「マア待つて下さんせいなア　光「誰かと思へば此家のお内儀こいつをば庇ふが最期こなたに難儀が掛かり升ぞや　その「イエ〳〵何かの様子は次の間で聞く程憎いあの女此お方の仕業でない事は私が身に引受けて言開きはして見せる程に私に預けて下さんせいなア　光「ヲヽ此儘に置く奴ではなけれ共お内儀が扶援なれば旗人衆是はどうさつしやる　理「サア突の内儀のいふ事なら　不「聞かぬばなるまいかいのう　光「こなさん達が得心なら愚老も預けも仕様けれど楽代の十五両は　その「夫りやどうなとして御損はかけ升せぬわいなア　理「さう話が極つたら引取らうではあるまいか　光「そんならお内儀　その「光庵様　光「命冥加な　皆々「大泥坊め「ト皆々奥へ這入る」　豊「さうじや「ト下手へ行かうとするを　その「コレ待たしやんせあなたは何處へ　豊「今此様な身になつて盗賊の悪名迄も受けさするとはあんまりな酷ひ邪慳な女故嘸附いてなと此恨みを　その「お腹の立つは尤なれど心を静めて一通りマアお聞き「ト忠滅を引廻して下に置くのが道具替りの知らせ」　その「彼成升せいなア「ト忠滅は涙落すおそのは涙を抑へる此仕組宜しく返し

造物上下一間半の雨家體見付茶壁前側障子を廻切り廻様石の沓ぬき其中建石石の庭井戸空より松の鉤枝都て旗籠屋座敷庭先の模様時の鐘雨平にて道具納る「ト上手より善兵衛出て

來る是と一處に橋掛りより菊の市出で來り」　菊「石佛か　巻「コレ靜かにしろへ○實に實に惡い奴には上のあるもの鬼の目を拔く組合を一盃喰はしてすつぱ拔けをしやアがつたあの女　菊「サア夫故跡を追ふて行きなすつたがいゝ鹽梅にとつつかまへたかしらんて　巻「然し遣つた金といふも大方いつもの胴脈であらうから逃げたとて別に腹も立たねへといふものだ　菊「さうして手めへ何ぞいゝ仕事でもあつたか　巻「サア爰の座敷に泊つて居る客の模樣を搜つた處がとう〳〵眼を付けられた樣子　菊「イヤモウ斯う間が惡くつてはちつと鼠を替へずばなるめへ雨は降り出すし親分一人じやア心元ないこつちも是から濱廻りに沖津邊りで網を張らうか　巻「夫がいゝこゝらが不斷世話になる親分への奉公だ　菊「そんなら兄貴　巻「氣を注けろへ」ト兩人向ふへ近入る下手の障子を明けお瀧樣へ出で來り」お瀧「事を分けたる兄さんの思召しは有難けれど忠藏さんのあり家が知れたといふたは私の身を案じ過しての皆お慈悲萬に一つお命を長らへてムんすも嫌はれて居る此身にてどうマア女夫になられうぞつれない事を今宵身を投げて死ぬる覺悟でムんすわいなア」ト上手の障子を明け忠藏出で」　忠「事を分けたるお内儀の御意見は身に餘る程忝うはあるけれど日毎に重る此長病いつそ今宵身を投げて死ぬる覺悟でムり升る夫に附けても不便なは盲聾のお瀧殿嘸や憎んで居るであらう　瀧「假令此世は嫌はれても夫婦は二世といふからは　忠「せめて來來は夫

婦になり添遂げるのが此身の宿願　瀧「とはいへ長の此年月お世話になりし御恩も送らず
忠「今宵死んだといふ事を聞かれたなれば　瀧「嘸や跡にて兄さんが　忠「親の嘸きは如何斗り
瀧「是も定まる約束と　忠「先立つ不孝は親仁様　瀧「モシ兄さん　両人「お赦なされて下され
升せ「ト心々の思入れ」　忠「人目に掛らぬ其内に　瀧「ちつとも早う　両人「さうとや〳〵「ト
平舞臺へ下り始終暗がりのこなしにて邊りを探り庭石を拾ふて袂へ入れる此内上手の家體
におその下手の家體に傳二郎袖に手燭を隠し様子を伺ひ居るお瀧忠藏井筒の左右に取付き
て」　両人「南無阿彌陀佛「ト一時に身を投げ様とするを傳二郎おその下りて來り」　傳二郎「妹
待つた　おその「あなた待たしやんせいなア「ト一處に手燭をさし出す」　傳「此方は　忠「お瀧殿
か　瀧「忠藏さんか　その「そんならあなたは此お方を　傳「知らいでならうか妹の　瀧「病の元
はあなた故　四人「チモマア不思議な「トお瀧忠藏はひよろ〳〵として下にへたるおその傳
二郎は上下の本様にへたる是を一時の木の頭皆々氣抜けたるこなし此仕組宜し〳〵ざざみ幕

演劇脚本　鳥追於松海上話　前編終

明治廿九年三月九日印刷
明治廿九年三月十六日發行
（定價金八錢）

版權及興行權所有
不許謄寫

著作者　東京市淺草區七軒町二番地
別號　勝　彦兵衛
版權所有者兼發行者　大阪市東區備後町四丁目四十番屋敷
中西貞行
印刷者　大阪市東區內本町橋詰町六十八番屋敷
活版製造劇擴合資會社
前田菊松

解　題

中村正明・安西晋二

小新聞〈つづきもの〉と明治初期毒婦小説

〈つづきもの〉とは、明治初期に小新聞で主に連載された実録物を指す。「昨日のつづき」や「〜の話のつづき」といった題目が付されていたことから、〈つづきもの〉の名称がのちに定着した。その嚆矢は、『平仮名絵入新聞』明治八（一八七五）年一一月二八日から同月三〇日にかけて連載された「岩田八十八の話」とされる。〈つづきもの〉の特徴や分類に関しては、興津要『転換期の文学—江戸から明治へ—』（早稲田大学出版部、昭和四五［一九六〇］・一一）、和田繁二郎『近代文学創成期の研究—リアリズムの生成—』（桜楓社、昭和四八［一九七三］・一一）、本田康雄「草双紙合巻から新聞小説へ—開化期文化の底流—」（『国文学研究資料館紀要』第一四号、昭和五五［一九八〇］・三）、林原純生「近代文学と〈つづき物〉—「絵入朝野新聞」からの問題提起」（『日本文学』第四二巻四号、平成五［一九九三］・四）、佐々木亨「つづきもの論序説—「大阪」新聞・「大阪日報」を中心に—」（『言語文化と地域』平成一三［二〇〇一］・三）などが重要な先行研究となる。

久保田彦作『鳥追阿松海上新話』（錦栄堂、明治一一［一八七八］年二、三月）は、〈つづきもの〉の合巻化の先駆けであると同時に、毒婦小説流行の先鞭をつけた作品である。『かなよみ（仮名読新聞）』に連載された「鳥追お松の伝」は途中で中止になり、『鳥追阿松海上新話』として合巻化される（詳細は「久保田彦作『鳥追阿松海上新話』」および「『かなよみ（仮名読新聞）』掲載「鳥追お松の伝」」解題参照）。これに続く、岡本起泉『夜嵐阿衣花廼仇夢』（金松堂、一八七八・六〜一一）、仮名垣魯文『高橋阿伝夜刃譚』（金松堂、一八七九・二〜四）といった著名な毒婦小説の登場も、〈つづきもの〉を中絶させ、合巻化するという

『鳥追阿松』と同様の経緯を辿った。『鳥追阿松海上新話』以降、毒婦小説は新聞連載から合巻化という流れによって、当時の読者を数多く獲得していったのである。

〈つづきもの〉は、その形態から日本における新聞連載小説の源流とも捉えられる。ただし、〈つづきもの〉には、明治に入り求められる実学的風潮という同時代の思想や状況が大きく関わっている点を看過すべきではない。たとえば、和田繁二郎『近代文学創成期の研究―リアリズムの生成―』では、「「実録物」に見られた歴史的事実への関心は、明治十年前後より、当時の事件の当事者や、巷間無名の人物の数奇な運命の方へ移」り、「それらは新聞の報道を原形とした〈つづきもの〉に本格的な出発を見せる」と述べられている。お松をはじめとした明治の毒婦たちもまた、元は「巷間無名の人物」であり、彼女らの物語はまさに「数奇な運命」と呼ぶにふさわしい、偶然性に充ちた波乱万丈の展開を見せた。それらの根底にあった前提が「事実」の報道性である。〈つづきもの〉および毒婦小説は、そこに虚構的な物語性が加えられていくようになっていったということになろう。

「事実」とはいえ、近代小説におけるリアリズムに直結するわけではない。あくまでも限定的な「事実」ではある。常識的にはありえないような展開であっても、毒婦小説の多くでは「事実」に基づくことが主張されていた。時代とメディアの影響を強く受けながら、〈つづきもの〉と明治初期毒婦小説の関係は構築されていったのである。

（安西）

合巻『鳥追阿松海上新話』　全三編九冊

久保田彦作『鳥追阿松海上新話』（以下、『鳥追阿松』）は、錦栄堂大倉孫兵衛より明治一一（一八七八）年二、三月に三編九冊で刊行。仮名垣魯文閲、陽州斎周廷画。興津要編『明治文学全集1　明治開化期文学集（一）』（筑摩書房、昭和四一［一九六六］・一）、興津要編・前田愛注釈『日本近代文学大系第1巻　明治開化期文学集』（角川書店、昭和四五［一九七〇］・一二）に収録。角川書店版『明治開化期文学集』所収の、興津要「明治開花期文学集解説」は同時代の文学状況および『鳥追阿松』成立背景を詳述している。また、前田愛の「注釈」も現代の読者にとっては欠かせない情報となろう。なお、タイトルの「海上新話」について前田愛の「注釈」では、「「海上新話」は阿松が遠州灘で神戸行の汽船に救助される第五回の挿話を踏まえたもの」とされている。

久保田彦作（弘化三［一八四六］生、明治三一［一八九八］・一・三没）は、狂言作者、戯作者として知られる。五代目尾上菊五郎付きの作者になって以降、明治八年頃からは河竹黙阿弥門下となる。黙阿弥と親交のあった仮名垣魯文にひきたてられ、かなよみ（仮名読新聞）の編輯長にもなり、明治一一年に『鳥追阿松』を刊行する。ほかに、初代菊五郎父子に取材した『菊種延命袋』（錦栄堂、明治一一・一一～明治一三）、八代目団十郎を扱った『荒磯割烹鯉魚腸』（青盛堂、明治一四［一九八一］・一）などがある。また、明治一二年に『歌舞伎新報』が創刊されると、主筆となり編集に才腕をふるった。

『鳥追阿松』は、『かなよみ（仮名読新聞）』明治一〇（一八七七）年一二月一〇日の第五四〇号から翌明治一一年一月一一日の第五六二号にかけて掲載された〈つづきもの〉である「鳥追ひお松の伝」の合巻化となる（詳細は「『かなよみ（仮名読新聞）』掲載「鳥追ひお松の伝」」解題参照）。「鳥追ひお松の伝」の新聞

連載が中途での断絶であったことを受け、佐々木亨「『鳥追阿松海上新話』の読者の成立―新聞の宣伝効果―」（『国文学研究』第一三〇号、平成一二［二〇〇〇］・三）では、仮名垣魯文は草双紙化に重きを置き、「連載という巨大な市場を発掘しかけながら、反響の弱さゆえに商品的価値を悟らぬまま、草双紙で儲けるのは版元であると考え続けていた」と指摘されている。そのほかにも佐々木亨は、「西南戦争と草双紙―『鳥追阿松海上新話』の出現をめぐって―」（『近世文藝』第六九号、平成一一［一九九九］・一）、「『鹿児島実記一夕話』と『鳥追阿松海上新話』―大倉孫兵衛の戦略―」（『国文学研究』第一二七号、平成一一［一九九九］・三）、「『鳥追阿松海上新話』の成立―連載と草双紙のはざまで」（『江戸文学』第二一号、平成一一［一九九九］・一二）といった一連の『鳥追阿松』研究において、メディアおよび当時の文学状況との関連性を数々の資料を用いて分析している。いずれも、極めて示唆に富む『鳥追阿松』研究である。緻密なデータが現代のように残っているわけではないため、新聞連載時の人気等は不明瞭な部分も多い。だが、当時の出版状況や時代背景と関連しつつ、『鳥追阿松』の刊行が衆目を集めたのは確かである。その人気は、『鳥追阿松』が歌舞伎や講演の題目になったことを示す、本集成所収の資料からも明らかとなろう。

『鳥追阿松』については、先行研究自体が少なく、かつメディアや時代との連関にその指摘は集中している。現代のような確度の高い情報の少なさに鑑みれば、それも必然ではあろう。とはいえ、背景のみならず、『鳥追阿松』の文体や表現、さらには内容にもより注目されてよい。たとえば、興津要は、新聞連載時よりも『鳥追阿松』の文体は「地の文も、会話も、はるかにリズミカルな七五調」であり、「彦作が狂言作者らしく、歌舞伎調のセリフと動きや場面転換などの技術を駆使して書き直したとみられる」（『明治開化期文学集』）という。この点に関し、興津による言及は文章の一部のみとなっている。そのため、本集成所収の『かなよみ（仮名読新聞）』掲載の「鳥追ひお松の伝」の文章全体と『鳥追阿松』本文をあらためて対照

されたい。『鳥追阿松』の表現は、従来の戯作と近似する書き方ではある。だが、近世戯作的な表現が継承されつつも、実学重視といった新たな時代の志向も意識された過渡的な状態は、『鳥追阿松』などの新聞連載発の合巻作品が有する魅力でもあろう。

『鳥追阿松』の内容にも簡単に触れておく。大筋は、「毒婦」であるお松が美貌によって濱田正司や松屋の番頭である忠蔵らを騙すというものになる。作中で「毒婦」という語が最初に用いられている箇所は、初編上八丁裏である。忠蔵から金を騙し取り、大阪吉とふたりでしばらく身を隠すために出奔しようとしたところで、「人目を包む手拭ひに顔ハ隠せど身にあふゝ悪漢毒婦が首途」と語られる。ただしそのあとは、「元より」や「性根」といった語とともに「毒婦」が用いられる場合が多い。したがって、お松の描かれ方は、悪事を重ねた結果「毒婦」と呼ばれるのではなく、「毒婦」であるがゆえに悪事に手を染めていくといったほうが近いだろう。

「毒婦」は生まれもった性質であるかのように語られている。これは、お松の出自とも無関係ではないだろう。お松は、冒頭から「非人」と紹介されている。お松の物語は、慶応四（一八六八）年の春頃という明治に移り変わる直前から始まると推定される。お松は、物語が進み、四民平等の明治となっても、「卑しい産れ」（初編上五丁裏）や「いやしい此身」（初編下三丁表）などと、差別階級である自認をたびたび口にする。さらに、いわゆる解放令以降になると、「新平民と称せられ華士族平民と婚嫁するとも更におかまひなしとの御沙汰ハ其身にとつてハ最難有き僥倖とぞ思ハれけり」（三編上八丁表―八丁裏）と述べ、お松は、濱田正司を騙して彼の本妻である安子を排除し、自らがその座に就こうとする計略を企てるのである。

明治になっても差別はなくならず、当然、差別を受けた記憶もなくならない。お松が抱き続ける被差別階級としての意識は、彼女に悪行を選ばせる理由にもなってしまう。『鳥追阿松』において、「生れ」や「元よ

り」ということばは非常に重い。仮名垣魯文による三編上一丁表の序文には、「畢に此大団円に終焉を示す長譚常磐の色を潤筆に猶染脱し久保田の強記今版当に局を結びて勧懲の意を全うせり喝采々々」とある。「勧懲」とあるように勧善懲悪こそが、『鳥追阿松』の主題とされているのである。勧善懲悪が標榜された『鳥追阿松』の展開は、因果応報譚へと回収されている。それは差別をめぐるお松の思いを朧化させてもいる。しかし、明治という時代のなかで出自によって規定されてしまった個と社会との軋轢を読み直す試みは、『鳥追阿松』のような毒婦物から始められてもよいだろう。

（安西）

最後に書誌を記す。

書誌

○所　蔵　国文学研究資料館（ハ4—18—I—9）

○表　紙　原装表紙（摺付表紙）。

○巻冊数　全三編九冊・帙入・袋残存

○紙　数　初編上巻　全九丁（序半丁・口絵一丁半・本文七丁）

初編中巻　全九丁（本文九丁）

初編下巻　全九丁（本文九丁）

二編上巻　全九丁（序半丁・口絵一丁半・本文七丁）

二編中巻　全九丁（本文九丁）

二編下巻　全九丁（本文九丁）

三編上巻　全九丁（序半丁・口絵一丁半・本文七丁）

三編中巻　全九丁（本文九丁）
三編下巻　全九丁（本文九丁）

○寸　法
中本　一七・七糎×一一・七糎

○袋　題
初編　「鳥追阿松海上新話」
二編　「鳥追おまつ海上新話　二編」
三編　「鳥追おまつ海上新話　三編」

○外　題
初編下巻　「鳥追阿松海上新話」
二編下巻　「鳥追阿松海上新話　後篇」
三編上巻　「鳥追阿松海上新話　三編」

○見返題
初編上巻　「鳥追於松」
初編中巻　「とりおいおまつ」
初編下巻　「鳥追いおまつ海上新話」
二編上巻　「鳥追阿松海上新話」
二編中巻　「とりおいおまつ」
二編下巻　「鳥追阿松海上新話」
三編上巻　「鳥追お松海上新話」
三編中巻　「とりおいおまつ海上新話」
三編下巻　「鳥追阿松海上新話」

○内　題
初編上巻　「鳥追阿松海上新話初編上之巻」

○柱刻　初編上巻「阿奏上　一（〜二）」「阿奏上　三（〜九）」
初編中巻「阿奏中　一（〜九）」
初編下巻「阿奏下　一（〜九）」
二編上巻「阿奏後上　一（〜九）」
二編中巻「阿奏後中　一（〜九）」
二編下巻「阿奏後下　一（〜九）」
三編上巻「阿奏三上　一（〜九）」
三編中巻「阿奏三中　一（〜九）」
三編下巻「阿奏三下　一（〜九）」

○作者「久保田彦作著」（初袋・初上見返し・初上三オ・初上三見返し・二袋・三袋・三上見返し・三中奥付・三下奥付）・「編輯久保田彦作」（初上奥付・初中奥付・初下奥付・二上奥付・二中奥付・二下奥付）・「久保田彦作綴」（三中見返し）

○校閲「仮名垣魯文閲」（初袋・初上三オ・二袋・三袋・三上見返し・三中見返し）・「仮名がき魯文閲」（初上見返し）・「仮名垣魯文閲」（初中見返し・二中見返し）・「魯ぶん閲」（初下見返し）

○画工「陽州斎周延画」（初袋・二袋・三袋・三上見返し）・「チカノブヱ」（初中見返し・二中見返し）・「陽州□ちかのぶ」（初下見返し）・「周延筆」（二下表紙・三上表紙）

○序文「仮名垣魯文」（初上一オ・二上一オ・三上一オ）

○板元「錦栄堂梓」（初袋・二袋・三袋・三下見返し）・「萬孫板」（初上見返し）・「出版大倉孫兵衛」（初上奥付・初中見返し・初中奥付・初下奥付・二上奥付・二中奥付・二下奥付・三中奥付・

三下奥付）・「トヲリイツテヲメヨロヅヤ」（初中見返し・二中見返し）・「大倉孫兵衛梓」（二下表紙）・「錦栄堂寿梓」（三上見返し）

○刊　年　「明治十一年一月廿八日」（初上奥付・初中奥付・初下奥付・二上奥付）・「明治十一年」（二中奥付・二下奥付）

※底本以外の所蔵機関

・国立国会図書館（『鳥追阿松海上新話初編』『〔絵本〕（同二編）』『〔絵本〕（同三編）』）
・江戸東京博物館（全）
・佐賀県立図書館（全）
・名古屋市立蓬左文庫尾崎久弥コレクション（全）
・東京大学法学部附属明治新聞雑誌文庫（全）
・早稲田大学中央図書館A（全）・B（全）
・中村正明（全）

※翻　刻

・『明治文学名著全集』第10篇（一九二七年・本間久雄校訂・東京堂）
・明治文学全集1『明治開化期文学集　一』（一九六六年・興津要・筑摩書房）
・日本近代文学大系1『明治開化期文学集』（一九七〇年・〓・角川書店）
・リプリント日本近代文学『鳥追阿松海上新話』（二〇〇八年・国文学研究資料館）（影印のみ）

つづきもの『かなよみ（仮名読新聞）』「鳥追ひお松の伝」

「鳥追ひお松の伝」は、『かなよみ（仮名読新聞）』明治一〇［一八七七］年一二月一〇日の第五四〇号から始まり、翌明治一一年一月一一日の第五六二号の掲載をもって連載が中止された。第五四〇号掲載の連載第一回にはタイトルが記載されていない。連載第二回となる第五四一号には「鳥追ひお松一昨日の続き」（「一昨日」は「昨日」の誤字かと思われる）とあり、第三回目掲載の第五四二号において「鳥追ひお松の伝昨日の続き」とされる。以降、「鳥追ひお松の伝」（第五四五号のみ「鳥追お松の伝」、第五五六号は記載なし）がタイトルのように記載されている。

『かなよみ（仮名読新聞）』における「鳥追ひお松の伝」掲載号の情報を次に列挙する。

第一回　：第五四〇号・明治一〇年一二月一〇日・第二面
第二回　：第五四一号・明治一〇年一二月一二日・第三面
第三回　：第五四二号・明治一〇年一二月一三日・第三面
第四回　：第五四五号・明治一〇年一二月一六日・第一面～第二面
第五回　：第五四六号・明治一〇年一二月一七日・第二面
第六回　：第五四七号・明治一〇年一二月一九日・第三面・次回予告（三行）のみ掲載
第七回　：第五四八号・明治一〇年一二月二〇日・第三面
第八回　：第五四九号・明治一〇年一二月二一日・第三面

第九回　：第五五〇号・明治一〇年一二月二二日・第二面
第一〇回：第五五一号・明治一〇年一二月二三日・第二面・休載報告（一行）のみ掲載
第一一回：第五五二号・明治一〇年一二月二四日・第一面～第二面と第二面～第三面に分けて掲載
第一二回：第五五三号・明治一〇年一二月二六日・第三面・休載報告（二行）のみ掲載
第一三回：第五五四号・明治一〇年一二月二七日・第二面
第一四回：第五五六号・明治一〇年一二月二九日・第一面～第二面・挿絵（二葉）掲載
第一五回：第五五八号・明治一一年一月六日・第二面～第三面
第一六回：第五五九号・明治一一年一月七日・第一面～第二面
第一七回：第五六〇号・明治一一年一月九日・第三面
第一八回：第五六二号・明治一一年一月一一日・第二面

次回予告と休載報告を除けば、「鳥追ひお松の伝」の連載は全一三回となる。このうち第五四五号の連載第四回において、忠蔵を騙したあと、大阪吉とともにお松が東京を出奔し大阪に向かうところまでが語られる。そのあとで、濱田正司とのあいだに生じる大阪での一件や、ふたたび東京に戻ってくるという『鳥追阿松海上新話』の結末近くまでのあらすじが紹介されている。

「鳥追ひお松の伝」の連載は、大阪にある忠蔵の実家に行き、忠蔵の両親である忠兵衛夫妻を騙して取り入ろうとしたお松が、官軍の隊長風の格好をした濱田正司らに捕縛されるところで終わる。連載は途中で中止となり、久保田彦作『鳥追阿松海上新話』で最終部までがまとめられる。「鳥追ひお松の伝」の掲載内容は、『鳥追阿松海上新話』の二編下六丁裏七丁表あたりまでにおおむね該当する。『鳥追阿松海上新話』の約

半分程度が、『かなよみ（仮名読新聞）』に連載されたことになろう。また、最後となる第五六二号掲載分には、その後の展開の紹介とともに、「大団円を結ぶ迄ハ別段に戯作風の読本にして挿絵を加へ「鳥追お松海上新話」といふ外題にて近日発兌する積りですから先新聞でハ今日が大詰と致します」という『鳥追阿松海上新話』の予告も付記された。このような連載中止の背景については、『鳥追阿松海上新話』初編上一丁表にある仮名垣魯文の序文の一節（「長物語は頗る新紙の本意に違へば」「明治元年の春よりして同十年の冬に止る温故知新の大実録」）をふまえ、「〈報道性不在〉による連載中止で、刊行に際しても、当然依然として根強かった実学的風潮を考慮して、〈実録〉をうたっていた」と、興津要「明治開化期文学集解説」（興津要編・前田愛注釈『日本近代文学大系第1巻　明治開化期文学集』角川書店、昭和四五［一九七〇］・一二）に指摘されている。

「鳥追ひお松の伝」と『鳥追阿松海上新話』とは、大まかな内容に差異はほとんどない。ただし、文章や表現に関しては、『鳥追阿松海上新話』でかなり書き換えられている。なお、「鳥追ひお松の伝」連載時、『鳥追阿松海上新話』の執筆者である久保田彦作は、『かなよみ（仮名読新聞）』の「編輯長兼印刷人」を務めていた（第五六二号は久保田彦作が「編輯長」、伊東専三が「印刷主任」）。

また、参考資料として、『かなよみ（仮名読新聞）』に掲載された『鳥追阿松海上新話』の出版広告も併せて収録しているので、参照されたい。

最後に、本資料については詳しい書誌を省くが、収録するに当たって底本としたのは一橋大学附属図書館所蔵のものであることを明記しておく。

（安西）

活字本『鳥追阿松海上新話』　全一冊

明治十年代後半から二十年代にかけて、江戸戯作を中心とする数多くの製版本（木版本）を翻刻して読者に提供する活字本が、数多く出版されるようになった。一九『東海道中膝栗毛』や馬琴『南総里見八犬伝』、三馬『浮世風呂』、春水『春色梅児誉美』など、江戸後期を彩る有名な戯作類を筆頭に数多くの古典文学作品が頻りに活字化されていったのである。また、明治初期の著作も同様で、魯文『西洋道中膝栗毛』などとともに、直近に大評判となった毒婦ものの合巻作品もまた幾つも活字化されていった。これらの活字本は、くずし字で書かれた整版本を翻刻したものであるため、翻刻本とも呼ぶ。また、体裁として表紙に板紙（ボール紙）を使用したため「ボール表紙本」という呼称があり、寧ろ比較的知られる明治前期の洋装本である。いわゆるボール表紙本についての研究は、高木元が「明治期翻刻本の出版」（『読本研究新集』第十一号・令和二年・読本研究の会）に最新研究動向をまとめており、きわめて有用である。その中でボール表紙本の研究史も紹介しているので、ここでは省略する。

こうしたボール表紙本の中に『鳥追阿松海上新話』も入っている。以下、管見に及んだ鳥追阿松の活字本を列挙しておきたい。

一、『鳥追阿松海上新話』和装本

一冊／三十八丁／明治一七年四月／翻刻出板 稲垣良助／発兌 牧野惣二郎・伊東清七／原版 大倉孫兵衛

二、『鳥追阿松海上新話』和装本
一冊／六十四頁／明治十九年十月／翻刻出版 菅谷與吉／発兌 大川錠吉
三、『鳥追阿松海上新話』ボール表紙本
一冊／六十四頁／明治十九年十月／翻刻出版 菅谷與吉／発兌 辻岡屋文助・鶴声社・大川屋錠吉ほか
全十一社／原版 大倉孫兵衛
四、『鳥追於松海上新話』ボール表紙本
一冊／五十六頁／明治十九年十一月／翻刻出版 鈴木金次郎／原版 秋山清吉／印刷 常磐木活版所
五、『鳥追於松海上新話』ボール表紙本
一冊／五十二頁／明治十九年十二月／翻刻出版 鈴木金次郎／原版 大倉孫兵衛／印刷 常磐木活版所
六、『鳥追於松海上新話』ボール表紙本
一冊／四十八頁／明治十九年十二月／翻刻出版 鈴木金次郎／原版 大倉孫兵衛／印刷 鶴声社印刷所／
＊一一三頁から始まるが、内容的には第一回。
七、『新編明治毒婦伝』ボール表紙本
一冊／五十六頁（お松のみ）／明治十九年十二月／編輯出版 鈴木金次郎／原版 なし／印刷 常磐木活
版所

三、『鳥追阿松海上新話』ボール表紙本（明治十九年十月／菅谷與吉）

（個人蔵）

四、『鳥追於松海上新話』ボール表紙（明治十九年十一月／鈴木金次郎／原版秋山清吉）

（国会図書館蔵）

五、『鳥追於松海上新話』ボール表紙（明治十九年十二月／鈴木金次郎／原版大倉孫兵衛）

（個人蔵）

六、『鳥追於松海上新話』ボール表紙本（明治十九年十二月／鈴木金次郎）

（個人蔵）

七、『新編明治毒婦伝』ボール表紙本

（個人蔵）

いずれも製版本の原作となる合巻『鳥追阿松海上新話』を活字に起こしたものであるが、形態面からみると、和装本と洋装本（ボール表紙本）に分けられる。明治十七年に和装活字本が先に出版され、その後十九年になって洋装活字本が大量に出回ったようである。興味深いのは、版元の日吉堂菅谷與吉が、明治十九年十月に同時に和装本と洋装本を出版している事実である。両様の需要が認められていたのであろうが、世は活字印刷の台頭目覚ましい時期であり、出版点数を見てもやはり圧倒的に洋装本が多く製作されていくようである。

また、洋装本においては、翻刻出版人である鈴木金次郎の活躍が目立っている。鳥追阿松に限らず、多くの毒婦ものの翻刻出版を行っており、その集大成が『新編明治毒婦伝』である。『鳥追阿松海上新話』のほか、夜嵐お衣（『夜嵐於衣花廼仇夢』）、権妻お辰（『引眉毛権妻於辰』）、茨木お瀧（『茨城阿瀧紛白糸』）、高

橋お伝（『高橋阿伝夜刃譚』）、雷神お新（『鳴渡雷神於新』）の五人の毒婦ものを収めている。個々の毒婦もののボール表紙本を版行しているが、それらを一冊にまとめて紹介しているのが当該書である。これら毒婦ものを含めた初期の活字本については研究が進んでいないため、今後の研究の深化が期待される。

補足として、大正期以降の『鳥追阿松海上新話』活字本についても紹介しておきたい。

○明治文学名著全集第十篇『鳥追阿松海上新話』（本間久雄校訂・昭和二年・東京堂）

○明治文学全集1『明治開化期文学集』（興津要編・昭和四十一年・筑摩書房）

○日本近代文学大系1『明治開化期文学集』（前田愛注釈・昭和四十五年・角川書店）

本集成では、活字本の中から、明治十九年十月に菅谷與吉から出版された和装本形態の『鳥追阿松海上新話』を収録した。図書館・文庫の所蔵が確認されない稀覯の個人蔵本であるための選書である。先にも触れたが、明治十九年に和綴じ・洋装両様の形態で出版されたもののうち、和綴じ本の方である。ともに翻刻出版は日吉堂菅谷與吉であり、刊記も「明治十九年九月廿五日御届／同年十月十日出版」と同じである。異なる点は、和綴じ本の発兌元が大川錠吉の一社なのに対して、洋装本の方は辻岡屋文助・鶴声社・上田屋・春陽堂・兎屋誠・山口藤兵衛・鈴木喜右衛門・大川屋錠吉・自由閣・金桜同・木村巳之吉の全十一社が並んでいるところ。ここに大川錠吉の名も見られるが、この発兌所（販売所）数の差こそ、和装本と洋装本の需要の差と考えてよいのではないだろうか。なお後考を要する。ちなみに、この菅谷與吉版はともに印刷所の明記がないが、発兌に鶴声社が関わっているので、該社が印刷に関わっているものと考えられる。鶴声社は鈴木金次郎版において印刷を請け負っているからの推測だが、これもまた再考の余地はあろう。

和装本・洋装本の本文を比較すると、序文の活字・版組こそ異なるものの、それ以外の本文や口絵・挿絵はみな同じものであることが確認できる。

本書の表紙絵と口絵、本文中の挿絵を描いた画工は、石斎国保である。彼は歌川国保という明治期の浮世絵師で、明治二十年頃に活動していた人物である。歌川派としては師系は不明であり、『浮世絵師伝』（井上和雄編・昭和六年・渡辺版画店）には「瀬尾氏、俗称文五郎、石斎と号す、初名治朗、深川西森下町に住す、俳優似顔絵あり。」と記されている。

最後に書誌を記す。

（中村）

書誌

○所　蔵　中村正明
○表　紙　原装表紙（摺付表紙）
○巻冊数　合一冊
○紙　数　全六十四ページ
○寸　法　一七・四糎×一一・八糎
○外　題　「鳥追阿松海上新話　全」
○作　者　「仮名垣魯文閲／久保田彦作著」（四頁）
○画　工　「石斎国保画」（表紙）
○序　文　「仮名垣魯文記」（一頁）
○板　元　「翻刻出版人　菅谷與吉」（六十四頁刊記）
　　「発兌元　大川錠吉」（六十四頁刊記）
○刊　年　「明治十九年九月廿五日御届／同年十月十日出版」（六十四頁刊記）

※底本以外の所蔵機関　なし

俗謡『鳥追お松くどき』　全二編二冊

俗謡とは、民謡を祖にして民衆俗間に広まった歌のことである。近世後期から明治にかけては、特に都市部の酒席・宴席で盛んに歌われた歌謡のひとつであった。その中でも人気のあったのがくどきぶしである。「くどきぶし（口説き節）」は市井の情話や心中事件などに取材して作られた歌物語で、三味線に合わせて歌われるものであった。幕末期にはくどきぶしの文句を記した摺り物が多く作られて流行した。それらの摺り物は『くどきぶしの世界』（倉田喜弘編・令和二年・ゆまに書房）に多く収められているほか、研究書としては、『幕末のはやり唄：「口説節と都々逸節の新研究」』（ジェラルド・グローマー著・平成七年・名著出版）がある。

『鳥追お松くどき』もその流れに位置付けられるくどきぶしの一つである。内容的には、ほぼ『鳥追阿松海上新話』に準じており、そういう意味では、まず久保田彦作作品ありきで作られたものといえるだろう。また同じ様相を見せているのが合巻を基にして作られた歌舞伎狂言であり、それらについては次の項目において触れる。

ここでは、やや長くなるが、『鳥追お松くどき』の翻刻を全文載せることにしたい。

鳥追お松くどき　初へん　㊤

明治十三年五月十四日御届
東京日本橋区
馬喰町三丁目十六番地
編輯
出版人　兼　吉田小吉
定価壱銭五厘」（表紙・一オ）

「頃ハサ、慶応維新の際よ。今の東京お江戸といふて。木挽町なる采女が原に。鳥追ひお松とその名も高く。年ハ廿を二ツも越へて美面ハ姫百合心の鬼をかくす化粧ハまバゆきほどに。玉を欺く柳の姿。そのや素性を尋ねて見れバ。親ハ非人で名ハ定五郎。雪駄直して世をすごせしが。風のこゝちと病の床に。ついにミまがる後にハ母の。おちよともゞ橋場の」（一ウ）小屋に。住ミて親子ハ三味線かゝへ。春ハ鳥追ひいと賑やかに。平常ハ雀賀の仇めく節も。女太夫の門づけ出たち。冠る笠さへ色香をふくミ。かほる梅が香嶋田の髷も。ほつれかゝりし其あいきやうハ。門に飜る、大店向や。或ハ屋敷の長屋の窓と。徳意数ある扨其中に。折も諸藩の兵隊衆が。関東下降の屯所屋しき。丸の内なる徴兵隊の。濱田正司が恋慕の」（二オ）心。いつか序もて根引のお松。深く迷ひて昼夜を分かず。小屋へ通ふて小金を捨てし。事の始末が其隊長の耳に聞へて禁足いたす。そこでお松ハ心にそまぬ。濱田正司をはや捨小舟。因む橋場のほとりに住める。同じ非人の大坂吉と。あだ名呼なす悪者仲間。るいハ友よぶ互ひの心。人目忍んで其楽しミを。母のおちよも薄々り。色を売る身ハさて非なしと。見ても見ぬ振」（二ウ）口へハ出さず。爰に浅草並木の町に。呉服渡世の松屋の手代。名さへ忠蔵賢こき生れ元ハ大坂商人育ち。或日お松を門辺に見染め。堅き心もいつしかくだけ。恋に我身の思案も忘れ。筆に言ハせる心のたけを。或日お松が

袂へいれる。直に色よきお松の返事。今宵忍んで我家へ来よと。欲の糸筋くるおた巻も。知らぬ忠蔵とびたつ思ひ。折も此家の仕切の金を二百円ほど橘町へ。送り」（三オ）悪事の後くらまきれ。旅の相だん大坂さして。出たつ二人りハ品川宿の。同じ非人の安次郎とて。心安さにいり訳咄しこゝで仕度をする其うちに。安次郎から訴人をすれバ。当地分営捕手の人数。ふいに取まく此家の出口。かゝる縄目ハ大坂吉よ。すきを伺ひお松ハはやく。闇にまぎれて裏道づたい。後ハ白なミ身をのがるれど。独り引るゝ大吉ハ。為せし悪事を白状致たす ヱ引」（三ウ）

鳥追お叺くどき　初へん ㊦」（表紙・一オ）

「扨もサ、ヱ、大阪吉ハ。三宅島へと徒刑の出舟。爰に松屋の手代の忠蔵。主の金さへ大阪吉の。たくむゆだんの半ハ取られ。命からぐ其場ハ逃げて。今ハ我家へ入ることならず。有りし事ども人もて明し。詫も恥かし身のふしだらを。いかにせんすべ尽はてまして。いつそ命を捨るがましと。つまる思案に涙をつゝむ。袖が浦より品川駅も。過て鹿嶋の社のほとり。おがむ心ハ来世をこめて。死後の証拠に書置」（一ウ）いたし。残る金さへ財布の侭に。死出の仕度ハ傍の榎。財布引かけ帯ひきほどき。生れ古郷の方へと向ひ。ちゝや母ごが此事聞けバ。さぞやにくしとおはらハ立てど。何も因の約束事と。ゆるしたまへと両手を合せ。かこつ涙に時こそ後れ。もしや人目にかゝらバ恥の。うへに恥かへ我身のはてと。既にかうよと見へたる後ろ。しかと抱とめまあ〳〵待て。声はたしかに女ごと知れど。どふぞ」（二オ）放して見のがしたまへ。生て此世に居られぬ訳と。いへどはなさぬ殺しハせぬと。縋る女の顔さしのぞき。そちハお松かどうして爰へ。時もうしみつ未だ夜も明けず。かゝる淋しき此境内へ。一人りさまよいふしぎな事と。言へバお松ハ涙を浮べ。このや子細ハあの物かげと。二人り手を取り心の底意。悪と知らねバ涙と

共に。口説言葉に忠蔵深く。惚れた心に只いそ〳〵と。金も手にある此ま、直に。」（二ウ）　二人り難波に身を隠してと。矢口むらなるしるべに便り。旅の仕度も調ひけれバ。姿やつしてお松ハ爰で。眉毛落して鳴海の上着。人目大磯小田原泊り。翌日ハはこねの山路なれど。折も旧幕脱走隊が。山に籠りしときにてあれバ。矢倉沢より案内をたのミ。伝ふ裏道三嶋へ出で、。ほつと一ト意気労れも増せバ。駕籠で出たち蒲原駅の。宿に泊りしそのをりからに。旅の」（三オ）　労れか忠蔵こそハ。風のこゝちた病の床に長きとう留薬の手当。難義重り用意の金も賊にとられて外方に呉れる。時に合宿一人りの男。定四郎とて深切ごかし。ついに忠蔵夫婦をだまし。病る忠蔵宿へとあづけ。そこでお松を芸者にせんと。当座しのぎの身の代出して。お松一人りを駕籠にて送り。興津縄手へ尋ぬる折に。先へ回りてまづ定四郎。うつて代りし悪者」（三ウ）

鳥追お松くどき　弐へん　㊤

明治十三年五月十四日御届
東京日本橋区
馬喰町三丁目十六番地
編輯出版人　兼　吉田小吉

定価壱銭五厘」（表紙・一オ）

「扨もサ、忠蔵ぬしのかたミ取出しなミだと共に有りし事どもうそ八百を。まぜて咄せバ泣いる夫婦。様子見済し心にゑミて。いふも恥かし忠蔵さんと。深く契りし芸者のお松末の約束誓ひしなれど。侭にならねハ主人の手前人目しのんで手に手を取りて。二人り欠落忠蔵さんに。先へ死なれて今この始末。どふせ

死ぬ身と傍へに有りし。挟ミ手に持ち緑の髪を。根からふつゝり疑がひ」（一ウ）解けし。舅夫婦ハお松のなげき。実にや嘘とハ霜白雪の。積る咄しをきゝ折からに。障子引あけ一人りの男。お松目がけて声あらゝかに。おのれ不敵の鳥追ひお松。今ハのがれぬそこ動くなと。すぎし悪事のかど〳〵ならべ。星をうたれて身がまへ致す側に忠兵衛夫婦の者ハ。夢に夢見て呆るゝばかり。流石毒婦ハ動ぜぬ覚悟。時に合図の呼子の笛に。忍び回りの捕手の者ハ。懸る早縄その侭」（二オ）駕籠に。表口から走せ行く先ハ。月も住吉殿下の茶屋の。里のはづれに舁据へ置けバぬつと出たる侍一人り。刀引ぬき切とく縄目。不審顔なるお松の側へ。ずつと寄りそい忍びの頭巾取れバいぶかし濱田の正司。見るにお松ハどふした事と。いへバ正司ハ完尓と笑ひすぎし官ぐん下降のときに。深くなじミて思ひを残し。国へ帰りて只一日も。忘るひまさへなき年月に。今ハ難波の役員」（二ウ）なれバ。人にまかせてせんさく致し。そちがなり行確にわかり。こゝへ連出しまづ案心と。有りし事ども落なく語り聞て落着お松をなだめ。つれて難波の旅宿へ頼ミ。今ハ手かけと毎にち日にち。通ふ濱田の本妻安子。内へ引とり権さいひろめ。さすが濱田ハ気を置くつまが。邪魔になるふりむごくも当り。万事お松のいふことのミを。よしと年月とうちすぎまする。さてもふる年」（三オ）大坂吉ハ。嶌へ流され放免なりて。いとも不思儀ハ濱田のやしき。厩べつとう奉公住ひ。庭の掃除をする其ときに。出合ふお松と大坂吉ハ。同じ邸に起ふしするも。知ぬ事とてつきせぬ縁にし。胸ハ轟くふたりがそぶり。いつかしのんでゆきかいすれバ。今ハたがひの長もの語り。首尾を見合せ逢ぬ楽しミを同じ勤の家来の佐助。忠儀一徹けどりし不儀ハ。はやく」（三ウ）ほん妻安の耳に。いれバお松ハ手だてをかへて。金をかくして安子が里の。兄へおくりし偽ひつの手紙。濱田正司がふと手に入れバ。何といひわけ安子のなんぎ。つミハ無じつに身のせつかんハ。悪くしおまつがたくみと知れど。なにを証拠に言とくすべも。部屋ハ物置薪と共に。くゝしつけられ涙にしづむ。忠義佐すけがその夜の内に。たす

け」（四オ）　出してまづ里方へ。送りとゞけし事あらハれて。同じもの置佐助ハ縄目せむる非道に舌くひ切りてあハれ消行く数とハなりぬ。さても安子がさと方兄は。はまだ正司が悪事をいかり。直に安子を離縁の上で。書面したゝめ訴へけれバ。職務免され拘引されて日々の調べに檻倉入りも包む罪科数多の箇条ヤンレ引」（四ウ）

鳥追お松くどき　弐へん　㊦　」（表紙・壱オ）

「然れバ、正司ハ獄屋に有りて。つらき憂目ハ悪事の報ひ。重き咎と心に知りて。舌を喰切り我身を果す。かゝる子共お松の身にハ。妾なれバと構ひハなくて。晴て逢れる大坂吉と。語り合せて濱田の金ハ。いふも更なり衣類や調度。早く浚ひて欠落すれど。遠く逃れバ目に立つ二人り。近き裏屋に身を隠せども。家財調べにお松の行衛。尋ねられると聞てハ爰に。住ひ」（一ウ）　にくしと夜逃の旅に悪のむくひも道ふミ迷ひ。こゝハ津の国魔耶山麓折も極月下旬の頃よ。風も烈敷吹雪となれバ。しバし木蔭に彳む二人り。向ふ谷間を来る人見れバ。鉄砲かたげし猟人出たち。雪に火縄の火を消たれバ。もしや旅人附木のマッチ。あらバ貸てと顔見合せて。やあゃそなたハお松じやないか。聞て驚きよく〳〵見れバ。頭巾真深に根がたの作蔵。こゝでおふのも」（二オ）　つきせぬえにし。家へ連行女房にすると。いへバ傍へに大坂吉は。そふハさせぬと懐剣ぬけバ。鉄砲振あげかの作蔵も。打て懸りてしバしの間。いごミ戦ふ大坂吉ハ。足をすべらし遥の谷へ。雪を冠りて落いりけれバ。袖を拂ふて根がたの作蔵。あハて騒ぎしお松を押へ。あのや男ハ谷間へ落て。二度ハ出てこぬ是から己れの。返事否なら鉄砲玉と。共に玉の緒飛すといへバ。」（二ウ）　思案定めてお松ハあいと。返事するのも命が元手。こに二夕月逃るもならず。山家住居一ツの小屋よ或日お松ハ玉込置し筒を手にもち作蔵うてバねらひ外れてかしこの谷へ。響く木玉に作蔵いかり殺

す心か大胆ものと。刀引ぬき只一ト打と。下をくゞつて礫の雪に隔つ中ばへ吹雪を蹴たて。いづる荒熊作蔵目懸ケ。躍りかゝれバ一ト声叫ぶこゑともつ共咽笛破れ」（三オ）　死するありさま身の毛もよだちあハてお松ハ崩るゝ雪に。あなや数丈のがけより落て岩に当りてはや絶いりし。谷ハ大師の近道なれバ折も来かゝる行脚の姿。こゝへ斃るゝ女と見れバ。いそぎ介抱薬を与へ。蘇生返りしお松に向ひ何処のお方か危ひ命通りかゝりて助けしものと。聞てお松ハ有がた涙あたり見回す小笹の中に。ゆきに埋る男の死骸。血しほまミれに日も立つ様の顔を」（三ウ）　お松ハ驚きながめ。是ぞ夫の大坂吉と。因果ならべてその行たてを。事も細かに行脚に咄し。こゝにお松ハ菩提の心。今ハ御弟子と打連れ立ちて国ハ甲州扨巨摩郡。僧のいほりにすミ染衣。もはや用なき我顔なりと。或日やきに。手押当けれバ。変る姿に煩悩心絶て月日の咽もと過て。起る悪心住寺の金を。盗ところを見咎られて。寺ハ追放路銀ハ持ず。顔の焼疵打身もはれて罪ハ」（四オ）　敵面両杖もちて。たどる腹さへひだるき侭に貰ひ喰して古郷の最寄。千住宿迄野宿の旅よ。こゝで計らず手代の忠蔵病気全快帰参も叶ひさしも哀れなお松を見懸け。返す恨ハ徳もてむくひ金を与へて立さりけれバ橋場迄来て療治をすれど。顔ハむくんで腰さへぬけて。のたるお松ハ新平民の非人どころか畜生仲間。落て死せしハのがれぬ報ひ後世いましむこの物語りヤンレヱヽ」（四ウ）

最後に書誌を記す。

（中村）

書誌

〈初編〉

○所　蔵　江戸東京博物館（九四二〇一四二九）

○表　紙　共紙表紙
○巻冊数　全二冊合一冊
○紙　数　全六丁
○寸　法　中本　一六・六糎×一〇・九糎
○登録題「鳥追お松くどきふし初へん上（瓦板唄本一つとせくどきぶし）」
○外　題　初上「鳥追お松くどき　初へん上」
　　初下「鳥追お松くどき　初へん下」
○柱　刻　初上「おまつ初上　一（〜二）」
　　初下「おまつ初下　一（〜三）」
○作　者　署名なし
○画　工　署名なし
○板　元　「編輯兼出板人　吉田小吉」（初上表紙）
○刊　年　「明治十三年五月十四日御届」（初上表紙）
※底本以外の所蔵機関　なし
※翻　刻　なし

〈弐編〉
○所　蔵　江戸東京博物館（九七二〇〇二二九）
○表　紙　共紙表紙

○巻冊数　全二冊合一冊
○紙　数　全八丁
○寸　法　中本　一六・六糎×一〇・九糎
○登録題　「鳥追お松くどき（どどいつ本）」
○外　題　初上「鳥追お松くどき　弐へん上」
　　初下「鳥追お松くどき　弐へん下」
○柱　刻　初上「おまつ二上　一（～四）」
　　初下「おまつ二下　一（～四）」
○作　者　署名なし
○画　工　署名なし
○板　元　「編輯兼出板人　吉田小吉」（二上表紙）
○刊　年　「明治十三年五月十四日御届」（二上表紙）
※底本以外の所蔵機関　なし
※翻　刻　なし

『鳥追阿松海上新話』の歌舞伎化

久保田彦作『鳥追阿松海上新話』が、出版当時にどう読まれ、いかに評判になっていったかは不明であるものの、多くの読者を獲得し好評を得たことは想像に難くない。というのも、『鳥追阿松海上新話』が完結する以前、第二編が出版された直後の明治十一年三月下旬に、本作を原作にした歌舞伎狂言が製作・上演された事実が物語っている。

それが、横浜下田座佐の松において三月二十三日から開演された『門松春鳥追』である。『鳥追阿松海上新話』三編は三月二十九日に売り出しが始まっていることを考えると、『門松春鳥追』は内容的に二編までをカヴァーしたものであろう。そして、その翌月四月二十日からは、東京府本郷の春木座にて同じ原作の『廿四時改正話』の上演も始まり、更に五月一日からは、大阪道頓堀の戎座にて『鳥追於松海上話』が開演するのである。

このように、『鳥追阿松海上新話』完結前後に、相次いで歌舞伎化、上演されている事実が確認される。この現象は、本作の人気と好評の影響以外の何ものでもない。これら三作の新作狂言は異なる外題を持ち、別の場所、別の劇場でほぼ同時多発的に開演されているがゆえに、同じ脚本を用いた同じ内容の作品ではないだろうと推測される。実際的には、これらのうち脚本が現存するのは『鳥追於松海上話』のみ（『演劇脚本　米国革命史／鳥追於松海上話』［勝諺蔵著・明治二十九年・中西貞行］収録）である。あとの二作は現状において脚本が確認できないため、別作品であるか比較検討ができない。なお後考を要する。

こうして、一気に『鳥追阿松海上新話』人気はいささか過熱気味に高まっていったわけである。春木座の『廿四時改正新話』は錦絵も出版され、一方では『鳥追お松くどき』が作られて酒興の俗謡として歌われ、

講談化されて語られるようになる。

さて、三作品の歌舞伎上演を契機にして、爾後毎年のように各地の劇場で〝鳥追お松狂言〟が上演されるようになっていった。以下、その〝鳥追お松狂言〟の上演記録を列記しておく。

明治十一年

○横浜下田座佐の松「門松春鳥追」（三月二十三日～）

○本郷春木座「廿四時改正新話」（四月二十日～）

○大阪戎座「鳥追於松海上話」（五月一日～）

明治十二年

○大阪戎座「鳥追於松海上話」（五月）

○京都南側芝居「鳥追於松の聞書」（六月）

○京都南側芝居「鳥追於松廻船話」（十一月）

明治十四年

○名古屋新守座「鳥追於松海上話」（六月）

明治十五年

○京都北側芝居「鳥追於松海上話」（十一月二十八日～）

明治十六年

○大阪堀江芝居「鳥追於松海上話」（一月）

○大阪大工町芝居「鳥追於松海上話」（十一月）

明治十七年
○名古屋新守座「鳥追於松海上話」（九月二十一日～）
明治十八年
○大阪堀江芝居「鳥追於松海上話」（七月四日～）
明治二十年
○名古屋橘座「鳥追お松」（九月十五日～）
明治二十二年
○東京市村座「鳥追お松三筋営」（四月十五日～）
明治二十三年
○名古屋笑福座「鳥追於松海上話」（三月五日～）
○浅草常盤座「門松春鳥追」（五月一日～）
○大阪浪花座「廿四時改正新話」（八月六日～）
明治二十六年
○京都阪井座「鳥追お松」（五月八日～）
明治二十七年
○浅草吾妻座「門松春鳥追」（一月一日～）

本集成では、これらのうち唯一現存する脚本と番付の残るものの幾つかを拾って収録している。そのため、〝鳥追お松狂言〟の全貌を網羅的に紹介することはできないが、番付を収録する作品については、個別

の解題で紹介する。それらに先立って、ここでは先駆的な〝鳥追お松狂言〟である『門松春鳥追』についてのみ説明を補っておきたい。

先にも触れたように、『門松春鳥追』は『鳥追お松海上新話』完結以前に上演が始まった〝鳥追お松狂言〟。本狂言は脚本が現存せず、番付類も確認されていない。しかし、「かなよみ」第六百十四号（明治十一年三月十五日付）に、次の広告が載せられている。

趣向ハ仮名読の鳥追於松　仕組ハ草双紙の海上新話　門松春鳥追

三筋霞の　五幕

○右ハ二番目狂言に取仕組入御覧候あひだ相変らず

御評判永当〳〵御見物之程偏に奉願上候以上

開場初日ハ追て御披露　さの松

横浜住吉町　美なと座

大名題の上にある角書を見ると、『鳥追阿松海上新話』を原作にして脚色した狂言であることが明記されている。「かなよみ」には、本広告以後断続的に数回にわたって上演の様子を伝えているが、作品の内容について詳細を報じることはなかった。

この『門松春鳥追』は、およそ十数年の時を経て再演されている。明治二十三年五月の浅草常盤座公演『門松春鳥追』と、明治二十七年正月の浅草吾妻座公演『門松春鳥追』の二回である。これらは、いずれも番付が残されているところから上演が判明したものであるが、もしかすると再演はもっとあったのかもしれない。この吾妻座公演の番付を見ると、大名題の上の角書に「原稿ハ則久保田氏の鳥追於松／脚色ハ則草双紙基の海上新話」とあって、これは明治十一年版の角書を手直ししたものであることから、

その関係性を指摘しうるものとなっていよう。また、常盤座公演の番付には口上とともに作品の梗概めいた文言が記されているので、ここに紹介しておきたい。

観君の御高評を得し海上新話を基に綴り上たる新狂言非人小家お松が色香に忠蔵が品川安が取持恋路大坂吉が居摺た金女ハ退れ旅篭屋で芸者や主じ作蔵の為に飛込遠州灘引わたされし忠兵衛をあざむく証拠の守り切切ほどきたる庄司が愛妾本妻安子無実の罪佐助が忠義旅僧の日の本照す日海が示す詞に悔悟なしたる勧善懲悪

ここから、初演時の内容もある程度知ることができるであろう。

最後に、本集成に収録する資料を理解する一助として、芝居番付（歌舞伎番付）の種別について、『歌舞伎事典』（下中邦彦編・昭和五十八年・平凡社）・『最新 歌舞伎大事典』（富澤慶秀 藤田洋監修・平成二十四年・柏書房）を引きながら簡便に説明を記しておくことにする。ちなみに、芝居番付とは、歌舞伎の公演ごとに作成され、配布、販売されたポスターやチラシ、プログラム類の総称である。

・辻番付：狂言替わりのたび、宣伝のため興行初日の二、三日前までに出した、一枚摺りのもの。辻や人の集まる場所に貼ったり、贔屓筋に配ったりした。現代でいうポスターである。江戸・京坂では形式が異なるが、江戸では右端に大きく大名題を書き、その左に各場面の絵組・浄瑠璃所作事の名題と絵組、下段に役人替名・劇場名を記す。

・役割番付　興行情報摺り物としての機能は辻番付と同様であるが、役割番付は個人が手元に置いてながめる、公演プログラムのようなもの。江戸は半紙三枚を綴じた冊子体で、表紙に役者の紋寄せがあったが、幕末期になると座元の櫓紋を大書するようになった。

・絵本番付　芝居の内容を絵で見て楽しむ目的で作られた小冊子である。上方では「絵尽し」と呼ぶのが

慣習となっている。興行開始後、劇場や芝居茶屋などで売り出された。

（中村）

役割番付『廿四時改正新話』（明治十一年・本郷春木座）　全一冊

東京における〝鳥追お松狂言〟の先駆となったのが、明治十一年四月二十日から本郷春木座にて初演された『廿四時改正新話』である。第一番目の演目「十二時曾我本説」の後、第二番目の世話物として上演された。『続続歌舞伎年代記』巻の拾壹には、以下の説明が載っている。

○四月二十日より春木座【十二時曾我本説】

第二番目　扨貳番目は仮名読の種を聞込む探訪も届かぬながら御贔屓のお好みゆゑに取あへず只俤を鳥追お松丁度三筋の引合も大阪者に指金をあて、お千代のわるたくみ慾につれそふ定五郎が受けて突き出す忠蔵のかへるを松屋佐右衛門は娘おきみへ無き縁とさとしも仇になりふりを捨ておやすが自殺の狂乱是ぞ操と照月も佐助三ッ次の異見につき濱田根方が本心にすゝむ開化の時計の長劔【廿四時改正新話】

○……二番目は久保田彦作著鳥追お松海上新話と云ふ草冊紙を竹柴金作が脚色したるもの

これを読むと、『鳥追阿松海上新話』に登場する脇人物を大きく活躍させるなど、かなり脚色された芝居になっているようである。

さて、本役割番付の構成について少しだけ説明しておきたい。

表紙に大きく「春」とあるのは、本郷春木座の櫓紋である。右上部には公演の座頭である「片岡我童」の

名が掲げられ、その上には彼が演じる役名が並べられている。この共紙表紙は裏面が欠けている。本来は役者の家紋などが並べられることが多いが本番付ではそれがない。

二丁表には「関三十郎」を掲げた後、第一番目の演目「十二時曾我本説」とともに第二番目の演目として「廿四時改正新話」の名題が並記される。その上部には演目の説明が記されているので、参考までに紹介しておく。

扨二番目ハ仮名読の種を聞込む探訪も届ぬ乍御贔屓のお好故に取あへず只俤を鳥追お松調度三筋の引合も大坂吉に指鉄を当てお千代の悪工ミ欲に連添ふ定五郎が更て突出す忠蔵の帰へりを松屋佐右衛門ハ娘お君へ無き縁と諭も仇に形振を捨てお安か自殺の狂乱是ぞ操と照月も佐助三ッ次の異見に付濱田根方が本心に進むハ開化

時計の長劔

二丁裏には両演目の場面を記している。本公演は二作品ともに一日の時間を区切った場面設定にするという凝った趣向であることが外題にも示されており、この二丁裏の場面割からもその詳細が理解できるだろう。

三丁表は「坂東家橘」の名を掲げた後、三丁裏にかけて「役人替名」という本公演のキャストが詳細に記されている。一人の役者が多くの役柄を兼ねていることが分かる。

そして、三丁裏には「市川寿三郎」の名とともに、作者・浄瑠璃・三味線・劇場名並びに刊記が列記されている。

本郷春木座は、東京府本郷区春木町（現文京区本郷）にあった大劇場で、明治六（一八七三）年七月十一日に地主奥田家が開場した奥田座が前身である。明治九（一八七六）年には町名を取って春木座と改名した。主として歌舞伎を上演して大いに活況を呈したが、後に何度かの火事と関東大震災に見舞われて衰退し

ていき、第二次大戦の戦火により完全に焼失してしまった。その姿と歴史については、文京ふるさと歴史館の特別展図録『本郷座の時代　―記憶のなかの劇場・映画館』（平成八［一九九六］年）において詳らかに紹介されている。

最後に書誌を記す。

（中村）

書誌

○所　蔵　立命館大学アートリサーチセンター（ａｒｃＢＫ〇二―〇二四〇―三六）
○表　紙　共紙表紙。
○巻冊数　全一冊
○紙　数　全二丁半（表紙半丁・本文二丁）・仮綴じ
○寸　法　中本変形　二一・〇糎×一三・八糎
○外　題　なし
○内題　「十二時曾我本説（じうにときそがのほんせつ）／廿四時改正新話（にじうよときかいせいしんハ）」
○柱　刻　なし
○作　者　「竹柴銀兵衛・竹柴金三・竹柴小芝・竹柴清吉・竹柴昇三・竹柴金作」（二ウ）
○板　元　「斎藤長八・中川久兵衛」（二ウ）
○刊　年　「明治十一年四月」（二ウ）
※底本以外の所蔵機関
・国文学研究資料館

・東洋文庫
・中村正明

※翻　刻　なし

絵本番付『廿四時改正新話』（明治十一年・本郷春木座）　全一冊

明治十一年四月二十日から本郷春木座にて初演された『廿四時改正新話』の絵本番付である。番付の内容を簡単に紹介しておく。

七珍万宝を散りばめた表紙の中央に、櫓紋とともに上演される二作品の大名題が記されており、左下に「本越／春木座」と劇場名がある。

一丁裏から三丁裏までは第一番目「十二時曾我本説」の各場面を上下段に並べて紹介しているが、ここでは詳細に触れない。四丁表から六丁表までは第二番目「廿四時改正新話」の紹介であるが、五丁裏・六丁表は上下段に割らずに幾つもの場面を詰め込んでいる。どの場面を描いているか、役名・役者名を省いてまとめておく。

〈四オ〉序まく

午前一時　午前二時／午前五時

〈四ウ〉同じく　弐まく目

午前三時　同　四時／午前六時　同　七時

〈五オ〉

午前八時より　同　十二時迄／午後一時　同　二時　同　三時

〈五ウ〉三幕目

午後四時より同八時迄

〈六オ〉大切

午後九時より十二時迄

最終六丁裏には、狂言作者・上演開始日、版元名が記されている。

最後に書誌を記す。

書誌

○所　蔵　国立音楽大学附属図書館（六五―〇〇五〇）

○表　紙　共紙表紙

○巻冊数　全一冊

○紙　数　全六丁

○寸　法　一七・〇糎×一〇・六糎

○外　題　上　「十二時曾我本説（じうにときそがのほんせつ）／廿四時改正新話（にじうよじかいせいしんハ）」

（中村）

○柱　刻　なし
○作　者　「竹柴銀兵衛・竹柴金三・竹柴小芝・竹柴清吉・竹柴昇三・竹柴金作」（六ウ）
○画　工　署名なし
○劇　場　「本郷春木座」（一オ）
○板　元　「中川久兵衛・斎藤長八」（六ウ）
○刊　年　「明治十一年四月廿五日」（六ウ）
※底本以外の所蔵機関　なし
※翻　刻　なし

浮世絵『廿四時改正新話』（明治十一年・本郷春木座）　全三枚

明治十一年四月二十日から本郷春木座にて初演された『廿四時改正新話』の役者絵（三幅対）である。描かれている役者は次の通り。

右　お松母お千代ばゞア　関三十郎
　　せつた出し大坂吉　市川権十郎
中央　鳥追お松　沢村百之助

左　松や手代忠蔵 片岡我童

いずれの場面を描いたものか不明であるが、主要な人物とそれを演じる主要な役者の似顔絵になっていることが分かるであろう。

絵師の豊原国周は、幕末から明治三十年代まで活躍した浮世絵師で、芳年や清親らとともに最後の浮世絵師とも称される人物である。三代目歌川豊国門下で、主に役者絵と美人画を描き続けた。本人の談話が「讀賣新聞」明治三十一年十月二十四日から四回にわたって連載されている。

最後に書誌を記す。

（中村）

書誌

○所　蔵　早稲田大学坪内博士記念演劇博物館（一〇一―四三六五～四三六七）
○紙　数　三枚
○寸　法　三六・八糎×二四・八糎
○画　工　「豊原国周筆」「画工　荒川八十八」
○彫　工　「彫工弥太」
○板　元　「出板人　福田熊治良」
○刊　年　（明治十一年）
※底本以外の所蔵機関　なし

芝居筋書『鳥追於松海上話』（明治十一年・大阪戎座・初演）　全一冊

大阪における最初の〝鳥追お松狂言〟が、明治十一年五月一日から道頓堀戎座にて初演された『鳥追於松海上話』である。

本筋書は、新狂言の筋書を紹介する演劇雑誌『劇場珍報』（明治七年創刊『劇場の脚色』の改題雑誌）の第十号として発行されたものである。版元は、正本所の華本文昌堂。

この後各所で何度も再演されている狂言であるが、本資料のような詳細な筋書が残っているのは貴重である。

序　幕　東京両国広小路の段並び茶屋の体
二段目　汐入村非人小家の場
三段目　蒲原駅旅籠屋の場
四段目　東海道薩埵峠の場
五段目　大坂博労町足袋屋の場
六段目　濱田庄司邸の場
大　詰　摂州摩耶山半覆の体

戎座は道頓堀の劇場街を彩る五座のひとつで、時代によって呼称が変わった劇場である。古くは近松の人形浄瑠璃が初演された「竹本座」に由来する大劇場であるが、後に歌舞伎小屋「筑後の芝居」に変わった。

明治期になって「戎座」として再建され、明治二十（一八八七）年には「浪花座」と改称した。

最後に書誌を記す。

（中村）

書誌

○所　蔵　立命館大学アートリサーチセンター（ｓｈｉＢＫ〇三―〇二〇三―一・〇二七）

○表　紙　共紙表紙。

○巻冊数　全一冊

○紙　数　全七丁

○角　書　「世界ハ東京仮名垣魯文が編輯の奇談／脚色ハ浪花石川一口が講談の聞書」

○外　題　「鳥追於松海上話（とりおひおまつかいじょふしんわ）　活字本八冊」

○内　題　「劇場珍報　第十号　鳥追於松海上話」

○柱　刻　「劇場珍報　第十号戎座の筋書　一（～七）　華本文昌堂版」

○板　元　「華本安治郎（華本文昌堂）」

○刊　年　「明治十一年四月廿八日出版御届／同年五月一日刻成出版」（七ウ）

※底本以外の所蔵機関　なし

※翻　刻　なし

役割番付『鳥追於松海上話』（明治十二年・大阪戎座・再演）　全一枚

大阪道頓堀戎座において、明治十一年五月一日から初演された『鳥追於松海上話』を翌十二年五月に再演した際の役割番付である。本作は前狂言として上演され、次狂言は次狂言『岸姫袂轡鑑』、切狂言は『侠客浪花産』であった。

前年に上演された狂言を翌年再演するというのは、初演が好評であったということであろう。

（中村）

書誌は以下の通り。

書誌

○所　蔵　大阪府立大学椿亭文庫（tub二四―〇三一）
○紙　数　全一枚
○寸　法　二一・八糎×二四・四糎
○外　題　「前狂言　鳥追於袂海上話
　　次狂言　岸姫袂轡鑑
　　切きやうげん　侠客浪花産」
○劇　場　「道頓堀戎座」
○太夫本　「三栄」
○作　者　「狂言作者　近袂哥路助／狂言作者　勝圭助・〓〓弥〓・近袂音助」
○板　元　「編輯出板人兼ル　玉置清七板」

○刊　年　「明治十二年卯の五月吉日／明治十二年四月廿日御届／同同廿日出版」
※底本以外の所蔵機関　なし
※翻　刻　なし

絵尽し『鳥追於松海上話』（明治十二年・大阪戎座・再演）　全一冊

大阪道頓堀戎座において、明治十二年五月に再演された『鳥追於松海上話（とりおひおまつかいじょふしんわ）』の絵尽し（絵本番付）である。

内容構成は、一丁裏から四丁表までが『鳥追於松海上話』の場面、四丁裏から五丁表までが『岸姫奏轡鑑』の場面を描いたものとなっている。

〈一ウ〉両国広小路の段・非人小家の段・吉蔵捕縛の段
〈二オ〉駒形川岸の段・旅籠屋の段・正木座舗ノ段
〈二ウ〉薩陲峠の段
〈三オ〉足袋屋店ノ段・合法ヶ辻駕破段
〈三ウ〉濱田庄司邸の段・下僕佐助忠死の段
〈四オ〉猟師作蔵内ノ・神戸気車道ノ段

〈四ウ〉岸姫松轡鑑　三段目
〈五オ〉住吉花見ノ段・千日前悟助内だん・天王寺仕返だん

書誌は以下の通り。

書誌

○所　蔵　大阪府立大学椿亭文庫（tub七六―〇〇九）
○表　紙　共紙表紙（摺付）
○巻冊数　全一冊
○紙　数　全五丁
○寸　法　一九・三糎×一三・一糎
○外　題　「鳥追於松海上話／中狂言 岸松轡鑑／切狂言 侠客浪花産」
○内　題　「前　鳥追於松海上話　七段」
○柱　刻　「鳥松　二（～三）」（一・四・五は数字なし）
○作　者　署名なし
○画　工　署名なし
○板　元　「編輯出板人兼ル　玉置清七板」
○刊　年　「明治十二年第四月廿六日御届ケ／同同卅日出板」
※底本以外の所蔵機関　なし

（中村）

※翻　刻　なし

辻番付『廿四時改正新話』（明治二十三年・大阪浪花座・再演）　全一冊

大阪道頓堀浪花座において、明治二十三年七～八月に再演された『廿四時改正新話』の辻番付である。

右端に座頭「中村時蔵」の名とともに大名題「前狂言　廿四時改正新話」と掲げられている。中央上部には「切狂言　祇園祭礼信長記　金閣寺の場」の大名題とともに登場人物が散らし書きされ、左下部には「小信筆」と画工署名がある。「小信」はあるいは「宗信」か。この周囲に両狂言の諸場面が囲む。図版の下部には役人替名と劇場名が記されている。

浪花座は、明治十一年『鳥追於松海上話』を初演した戎座が明治二十（一八八七）年に改名した名称である。歴史のある大劇場であるが、明治期になってからは演劇改良運動の中心地にもなっていた。第二次大戦中の米軍空襲により焼失したが、戦後再建されてからは映画館に変わり、平成十四（二〇〇二）年に惜しまれつつ閉館した。

最後に書誌を記す。

（中村）

書誌

○所　蔵　国立音楽大学附属図書館（四一―二〇三七）

○紙　数　全一枚
○寸　法　三八・〇糎×五三・七糎
○外　題　「前狂言　廿四時改正新話／切狂言　祇園祭礼信長記」
○劇　場　「道頓堀浪花座」
○画　工　「小信筆」
○板　元　「劇場番附製造人　玉置清七板」
○刊　年　「明治二十三年八月」
※底本以外の所蔵機関　関西大学なにわ大阪研究センター
※翻　刻　なし

絵尽し『廿四時改正新話』（明治二十三年・大阪浪花座・再演）　全一冊

大阪道頓堀浪花座において、明治二十三年七月に再演された『廿四時改正新話』の絵尽し（絵本番付）である。

内容構成は、二丁表から三丁裏までが『廿四時改正新話』の場面、四丁表が『祇園祭礼信長記』の場面を描いたものとなっている。その後の丁で役人替名、浄瑠璃三味線・作者の名が並んでいる。

〈一オ・表紙〉
〈一ウ〉座頭「中村時蔵」・大名題「前狂言　廿四時改正新話／切狂言　祇園祭礼信長記」
〈二オ〉前狂言（三場面）
〈二ウ〉（四場面）
〈三オ〉（四場面）
〈三ウ〉（三場面）
〈四オ〉切狂言
〈四ウ〉役人替名
〈五オ〉役人替名
〈五ウ〉浄瑠璃三味線・作者・直段附・劇場名・刊記

書誌は以下の通り。

（中村）

書誌

○所　蔵　立命館大学アートリサーチセンター（arcBK〇三—〇四〇三—〇八）
○表　紙　摺付表紙
○巻冊数　全一冊
○紙　数　全五丁
○寸　法　・糎×・糎

○外　題　「浪花座演劇場絵本番付」
○見返題（大名題）　「前狂言　廿四時改正新話（にじうよじかんかいせいしんわ）
　切狂言　祇園祭礼信長記（ぎおんさいれいしんちやうき）」
○作　者　「清水賞吉・松嶋亀三郎・竹柴市奏・清水賞作・清水菊松・竹柴彦治・清水栄治・清水賞太郎・松嶋松助・清水音助・吉川篤助・竹柴諺蔵」
○画　工　署名なし
○板　元　「劇場番附製造人　玉置清七板」「玉置版」
○刊　年　「明治二十三年八月」
※底本以外の所蔵機関　なし
※翻　刻　なし

脚本『鳥追於松海上話』（明治二十九年刊）　全一冊

明治十一年に大坂戎座において初演された『鳥追於松海上話』はその後何度か再演されたが、その脚本が明治二十九年に大阪の板元中西貞行から出版された。それが『演劇脚本　米国革命史／鳥追於松海上話』である。本書は勝諺蔵の脚本二作を収録した一冊で、明治二十七年八月に本郷春木座にて上演された『米国革命史』とともに『鳥追於松海上話』が収められている。この脚本冒頭には場割及役名が置かれているが、こ

こでは場割のみ抜粋しておく。

大　序　両国広小路の場／青柳座敷の場

二幕目　汐入非人小屋の場／同裏手の場／同捕物の場／浅草駒形堂捕物の場

三幕目　蒲原宿旅籠屋店先の場／同下座敷の場／同奥座敷庭先の場

四幕目　薩陲峠辻堂の場／沖津灘沖中の場

五幕目　心斎橋筋足袋屋の場／合邦ヶ辻の場

六幕目　濱田庄司屋敷の場／同雑部屋安子責の場

大　詰　摂州摩耶山の場／同山中作蔵隠家の場

本作の作品構成は、先に収録した芝居筋書『鳥追於松海上話』（明治十一年・大阪戎座・初演）の内容と一致していることから、同作品と考えて問題ない。

この脚本集に作者名が「勝諺蔵」と記されているのは貴重である。明治十一年上演時の筋書に作者名が記されていなかったからである。勝諺蔵は、明治初期に大阪で活躍した歌舞伎作者で、三代目であろう。明治十七年には改姓して竹芝と称した。二代目諺蔵の実息であり、父とともに数多くの脚本を執筆したという。詳細は、伊原敏郎『明治演劇史』（昭和八年・早稲田大学出版部）に載る。

最後に書誌を記す。

（中村）

書誌

○所　蔵　国立国会図書館（八八―一四）

○表　紙　共紙表紙（飾り罫の中に外題）

○巻冊数　全一冊
○紙　数　五十九頁（全七十三頁中）
○寸　法　一九・〇糎×一二・二糎
○外　題　「米国革命史前編／鳥追於松海上話前編」
○内　題　「演劇脚本　鳥追於松海上話」（十五頁）
○尾　題　「演劇脚本　鳥追於松海上話　前編終」（七十三頁）
○作　者　「勝諺蔵著作」（表紙）
　　「勝彦兵衛」（刊記）
○板　元　「中西貞行」（刊記）
○刊　年　「明治廿九年三月九日印刷／明治廿九年三月十六日発行」（刊記）
※底本以外の所蔵機関　京都大学文学研究科図書館・東京大学総合図書館・東京大学大学院法学政治学研究科附属近代日本法政史料センター（明治新聞雑誌文庫）・日本芸術文化振興会（国立劇場伝統芸能情報館図書閲覧室）・立命館大学図書館

中村正明

1966年、群馬県生まれ。國學院大學大学院文学研究科日本文学専攻博士後期課程満期退学。現在、國學院大學文学部教授。専攻は日本近世文学。編著に『草双紙研究資料叢書』全八巻（編集解題・2006年、クレス出版）、『膝栗毛文芸集成』全四十巻（編集解題・2010～2017年、ゆまに書房）、監修に『すぐ読める！蔦屋重三郎と江戸の黄表紙』（山脇麻生著・2024年、時事通信社）。

安西晋二

1976年、千葉県生まれ。國學院大學大学院文学研究科日本文学専攻博士後期課程修了、博士（文学）。現在、國學院大學文学部准教授。専攻は日本近現代文学。主著『反復／変形の諸相―澁澤龍彦と近現代小説』（2016年、笠間書院）。

明治初期毒婦小説集成　第1巻
久保田彦作　篇①

二〇二五年四月一四日　初版印刷
二〇二五年四月二五日　初版発行

監修・編集・解題　中村正明　安西晋二
発行者　鈴木一行
発行所　株式会社ゆまに書房
〒101-0047　東京都千代田区内神田二―七―六
電話　〇三(五二九六)〇四九一
FAX　〇三(五二九六)〇四九三
組版　有限会社ぷりんてぃあ第二
印刷　株式会社平河工業社
製本　東和製本株式会社

ISBN978-4-8433-6878-7 C3393　＊定価：本体二八、〇〇〇円
落丁・乱丁本はお取替致します。